东风里有歌

徐强⊙主编

时代文艺出版社

图书在版编目（CIP）数据

东风里有歌 / 徐强主编 . —长春：时代文艺出版社，2018.10（2021.5重印）

ISBN 978-7-5387-5967-9

Ⅰ. ①东… Ⅱ. ①徐… Ⅲ. ①中国文学－当代文学－作品综合集 Ⅳ. ①I217.1

中国版本图书馆CIP数据核字（2018）第194038号

出 品 人　陈　琛
责任编辑　李贺来
助理编辑　孙英起
装帧设计　陈　阳
排版制作　隋淑凤

东风里有歌

徐强　主编

出版发行 / 时代文艺出版社
地址 / 长春市福祉大路5788号　龙腾国际大厦A座15层　邮编 / 130118
总编办 / 0431-81629751　发行部 / 0431-81629755
官方微博 / weibo.com / tlapress　天猫旗舰店 / sdwycbsgf.tmall.com
印刷 / 保定市铭泰达印刷有限公司
开本 / 710mm×1000mm　1 / 16　字数 / 375千字　印张 / 25.5
版次 / 2018年10月第1版　印次 / 2021年5月第3次印刷　定价 / 68.00元

感动与期许

——为《乙未集》作，写给首届创意写作班的同学们

(代序)

徐 强

2015，岁在乙未。金秋时节，菁菁柳园如期迎来又一群翩翩少男少女。其中有汉语言文学非免师九十六名同学的生动面孔。

与此同时，文学院课表上多了一个前所未有的名目："创意写作"。

于是，你们注定成为这门课程草创时期的见证者与参与者。如果这门课未来有所成，你们注定会成为一项伟大事业的"黄埔一期"。

东师写作教育与有着七十年历史的东师相始终。但"创意写作"，七十年来还是第一次出现在东师的课程表上。

而创意写作在西方的历史，迄今恰好也超过了七十年——20 世纪 30 年代美国中部爱荷华大学写作工坊鸣锣开张，是它呱呱坠地的标志。七十多年

来，创意写作工坊在西方各国迅速蔓延，蔚成大观，成为一批批著名作家的摇篮。毫不夸张地说，写作工坊制度深度参与了各国的当代文学史。

今天，世界已进入创意的时代。从物质生产到精神生产，都在追求差异化、个性化与创新性。创意带来的附加价值，在产品总价值中所占的比重日益显要。因循守旧和故步自封，越来越不适应这个时代。

曾几何时，异想天开、追新逐异，在我们的字典里是贬义词。

如今我们已幡然觉醒：不敢异想天开的民族没有未来；不懂追新逐异的社会将被淘汰。

创意能力成为综合国力、国家软实力的核心部分；一代人的创意精神和创意水准，将决定着我们在世界竞争中的命运。

而创意写作，由其创造性本质所决定，能够、也理应在民族的综合创意能力提升方面做出自己独特的贡献。

新世纪以来，创意写作在中国若干知名大学落地生根，几成星火燎原之势。

当此之际，我们开出创意写作课，是顺势而为。

也希望它成为中文教育补偏救弊的一剂良方。

沿袭已久的、以文学史知识为核心的汉语言文学专业教育模式正在走向式微。

这种模式太重先验知识和既成判断，充满教条、武断的僵化思维，严重忽视文学感受力和创造力的培养。面对一群缺乏感性能力、毫无创造体验的文学（语文）教师手持这样那样的理论，用一些隔靴搔痒、离题万里的套语，将鲜活的文学作品肢解得七零八落的现状，我们只能望文喟叹：

这样的文学教育将把文学导向何方？！

"操千曲而后晓声"。相信，体尝过创作甘苦的你们，面对文学会多一份会心，多一层体贴，能够将自己火热的心与作家心灵对接、对话，会把文学讲得更接近文学。

实际上，我们也是要借此激活东师的某种文学传统。

请默念并记住这样一串名字：舒群、穆木天、公木、吴伯箫、穆木天、蒋锡金、王肯、丁耶、张笑天、文牧、李南岗、洪峰、黑孩、刘嘉陵、陈昌平、王怀宇、章平、孙作云、邓万鹏、任白、赵培光、肖达……

他们是建校以来我们东师师生校友中的部分知名作家。俨成一"东师作家群"的这一名单显示：东师历史上并不乏创意写作的风气与能力。

恢复、赓续并光大这一良好传统，是我们义不容辞的责任，也是我们的重要目标。

我们力图走出自己的特色。

采风、工作坊、作家进课堂、网上平台、作品发表及编集……

有些已颇成规模、积累了自己的经验，有的已有谋划、正待实施。

所有的努力都为一个目标：激发你们每个人的创造潜能。

我们的努力初见成效。

也许，你从未想过自己有文学写作的天赋？也许，你曾觉得发表作品离自己太过遥远？也许，你曾为老师还像中学的老师那样絮叨（采风去！快写呀！多写呀！早交呀！好好改！……）而烦怨？

但事实却是：短短一个学期，九十六个沉甸甸的采风本被填满了。你们写下了丰富多彩的生活花絮、人物素描、读书笔记，创作了千余篇（首）的小说、散文、诗歌。很多作品已达相当水准，展露出可贵的创作才具。

你们中的很多人，经历了从最初的推着走、"要我写"，到后来的主动作、"我要写"的转变。苦事变乐事，很多人一生都实现不了的这一转换，你们在这一个学期中实现了。

可以预料，会有一部分同学，因了这门课而真正贴近了文字，书写已然内化成你生命的本能需要，将会长期乃至终生伴随；其中一些人会由此走上职业写作道路也很可能。

对于为师者来说，还有什么比亲手催生出一篇篇动人的文字、亲眼看着你们爱上写作、把一支笔用得越来越娴熟更令人欣慰和快乐呢？

欣慰和快乐又何止于此？

创意写作的本质是解放，是性情的舒展，是灵魂的去蔽，是真诚的坦露和贴心的交流。

我们分别已拥有四十年和二十年的讲台生涯。出于某种共识，我们自愿地在驾轻就熟的课程之外申报、承担起创意写作课教学。从调研、准备阶段以至整个教学过程，我们全情投入。可以肯定地说，漫长教学生涯中还没有哪一门课曾耗费我们如此多的时间、精力。

但我们决不因此怨悔，因为那种无形的、非关利益的、巨大的精神回报：

每一次翻阅你们的采风本，惊见那动人的词句和奇思妙想，每回在虚拟空间潜水看你们唇枪舌剑热闹交流，我们都忍不住涌上一种莫名的激动。像是某根情感的弦猛然被弹拨，起了想写点儿什么的欲望。

于是用那写惯了枯燥的研究论文的笔，去写写久违了的回忆与梦，感动和激情……

这时，心仿佛年轻了很多。

感谢你们。

同样需要感谢的有：

欣然应邀来为我们授课的诗人、小说家和散文家们的鼎力相助；

学校有关行政部门、委员会和相关领导，以及文学院前院长李洋教授、现院长高玉秋教授等的大力支持；

主要由研究生组成的助教团队的无私奉献。

从千余篇创作中挑选出一部分编成这本集子，既是对教学成果的一次检阅，也是为大家创作学步阶段的足印留一个纪念。取名"乙未"，无非是希望由此开启东师写作教育的一个新纪元：丙申、丁酉、戊戌、己亥……生生不息，岁岁丰盈。

创意写作课虽已结束，但创意写作不会终结。

愿你们秉持课程所启的对文字的真挚、虔敬的情怀，向创造的前路一直行进，用优美的汉字汉语，织造锦绣文章，织造创意的人生。

当一个轮回结束时，乙未级的你们，必可不负"黄埔一期"这个光荣的称号。

2016 年 1 月 3 日

本文原为 2015 年第一轮创意写作课程结业作品集《乙未集》（内部印行）所作序言。迄今年（2018 年）为止，这一门课程已成功实施了三轮，继《乙未集》之后，又如期编印了《丙申集》和《丁酉集》。现在这本《东风里有歌》就是从这三本作品集中精选而成。三年期间，虽然每一轮课程在授课方式、工作坊模式、外围师资队伍构成等方面都有改革与优化，但我们的基本理念一以贯之，或者说我们始终初衷不改、目标坚定，稳步前行。这篇序言正是我们基本理念的表达。因此，其中的意思，完全可以转为对全部参与前三轮次课程的同学们而言说。且挪前序来作为"代序"，岂不正合适？我们还会坚定地走下去，更为厚重的《戊戌集》《己亥集》……都在创造的期待中。——愿我们的创意写作永远坚守"创意"的初心，岁岁拥有丰盈的收获。

2018 年 3 月 16 日

目　录

第一辑　诗歌

第一辑　诗歌

第二辑　小说

第二辑　小说

第三辑　散文

第四辑　戏剧

第一辑 诗歌

十 一 月

2015 级　牛辰阳

鸽子在天空飞翔
云还在等人铺放
那朵红气球飞过的村庄
也可以是海子的故乡

别说多么怀念有何怀恋
别说眷恋啊只管看着前方
来自早春的麦子多说了几句
就被镰刀割在地上

石头狡黠沉默河水自顾流淌
只有那围在谷粒旁的麻雀
它们似乎永远都在吵嚷
吵着拉回上一个夏天
用它裹住我的心房

十 二 月

2015 级　牛辰阳

八千里路的云与月送你去哪儿都够了
但你偏回到长春的冬天
落在雪地上叽叽喳喳地做一只麻雀

你这野鸟肚子滚圆
仿佛我将手拢成一只碗
就能严丝合缝地托住你

雪冰蓝色地落冷不到你
你暖而柔软内心坚硬
尖爪踏着我的手指跃上我的心

你抓牢了就不飞去
你抓牢了就别飞去

饥 饿 奏 鸣

2016级　陈婧莹

半夜感受到饥饿

是千万种食物排队邀我跳舞

有浓浓的烟火味道

也有一身美好芳香

我要吃遍世界在黑夜白天

没被举起的碗碟都应向我道歉

所有食物里蕴含的道理

都会在我身后写成颂歌

我在厨房张狂你忘记张望

昨日的稻谷悄悄逃跑

忘记了流淌的一地金黄

我振臂高呼有万千食谱追随

我们要去酿阳光煮月夜

还会爆炒你的肆意与癫狂

追杀稻谷时我将不再饥饿

你要记得带上雨水带上柴与油盐

我们一同追杀稻谷追赶太阳
还要质问他的金黄与向往

冬风里有歌

2016 级　陈婧莹

想起有首歌里长长的音被拖着
就像摇弦时架在古筝上的手里很多轻柔
像是被松针踩过的酒
冬风前去买醉都不敢上前安慰
拿去讨酒的雪的容器很快就要融化

我找到这首歌的时候很想拥抱它
以扶住冬风的力度
你听听风的醉话就知道我束手无措
只能轻轻陪着踱步
冬风知晓了我想要触摸的人儿
它也听着歌给我承诺前去寻找
蓝星的那一半圈和人生的另一彼岸
都会有酒等冬风品尝

我和冬风听着歌冻红了耳郭

我和季节谈判赢了它偷偷藏在静湖的酒

不少不多刚好让我听着歌

陪冬风买醉

生　活

2016 级　陈婧莹

刀锋很宽站着许多人

他们一路颤巍巍地将彼此抓紧

路过麦田时麦子没有预告

黄河也被岁月劫持不得不偷换了神谕

牛羊很肥栽在流淌的草原

夜里有笛声将他们唤醒

绿得发白的草原生出薄雾

盗走了奶的色泽和醇香

路过平原时他们搭起篝火

歌唱生活平坦如同缎面

可还有夜半的刀刃被日子淬炼

山坡上有声声嚎叫来自贫穷的威胁

也有人不曾欣赏麦子金黄只顾黄土的黄

春天里也没有繁花只有庄稼得种

刀锋里有生活困顿

也有人民意志不屈
他们高举火把只懂向生活宣战

故　事

2016 级　陈婧莹

冬的夜里总有故事在预备

虽然万物不言不语静得热闹

隔壁村庄的少年背起月色打算远行

河流凝固着流动

而我也打算讲个故事

故事里潜藏什么与我对世界的亲吻抗拒

也许你也曾害怕黑暗的爪牙

可我们总是从黑暗走向更浓稠的黑暗

也许是过去的故事值得回忆

我们又不得不一意孤行

故事里有许多像是梦的人

留下梦又错过梦

我也在梦里辗转反反复复

如同风将树枝拉长将雪花凝冻

将一切掩藏进夜里的冬

我说过许多废话依旧在说着废话
我想讲述的故事里废话掩盖了浓烈
当我满怀期待想让你知晓
却最终只剩下废话

我在等隔壁的少年回来讲述奇遇
也在等待你来听我把故事讲述
我想你也许奔忙苦涩也许在等
所以你要听吗

张望与叹息

2016 级　陈婧莹

听　窗外有密且软的发丝悄悄打结
是素手卷着发　一圈又一圈
青变白　马蹄已远　季节气数也尽
都有你提起她时深深叹息
丢失往昔里你眉飞又色舞

而你站在这叨念平淡为人生真谛
路过山川河海　路过洁白的天真和美丽
都抑制了面颊的舒展

旁观者鄙夷你的平淡与浮躁
你我只此一身青春　穷得坦荡
哪里来的什么柔软惆怅
路途远远风景远不够瞧
被记得太深的故事都是事故
我们只得向前
看浓绿芬芳　艳阳高照

晚　　秋

2015 级　蔡颖欣

窗外的阳光

暖得不属于这个季节

而你的手

却握着整个冬天

白色的房间

白色的床单

白色的你的脸

躺在白色花旁边

我和妹妹用泥巴涂画的酒杯

还没饮尽最后一滴清欢

蘸着打碎的阳光

泪光

轻语惆怅

睡吧，爷爷

爷爷，睡吧

让我给你讲个故事

等你醒来

又是一个有酒有肉的春天

伤　冬

2015 级　蔡颖欣

雪之下没有期待
有的只有昨夜的伤痕
那是最后一片
秋的落叶

夜还没有酣眠
它将你推向我
我裹着过敏的记忆
望着街灯
红过又绿

落叶把风放大百倍
风把悲伤放大百倍
许久不见
不知你有未饮过遗憾
如今我满手荆棘

不愿再触碰你的面庞

他说
周末又会下雪
我说
六弦的琴
再弹不出昨日的共鸣

念

2015 级　李家琪

我好像梦到了你，
花白的头发，满口的假牙，
一脸的皱纹，
攒在一起向我微笑。

你眯着眼在躺椅上晒太阳，
我蹲在地上画月亮，
你笑着问我为什么，
我说太阳牵挂着月亮。

伤 心 树

2015 级　包 飞

清晨被你吵醒

你说风太大　你怕

你的哭声吓坏了自己

我一直在你身边

可你却让自己的树枝伸向了别处

对我忽而不视

心真冷

能不能别走

2015 级　李　丹

小时候没有牵过阿妈的手
也没有骑在阿爹肩头
记得最清楚的
就是每年送他们到路口

最不愿见的是校长的眉头
他总是轻描淡写地
宣布着老师的来与走
仿佛他并没有苦苦挽留

记不得阿奶再杀鸡炖肉
阿公的犁头也被阿妈没收
盯着阿爷昏黄的眸
害怕眨眼会让最后的亲人溜走

你们
能不能别走

残　灯

2015级　李　丹

半枝烛
守在窗旁
仰着面
眼眶孤独地烫

风起秋凉
不小心
照亮了月光

等　你

2015 级　李欣欣

我等着你

经历九曲回肠

走入我在的地方

陪我看

稻麦金黄

群雁成行

我等着你

穿过高山水远、

和我细水流长

在以后的路上

相守相望

我等着你

跨过层层阻挡

留在我身旁

让我不愁不伤

不彷徨

曙　光

2015 级　朱婉琪

一枚红红的果煮着淡淡的寒香

一颗滚烫的心捧着春天的希望

接过秋色传递的烟火

我把寂寞萧瑟的墨研点亮

只要通往梦想的天堂

我任怨化蚕蜕皮三丈

饥饿干渴只是短暂的彷徨

我想我会在荆棘里寻找那一滴晶莹的冰冰凉

在瞬间融化滋润即将干枯的灵魂

遇见一缕温暖的曙光

你 在 吗

2015 级 尹 利

百合花每天都开了
你闻到了吗

那首曲子有时间练了
你听到了吗

我常在门口摔倒
你不要看

妆

2015 级　杨　昭

清晨

阳光正好

空气里弥漫草香

我推开窗

再坐到镜前

端详我的模样

怎么也不满意啊

我需要一副精致的妆容

当你站在窗外唤我

才有勇气

和你一起去很远的地方

最后一颗沙粒落下

沙漏应该调转方向

我终究按捺不住

阳光照在玻璃的边上

勾出一笔金黄

窗棂下风铃清脆地响

我跑到窗前

探出头望

你穿了白色的衬衫

风吹过

有树叶飘落掉在

你的肩上

侧　颜

2015 级　宋庆旋

调这一夜尽的薄蓝
为旧年描个侧颜

离乡辘辘车轮描为四望空茫的眼
千里外他勾扯的琴弦
如不堪抹落暮残照的眼睫
沾染血离散的泪斑

浸死了来春的满碗屠苏
湿了唇妆朱色残垣

满纸荒唐言

秋 少 年

2015 级　宋庆旋

年迈的黄叶跌落

想着自己青芽时没有皱纹的脸

枯瘦的身体一夜翩跹

无　　题

雪飘在这里，

房檐上碎了冰，

你说这就是冬的声音。

像雨打着鞋底，

潮湿的冷的雨。

我想起六月的你，

潮湿的暖的眼睛。

新栽的三角梅，

正开得烈。

如果你愿意，

给我一碗烧热的酒，

喝到你的故事里。

一 封 信

2015 级 李 越

叶子把忧郁的心情堆积成一地想念

我把泛黄的书又读一遍

还是那只黄猫趴在脚边

日子的暖意，余温尚在

路过没有忍住眼泪的云

路过轻轻哼唱的风

一片雪花被我贴上邮票

跟着邮差落到你的身边

傍晚的时候

推开吱呀的窗

等着星辰回家

一封信躺在我的手掌

轻轻地把它唤醒

"见字如面"

无 人 区

2015 级　张庆梅

我想去远方把快乐说给你听
想在诗里只写快乐的事情

我想骑最烈的马穿越草原
打一碗奶茶寄给你喝
想带着梦想去戈壁听呼啸的风
和藏羚羊一起奔跑
再去听大漠、驼铃

我想贫穷而快乐
藏起恶毒的舌头
和最豪爽的汉子喝酒、摔跤
对最美的姑娘傻笑

把每首思念的诗寄在远去的风里
泪流满面的时候
我想给你唱歌

狂欢——孤独，是把刀

2015 级　张庆梅

公交车在风尖儿上磨蹭
摇摇晃晃
奇形怪状的人要赴他们的化装舞会

听说今天是万圣节
什么妖魔鬼怪都能得到上帝的赦免
在不属于他们的世界里狂欢

我看到红色绿色的灯光
醉在梦温柔的吻里
他说爱我
字句里有酒精的味道

谁听到咔的一声
没有尖叫
所有的灯光都碎在啤酒里

我站在野兽的牙齿上
朝它嘴里走

礼　赞

2015 级　张庆梅

人们在岩石的棱角上跪倒

双腿的血流成一条河

他们的英雄

就脚踏红土，走下牢狱

被放到神殿上供奉

人们不远万里

焚香沐浴，赤身裸体地朝圣

白色的加百列吹起审判的号角

魔鬼用脸上的血泪为雕塑上色

英雄一派庄严肃穆

世间最优秀的吟游诗人呕尽心血

写出了关于英雄的史诗

把他带到人间的圣火放进诗里

让歌者吞下去

然后冰杂糅在空气里，从北极开始

包裹地球

囚禁着普罗米修斯的山上

死了一只鸟

阁

2016 级　袁　瑾

疲惫如一座
年久失修的阁楼
梁木都朽了
灰尘积成一堵墙
我只管合上眼

睫毛间有相熟的燕子
被我绵长的叹息吹跑
眼底的花还开着
灼灼像赌着一口气不肯熄灭的火苗
可我已经累了
只管合上眼睛
拒绝所有期待和难以忘怀

罪 与 美

2016 级　胡蔓宁

西风吹响时
春天打翻了一潭水

摘不到的繁星
在人们的愤怒之外闪耀
伊甸园里的苹果
流连的露珠映出人性甘甜

世人之上，世人之中
美
你生有不容于世的原罪

维纳斯的双臂
被嫉妒折磨
握得住时间的划痕
握不住自内而外的残破

永不成圆的月

被仇恨摧毁

映出了伪装的丛林

映不出被包庇的自卑

被暴风裹挟

走下被玷污的神坛

美

你眼角的鱼尾

得到了世人的温柔以对

狄俄尼索斯

2016级　胡蔓宁

我是灯，是火，是星光

是黑夜堵不住的漏洞

通向梦想

通向以梦想为口号的灭亡

不安在石灰墙上滋长

向着蛛网

向着荆棘的方向

呓语带着文明礼仪

背对我们来的方向

你带着你惊世的华装

墨绿绸匹旋开灰烬掩埋的旧窗

我带着多余的人

沉进冤魂浩荡的深海

或是将尘土变成金

在世纪传唱中欣赏无数的你

我不是那只驴被蒙住双眼

在不变的方寸中

幻想着花雨的世界

我是灯，是火，是星光

是生存于世间的幸运

是不得不闪耀的孤星

我们排着队站在山巅

庸人成神

神在山下

画

2016 级　胡蔓宁

你走时

雨敲碎了屋上的瓦

轨道旁的我

没有人道别

车窗后没有焦点的视线

被笛鸣封存成一幅画

你走时

忘带了一句话

初次见面

我认识你很久了

控　告

2016 级　王娜娜

你去控告我吧

不用等天晴太阳出土

就现在

请你撑把伞快去

如果路途遥远

那就请你租一辆最快的车

不管怎样

请一定赶在检察官下班之前

哪怕是把他堵在办公室门口

告诉他我犯下的罪

当你看到我的逃跑计划后

请一定想办法劝我去自首

如果我不妥协

那就请给我重重一击让我倒下

然后找人把我送到警察局里吧

因为我怕

怕一旦我逃走你将再也找不到

所有人都拿我没办法

而我将会浪迹天涯

如果你看到现在的我

再也不如曾经善良温暖

请你不必客气

指着我大骂

一定让我知道

如今的我只是个笑话

梦　　境

2016 级　高明昕

鱼鳞、鱼鳍、鱼尾。
心灵的门向内游向琥珀的透明，
易碎的光阴下，
你是我心爱的俘虏。
烟泡一股一股，
镶嵌在浆红色的汪洋……

我对你是一场没有冰雪的王国，
是一场没有极光的暗夜。
或许正是因为不知枝梢的那端开着哪种花朵，才会被树脂
包围，
独自怜惜。

婉转的波线呓语你存在的痕迹，
不知名的恶魔日日吸去残存的热量。

斑驳的玻璃屋与我，
是我跨过银河也无法触碰的边迹。
滴落在枕巾上的水珠，
我听见它被棉絮瞬间吞噬的声音。

在彩绘的躯壳里，
有流动的云、有普照的灿烂、有舞动的麦浪、
有野草布满的丘陵、有大笑的你我。
翅膀上的泡沫在金黄的瞬间——
归为平静。

时光倒流又如何

2016 级　李野墨

情书上的笔迹慢慢消失

奔腾不息的笔芯汇入笔管

离落的记忆渐渐淡去

你我回到了相遇的原点

面无表情的白纸

贴着大地裸露的皮肤擦拭

浩荡的湿地上忧伤的风在移动

笔芯因水位的暴涨淹没了真挚的情谊

白纸因无情的冷漠吓走了胆小的爱人

有个人踩着白纸走向余晖

而你我

这一次没有擦肩

雷克雅未克之恋

2016级　李野墨

火山灰与雪覆盖的沙滩

望着深黑色无尽的巨浪

恐惧而绝望地挣扎着

因折翅而张皇失措的海鸥

盘旋于风雨交加的黑夜里

维克镇的夕阳下

我振动着单翅

在斯林海峡间低来高去

远处的渔夫

有着古希腊式的卷发

古希腊式的络腮胡

落日的余晖打在他身上

只留给身后一个强壮的背影

我迫不及待地冲向他

想要和他分享我刚刚的死里逃生

远方一架客机正沿着预定轨道飞来
我振动的单翅和客机的羽翼
就在这时不期而遇
我们早已被写进那关于大海与永恒的诗里

致济南的你

2016 级　邢宇杰

十一月里走一趟
东风乍起时
你穿温暖厚毛衣
还似中学旧模样

声音也如旧
淌过华北大地万顷
静言相知与别离
今宵静息，万物关情

我只能想象
你的眼中衔了流淌的远山
拥抱着，济南的冬天

你是千里之外

喉咙中翻滚的音节

眼神中颤抖的水汽

曾 失 望

2016级　邢宇杰

你在春秋之交
手中攥紧了
一个哑掉的七月

这季节没有台风
这夏天悲欢无常
你的掌纹里
收割了涨池的眼泪

岁月河山
参差重叠
把湿漉漉的风月
埋进一个窸窣的惊蛰

他日来晾
痛苦的皱纹里，你当

如何悲笑

如何言语

在 古 代

2016 级　邢宇杰

有一清扬

篱畔低吟

腮红晕染河江绵长

束我高阁衣衫冷

还我阶前月色明

我的尺牍磨尽

你的清辉半减

李白长袍露怯的一根拙线

沈复亭底泥融的老枝飞燕

江南稻米熟烂

塞外烈酒醋甜

谁用细腻指尖

织就小诗柔婉

我要看

四方云涌色

我要等

形骸归来日

指缝间

氧气稀薄的春天

瓜架下静默的黄土

谁塞了汗津津的小信

换取夜半湿漉漉的展颜

是你，游过河洲子的

清梦一盏

我把着这梦盏

穿过米酒香的土巷

在正午日头下

见你眼底山水荡漾

苍老而朴实的问候里

我们互相请安

前生与虚幻

别离与悲欢

钢　笔

2016级　袁　馨

你只是一种书写工具

兜兜转转这么些年

在很多人手里

水笔、圆珠笔成为你的替代品

你裸露着残缺的身体

幸好有善良的匠人

甘愿倾其一生

来挽回你盛年时的妍丽

墨水管里流淌的是碧落

我祈祷那黄泉并非离你

很近很近

票

2016 级　李燕婷

纠结
究竟是似箭归心
还是归途缓缓

沉浮
谁在争辩
只听见
金钱诉说理智
时间催促思念

抉择
在徐徐奔跑
或是极速飞越间
徘徊不前

孤影

怀念灯前相聚时
笑容的温度
贪恋比肩而立时
耳畔的低吟

距离
在一张有限的票中
成了无垠

惊　鸿

2016 级　倪新悦

如果

没有那场美丽的遇见

她不知道

一朵花开的声音会有这样的穿透力

让人喜悦到心底

从心底里涌出泉

她清晰地从泉水中瞥见一双美目

顾盼生怜

明眸善睐

她那未经人事的眼

并不能逃离一场相遇的命运

一眼天荒地老

一眼一瞬万年

周身的力气就在这眼波中被尽数抽离

她觉得自己很轻很轻

仰面是满天繁星

身后是海洋似的温情

雪 夜 行

我不去做那咏絮才
也吟不出千古传唱的诗句

十月本是秋的片尾曲
雪花却像是冬的广告
将秋的韵味拦腰截断
像个顽皮的孩子
让人气愤
却又无可奈何

我看着一束灯光
在黑暗中
氤氲出一种暖
灯光中的鹅毛大雪
浪漫如一场初恋

踩在蓬松的雪上

听着绵软的雪抱成一团的声音

回头看自己留下来的一排脚印

深深浅浅

远远近近

夜色落在帷幕

一夜大雪终会掩盖掉足迹

这条路上我的行迹再不会有他人看到

但谁也不能否认我曾经存在过、到来过

带着悸动的心和温柔在雪中夜行

当我老去的时候

2016级 刘 丰

当我老去的时候

你是否还在我身旁

看昔日化为乌有

陪我听窗外花落依旧

在岁月中挣扎

任风霜将青丝染成白头

在夜雨中潸然泪流

遥忆那年初秋

执子之手

翠湖轻泛小舟

无言的相守

不知月已洒满西楼

当欢笑定格成底片

当索取变成承担

是谁在梦里

微笑着看海棠花开

却依然掩不住疾风

掀起惊涛巨澜

纵然我们终将逝去

在虚幻中消散了记忆

但时光永远无法夺走的

是相爱的痕迹

它终将破土

在孤寂的人世中

成就最美的天际

答非所问系列

2017 级　方嘉惠

今天天气好吗?

我可以和你去海边看看。

你要去吃饭吗?

我看今天的草莓很新鲜。

你怕冷吗?

牛奶味的雪糕最好吃。

扫雪累不累?

你笑得很好看。

你爱我吗?

如果可以,我现在就想吻你。

我们是什么关系?

每天起床之后我想的就是你。

你会想我吗？
今天的网易云评论不错。

听说你不喜欢女孩子啊？
我觉得你蛮可爱的。

你会打太极拳吗？
我可以保护你。

你见过雪吗？
我看过烟花绽放的样子。

冬天来了，春天还会远吗？
我已经忘了凌晨的世界了。

你的童年过得好吗？
那只熊还是我的好朋友。

如果我不在了你怎么办？
这个城市不再下雨。

问君能有几多愁？
天空和海洋都是我的归途。

读我的父亲

2013 级（美术学院）　靳璐嘉

我读到他是一匹眼睛大大的马

健康壮硕有抱负年轻时曾带领队伍

双手沾满泥土蓝天白云一样的笑容

英俊的额头上一根根整齐又茂密的眉毛

高挺的鼻梁下面喘着粗气

你只能远远地观望

离近些

读他手背上的镰刀疤他的童年

金色麦地里慷慨的金色阳光照亮了眼前还有心中的远方

他嗅着新鲜的青草在几岁十几岁二十几岁流过的汗水里撒欢儿地奔跑

然后轮廓圆润起来头发被风抓起吹乱

一块块松弛着的肌肉又变回原先那紧绷有力的样子

青色血管顽强不屈的生命力无所不能

和所有年轻人一样和我爱过的男孩子一样

后来耳边婆娑柔和几场绵绵细雨

他走过条条泥泞的土路越过座座山丘还有蜿蜒的河流找到一生的停留

读爱情如同读母亲

一封封被印戳盖下的装在绿皮里轰隆隆开往与家乡相反的方向

不再流浪灰烟里的命中注定

小时候他总带我回去看他的爸妈

让我读一只只绿色的蚂蚱读压在冰霜下面的庄稼

而我却只读懂了他的喜悦还有愤怒

后来学会了在川流不息的时光里试着读他的沉默

里面好像有烟草的味道肥皂还有热热的粥香

仿佛在说宝贝叫爸爸我们回家

当田野强烈的肯定着爱情的芬芳

眼里盛着这个季节所有的新绿和金黄

我站在中央歌唱雨季就要来了你却要走

蝉鸣停止时间停止风的种子

每一巴掌都疼每一次热泪干了都像一个吻

我们死去的样子像极了生来万劫不复

咖啡电影情爱探戈

前面是一片海蓝蓝的落日下沉余晖斑驳交染

那少年写在沙滩上：我想在黎明前认识你

不知我已疲倦交谈扯下裙带扔向他

风重重的呼吸声和耳边的沉默起伏是如此的雷同

组　诗

2013 级（美术学院）　靳璐嘉

一

每天晚上我都坐在这里等你

光滑的石头长高了的草和树

星星月亮和越来越暗的太阳

梦里你缠绕我一个深深的吻

撕心裂肺我吞下一条毒蛇

二

我渴望有更多这样的日子更多这样的故事

一滴眼泪还是一个字符统统收进我的人生

最后点起一把无情的岁月之火

烧光我所有年轻时犯过的错

青春不能永驻余光渐渐熄灭燃起的烟尘

笑着飘荡在曾经仰望过的天空里

看得出悲壮和圆满

三

视线身轻如燕跃过皑皑白雪
这个世界不止眼前的苟且还有诗和远方
愿意这个宇宙没有什么可以比喻你
然后闭上眼睛就像合上了回忆

四

后来你走了冬天也过去
山谷里升起一轮新的太阳
星星还是那么亮
你仍是我心目中的远方

五

终于我倚着傍着躺着张眼闭眼
黑夜里望着的姿态都疲惫倒下时
看到时间站稳

六

我们是昆虫的尸体混杂着清晨沾满露水的青草
被踩下大脚印的人称为春天的味道

七

一朵郁金香睡去便有一万朵玫瑰睁开眼睛
阳光切开根茎的腰背血脉新鲜自然直挺
泥土中无数昆虫的尸体飞快组成新生命
枯萎的杂草下面传来冬眠的声音
别仔细听一旦安静下来就走不出这森林
这里没有王子只有吃不饱的野兽公主

八

一朵郁金香睡去便有一万朵玫瑰睁开眼睛
用掌心贴近树根隐隐隆隆有大地冬眠的声音
无数的鸟在飞无数的虫子在泥土里忧心忡忡
哪里有烈日西落东升哪里就有迁徙血流成河
浆果掉落划过耳郭告诉我：别去知道太多秘密我怕你走不出这
森林

九

甜樱桃喜鹊的羽毛
紧凑的诗句缓慢的我爱你
咸眼泪不爱听的唠叨
只想蜷成团被你包进饭里

香奶油金色软皮日记

满分的笑眯眯只给你不开心

冰月亮差一点儿就进入的梦乡

想要点燃这世上所有的星星全部烧光

十

我在这里遇见旧时光里的你

那些包裹着记忆的彩色的鱼群

聚集到一起

回溯到温暖的上游海域

逆流而上

阳光普照金色斑斓是你的样子

我在旧时光在你的时间里

遇见旧时光里的我

一束束穿梭往来的光线

若隐若现交织缠绕明亮刺眼又横冲直撞

打卷的栗色头发湛蓝海面大大小小的粉嫩泡沫

笑声溢出来

你在这里

在深秋的宁静湖面上

鹅黄的阔叶树林一年年枝繁叶茂不再掉落

我在这里

在一个没有雪的季节里

雪白的南飞候鸟一次次成群结队不再迁徙

你遇见我在我的旧时光里
我也遇见我在你的时间里

十一

我是女巫我可以让星期一变成你爱的星期五
我有精灵的耳朵可以听见你在旷野里生起了很亮很亮的篝火
喂养的萤火虫一次次偷偷溜走只为在你肩膀享受片刻停留
那些仙人那些野兽黑森林里的小猎狗长着驴尾巴的国王和戴着面具的小丑
我指挥麻雀们摇响铜铃在深秋的夜晚进进出出
只有一条腿的士兵说你熟睡了豌豆的种子说第二天的雨露会打湿你要上路的
衣服
穿我的走吧沿着河流穿过三个篱笆和五座围墙回到你的城堡去
玫瑰的芳香会为你指路我没有手帕但我可以送你杜鹃衔来的枝丫和白色的浆果
如果你想找到我光阴的鸟会问你喜欢什么颜色的信封樱桃树下星星在跳舞那
里藏着一段我的梦
我不想做女巫了想要宝石了你说你有足够长的手臂用海藻的胡须骗过河蚌细
细的眼睛
我不想做女巫了想要鸽子了你说你会吹动人的风笛做一个温暖的干草床和羊
群嬉戏
现在我不要这些了我想去阿尔卑斯在爬满甲壳虫的山脊上扔下那些宝石放飞
那些鸽子
你依旧笑而不语把我像火把一样高举风的锁骨在颤人马羊怪和老杉树与我温
柔对峙

后来你说你骗了我你不是王子你是骑士曾经用会飞的石头赶走了食梦兽和坏巫婆

骄傲的骑士啊你天真而又笨拙的神情让野草莓彻夜不眠我在月亮船上等你阳光弯下腰点燃了大地之灯

我们一起去过松鼠一般的丛林生活吧我放弃我的魔法你放弃你的自由

十二

想用一首诗装下整个宇宙

却又不想涉及爱情或旧事

最后把心思磨钝了墨水用光

只剩一轮弯弯的月亮和漆黑百斗的夜空

以为人生是走不完的长街

旧事是远处不灭的灯塔

爱情是不再动人的眼睛

你是一船星辉是沉淀的彩虹似的梦

总有痊愈的时候带着泪或笑

在时光的远去中觉得不舍得

六日谈（组诗）

2016级（比较文学与世界文学研究生）　王自强

第一天　上帝篇

星　球

就在那里，有一种看不见的力
文明未有之前，不知是谁
已为人的词汇下了定义
幽居的原子聚合物，被
这般地劫掠，尔后捆绑在一起

上帝还在地狱游荡
可怜人间黑暗无光

一粒微尘，飞奔于茫茫太空
没有思想，即便头脑的碎片
成为储存历史的刻板，然而

书写的选择总有令我沉默的目的
撕扯着反抗背叛的愤怒
无数的微尘冲向悬挂的球体

狭窄的通道，小蝌蚪大梦一场
醒来，山头的雪早已融化
水中的镜像延伸着浮动的绿色
母亲无处可寻，世界变了模样

西山的石洞中
钟乳石开始了第一声嘀答
均匀的节奏生长着水润的漏斗
秋叶落水，悠悠前流的一瞬
我们的祖先看到了时间

逝去的很多个夜晚，是谁
面对星空，倚着河边的树干
绵长的独语里微风凉凉
长空静默而苍穹深不可测
黑色的瞳孔中
还闪耀着一点儿一点儿的光亮

光　圈

森林藏着古老的年轮，逝去的
模糊的遐想如同钢刀，钻进树皮
在一个个风雪弥漫的日子里

曾伴随过锈迹斑驳的火炉，与生命共存

世界以无人而始，更漫长的荒远年代
已有群山挺立，蝴蝶翩飞，江流
流不尽，你在床头迷离的梦
土地的神谕，告诉我，必将以无人而终

未曾谋面的造物者，给了我们光
向森林借来年龄的形状
化为一个光圈，成为不灭的永恒

旋转的大气，孕育着三分神秘
轻柔的触碰里低吟着
隐隐蠢动的呼喊，我来了

太阳是天堂的眼睛，不要轻易地相信
头顶的温暖和光明
你可知
月亮就是天堂架在夜空的望远镜
监视着每一个人的梦，还有
我们各自独处时的内心
然后征服

五千年了，我似乎
看到了，鹰还在谷底盘旋，然而
越飞越低，我似乎
看到了，被风雨切断的石壁

散落的化石里，找不到生物的痕迹

光，来自天堂与心灵的光
告诉你，总有你无法观照的地方
在你之下，在地狱之上

地 狱 一 层

未受洗者站在审判的入口
湿黑的穴壁压抑着颤动的阴冷
灵魂正跪拜着青幽的火柱
我是先知，罪在降临于公元之前

有了人，也就有了地狱
平行于我们的时空，远离星球
活着的人，也是现实的人
服从上帝的一切安排，却是异端

死前，攥一把斧头在手中
在棺材里躺下，在审判前站起
善良的异端们发怒吧！
劈开不公的黑暗，为地狱敲响丧钟
将所有狭隘的规则、固执的偏见
在这里，统统埋葬
改造地狱一层，种植自由，欣赏平等
看吧，这就是我渴望的地下乐园

旷野中，有人声喊着：

预备主的道！修直他的路！

时机已经到了，地狱一层

上帝，就在这里，复活

地狱一层，亦是万种罪恶的发端

而这，不过才是人类的第一天

第二天　文明篇

复　仇

向地心引一团火，刺眼的炉台

经不住日夜不休的吼叫，在风雨之中

轰然倒塌。被泥土覆盖的尘霾

沉淀着，静默着，守护这最后的铁块

每当，战火沸腾在土地的交界

不问缘起，开始了各自屠杀的正义

剑，挥落着猩红的颜色

仿佛天边晚霞飘落，落下仇恨的书写

笔画间的思量是谁的字迹

尝一口，忘记战功、荣誉、国土

忘记民族，只有舌尖上，女人咸苦的泪滴

战争，多么可怕的字眼

却又是，文明发源的游戏

发掘，从古战场废弃的痕迹
找到了锈迹斑驳的铁块
走近，再近一点儿，我嗅到了可怕的温度
还有肉体腐烂的恶臭、灵魂的痛苦
紧握着手中的恨，而故土下起了雪
鲜艳的旗帜，正飘扬在文明的风口

我们继承了祖先的遗物，火种
野蛮的孽根。请相信
心灵的温度在你我之间
升腾、滋长，然后长出一片无形的大火
融化最后的铁块，铸剑
杀死仇恨

言　语

你总是不满，皱着眉头
我沉默得太久了，生来如此
思想是飘荡的云，远在天边
靠得太近，膨胀的聚集将阳光吞噬
离得太远，稀薄而孱弱，随风而散

为此，我封存思想，回到了暮年
那些个时候，独居成为一种喜好
从广场散步回来，写一封情书

言语都在这里，终于，有人发出
一声浩叹。
开始寻找，恋人、伙伴、敌人
世界变得，热闹、喧嚣、杂乱
于是，渴求逃离，又爱上了独处

然而，记载的故事并不是这样
总会有人敲响我们紧闭的门窗
甚至，直到有一天，突然发现
敲门的人，却成了我们自己
又有谁？
能够躲避，深夜里教堂的钟声
站在每一个战栗的时间点上
你可曾问过自己的内心，自我言语

新的脚印，不断修改路的轨迹
只要你在行走，就是前进的向导
在未来的世界里，不再有人聚集
言语的交流升腾为另一种必然
脱去欺骗、煽动、工具的外衣

一亿年前，我死了，你不会相信
尸骨无存。一个人很伤心，但没有
哭声。怎么会这样，死得这般沉寂
先人，是谁呢，声带紧绷的那一刻
你可听到，树梢飞鸟的低吟

第三天　行走篇

房 子 死 了

人的到来，房子就出生了
石灰的味道仿佛新生儿的气息
爷爷的皱纹在唉声叹气中
不由分说地爬满了整个墙皮
房子也老了

曾经，有两个人牵着牛和羊群
守着一座房子，代代延续，房子也就多了
所有的路连着墙根之间的距离
在暗无灯火的夜晚，松软的泥土
亲吻着脚步间漆黑的默契

屋后的梧桐林，载着满身的黄叶
不停地号叫。就在无数个被冷风灌醉的
白天和黑夜。
直到孩子们取走绑在树上的绳子
也许悬在高楼里的公寓，爸爸们还会梦见
荡起灰尘的秋千，还有小时候的自己

没有人，当然，房子也就死了

时 光 旅 行

假设主人公去过东洋和西洋
去过别人莫不在意的四季，也许
这会儿西洋的水淹死了不明生物
但新闻告诉我们
东洋的火山即将喷发。

有关主人公的旅行，那几天甚至几十年的记忆
一步一个脚印，像时间一样满地爬行
又像风里的灰尘，钻进呼吸的鼻孔
在某一天的早晨，被肉体沉淀
不巧的是，蜂巢盛满果浆、花香
而身体的观望催生一段挤满人群的名胜和古迹
娱乐搅拌着消遣，浸满黏稠的汗滴
于是，腐化势在必行。

有两条腿或一辆车，随便走走
当然，带上几只蚂蚁，舍弃粮食和水
因为，在短暂的路程里
消磨时光比消化食物更重要。

没准儿，蜂群才是天上的风景
可怕的是包括主人公在内的大多数人
一个喷嚏就让时间倒回百年
通过这种方式，我和曾祖父成了兄弟
最后，蚁群席卷而过的痕迹证明这是一次时光旅行。

第四天　人群篇

秃 头 骑 士

当黄昏领着一只猫钻进玻璃时

中年的 R 摆出一副中年人的模样，泡茶

搓一把自己滚圆的肚子，打个领结

在电脑中，收藏几幅骑士的画

还有挂在床头赝品的勋章。

屋外风雨不定，去荷兰吗

游客们常说：景区里晃悠的风车

面对妻子，看报纸的 R 预谋为谁

写一首情歌。

半夜，摊开纸，紧攥勋章

手心汗淌，笔下的空白落满烟灰

直到天明，R 只做了一个梦

我需要一件盔甲，R 想

最好硬过所有人的目光，最好

将喋喋不休的心事遮挡

闹钟，已然惊醒了地震后的废墟

R 又重新站了起来，打理衣装

和昨天一样，他上班去了

演　员

人民 10000 号街的正中央，一起车祸

同一时刻，故乡的祖父坐在厕所边

车体变形，几个人争吵不断

医生说，祖父得了不治之症

时间的懒惰躲在阴天的背后

灰气停滞了 R 嘴边的风，乐趣

应当舔进一片森林。或，至少

去寻找，寻找车祸的速度

然后拨动手腕的指针，沉思

想来多年，R 离开祖父，全无音信

但也未曾忘记，R 不想接近病体

尤其在厕所边的躺椅上

城市的地下商场里出售信纸

买一张邮票，未婚的 R 有一个情人

R 常对镜演说，决定逢场作戏

而微风的夕阳里，执着的表情
出卖了衣领里 R 过度的忠诚

第五天　生活篇

滑　稽

周日的早晨，青蛙们在街头蹦跶
为失去刹车的铁屋子，和

西装革履的人群指挥交通

购物广场的外墙上正播放重复的电影

想都不用想，一定

又是一个或几个傻瓜拯救了外星球

科技、语言都被目光掌控

不过人们不稀罕这些，聊天的当儿

也是紧闭双唇，斜着眼角

或是会心一笑，那个时候，我想

至少在秋波的根底有一场恋爱要谈

城市已经像柳条一样顺畅，再加点儿新绿

肯定是绝对的天堂

此外，从无法感知的渺小芯片里

涌出有节奏的电磁波，那是后人对今人的嘲笑

以经典名著的方式，告诉我们

裸体女郎深爱着驼背老人

他们在都市的上空盘旋了很多年

黄　昏

雨声。从我的心底传来，在耳际嘹亮

壁画，绿叶，还有屋顶的风

对面的阳台，一件洗得发白的衣服

仿佛一团颤抖的白光，刺痛了我的双眼

穿上拖鞋，我走出了家门

已经是午后，但还不是黄昏

地上的草稍微枯黄，这里来了秋天

我又去了邮局，询问是否有我的信件

沉默着，他们摇着头，对我很厌烦

街道上，人很少，树上

一只猫瞪着我，惊恐地叫了一声

脚步有些沉重，老头在拼命地咳喘

西边的天空红了，延伸着我回家的路

黄昏就这样来了，我遇到了一个孩子

对着行人怒骂，真是比他的母亲还恶毒

我写下一句话，树上的乌鸦在拉屎

飞快地跑回家，丢了一只鞋子，我关紧了门窗

打开电视机，我却睡着了，突然有人敲门

有一封信，我谢过了送信人，忍住了日落的苍凉

关掉一切声音和光线，我拆开了信封

屋子里越来越冷，风吹落了窗帘

卷走玻璃，留下了清脆的碎裂声

肿痛的眼睛试图洗刷曾经模糊的视线

终于，我看到，黄昏就在这喘息中结束了

第六天 何处篇

逢

我喜欢有阳光的日子

这样我就能与那人重逢

黑夜是裙裾里的牢房

梦也会劳累，死在黎明的鞋上

5号房的钥匙挂在镜中

我是个男人，一切志在必得

他紧抓钥匙，而我

我们却都无望而归。

供桌前的酒杯香飘四溢

不想杯底依然藏着那人

遗落在门后的责备。

交换多人不愿实现的承诺

好比白昼间散落满地的

无色珍珠，狼藉一片

在何时，何地，逢？

所知骄阳过后，衣杆之上

被烙上点点痕迹

第二辑　小说

老　曹

2014级（文艺学研究生）　徐　亮

老曹干干瘪瘪，除了眼，脸上的器官都裂得很大。众大之中，尤以鼻孔常为人所道，因为老曹的食指一天当中的大部分时间都是在鼻孔中度过。头发稀疏但不失风采，向四方俯卧，油光发亮，认识老曹不几天的人可能以为他往发上喷东西，非也，那是脑上滋生的油水，此油水给老曹干瘪的身躯大增光辉。我印象里老曹是个小老头形象，是因为他走路前倾四十五度，倒背手，快步伐，目对面前方圆半米的地方，而且表情痛苦，脸极度扭曲，嘴使劲儿闭，以双耳垂为两点做线段，加上他的几段广为流传的故事，老曹是"典型"的。

七年前，复读报到那天，老曹收完学费，望着后黑板若有所思，忽然让我在上面写几个大字，写啥他早就拟好了，"从头再来"！这四个字里我有仨不喜欢写，还是硬着头皮上了，老曹背着手站在后面看着，最后勉强中意，从此月考时的标语都是我来写，我这种酸腐文人喜欢拽词，老曹不说什么。不过我很诧异他怎么知道我能写大字呢？

有一次我故意卖弄，在黑板写了句"鹏羽问鼎步天穹"，老曹推门进教室，扭头看到这个，抿了大嘴，皱着眉头，快步来到我面前，朝我身边的椅子嘟囔一句："写这些干什么？"，立马转身走开，都"不敢"看我一眼。我纳闷，又不是我的椅子写的，朝它发什么话，后来发现老曹责备人都是这种套路，才想明白，原来老曹是一个"不强加于人"的人。我们的身边有各种人，但有那么一类人厚道得无复以加，从来不把自己的意志强加于人，而且识此为相当大的痛苦，他们安分勤恳，善良随和，属侵犯意识被割掉的"承受"型人格。所以，他那句"写这些干什么？"的背后，大约是委屈大于恼怒的。

我由此想到老曹的口头禅，我学不来，董伟他们学得头头是道，"你在这里干什么在这个地方以后！"我一直想给这口头禅画个句子成分分析，最后发现句子成分划分的规矩在老曹的创造力面前是苍白无力的，所以一直没有成功，这口头禅有个精髓"干什么在这个地方"这应该是个状语后置的倒装句，在时间不够或者自己太气愤急于喷薄的时候，老曹会用这个精简版。

老曹的个性看官已有了个大致的了解，然而，单是隐而不发，他是不至于成为一个"典型"的。在穿着、书写、对话方面他是很有自己的"一套"：两双皮鞋，两件衬衫，一身西服，够美一年；字体奔放洒脱，汉字笔画除了横是竖，英文十几个单词占一块黑板，所以我们当时上老曹的课大有观赏现代派艺术的快感，尤其是大黑板填满后老曹舞动黑板擦嘴上讲着完形填空粉笔沫子扬雪般上升事后偏偏漏下几笔旧痕的时候，那狂放不羁那激情上穷碧落下黄泉，我往往把这个场景跟毛主席写草书联系起来，伟人气概！伟大的人物都有自己的一套，如果你问老曹问题，他三下五除二给你解决绝对不拖延，可你不能跟他顶，一哥们儿找了老曹的不是，坚持自己的意见，老曹怒道："你懂个屁！"其魏晋风度若斯！

老曹逆来顺受，但智商高，心思细，日积月累，这些事就成了心中挥之不去的阴影，所以老曹喝酒，而且嗜酒如命，当然，他饮酒的姿态还是"别具一格"。开席时，老曹为人师表，彬彬有礼，怎么劝都不喝，往往是一脸幸福的表情摇头道："不喝不喝……待会儿有课，不喝……"眼睛却一个劲儿瞟那酒的商标。对方也是实在人呀，就不让老曹了，老曹就如坐针毡，或者正襟危坐，趁人话酣自己倒点儿。人家看你这还是想喝呀，赶紧劝，老曹这次不敢装了，去他妈的为人师表吧！喝！

胸中有事，饮酒无数，在觥筹交错中，老曹恍恍惚惚进入一个民主公平的乌托邦。可惜老天不公，给了老曹爱酒之名，却没给他饮酒之量。老曹并不介意，他甚至有点儿窃喜酒醉后的发泄机会。

我亲身经历了王二的羊肉汤事件，王二者，精明人也。一日嘴淡，瞅老曹不注意出去喝羊肉汤，羊肉汤者，滚烫烧开，加香菜，泡火烧最妙也，吃一会儿得个时候，连来回赶路，四十分钟拿不下，不到半个小时的晚饭时间怎么能够？不想这日老曹查岗早，教室逛一圈，不见王二，浑身的酒气忽地散开，红了眼，指着周郎、武大骂娘，武大、周郎、我、王二是一个寝室的，当时我正在办公室靠着桌子和语文老师说话，他向我说一些鼓舞的话，忽然武大进来，喘着大气说："快去——快看看吧！老曹疯啦！"

我只得过去，老曹的气已经表演去了一半，见了我，余怒未消，"王二呢！？"我不吱声，老曹很满意我来找骂的行为，认为这是对他的一种尊重吧，遂骂了几句完事，当然没让王二滚蛋。

自命伟大的人物往往喜欢掌控话语权或者用类比证明自己的伟大，而不是自大妄想症。比如去新疆支教那事，是老曹开班会永远的话题，按说班会民主，让同学们发发意见也是好的，可老曹不，把门一锁，大家伙儿就是他的兵了，开场白是毛主席的一首豪壮诗词，"战地黄花分外香！"啊！分外香！老曹眼神随之变得幽远缥缈，仿佛化为万里黄花丛中的一尊伟人雕像，老子站在新疆俯视巴基斯坦，小印度，北望鹰击长空八千里雪山！老曹的话语场极强，他不去当演说家是演说界的不幸是演说家的大幸。但当你憧憬在老曹营造的激情燃烧的岁月的时候，他会在黑板上点几个英语单选重点知识，回不回去得看他的心情。如果大家表现得热情洋溢，老曹又趁着酒兴，那你是大可不必担心这节课成了英语课。老曹为人厚道，不屑为此，他讲英语不过是心思飘到了那上面，而且在这种情况下，演讲氛围跌宕起伏不迂腐，让大家心情潮起潮落痛快淋漓。

四十五分钟的班会是不够老曹发挥的，下课铃响他意犹未尽，大家伙儿饥肠辘辘，眼看着邻班陆续吃饭，熟人还挤眉弄眼，那个丧气啊，老曹视若不见。不过老曹终归是聪明人，心中有数，拖延了二十分钟后，人家都回来了，他会大手一挥，放我们去打扫餐厅的残羹冷炙，老曹的兴致不减，回到办公室接着说，——他并不在意观众已经换了一拨人从接受美学的角度来讲需要做一下简介，老师们对老曹早就有惊愕变成了习以为常，不时跟他插科打诨几句，有了回应老曹的兴致仿佛被鼓风机爆棚了，干脆脱鞋，或者不脱鞋蹲到办公桌上，点燃一根烟，炊烟袅袅唾沫横飞，也不管其他老师还有埋头备课的，有伏案小憩的，比比画画指点江山，仍然喜欢把所有事比作打仗而且自己必须是横刀立马的将军。这些演讲概括了老曹的成长史、创业史、学术史、心酸史！

　　我跟在老曹的复读班级学习了一年，脑海里存储了好多老曹的镜头，最经常想起的是高考前体检的那一回，因为老曹周密安排，策划得当，我们班的体检有条不紊。时至中午，别的老师都回家吃饭去了，老曹为了看好我们，买了一个面包，一瓶矿泉水，坐在我身边的草地上开吃，他牙口不是很好，但因为嘴大的缘故，一口下去面包就减了一大块，老曹草草嚼几下，咕嘟咕嘟喝口水，自得地对我说："今天，我们是战略性的胜利！"当时阳光明媚，照得老曹的头发依稀朦胧，我躺在草地上打几个滚，玩儿去了。

　　两年前，我通过别人的空间看到了老曹的"近照"，老曹的头发白了也更加稀疏了，举着一个有他半个脑袋大的桃子，正一脸狰狞相在啃哩！在老曹面前，永远没有征服不了的事！

人物志三则

2010 级　袁松太

李　　明

　　元旦的时候李明终于结婚了，这让许多人都松了一口气。等到李明回来上班的时候，大家热心地问候："为什么不休婚假？""什么时候在市里办酒宴，酒店订了没有？"我在餐厅看见李明，他脸上挂着笑，与人愉悦地交谈，看神情比年前的时候轻松多了。

　　李明结婚是语文组的一件大事。大约从三年前大家就在努力为李明物色对象，可都是以失败告终。就我听说过的，给李明介绍过对象的人便不下十个，而给李明介绍过的对象更应该不下二十个，单单是校长本人就给李明介绍过两个。大概李明也不怎么会与女生相处，传说他曾经对办公室的女同事表白，上来就是一句"咱们结婚吧。"总之这些红线最终都断了，以致很多同事提起李明就痛痛地骂道："呆子、傻子、笨货！"不一而足。因为此事，李明不知不觉间得罪过好多人。可命运有他自己的安排，李明也在等待着他自己的缘分。

我是在今年三月份来单位实习的时候第一次见识李明的。那天我来学校，携带的一堆行李要搬运到语文组，帮我忙的就是李明。他很热情，也很有力气，不避重，也不顾行李上的尘土，很利索地抓着就搬了。于是，我对李明最初的印象很好。

当时张姐给李明介绍的对象刚刚成，谈起这事儿李明还很羞涩，我也就是在几个同事偶然的谈话中听到了这个内容。大家都知道李明很害羞说她对象的事，却故意要逗他，取乐他。大家总会问道："李明，啥时候把你对象领到咱办公室来，给大家见见面？"又或者是说："李明，咱们办公室这周聚餐，要不你带上你对象吧！不算她的餐费，行不行？"每当这个时候，李明的脸就会红起来，然后慌张地推脱，说她对象工作忙、没时间，再然后就是埋头办公桌，细心备课、批作业。

李明认真的工作态度是整个语文组少有的。他不是班主任，却每天待在办公室，来得很早，下班却很晚。批作业，总是不停地批注；备课，总是写很多的教案；组内集备，也总是会提很多问题。据说，李明的课堂也很精彩、很受欢迎。可还是有人批判李明课讲得太烂，一篇《祝福》给学生讲了一个星期，太拖沓。我当时更信别人，不愿信李明的才华，就以为李明讲得不好，最终也没有去听过他的课。

后来我多少有些遗憾了，因为李明是我们单位有名的才子。李明是人大的哲学硕士，来单位之初的时候为学校写过长篇颂言的，当时很受青睐，几乎被大家传成了校长御用的撰稿人。李明也爱说真话，大家私下里谈的，他都敢在大会上说，大家有的意见，他都敢在大会上反映。凡是开会，其他人的演讲都可以不听，李明的讲话却不容错过。李明大概是得意忘形了，以致在校会上点名批评校长的办学理念，还大胆地呼吁道："校长，你醒醒吧！"结果也可想而知，李明在高一接连待了三年，连个班主任也混不上。从那以后，就没有人夸李明有才了，反而说李明傻的人，倒是有一堆。说别看李明名字里带个明，其实心眼儿里比谁都糊涂。我当然无缘那样精彩的历史瞬间，可好心的同事私下里告诫我一定要以此为戒，我自然了解得清楚。

我当时也偷偷劝诫李明，凡说话之前要三思，实在不行就少说话。可不久就发现这种告诫是没有意义的，因为李明说话习惯张口就来，似乎他的嘴只和肠胃相连，不连接脑子的。从此，我也明白很多人提到李明时候的无奈了。

　　等我再回到单位上班的时候，李明已经在和他媳妇讨论着结婚的事了。结婚少不了房子，可是李明就不想买房子，甚至他也不愿意掏彩礼钱。每回到了饭桌上，大家就劝他：房子得买，彩礼钱也得出，不然，人家凭什么要把女儿嫁给你？李明油盐不进，逐渐地大家由劝说变成了为他担忧，身后总会说李明这婚事不靠谱、难成，说着摇摇头。

　　可后来就传闻，李明的丈母娘答应给他们夫妻二人买套房，再后来，房子又没戏了，因为李明要求房产证上也要写上他的名字。再后来，又传闻他丈母娘同意李明先结婚再买房了。这时候，大家反而觉得李明的婚事更没戏了，但毕竟不是自个家的事儿，所以大家也就当乐子，谁也没太当回事儿。直到年底的时候突然传出爆炸性新闻：李明元旦就要结婚了。

　　还记得曾经一次在饭桌上吃饭的时候，有人善意地劝说李明：可以先在市区买一套二手的小房子，等过几年有了积蓄再把小房子卖了换一套大房子。谁也想不到李明居然当场就题发挥，大谈二手货是如何不好，尤其可恨的就是二手女人。李明说得眉飞色舞，振振有词，而同桌的几个女同事却听得脸都绿了。就这样的男人也能娶得上媳妇？大家都不信，甚至诅咒李明，就该一辈子单身。甚至有个女同事和她老公讨论女儿将来嫁什么人的时候，她老公也毫不犹豫就说道："什么人都行，只要别嫁李明那样的就好！"

　　李明究竟还是结婚了。元旦放假三天，他提前两天回老家，凑着节庆放假，就把婚礼给办了。可大家想不通，李明这样的人，怎么就结上婚了呢？于是心中咒骂："李明呀，李明，你他娘的到底是真明白还是假糊涂呀！"

乔　柯

　　乔柯和李明不一样，在大多数人看来，乔柯的婚姻还是比较顺利的。他们夫妻从来恩爱有加，大概在 2011 年两个人就步入了婚姻殿堂，等到我来单位实习的时候，他们早已经是大家称颂的模范夫妻了。

那时候乔嫂子已经怀有身孕了，每日里上下班都是乔柯骑着电动车接送，无论多忙多累，都从不在这件事情上打丝毫折扣，真可谓风雨无阻。我有缘在办公室里见过乔嫂子一面，只看她身材很是瘦小，还瞧不出怀孕的痕迹。我当时的印象就是乔柯比他媳妇大了好多岁，究竟大多少，我也不太清楚。不过用乔嫂子的话说，两个人是差了一个年代。

等再见到乔嫂子的时候，我都已经正式工作了。在一位同事的婚礼上，我看见乔嫂子，她挺着的大肚子已经很明显了，与人说话却依旧很柔和，有着江南女子的温婉娴雅之风，但对于乔柯就很有霸气，很横。我当时想，大概是她怀着身孕，乔柯在有意顺着她吧。

从那之后，就经常能在校园里看见他们一起散步的身影了。总是乔柯小心翼翼地搀扶着乔嫂子，就像是双手捧着一尊水晶菩萨，生怕有丝毫闪失。乔嫂子也总是面带微笑，依旧很温和。离预产期越来越近，就经常在办公室里听说，乔柯又为他家孩子准备了什么衣服、尿布、奶瓶等等，每次在办公楼里看见乔柯，他也总是在快乐地忙活着。

过完元旦大伙终于等来了好消息：乔柯家添了个胖小子。这新闻对于大家是个绝大的好事，以至于风头很快盖过了李明的婚事。人们感慨这孩子来的多么珍贵，也不由得感叹乔柯夫妇这些年的艰辛，我这才逐渐知道了他们夫妇婚姻的不易。

乔柯为人和善稳重，讲课却能旁征博引，风趣幽默，引人入胜。这位毕业于武汉大学中文系的高才生，平日里的为人丝毫看不见作为中文系学生所惯有的孤高桀骜，也许正是基于他的学识与其做人的品性，才总能深得学生的崇拜和追捧。

乔柯遇见乔嫂子的时候，他还是一位实习教师，至于乔嫂子则还是一名情窦初开的高中女生。大概这种师生间的情愫在当时还只是懵懵懂懂，如梦霭如织纱如幻影如烟霞，在似有与无之间，但随着时间的流逝，交往的密切，也就擦出了爱情的火花。

大凡师生之间的恋爱还是会受到周围人的诟病甚至阻挠的——读过《神雕侠侣》的人都能理解那其中的苦难与艰辛。我无法想象乔柯与乔嫂子当初面临过什么样的困境，只是现在简单听说乔柯大学毕业后便留在了武汉，之后乔嫂子考上大学，乔柯就随之搬迁到大学所在的城市，进入一所私立高中教学，并为乔嫂子承担了大学期间的所有费用。等到2010年我们单位招教，乔柯又通过招考从孝感来到三门峡，乔嫂子也义无反顾地追随而来，并在不久之后和乔柯报名参加了教工们的集体婚礼。

纵观他们的经历，乔嫂子似乎从来就和她的父母、家人鲜有往来，乔柯就是她的撑天大树，也是她的全部。但等到他们结婚的时候，乔柯还是给岳父母寄去了五万元的彩礼费，虽然二老都不愿来参加他们的婚礼。

乔嫂子虽然身材瘦小，但身体康健，神采奕奕，临近分娩依然状态极佳，所以医生建议她采取顺产，大概这样更有利于将来孩子的成长发育。开始时一切顺利，可到临近终了时，乔嫂子还是由于身体弱小而体力难支，虽然医生迅速地采取措施，孩子还是因为短时缺氧而被重症监护。

乔柯在群里分享他儿子的照片，告诉大家孩子已经脱离危险。我们看到一个白胖的婴儿安静地睡在培养箱里，平稳地呼吸。虽说好事多磨，但我希望乔柯一家人的生活，能够越过越幸福、美好。

老　毕

当初我要拜师的时候，就在毕和苏之间徘徊，而最终我选择了苏。我当时的理由是：毕有仙气，苏接地气。而我拜师要选一个务实的人，自然就选了苏。

之后的日子，我更加认定此举在当时是何等之明智。苏是班主任，经常整天地待在学校，我有任何问题都可以随时请教他，有困难也可以求助于他，而毕只作为任课教师，他常不坐班，想来就来，想去就去，来去自由，无人拘束。

苏又是周到之人，凡事总能考虑周全而操办稳妥，对我的指点也精当而细致。毕却是大略之人，不关己之事，绝不肯关心；至若生活琐事，更是不拘小节，得过且过。毕以往所带徒弟，也总是自然生长，结局多是脱离本行，参加公考，进其他单位谋生。

苏在言论上更是谨慎，力求得体，而毕常常是嘴不把门，话不过脑，真是言为心声。

就这样，老毕就像如同游离在体制之外的自由人，却又无事彰显着他的才华。

语文组有三位大仙：毕、苏和王。苏是地仙，王是天仙，毕是散仙。

中秋节时，学校组织大家去山里赏红叶。景区单位承诺给大家免票，但学校想让大家承担各自的路费，众人议论纷纷，都不乐意出钱却又没人挑头。当此际，老毕评价了俩字"丢人"，鬼晓得这话竟然传到了领导的耳朵里，于是大家不仅没掏路费，返程中校长还自费请大家吃了当地的自助餐。于是整个旅程其乐融融，好一段日子，大家都念叨着老毕的好。再有此类事，大家总会学着老毕的语气说"丢人"，可是老毕竟再也没有说过。

登山的时候，大家说说笑笑，拾阶而上，或是大步在前，健步如飞，或是分享饮食，观赏风景，都怡然自得，乐在其中。唯有老毕，步履沉缓，气喘吁吁，斜披着外套，又用手绢擦拭额头的汗珠，完全丧失了往日的风采。青年人惊诧于老毕的狼狈时，苏却给我解释说："老毕养生！"上午的登山老毕一直尾随而行，下午的行程索性半途而废。

老毕以静养生，但在养生方面，更偏爱饮食养生。后来，苏进一步归纳了老毕的养生技巧，曰："淡、松、酥、软、烂"，且忌饮酒。每次聚餐，大家都会争相为老毕添酒，以此打趣。老毕的躲酒功夫其实了得，虽不能免于沾染，但从不会多喝一口。

办公室里老毕和建互称亲家，苏和班互称亲家，王和席互称亲家。聚餐之时，亲家们之间便会摆出一副相互较量的姿态，班和席夸说苏和王喝了多少，说建的亲家喝酒如何不行，如何不靠谱，以此来刺激老毕。建心知其意，也和大家应和着，给老毕定指标下任务。老毕从来都无动于衷，反而大家是乐此不疲。

可老毕又的确有过醉酒。那是在学校集体婚礼的酒宴上，老毕脸上泛红，漫言道："又一位女神踏入了婚姻的坟墓。"就是这句话，在语文组里流传甚广，成为老毕醉酒的终身印记。劝酒无效时，班就会搬出这件事来戏逗老毕，借问老毕女神的标准是什么，学校里某某和某某哪个更漂亮，或是学校里哪个最好看？

说到审美，老毕就绝不讳言，甚至不惜红着脸与班争辩。班也擅长这类争辩，大家倒是乐见这种场面，于是你来我往，针锋相对，唇枪舌剑，好不热闹。

老毕的审美趣味大概早已为人所知，就有人认为他对众多女性都有浓厚的兴趣，加之以传闻老毕和多位女网友及女同学看电影及逛风景区，学校的杨又给他起过一个绰号叫"花花牛"。这个绰号我也有耳闻的，但我却清楚知道老毕的清白。他所以去见那些人，大抵是出于理财的需要。

理财乃是老毕近年来之最大兴趣。早于十年前，老毕就评过了副高级职称，之后工资又晋升到了五档，还想跻身管理团队，奈何无人赏识拔擢，教育之路进无可进。到了事业高原期的老毕眼看年将不惑，感叹人生蹉跎，明白功业难成，精力转向他途，遂萌生理财之兴趣。

既不能扬名立万，何不妨赚钱养家！常言道"失之东隅，收之桑榆"，老毕就这样转而专注于理财，竟然别开天地。

可是网络平台的高回报也意味着高风险，有多少投资平台一夜垮台，负责人卷钱跑路，又有多少投资人一夜破产，老毕心里自然都清楚。所以，他也是如临深渊，如履薄冰。研读理财书籍，浏览理财报刊，自学 IT 技能，更换智能手机，查阅平台数据，真是做足十分功课，下够一番功夫！然，功夫不负有心人，老毕的理财是成功的。他的理财行动始于支付宝中高回报的余额宝和招财宝，继而转入 P2P 平台上的理财产品，最终通过信用卡套现和代理投资获得大额本金，真正实现了经济创收。

而老毕之所以经常去与那些看似不清不楚的人混在一起陪吃陪喝陪玩，就是为了托关系，办信用卡，搞低利率贷款，帮熟人理财，甚至是借用商户POS机实现信用卡套现。

婚

2015 级 李 乐

　　狗骑兔子（一种三个轮子的交通工具）"突呜呜"地在去往夏家营子的沙石路上颠簸前进。太阳明晃晃的、天空上没有一丝云彩、地上没有一点儿风。男人的腋下湿漉漉的洇着两片，气味同车内的污浊气混在一起，车窗是没有必要开的，纵使车子行得再快也进不来丝毫凉气，外面只是一层层厚厚的慢吞吞涌动着的热浪。梁秀眉毛上面的几缕头发已被汗水胶着着紧贴在额头上，脖颈像是在被水洗着一样，汗水汩汩地往下淌。

　　不过梁秀和她男人都是忍得了这热的，这内蒙古高原上的盛暑对于两个在华北平原的南端长大的人来说实在不值得大惊小怪。

　　亲家公在村口的几棵杨树下接了梁秀和她男人，热切地寒暄着到家里小坐片刻后，便都坐上最后一趟运送祭敖包器皿的拖拉机，向南敖包山驶去了。

　　林间温热干燥的微风吹得梁秀难受地眯着眼，脸上汗水被风干后皮肤涩涩的。儿子儿媳和儿媳肚子里的小家伙都早早就到山上去了。哎、梁秀觉得自己大概是中国最后一代如此年轻的婆婆了，她还没有年轻够，儿子儿媳便以这样一种方式把她强行推入老年人的行列里了。年轻又有什么用呢？她斜着眼瞧她男人，男人正和亲家谈古论今、又说起今年香港将回归的事情。梁秀看着他们在拖拉机上指点乾坤的架势，觉得有些晕车。

系着大红花的全羊已经烤好，山坡上，乡亲们搭起的灶台里面正煮着羊扒肉，羊汤的香气、羊肉的膻味、羊血的腥臭笼住了整个山坡。在小丘顶端石头堆砌的小塔中间竖立着一大截粗壮的树枝，也有可能那就是一棵小树，五颜六色的布条从那里出发，攀遍整个山坡。大红、翠绿、浅粉、深蓝，村民们也极尽其能地穿得热闹、鲜艳。严肃的祈雨仪式短暂得简直像是敷衍，好像这场盛大的聚会才是祭敖包的目的。梁秀和她男人算是外来的客人，他们同他们新婚的儿子儿媳一起被热情地推进人潮里，人们手挽手、臂挽臂，围绕着小丘顶端的石塔载歌载舞。

儿媳妇拉着梁秀的手去听乡亲们唱山歌，乡下青年男女紧绷的黄褐色肌肤上洁白的牙齿格外鲜亮，声音更是嘹亮。迁居于此生息繁衍的中原人守着蒙古族的习俗过着这个节日，但是仪式已经被简化，骑马、射箭梁秀是都看不到了。几个皮肤黝黑的赤膊男人在一片干净柔弱的土地上撕扯半天，梁秀才恍然大悟：噢，这是在摔跤。一个肌肉结实、古铜色皮肤的男人一加入便将梁秀的目光锁住了。梁秀失神了，任自己的目光贪婪地在他身上游走。他察觉到了，回以一个挑逗似的笑，惊得梁秀又羞又恼暗骂这人好不要脸，匆匆挤出围观的人群。

大旱不过五月十三，不愧是雨节。几句话的间隙，乌云就铺过来了，雷声好似饥饿的人肚子里辘辘的声响，顷刻，黄豆大小的雨点像踩着鼓点一样、密密地砸了下来，嵌进土壤里，填充庄稼地干瘪的肚皮。雨中的众人无处藏身，除了怀着孕的大媳妇儿被送回了车里，其他人在雨中依旧欢欣雀跃地笑着唱山歌，仿佛已经预见了这一年粮谷满仓、大好收成。

二十年来梁秀纵使生活在北方也依然是过着南方人的日子，直到今天她才明白北方人生活的滋味原来是这样的。

梁秀上身穿的小衫不知道是什么材质，总之是和这山上其他妇女穿的土布做的衣裳不一样，软塌塌、湿答答地贴在了身上，两只小巧的下垂了的乳房和凸起的两只小樱桃被完完全全地勾勒出来。梁秀窘迫地站在这片光秃秃的山坡上、站在这热闹人群中，尴尬、紧张又寂寞、失望。她就这么呆呆地站着，双手断掉一样垂在身体两侧，尴尬与紧张被雨水冲垮了、被年龄磨蚀掉了，四十岁的女人，羞涩只是一瞬的感觉罢了。她甚至放弃了抱起胳膊遮羞、她垂着的眼皮时不时抬起，十多年的寂寞驱使着她在这一片热闹的混乱之中恬不知耻地渴望了起来。

那个摔跤的人就是在这一片天地人和的沸腾中出现的，隔着雨水和人群，他在看梁秀，眼里带着火。她被他带到拖拉机的后面。梁秀突然想起她和她男人刚刚下岗那段日子，她为了养家糊口出去卖自己做的鞋袜，成了家里的顶梁柱，他对她的家庭暴力在那个时候结束的吧，对的，就是在那个时候，因为他需要她的钱去买酒喝。她对他的冷暴力也是从那个时候开始的，十多年来就没再让他碰过自己。他忍无可忍的时候用各种下三烂的招数戏弄她，有一次他叫她去煤屋里架子上拿机油，她果然如他所愿中了套摸到了那一袋热乎乎的屎。他妈的，你个不得好死的狗杂碎，雨节不也叫王八节吗？哈哈哈，我给你过节！

然而那个健壮的陌生男人真的要扑上来的时候，她却怕极了，哀号起来，声音惊动了附近的人也喊来了她男人，男人冲过来就是一拳、砸在那个摔跤手的脸上，摔跤手想要回应但已被儿子摁倒在地。回家的时候她才看见男人偷偷抱着拳头嘴咧着倒吸冷气，怀念起当年他殴打她时壮牛一样用不尽的力气，心满意足地笑了：原来不只是她一个人老了。

读了书的女人总是喜欢把自己当成圣母。梁秀恶狠狠地想。晚饭的时候，儿媳说晚上要和她一起睡。

"那怎么行？两口子要住在一起。"

"那有什么呀，爸爸不也是自己在楼下睡吗？让他们自己睡自己的，我晚上陪着您。"儿媳为自己的小聪明忍着笑，梁秀在桌子底下狠狠踢了男人一脚，说：

"谁说的，你爸晚上要过来睡的！"

"嗯，嗯，嗯。"男人紧跟着配合，也因为这突然的峰回路转欣喜得不敢相信。

儿媳的计谋成了功，和儿子挑挑眉，可爱地一笑。

梁秀闭着眼静静地躺在床上。

她知道他抱着被子上楼来了，宽大、长长的脚掌踢踏着拖鞋拍打着楼梯，家里只有他才能有这样的声响。她想起自己还是姑娘的时候，在老家，他上门提亲，穿了一双黑色的布鞋，却仍在梁庄的石板路上踩出"嗒嗒"的声音，她偷瞄了一眼他大大的脚，心想"这个人的脚掌好有力气啊。"梁秀也不知道今天自己是怎么了竟然想不起后来这双宽大有力的脚踹向她时，她有多绝望。

床吱吱呀呀地发出细碎的声响。她知道他已躺在身侧。她仍闭着眼。那张不复年轻沟壑纵横的脸，她不想看。可是她今日如何也记不起年轻时他喝得大醉对她拳打脚踢、用最恶毒的语言辱骂她时有多狰狞。

他们就只是静静地平躺着，渐渐的一起呼气、吸气，像在玩一个极有默契的游戏一样悄悄地调整呼吸。

不知道男人是什么时候翻的身，端详着梁秀的耳朵和鬓角几根突兀的白发；也不知道梁秀是什么时候睁开的眼，一会儿看着天花板，一会儿看着男人。

男人把粗糙坚硬长长的手伸进她的裤裆。

她想起相亲时自己拘谨地坐在炕桌旁，他递来一只大茶缸，里面稀稀拉拉地飘着几根儿茶叶，水被颤的荡起一圈圈涟漪。她垂着眼睑端详他持着茶缸把手的手，那双工匠的手，算不上白净，但修长且骨节分明。后来家里的桌椅板凳、儿子们幼时的玩具都是他亲手做的，也总有他自己的心思在里面。她从不告诉他第一次见面她就觉得"这是一双艺术家的手。""喝水。"他喉咙里挤出几个字。她正端详着他的手听见他的声音羞得把头低得更低了："我不会喝。"

梁秀闭上眼。脑海里家乡青砖堆砌的老院里，鸟扑棱棱地从黑色的屋檐上飞起；田里的棉朵和和天上的云朵一样纯白、绵软、饱满；院子里枣树下新修的水缸被砌在水泥里，水中有肉眼可见的杂质却仍是那么清澈甘洌！最后她看见故乡老屋窗外那弯月牙、如水的月光从松树、杨树、白桦、榆树等所有她认识的树杂乱的枝叶里透了过来，洒在这张破旧的床上。

另一间屋子里大儿媳在备课，朗诵着明天要给学生们讲的古诗："明月松间照，清泉石上流。"

楼　　上

2014 级　杨若甜

1

　　孙小姐开门的时候听见楼上有窸窸窣窣的声音。本来就是老式的筒子楼，上下隔音效果不好，她本来以为是楼上的阿姨下来倒垃圾，也没有太在意，等到转身进屋的时候，不经意地往上一瞥，才看见一幅老人深刻的面孔正镶嵌在角落里。

　　这一跳吓得如同楼板结实。

　　她晃了晃眼睛才从门缝里探出去，那诡秘的老人面孔随着视野的狭窄而真切起来，只是一位老人家蹲在角落里而已。

　　楼上并没有住着这样的老人家。

　　孙小姐在这里住了很久了。她家住六楼，老筒子楼，七楼就是顶楼，一层两户人家，面对面，人情冷漠，楼上楼下见面打个招呼的客气还是有的，据她所知，楼上住着的两户都是中年的夫妻俩。

　　孙小姐浮想联翩了一阵子，有冷气从头顶心一直钻到脚底板，"丝溜"

一下得起了鸡皮疙瘩。她琢磨着是要给朋友打个电话才好，话到嘴边又说不来，想着就怕，说出来更怕，就说别的，插科打诨一阵子，做饭去了。

没多久孙老太回来了，家里有人就好。

吃完晚饭出去散步的时候，孙小姐又往楼上瞥了一眼，尽是深深浅浅的阴影，好像是还有个老头蹲在那儿，又好像是楼上人家堆得垃圾箱子。孙小姐看了一眼孙老太，楼道灯光昏暗，老太也是一副深刻的面孔，她忽而想到大约是年龄相仿，自家的妈就不会对着楼上的人影多想，这大约是老掉的人之间的默契。

孙小姐扯扯孙老太，指指楼上的那图层丰富的阴影，她说的话就像掺着冰碴子，麻麻索索的。孙老太"哎哟"地叫唤一声，狠狠地在孙小姐身上打了一巴掌，"瞎讲，是人家亲戚，跟在后头胡说八道的。"

人还能长得这个鬼样，吓死人了。孙小姐下楼去了。

2

虽然都是住在老筒子楼里，但还是有身份地位的区别。

有时候来不及关门，邻居不经意地往屋里边瞧一眼，有没有地砖墙纸，往外延伸点，各家的防盗门都是不一样的，一户住了几口子人。大家都住一栋楼，互相之间码一码排个地位总是要的。孙小姐对面那户人家，能跟变戏法似的钻出来七八个人，也不知道是怎么塞进去的。

对面那户姓李，户主是李老太。

但是大城市里，人际关系应当是冷漠生疏的，因此再大的热闹也不能名正言顺地去打听，只能是在路上遇到的时候耳语几句，抿唇笑一笑，这样才是体面的。再者，像孙小姐这样年轻的人是万万不能越了辈分和老太太打听的，这个缘于尊老之类的传统，再好奇也只能是孙老太去问一问李老太。孙小姐有时候也想，如果当初一直把妈放在城郊的小房子里，楼里发生的事情自己大抵就永远都打听不到了。

虽然是对面，但孙老太不是户主，因此她虽然住着两个人的屋子，论地位，实际上是比不过户主李老太的。

然而身份地位是不能阻止老人家之间的友谊的。

孙老太一早买菜的时候遇到李老太，就去问她："哎，老姐姐，你知道楼上那户有人搬进来吗？"

孙老太话一出口就知道不对了，问的直白了。故而李老太抿着嘴笑的动作她也稳稳当当地预测到了，她及时地亡羊补牢，"啊哟，那天我家闺女一眼看到楼上一个老头蹲着哟，吓死来。"

李老太笑着说："小孩儿现在就是这个死样，看点儿东西就咋咋呼呼。"

两个人推磨似的唠叨到六楼，李老太讪讪地笑了就要回家，忽然听到李老太秋叶落地般的一声叹息。因了这一声叹息，她佝偻着背的样子忽然显得仪态万千起来，于是就这么仪态万千地扶着自己的老腰钻进她拥挤着七口子的温暖家庭。

"楼上这家人，对老人家不怎么好的哟！"

这一句叹出了两位老人家的心声。

3

楼上那户人家和整栋楼都格格不入。

一来是他家有着一扇藏青色的、厚咄咄的防盗门。

相比之下，孙老太的门是极富有时代气息且身躯淡薄的铁门，而对门李老太家的铁门上则宛如大小姐闺阁一般，在四方的铁棍子上糊着纱网，幽幽透透的很有旧时情趣，只是铁棍锈迹过分了。

铁门的区别足以支撑起邻里指点的论据了。

而楼上人家如此奇妙的隔膜在这栋楼的氛围之外，大抵还是因为七楼缺少一位沟通的老人家。

现在惊鸿一瞥地看到一位，六楼的两位老太心情自然不言而喻，就是为了邻里间的和平也应该多多联络的，更不要提她们几次看到那位老人佝偻着身躯窝在台阶上，这是何等心酸的日子啊。

老人家是独立的一个种族，老人家的苦只有老人家懂，又因了老人家总是心善，于是她们默契地找到七楼的老太。

七楼的老太姓钱。她住的最高，年纪自然是最大。上下楼都是要拄着拐杖的了，耳朵也不大好，讲话要吼吼嚷嚷的，因此来去都颇有些浩浩荡荡的意思。她和自己儿子媳妇住，家里还有一个六七岁的孩子，比拐杖拄地还要吵。

她正是拄着厚厚的楼板上来，六楼两户却不约而同地开了门。

之后便是个极其小型的茶话会，不过有茶的只有孙老太——她顺手从桌上抄了个搪瓷杯出来。茶香被楼道里的潮气淹没，但三位老人家的感情却升华得很好。

钱老太虽然反应不如两位年轻人快，但基于年轻的两位十分体谅，容她虚着眼睛叨叨一会儿后，也就想清楚了。

七楼搬来了新的老人家，不管是哪一个朝代的传统，都应该登门拜访一下的。

4

三位老太太好大的阵势。

门很快就开了，门框里镶嵌着一位赵先生，背景是其乐融融的家庭晚餐，唯一不和谐的一点是角落里蹲在毯子上扒饭的老人家。

于是，簇拥在门口的三位老太太此起彼伏地跳起脚来。钱老太跳不了，只好重重地跳了拐杖，然后敲打出的闷哼声并不如跳脚响亮，她羞红了老脸。

她们本是带着建交的友好而来，继而在建交的基础之上去发展并调研一下赵先生家对待老人的态度，如今却不费一兵一卒达到了目标——那老头正佝偻着窝在地上吃饭呢。

怎么能让老人家窝在地上吃饭？这已经是可以上社会新闻的大事了。

三位老太太仿佛被提着脖子拎出去的鸭子一般嘎嘎地发起火来，烧成了一把旺盛的夕阳红。而孙老太终于还是败给了一辈子积淀下来的脑膜，她败给了自己，于是愤怒地禁了声，拍了拍李老太："老姐姐，你跟他们说！没有这么做人的。"

吵闹的声音太大了。孙小姐上楼来拉人了，李老太家里的六口人也要来拉人了，孙老太家的门也开了一道缝了。

眼看人都到齐了，赵先生再也瞒不住了。

欺侮一位长辈和欺侮一尊菩萨，因了"百善孝为先"，那自然是前者更为严重的。

赵先生一五一十地说出了真相。

5

赵家的先生去哪一座山里考察，当地人赠送了一尊电视机那么大的石头菩萨。因为那山的灵气不可考，当地人的传说也不可考，于是这尊菩萨便显得格外尊贵起来。

再说，又有"宁可信其有"之类的老话，支撑起了石头菩萨在这个方寸见长屋子里的地位。

它做菩萨的那些日子，是值得被这个年代别的石头菩萨所艳羡的。尤其是和戴在脖子上被汗水洗涤得干干净净的，还有闲置在家里角落蒙尘的那些相比。它的面前日日都有香火的，头顶一片灰尘时常擦拭，且赵先生和赵女士无事时还会拜一拜。

当然，这比较是只可在同一等级的石头之间进行的，倘若是玉质或是镀金之流，那又是另一个等级的事情了。

心诚则灵，总之，在赵先生一家这样虔诚地供奉下，这尊菩萨终于睁了眼。

是真的睁开了眼睛。

最初发现是赵太太。她晨起要去洗漱，就看见自家的神坛上失了神。

菩萨从自己的底座上走了下来，佝偻着身子蹲在另一边的角落里，又成了古老的一尊。

菩萨原先是盘腿坐上莲花上的，大约是坐得太久了，他后来喜欢保持蹲坐的姿态，于是就带着一脸深刻的皱纹窝成一位老人的样子。

比起菩萨睁了眼这件事，赵先生更不能接受的是菩萨竟活成了这样不体面的样子。现在就是楼下摆摊子的老头老太都会带个矮趴趴的椅子垫着屁股。

菩萨不说话，想要什么就从喉咙里挤出一些"咕噜"。但赵先生也不是石头里蹦出来的，他伺候过老娘，也自然知道怎么伺候菩萨。只是菩萨活得跟人未免太相像了些，咳出来老痰黄浊浓稠，闻起来也是一股子老酸菜的发酵味，之前烧了那么多上好的香火都没有熏陶到一些吗？

赵先生虽然拥有与众不同的防盗门，却是和别的人家一样的户型，孩子一间卧室，他们夫妻一间，剩下就是客厅、卫生间、厨房和阳台。孩子是不在家住的，因此孩子的床上堆了许多杂物，本来应该收拾一下让给菩萨住。但一个毛孩子睡过的床再让给菩萨住，这毫无疑问是大大的不敬，于是赵太太去拾掇出一个顶好的羊毛毯子，给菩萨铺在客厅里。

于是菩萨的莲花底座转而变成了一个顶好的羊毛毯子。

也就和赵先生一起吃饭了。最初是请上桌吃，但是菩萨咀嚼食物的声音太喧嚣，加上捣筷子和敲打瓷碗的声音便是一首交响乐。赵先生向来是很庸俗的人，他做过最为文雅的事情就是在家里供奉了菩萨，而那点儿文雅也随着菩萨的交响乐消磨殆尽了。

菩萨回到自己的毯子里过活，至多是去一趟卫生间。

不几日菩萨熟悉了这里，便有了动物的敏锐似的喜欢趁他们不注意挪出屋子，他就窝在门口，目光像石头一般粗笨混沌。

赵先生和对门的钱老太解释说这是自己家远房的亲戚。他和一位老太解释，也就相当于和所有老太太解释过了。

直到那天，藏青色的、厚咄咄的防盗门被敲醒了。

6

这样的新闻应该装到什么版面去呢。大家不约而同地发起愁来。

因为还没有想好这条，所以也就不便直接把活菩萨抬到电视台去，且这又是高层住户之间的事情，总不好大喧大嚷地让中层和底层的住户来咸吃萝卜淡操心，于是四户人家摆了酒，坐在菩萨的羊毛毯子跟前开会。

赵家养活了菩萨，却又怠慢了菩萨，功过相抵，大家暂且饶恕了。而在座的诸位只有赵先生有开会的经验，便理所应当由他来主持。

他一回家就换了裤衩和文化衫，这点有些遗憾，显得不怎么庄重，但赵先生用面部表情多少弥补了，他交代了菩萨死去活来的始末，大家陷入了长久的沉默，唯有菩萨吃饭的喧嚣恒常如新。

孙老太在开会的最初就躲在了孙小姐的背后，这件事情上孙小姐最初是受到惊吓的，她如今回忆起来，实在是懊恼自己把菩萨比作鬼物的大不敬。而李老太家的六口子因为被挤在了外面，故而对这件事的掌控力很有限，钱老太家则是敞开了大门，由钱老太站在最前面，气定神闲地敲打着大理石的地板，发出十分清脆的声音。

说真的，赵先生也十分想把菩萨送走，活人和死物毕竟是不一样的。但这一点上他不能表达得太明显，赵太太很敏锐地意会了，于是李家提议让菩萨继续待在赵家时，她并没有接话。

他们家一住七口，根本不明白家里只有两口人的快乐。

孙老太是明白的，但孙老太一直苦于赵家没有老人交流，促进邻里关系这件重要的事情，因此并不十分地希望菩萨走，以她看，菩萨这样的年纪，好好培养一下，必然是一位很好的话搭子。这点儿隐晦的想法早就被钱老太洞悉了，她素来以自己是顶层唯一的老人而自傲，因此并不满意让菩萨留下的决定。再说，菩萨只有坐在石头花上的，糊在纸上的才算，钱老太并不认可这位和自己一样气味醉人的老物。

大家各抒己见，伴随着钱老太的拐杖清脆，场面一时十分的热烈，民主而自由的气息悠扬。

最后大家决定，把菩萨送回寺庙去，和尚们总会有办法的。

7

说干就干。

弄来了一块木头板子，刚好和之前石头莲花的大小差不多，壮年的男人把菩萨抬上去。赵太太看着他们轻快地把菩萨抬出门，一瞬间有些鼻酸，她依稀想起赵先生抬他回来的那一日，也是个闹闹嚷嚷的午后，蝉虫轰鸣。

就在大家"嘿哟吼""嘿哟吼"喊着整齐的号子，把菩萨抬下楼的时候，钱老太忽然拄了一下拐杖，这样一声猛然间打断了他们的号子，于是节奏参差，于是有人手抖，说时迟那时快，菩萨"哎哟"地惊呼了一声，"咕噜咕噜"地就从木板子上滚了下去。

大家去追。

滚得飞快。

追上了，拦不住。

中层住户和底层住户都开了门，想看看高层这些男男女女搞什么幺蛾子。

忽然，有个少年挺脆生地嚷了一句："哎哟！"

赵先生听出是自己的儿子，猛然就急了："儿子！"

"爸！咱家这石头菩萨怎么滚下来了？"

大家冲下去。

少年人脚边上端坐着一尊石头菩萨，慈眉善目。

没窗的房间

2016 级　马　月

中午十二点，北京车站。

王小川拖着一个黑色行李箱，从人群中挤了出来，他身穿白色衬衫，黑色短裤，一双普通的运动鞋，眼睛不时地往周围瞟，想找到一家便宜的饭馆。可他人生地不熟，对着花花绿绿的招牌一阵茫然。八月的天，太阳热辣依旧，他拿手背往额上和脖后颈处抹了一把，立马湿透。白衬衫紧紧地粘在皮肤上，瘙痒感让他全身难受。肚子不合时宜地发出"咕噜噜——"的声音，他看着周围经过的人们，有些脸红，一手捂着肚子，另一手死死地抓着行李箱，手掌仿佛要和拉杆融为一体。"找个便宜旅店吧"，他想，"反正就住一晚"。

穿过天桥，正好有一家青年旅社，王小川走到跟前，发现门口挂着"客满"的牌子，叹了口气，他又左看看，右瞅瞅，不知道该怎么办了。一辆黑色轿车向他驶来，车上下来两个人，一个戴着墨镜，身穿黑色西服，不说话，就那么站着；另一个和王小川类似，一身便装，笑容十分亲切。"你好，你是刚来北京吧，这个时候没有几家旅店是空着的，不如去我们那儿吧，我们有一家宾馆，经常派人来火车站拉客。"王小川犹豫了一下，终是点头同意，但仍然紧紧抓着箱子，坐上了他们的车。那两个人向后座的他看了一眼，随即启动了车子。

路上转了很多弯，绕了很多道，王小川不是没有心眼的人，他暗暗记下了经过的每一个路牌，如果对方真的不怀好意，他也能有个逃跑方向，而不是做无头苍蝇。

当车子停在"如意宾馆"的门口，王小川在心里吐了口气，这个宾馆有十多层，从外面看装修也很不错，看来两个人不是骗子。三人进了宾馆，王小川在前台登记，另两个人和前台服务员寒暄，一点儿也没有注意他。登记完，王小川得到了一把钥匙，钥匙不是普通的那种，只有门锁的密码对了，再插进去，门才会打开。密码在钥匙上，他把钥匙放在衬衫的兜里，上了五楼。

通过钥匙和密码，门锁被轻易地打开了。里面环境不差，有电视，电脑，另配独立卫浴，唯一美中不足的是没有窗户，不通风，不过一晚上才一百五十元，王小川欣然接受了。他迅速地脱下衣服，扔在床上，冲到浴室里，把水流开到最大。热水冲刷在皮肤上，火车硬座十七个小时的疲惫一扫而光，舒服的他想呻吟。关掉喷头，他从行李箱中拿出干净衣服换上，把脏衣服包好，房间钥匙放在新换的衣服夹层，贴近胸口的位置。

"咕噜噜——"他摇摇头，肚子已经叫了三次，仿佛公鸡的报鸣，提醒他必须要吃点儿什么了。房间里有一张菜单，四周镶着美丽的花边，想必是服务员在之前就放进去的。他拿起菜单，仔细地看着，"口水鸡，树椒土豆丝，北京烤鸭……"他想象着每一道菜的样子，在脑子里把它们都尝了一遍，最后拿起房间电话，"你好，一包方便面，一瓶矿泉水，一碟泡菜。"最后一个字吐出，他慌忙撂下电话，生怕对方淡漠地"哦"一声，或者毫不回应，只是冷笑。"这是第一次来北京，不能让人瞧不起"，他心道。

时间过得飞快，晚上睡觉前，他又检查了一下钥匙，把门锁好，行李箱贴在床边，他一伸手就能够到的位置。不放心的他又堆了几个易拉罐，贴着门边，如果有人进来，易拉罐一倒，他相信自己能第一时间醒来。

可奇怪的是王小川一觉就到了第二天早上，镜子里的他眼皮下垂，双目无神。他打了个哈欠，用冷水冲了把脸，立刻清醒不少。摸了摸前胸，钥匙仍然完好，行李箱和易拉罐也还在原位。他拿起电话，按着昨天的样式点了早餐，在服务员上来之前，他迅速地收拾好门口的易拉罐，装进黑色塑料袋，然后哼起了歌。

中午十二点，依照约定，王小川退了房，交了钥匙。交钥匙的时候他感觉服务员看了他一眼，那一眼十分复杂，他从中读出了讽刺、怜悯、鄙夷。临走时他拉着箱子，背对着服务员，他的后背有些灼痛，仿佛那道讽刺、怜悯、鄙夷的目光一直在盯着他，穿透了他的衣服，直达灵魂最深处。他的脚步顿了一下。

两小时后。

一个身穿黑色西服，戴着墨镜的男人同一个一身便装，笑容十分亲切的男人走了进来，他们身后跟着一个人，拉着一个黑色行李箱，一身衬衫短裤，神色有些紧张。

前台服务员对他笑了笑，"来这登记吧。"他应了声好，登了记，拿了钥匙，放在贴身处，随即上了楼。

服务员看着他的背影完全消失，转头问两个男人，声音无比甜美，"昨天那个怎么样？"

"别提了"，西服男子从兜里拿出烟盒，抽出一根，点燃，吸了一口，把烟圈缓缓吐出，"看着挺老实的，没想到心眼不少，居然在门口摆了一摞破罐子，我们检查完箱子好不容易才摆好，跟以前丝毫不差。"

服务员轻"咦"一声，"那箱子里有什么？"

"没什么，除了一些衣服，就是一个盒子，剥了好几层，发现不过是一张废纸，叫什么，哦，南开大学录取通知书。"墨镜男啐了一口，"一帮穷学生。"话落又想起了什么，"对了，刚才那个的密码是多少？"服务员笑答，"394678，钥匙在这"，说罢递给他一把钥匙。墨镜男点点头，没再说话。

不多时，刚才的客人也要了水和泡面，一瓶矿泉水很快便送了上去，瓶口有些亮晶晶的，不对着阳光仔细看根本看不出来，更何况，那同样是一个没有窗户的房间。

这些王小川当然是不知道的，此刻的他回到了火车站，检了票，等着火车发动。票是夜里十一点的，他提着一塑料袋方便面，在候车厅找了张椅子躺下，蜷缩着身子，行李箱紧挨着椅子，一伸手就可以碰到。

迷迷糊糊中他睡着了，听到了乘务员报站的声音："尊敬的旅客您好，列车已到达终点站天津站，请您拿好随身物品，准备下车。"

王小川笑了，他仿佛看到了南开的校门向他敞开，看到了校长苍老的容颜，看到了在校园中奔跑的他的同学们，他走上前去，加入了他们，成了一名象牙塔中的学子。

他可是他们县里第一个走出来的人呢。

此去经年

2013 级　刘　蓉

月色朦胧。荷塘边，喑哑的唱腔随风而起，随月而落，那唱词特别，特别是，每夜快要月落时，都是那段：

"窈窕淑女是泱儿，无情有情亦江海……此去经年，应是良辰好景虚设。"

——引子

一

这里是氤氲的江南，这里不是著名的西子湖畔。

"奶奶！"娇而脆的声音，湖边蜻蜓颤了一下翅膀，静静地趴在潮湿的荷叶上。

池塘后面，红色的木门里，雕花木椅上，端坐着一个花甲老太太，银白色的头发被梳成一个发髻，发髻上戴着一个银钗，那是她全身上下唯一的首饰。听见孙女的声音，她数着佛珠的手停了下来，张望着门外。

珂儿，说好了下午做刺绣，你跑到哪里去了？

小镇来了个戏班子，一个跟奶奶差不多大的老男人唱小生，我想去听！

你这丫头！今天书读得怎么样了？刺绣呢？老夫人故作生气，端起茶杯呷了一小口。

小荷，帮我拿一下今天的刺绣！元珂走到老夫人身后，给她捏肩，她说，奶奶，我今天已经背完诗了，不信我背给你听……青青子衿，悠悠我心……

好了好了……老夫人端起放在桌上一个精致的盘子，递给元珂，盘子里装着几块桂花糕。

老夫人，这是小姐今天的刺绣。小荷捧着一块儿手绢出现在老夫人身旁。

老夫人接过，摩挲着铺满了手绢的梅花。元珂年方十六，做出的绣已经很完美了，针针缜密。

元珂咽下第二块桂花糕的残渣儿，朝老夫人眨巴着水汪汪的眼睛，问她，奶奶，现在可以去看戏了吗？

老夫人看了孙女好一会儿，突然就笑了，笑出声来，她站起身，伸出一只手臂让她扶着，向着大门走去。

"嘎吱……"门被打开的瞬间，众人拍手叫好的声音从南边街头拐角处传来，隐隐约约还能够听见空灵婉转的唱腔，一直被孙女挽着的老夫人身体颤动了一下，手里的佛珠落在地上。

奶奶，你怎么了？掉落在地的佛珠没有散，元珂弯腰把它捡起。

没怎么，没拿稳，人老了不禁用了。老夫人接过佛珠。

奶奶您不舒服咱们就回家吧，改天再看，这戏班子今天才来，估计还得留很久呢。

老太太摆摆手表示没事儿，继续往前走，她说，没有坐轿子出来就是为了走走活动身体，都出了门了岂有回去之理。

元珂便扶着奶奶往前走。

"你为何来跟我抢新娘，世上女子千千又万万……"

热闹的气息越来越近，离戏台也就越来越近了。

奶奶，你看，戏台边上那面旗子，我总感觉它有点儿特别。

那是一面白旗，五颜六色的线在上面绣成一个"戏"字，白旗已经旧了，却散发着一种难以言喻的光芒。

老夫人目不转睛地望着戏台下的白旗，那年点着烛灯，一针一线落在锦缎上的时光仿佛还在昨天……

"还我的妻……"戏台上小生的声音，突然变老了，然后戛然而止。

珂儿，看来唱小生的老头唱不动了，咱回吧，回家吃饭。

二

回到元府，老夫人端坐着数佛珠。元珂坐在一边陪着，奶奶不张嘴，她也就不敢说话。

天色变暗，元府点满了灯。 老爷来了，老夫人便命丫鬟摆好饭桌。

元老爷盛一碗汤放在老夫人面前，娘，喝汤。

武儿，我要求你办件事儿。

娘，您需要什么尽管吩咐就好了，怎么又说起"求"字了。

这里来了个新的戏班子，老声唱年轻的声音，男声唱女声，有点儿意思。你把他们找来咱家院子里唱唱。

我尽快去办。知道娘喜欢看戏，新来了特别的戏班子，娘不说，我也该请他们来咱家热闹一场的。

老夫人拿起筷子，脸上露出笑意。

这天晚上元珂闹着要和奶奶睡，理由是自己好久没跟奶奶睡了，而且万一今晚还像昨晚一样打雷的话，她害怕。

老太太宠溺地看着她笑，罢了罢了，好吧好吧。正好，我给你讲一个故事。

故事大概发生在很久以前，久到……再次打开记忆的匣子，要耐心地拂去盖子上的尘土，尘土一落，记忆也就被掩盖了，所以连开锁时，都得小心翼翼。

故事发生在三十年前。

那时候，还没有人叫元老夫人叫元夫人，或者元老夫人。她叫杨泱，家住杭州，爷爷和父亲都是进士。祖父和父亲每天出门办事，泱儿便在祖父的书房里读书，读累了，就和娘亲在院子里玩弄花草。其实，泱儿只爱荷花，并不喜欢摆弄其他的花花草草。她愿意陪着娘亲在院子里，是为了听从围墙外传来那"咿咿呀呀"的唱腔，那声音是李江海的，每天早晨，他都会在师傅的教导下练声。

戏班主跟泱儿的祖父要好。她小时候，班主每次上门拜访，都会带上他的闭门弟子李江海。李江海比她大三岁，泱儿四五岁的时候他们一起玩儿，相互之间叫名字；八九岁的时候，开始改口叫哥哥和妹妹；十一二岁的时候，他们开始叫江海哥哥和泱儿妹妹；泱儿长到十五岁了，李江海叫她泱儿，泱儿还是叫他江海哥哥。

娘亲偶尔回外婆家了，或是忙家务事管不过泱儿时，她就悄悄溜出去找李江海，李江海带着她到郊外，郊外有一个荷塘，在那里，她让李江海唱戏给自己听，或者教她唱戏。

她喜欢那样的日子。

只是时间久了，那些场景在记忆里就模糊了。唯独那个春日的艳阳天，她如何也忘不掉。

那天，她采一朵花，手指不小心被草刺割破了一小道口，李江海急忙从袖口里掏出一块手帕为她擦拭止血，白色的手帕上用蓝色的线绣着一个"戏"字。

泱儿问他，这是哪里得来的？

李江海说，那是师傅给他的。

想不到师父还会女红啊。

不，不是……师父说这是袅袅……就是师父的女儿绣的。李江海说话的时候低着头，那样子十分不自在。

泱儿点点头，没再说话。

那天回到家里，泱儿秉烛做绣，她要用五颜六色的线，在白色的丝绸上，绣上一个"戏"字。

第三天，泱儿把它送给李江海。李江海欣喜地把它紧紧握在手中，连声说感谢，他说，再过几天，他就要跟师傅到其他地方唱戏了，师傅说，他已经可以唱小生了。

泱儿问他，那你什么时候能回来？

过了除夕吧，也有可能是明年立夏，不过一定会回来的，师傅说，这里还是老家。

不出半月，戏班子就走了。

除夕来了……又是一个立夏……

等他们再回来时，已是第三年夏至。

第一次约会还是在郊外的荷塘，小河边。正值正午，骄阳晒得小草发亮。泱儿的眼睛，也闪闪发亮，江海哥哥，你终于回来了。

那天，她穿着一身淡蓝色的衣裙，粉嫩的肌肤泛着红晕，精致的小脸蛋托在细长的脖子上，她的声音，胜过了任何唱腔，像一曲牧笛声，悠扬婉转。

李江海却只是远远地站着，并不靠近她。他望着她的眼睛，说，泱儿，你好美。

那么，江海哥哥……你会娶我吗？泱儿再顾不得书香门第，杨家大小姐，女孩子要矜持……一堆歪理！

泱儿妹妹，我是要成亲了，但是……我的新娘是袅袅……就是我师父的女儿。

什么……哦……我知道了……不知僵持了多久，没有等到哪怕一个字的挽留，泱儿转身离开。

泱儿以为她与李江海柳树下那一别，便是永远了。她在闺房里做绣，绣的是那一池荷花，她要把关于李江海的记忆，全部缝进花里。

半月之后，她刚把绣好荷花全部埋在了土里。赶巧那天元家少爷来提亲。元家家族刺绣名满中原。元少爷亦是风度翩翩。娘亲很满意，祖父也满意，这婚事，便成了。

三月之后大喜之日，迎亲队伍闹热了整个杭州城。那日花轿经过郊外荷塘，泱儿几次抬起手，终究没有撩开轿帘。罢了，江海哥哥，我们注定有缘无分。

元家少爷对泱儿百般疼爱，她对元家少爷亦是有感情的，她头上那支银钗，便是她生下元武那日，夫君送给她的，不值钱，却是他为她亲自打磨。

只可惜，他人到中年，便早早病逝了。

剩下元夫人一人，操持一家上下，直到元武长大。

也不知什么的，就活到今天了。元老夫人轻叹一声，端起了茶杯。

奶奶……

珂儿，不早了，睡吧。

三

元武第二日便吩咐管家携重金去请戏班子，班主一口答应。第三日正午，班主带着他的小徒弟来布置戏台。路过元家后院的池塘，正好看见元老夫人在小亭子里乘凉，他吩咐小徒弟先回去，随后沿着池塘中央窄窄的小路，走进亭子里。

泱儿，是你吗？苍老的声音，因为颤抖，缥缈得如一阵烟。

这里只有元府老夫人和她的二丫鬟，哪有一个泱儿？老夫人轻轻摇着手里的蒲扇，仍然闭着眼，吩咐道，二丫头，你去给班主端杯红茶。

是，老夫人。丫鬟行了个礼，便走出凉亭。

老夫人，这些年过得还好吧？李江海坐在石凳上，他看看老夫人手里的蒲扇，又看看老夫人眼角的皱纹。

好，好。劳烦您还挂念我。

泱儿……当年……

当年……去年都过去了，当年哪里还值得一提？

老夫人，红茶被小姐拿了去，只剩下这杯绿茶了。二丫头恭敬地把茶杯递给李江海。

也罢。绿茶也好。班主，您喝口茶，就请回吧，您养好了精神，才能唱好戏。

我有些乏，回去歇歇。

　　老夫人说着便起身，在丫鬟的搀扶下走出凉亭，用蒲扇轻轻扇着潮湿的眼睛。

　　李江海将那杯茶一饮而尽，也就回去了。

　　此去经年，应是良辰好景虚设。

捕　蛇　人

2015 级　易柔言

　　正午一点整，狂热的太阳吮吸着村子里的一切生命。黄狗在树荫下有气无力地吐着舌头，大口大口地喘着粗气；玉米叶无力地低着头，随时准备把自己燃烧成火树；杂草都蔫了气，成片成片地瘫在地里。

　　太阳把老赵的影子吞得只剩下一个小圆圈，想把老赵的精神吸个精光，老赵用手揩了一把额头和两颊的汗珠，径直走向自家的菜园，那些刚长出新叶的小白菜全蔫在土窝里，像被炒熟了一样，全然没有早上才浇过水的痕迹。老赵在黄瓜藤里扯了一根绿油油的黄瓜，在汗衫上抹掉上面的小刺，就往嘴里送，牙齿与黄瓜相碰，发出了跨吃跨吃的响声，全当这清凉的声音是对酷暑和烈日的赞歌吧！

　　老赵咽下最后一口黄瓜肉，抡圆手臂，把剩下的一小节黄瓜用力扔向干涸的河滩。心想，狗日的，已经让你两次逃走，今天，无论如何也要把你抓住。前面田里的陈老三正弓着腰，在太阳底下给玉米锄草，老赵隔着老远就喊："三哥，锄草哩，这么热的天，怎么不在家眯一会儿？"田里的老陈立即直了腰，扶着锄头，回着："趁天热，把野草锄了，让太阳好好晒晒。"老陈迎了过来，两个人聚在田边的树荫下。老陈把茶缸递了过来，说，喝口茶解解渴。

老赵连说刚刚才啃完一根黄瓜，不渴。老陈捧起茶缸，畅快地喝了一口，说，这太阳太毒了，都快把凉茶烧成开水了。老赵从裤兜里掏出一包小南海烟，敬给老陈一支，又往自己嘴里送上一支，老赵擦亮一根火柴，另一只手赶紧围了过来，小心地送向老陈嘴边，老陈把烟凑了过来，纸烟的一头点着了，老赵又烧燃自己嘴里的烟，袅袅白烟从两个人的嘴里、鼻里冒出来。

老陈脱掉自己的破胶鞋，倒出鞋里的小石子，说，又去瞧黄泥塘的乌梢蛇？昨天下午我倒见过，少说有三斤。

嗯，我捉过它两次，两次都让狗日的跑了，今天太阳毒，我去碰碰运气。

对了，我看你牵那头小黄牛俊哩，是石桥铺徐老大家里的牛犊吧，他家的母牛真不赖，别的牛耕两天的地，它一天半就可以跑完，这小牛是个好坏子，没有个五六百牵不走吧？

老赵咽了咽口水，用大拇指和食指比了个"八"，说，这个数。

老陈顿了顿，说："我看值，牛劳力好，人就轻省得多（省劲儿），娟儿出去上大学都还习惯吧？"

"来信说一切都好，只是她哥妹俩都出去了，家里冷清了不少，听三嫂说，你家母猪这几天就要产仔儿了，后面给我留两个好点儿的。"

"昨晚产的，十五只，半夜没注意，被母猪压死两只，后面大了你先挑。"

……

两个人扯了会儿家常，老赵看老陈休息得差不多了，就站了起来，拍了拍裤子上的土灰，说，不耽搁你做活了，我也去看看那东西。

老陈立起锄头，目送老赵下坡，想到自己在外鬼混的不争气的儿子，不由得叹了口气。老陈在心底里就服老赵。老赵，熟悉的人说起他都不由得竖起大拇指，一是不得不服的是他捕蛇的技术，只要他瞧好的蛇，没有跑掉的，周围村子，如果他称第二，没人敢称第一。二是不得不服他的酒量，一场（五天）一壶五公斤的苞谷烧酒，喝得一滴不剩。三是在这山旮旯，居然出了两个大学生，就像山里飞出的两只金凤凰，还都是从老赵这棵不起眼泡桐飞出的。

老赵尖着耳朵听到黄泥塘里传出哗哗的水声，声音不大，断断续续，像小石子溅开了水。老赵猫着腰，蹑手蹑脚地走过去，暗骂，我就知道你受不住这热气，今天你就不要想跑了。快到时，老赵鞋底的石子像被触到了痒穴，嘎吱一声，老赵加快步子，小跑到泥塘边上，水中央的波浪没有来得及散尽，正一层一层向边上散开。黄泥塘，像极了被劈了一半的大铁锅，只是锅底长期积了一层黄泥，它弧形的一圈临着沙地，另一侧是杂草丛生的堡坎。涨水时黄泥塘的水少说有三米，只是连着的烈日把塘里的水足足烧干了一半，黄泥塘平日上层的水还比较清澈，只是今日，全被搅浑了，像煮开的淡玉米糊，老赵暗想，我倒看你能憋多久。

老赵随手折来一根木柴，枝丫叶子也不除去，眼睛死死地盯着又恢复平静的水面，慢悠悠地掏出一支烟点燃，含在嘴里，一口一口的白烟从胡楂儿中冒出来，像拎在手里那根木柴就是他的蛇，他正在享受哩。

老赵把烟屁股弹向水中，举起木柴，捅向水里，上上下下，左左右右，不把这塘水搅得天翻地覆誓不罢休。搅得不到一分钟，蛇一下就蹿向堡坎，好家伙，有老赵喝酒的洋瓷缸那么粗，估摸有两根扁担长，少说有三斤。老赵飞奔过去，一把就抓住蛇尾，蛇上半身突然的掉头，张开大口，想猛咬一口老赵，老赵顺势把蛇尾用力一扔，蛇像一块做自由落体的石头，砸了下来，蛇刚落地立马立起前身，足足半米高，蛇口大张，露出白森森的尖牙，殷红的蛇信子吐出收回，发出咝咝声，像被惹怒到了极点，想一口撕碎眼前的人。老赵屏住呼吸，眼睛死死盯着蛇头，突然，蛇头像离弦的箭，飞向老赵，老赵忙后撤一步，差一点儿就被咬上一口，老赵趁蛇落下的空当儿，用大拇指和食指组成的钳子精准地掐在了蛇颈，蛇把上颚下颚扭曲到变形，左右摆动，想狠狠咬夹在自己颈后的大手，蛇身死死地缠在老赵手臂，老赵用力甩开想缠上来的蛇身，另一只手用力掰开已经缠上的蛇身。蛇身像一根柔和的钢筋，强韧有力，加上烈日当空，老赵的脸像在浸水的石板，汗水不住地往下掉。人和蛇大概僵持了一刻钟，蛇先没了劲儿，老赵这才腾出一只手把别在腰间的装蛇的布袋取下来，将蛇一小截一小截地往布袋里塞，只剩下头了，老赵把捉蛇头的手一并伸进布袋，另一只手围拢袋口，抓蛇头的手猛地往外一抽，外面的手同时捏紧袋口，蛇拼尽全力，紧绷着布袋，老赵不紧不慢地一点儿一点儿把口子往下收，收到刚好能蜷下蛇身的位置时，把口袋扎了起来。老赵掂了掂手中的布袋，露出几颗牙齿，笑了。

村子里的小孩儿都围到了老赵家，也来了不少大人，都是为了来瞧瞧老赵念叨多日的大蛇，老赵唤自己的媳妇取来杆秤，二斤七两，秤杆子还直往上翘。大人们都啧啧称赞，说这大蛇，也只有老赵能捉得住，小孩子不安分地用手去试隔着布袋的蛇，摸到了蛇尾巴，以为摸到了蛇头，吓得往后一坠，一屁股坐到地上。也有人说，这蛇不如老赵前不久捕的王蛇粗。这话不虚，王蛇身短体粗，性情极为凶猛，有人曾见过它吞食其他蛇。

那天老赵正在自己玉米地里锄草，突然土边岩石旁传来狗的乱吠，老赵探了过去，发现一条小碗口粗的王蛇正立起前身，对狂吠的狗怒目而视，老赵从来没有抓过这么大的蛇，而且还是王蛇，心里不免发虚，蛇趁老赵分神，转身奔向不远处的一个大洞，这洞上面盖着一块大岩石，老赵来不及细想，扑过去逮住了还留在洞外的一小段尾巴，老赵一屁股坐在地上，双脚用力蹬在岩石上，蛇钻进洞就像树根深深扎进土地，死死地粘在地里。老赵使上浑身的劲儿拉着，只觉得蛇骨都在作响，但洞里的蛇身丝毫不动。

闻声而来的人张罗用锄头把蛇挖出来，位置挪来挪去，好不容易挖进去几厘米，刚好能看到蛇的肛门，就再也挖不进去了，里面全是嵌着大块大块的石头，老赵一时拿不定主意，心想，只要一松手，蛇肯定马上就进洞了，再想抓住它，比登上还难，老赵累了，招呼旁边的人往他嘴里送一支烟，烟不离嘴，产生的白烟从老赵嘴里，鼻子里一齐涌出。

旁边的人突然提醒到，蛇怕火，用火烧它，没准能出来，老赵说那试试，旁人摘下老赵嘴里的半截烟，往蛇的肛门处烫去，蛇在洞里猛地一松，老赵大意，跌了一跤，蛇口瞬时就扑到了老赵的左手上，一口，血涌了出来，蛇张口欲逃，老赵右手迅速钳住大蛇的颈子，蛇太大，旁边的人赶紧用锄头死死地压住蛇腰，大蛇不甘心地用力弹着尾巴，扫到了旁边的狗，狗像被打了一棒，惨叫一声，夹着尾巴，跑开了。过了很久，老赵才用血已快凝固的左手去牢牢抓住蛇尾。

这条王蛇三斤差一两，卖了个好价钱，听老赵说是政府食堂的郭大厨买走的，据说要给镇长炖一锅龙凤汤，这蛇，做了一回龙，也不枉来这世界走一遭，只是与它相配的凤就有点儿掉价，不过是农妇手里不产蛋的老母鸡。还听老赵说，郭大厨把蛇胆吞了，他的老咳病明显好多了，蛇的精华就在胆，郭大厨真是人精。老赵给帮忙抓蛇的邹家兄弟买了一条纸烟，还给他家孩子买了一大包水果糖。

村里人都说老赵运气好，五天居然就逮了三条蛇，三条都还是乌梢蛇，两条大的，一公一母，差不多都有一斤七八两，小的就只有大蛇的零头重。外人看来都是羡慕的，只有老赵自己心里知道自己不畅快。

这事他对谁也没有谈起，那天中午他正扛着锄头回家，小路边草丛突然传出窸窸窣窣的声音，空气里一大股涩涩的蛇腥味。这是乌梢蛇的味道，这味老赵不知闻过多少回，熟悉得很。老赵捏住锄头把，小心地靠了过去，先看到了一条蛇尾巴尖，接着老赵眉头一紧，是两条蛇，相互缠绕在一起。老赵暗想不妙，早就听老人传言，看到蛇交尾是很晦气的事情。而且看到的人嘴里喊出的第一个人的名字，那人必定会倒霉。

老赵心里浮现的名字是陈老幺，自家的青冈树被人偷偷砍了，老赵表面不说什么，心里明亮得很，是喜欢偷鸡摸狗的陈老幺干的，只是碍于和他哥哥的关系，就没有点破。老赵本想喊陈老幺的名字，但嗓子却轻轻嘟哝出一个自己都不知道的名字。老赵手臂上的青筋像胖嘟嘟的地龙，正伏在土里，一起一落地蠕动。

天空蓝得不带一丝纤尘，对面山林时而传出几声斑鸠的咕咕声，老赵才迈出几步，又折了回来，吐了一口痰。两条蛇沉浸在交尾的欢快中，完全没有注意到靠近的老赵，老赵一把就抓住两条缠在一起的蛇尾巴，用力抡圆了胳膊，把两条蛇拎起快速地做圆周运动。大概绕了十几圈，两条蛇像泄了气的气球，软绵绵的，老赵从容地抓住蛇的颈部，左手一条，右手一条。

那条小点儿的蛇也是倒霉，老赵去水沟边洗手，蛇正在咽一只大青蛙，蛇看见老赵，急忙吐出嘴里的青蛙，向刺丛逃去。老赵一个健步，一把拎起蛇腰，蛇反身去咬拎它的手，老赵扔下，蛇更加拼命往前蹿去，老赵抓住一截来不及溜走的尾巴，故伎重演，甩了几圈，蛇变得迷迷糊糊，眼睛直冒金星。老赵很轻松地抓住了蛇颈，心想，比你大的蛇都逃不了，你怎么可能逃得了。

老赵把装着大蛇的蛇皮袋放到了空着的苕洞里，特地把扎蛇皮袋的活节向上挪了挪，又抓来几只活蹦乱跳的青蛙，一是好歹让这两条蛇度个蜜月，二来老赵怕蛇饿瘦掉肉。而小一点儿的蛇老赵另有打算，小蛇被挂在了堂前的李子树上，李子叶稠，不必担心太阳晒。也不必担心雨淋。只是得好好地饿一饿这蛇。

老赵早早地带着两条大蛇去赶场了，收蛇的是田二，和老赵关系熟，谈妥价格，老赵熟练地把蛇抓进了田二装蛇的大袋子。老赵赶去桥头铺子买了一口密封性好的大玻璃罐，不知道的人都以为是当作泡菜坛子使。老赵又去老中医那里抓了几味中药。回家后，老赵把中药扔到玻璃罐里，又把饿得奄奄一息的蛇扔进去，倒入刚打的苞谷烧酒，蛇最开始像在水中一样游来游去，游累了被呛了几口酒，又迷迷糊糊地喝了几口。最后醉死在了罐子里。老赵想，你小子倒有口福，喝了这么大几口我的酒，要是没有效果，非把你扔进茅坑。

老赵的风湿病又犯了，膝盖像有阵阵凉风吹过，就算带了狗皮护膝也没有多大效果，实在疼得厉害，老赵就咬牙忍着。老赵睡前都会喝上一小半杯的药酒，用老赵的话来说，睡前一口酒，觉睡得稳，中药还能给肌肉解乏，第二天起来又充满力气。

天下着淅淅沥沥的小雨，村子阴沉沉的，老赵坐在自家屋檐下的石磨上，找着衣服上有刺的草籽。老赵突然觉得膝盖处湿漉漉的，还传来阵阵舒痒，湿润的空气里多了一起血腥味，老赵伸手去挠膝盖，刚碰上，自己的膝盖竟然像蛋壳一样裂开，老赵一看，手上全是猩红的血，老赵赶紧把裤脚挽了上来，看到一个尖尖的小蛇蛇头从自己膝盖处探了出来，一条接一条，全落到了泥地上。老赵张开嘴想大叫，可是发不出一点儿声音，手脚也像被施了法，一点儿也动弹不得。

老赵媳妇听到老赵大口大口地喘息，赶紧拧了老赵一把，老赵猛地睁开眼睛，叫道，还好是梦，还好都是梦。老赵的枕头已经被汗水浸透了，老赵媳妇用帕子揩了揩老赵额头的大汗，问，是不是做噩梦了，最近活重，你伤力了，明天给你炖只腊猪脚。

窗外月光明亮，远处传来几声怪异的鸟叫声，乡村正在打鼾。

东边的天刚刚泛鱼肚白，老赵就起来把牛拴了出去，出门前瞟了一眼玻璃罐里的蛇，蛇成 U 字形，像是梦里遇到了什么开心事，正抿着嘴笑。

夕阳轻轻揭开云层的面纱，露出自己红通通的圆脸，老赵去把自己的牛牵回来。隔着老远，老赵就看到牛伏在草地上，这牛长得真快，感觉一天一个样。老赵骂道，这懒东西，看到夕阳像看到了天仙，可是你我又不懂欣赏。靠近了才发现不对劲儿，黄牛的眼睛瞪得像两颗铜铃，里面充满了血丝。牛的咽喉，胸腔发出沉闷的喘息声，老赵注意到牛的左前蹄有一摊血迹，已经干裂开了，而牛的左腿明显发肿。老赵明白自家的牛是被毒蛇咬了。看样子有一阵了，蛇毒已经开始发作，老赵忙从自己裂开的衣服上撕下一条布条，紧紧地捆在牛的左大腿，防止蛇毒的进一步扩散。得赶紧把牛牵回去，再去喊兽医来看。老赵吆喝着牛，自己在牛屁股推着，牛才慢慢站了起来。

牛走得很慢，一瘸一拐，艰难地走在回家的小路上。老赵抓着牵牛的绳子，紧紧地跟在后面，心里十分不是滋味，是福不是祸，是祸躲不过啊。牛看到前面有清水，加快了步子，用粗糙的舌头舔着石板上的水，老赵催牛去前面的小水塘喝水，牛蹄刚踏上湿湿的石板，忽然打了滑，牛前脚轰地跪了下去，后脚也跟着失去平衡，牛像滚下坡的皮球，足足滚出七八米远，老赵及时松开绳子，但还是狠狠地摔了一跤。牛就没有那么幸运，被坡上的石头尖撞得鲜血直流，每碰一次石头，牛就发出一声惨叫，那声音久久回荡在山间，也回荡在老赵心里。老赵爬了起来，看到牛身上到处都是血，到处都是伤，也分不清牛眼睛里是泪水还是泥水。老赵把牛的伤势看在眼里，清楚这牛没救了，起身往回走，身后牛的哀鸣渐渐远了。晚上几个人忙到了十一点才把牛收拾完，屠夫李仁义叹息道，是头好牛，这牛要是再长一年，肯定能增不少肉，这话触伤了老赵的心，我不是想图牛的肉，这是一个好劳力呀，是我害了它呀。算肉时李屠夫怎么也不要被蛇咬伤的那条腿，说肉都变黑了，卖给谁，谁敢吃呢。牛收拾干净后，老赵请帮忙的人都去家里喝一顿，牛肉、土豆、粉条煮了一大锅。一桌子的人都喝得尽兴，老赵更是一杯一杯地往肚里灌。人散了，老赵歪歪倒倒地走过去，抱起泡蛇酒的玻璃罐，用力地扔了出去，大骂了一声，狗日的，滚！门外传来啪的一声，酒香瞬间弥漫在夜的怀抱里……

体　香

2016级　甄　旭

今天中午我在期刊阅览室摆书时，田棹突然神秘兮兮地向我走过来。

"我要告诉你一个秘密"，她说，"上午我去浴池洗澡时碰见了一个闻起来很美的女生。"

田棹总是出乎我意料，一个学生物的女孩子居然有学文学的天赋——闻起来很"美"，这种牛头凤尾的搭配也只有她能想出来。

"她闻起来怎么样？"我一边抬起书架，一边凑到她耳边悄悄地问她，洗了澡的田棹，发丝间确实有清扬洗发水的味道。

"新鲜的乳酪味儿，蒸汽腾腾的隔间里都是她的体香。"她顿一顿，半开玩笑地说："我换了位置，跟她挨着洗的。"

这个田棹，心怀不轨。哪有什么体香，明明是沐浴乳的味道，在她鼻子里就变成"纯洁少女的体香"——前天她也是以这样的开场来暗示我去留意这种味道，说什么女人一迈过二十五岁的门槛，身上的气味就会大变样。光去试想涂脂抹粉的化学假象，油光腻腻的皮脂毛孔以及争风吃醋的乌烟瘴气，就足以令我感到恶心。

"我也很羡慕那种长得白的女孩子，皮肤都能掐出水啊，可惜师大的女生化妆的太多了，没有素颜制胜的清纯妹子。"

　　田棹突然不接话了，绕过我跑去另一个书架摆书。我左手边走过来一位女同学。她抬起头的时候我悄没声地瞥了一眼，黑得跟炭球一般，配上一双杏核儿大小的栗色眼睛，鬓角的头发丝儿黏到一起——这人总不会是田棹去洗澡瞧见的女孩子吧？她侧着身子靠近我时，都能闻到一股浓重的油腻。不过田棹为什么毫无征兆地躲开我？

　　小组长过来了，让我从小推车上拿下这排书架的书，我一本本地把它们放归原位，摆正对齐。

　　"少女的体香一恋爱就没了。"田棹接过我剩下的没摆完的书，抱怨了一句。这话我听得怪怪的，倒是有几分吃醋的味道。"恋爱了就要失恋，满腹怨气，到时候阴郁的气味会涨破她们的肚皮。"田棹似乎开始诅咒谈恋爱的女生，她自个还谈恋爱呢，真是奇怪。

　　分针终于指向了数字 6，干完活的我们可以去吃午饭了，田棹拍拍趴在桌子上睡觉的体育学院的男朋友，两个人背着书包往门口走去，田棹把手伸进男朋友的兜里，跟我扭头笑了一下，就消失在人群中。

　　我慢吞吞地收拾着自己的书包，看了一眼手机，指示灯并没有闪烁——李卓这个贱人今天又迟到了，我正闷闷不乐的时候，有人从背后捏了我的腰，一定是李卓，扭头看这个傻孩子正眯着眼对我笑。

　　"你今天洗澡了呀，挺香啊！"

　　"嗯呢，上午去澡堂洗的。"

泄　密

2016 级　胡晨晖

一

是，我确实早就预谋好了，等她一生孩子，我就杀死她，还有那个贱男人。我本想只是杀掉那男人，但她的心早已不在我身上，那个男的死了，她也会活得难受，我不忍心看她痛苦，一起去死吧；但我又舍不得她，我太爱她了，我要她留在我的身边，永远永远地留着。

我？我有病？没有没有，就是有点儿暴躁。媳妇不守妇道，给她留个清白名声也好；原本想在杀死她后说她随我乘舟不幸堕水身亡，尸首也再难觅得，也就过了，些许还能得个人身保险费用。

那男的？我已经精打细算好了，肯定天衣无缝无懈可击。手段自是有些繁复，既然结果如此，那男的没死，我也不必长篇大论。

我早就发现她与那男的有染，他们俩曾是好朋友，没结婚前我们还在一起吃过饭呢。我曾对她百般千种地好，俘获了她的芳心；可结婚后，她发现我是个酒鬼赌徒，浑噩终日，便对我失去了信心，竟与那个男的鬼混。可我真的爱她啊，在她怀孕三个月时，我发现了他俩的关系，她也供认不讳，当时还带着丝丝惭愧。为表达我的真情实意，表达我的真爱，我与她妥协，我戒赌，她归心。不久我便戒了赌，她却不愿放弃，我质问她为何，她却说："你爱饮酒，我爱他；你不戒酒，我不离他。"我火冒三丈，太过分了！戒了赌还不够！赌与酒，还有她，平生三大爱好，离二取一，值吗？于是我便逼她："你离是不离！"她反唇相讥："离他不行，离你可以！"

我第一次动手打了她，本想往死里打；她挨了几拳后大叫："打死我一个，算你赚了一个！"我顿时停了拳脚，只见她抚摸着怀着的肚子，蹒跚地走出家门，消失在视野里。

我知道她又去找那个野男人去了，但我还是屈服了，我太爱她了。我朝着门跪着，直到很晚很晚；她扭开门，看见我跪向她，她的泪水夺眶而出，我也泣不成声。

"不是我不爱你，而是你太不争气！"她哭着抱着我。

"对不起，媳妇儿，对不起；我不该饮酒，让你寂寞；更不该打你，伤你身子伤你心，更伤了咱们的孩子啊！"

第二天我便开始戒酒，誓要做个好丈夫。可我发现，她仍然没有离开那个男人；除此之外，她还变本加厉，对我的厌恶却不断升级，冷言冷语，常常晚归，对他俩的关系，再不遮掩，再无顾忌。现在我明白，她的心，回不来了。

几个月前那天晚上，我与她进行的谈判，让她离开那个西门庆，他做回良家妇女，我自然什么条件都答应。

"西门庆？哼，你是骂我潘金莲吗？"

"没有没有，你离了他，自然就不是了。"

"我还是那句话——离他不行，离你可以！"

"岂有此理！你欺人太甚！"

"你不是什么条件都答应吗？如果咱俩离婚，你答不答应？"

我顿时脑内充血，气火攻来，但我极力抑住火气，继续用那颤抖的声音说道："好！离婚就离婚！不过就一个条件，在你生了孩子之后，你去办手续，我签字；孩子随我，你随他去！"

她自是同意。但我，是不会让她离开我的，永远不会！

二

邪恶的撒旦在我心中已被激活，报复的利刃刺瞎了我明智的双眼。我要杀了那对狗男女。我要将那男的碎尸万段，我要将那女的永远留在我的身边！

这几个月，我亲自将仓库房里那面最厚实的墙给挖开，挖成直立长方体形状；然后亲自制作了一块木箱，正好我媳妇儿的大小，那将是她的棺材！我要将她杀死、装箱，然后嵌在墙里；我将地板、墙壁上铺上瓷砖，那样不易留下血迹。这样她就会永远陪着我，永远不会离开我了！

时间充裕，我一点儿一点儿地挖，到边到角，方方正正，规规矩矩，我就是她的掘墓人！我是永恒爱情的缔造者！待她生下孩子后，我便动手；待风头一过，她就是我的了！我就是世界上最凄美爱情的缔造者！

至于那个男的，既然没死，便不再赘述。

怀孕九个月了，她快生了！我越来越激动，越想越激动！就在那个夜晚上，我又喝了点儿酒，那是几个哥们儿非要拉我去解忧；我说无忧需解，可推脱几番终不过去，我想那贱人不守诺在先，便去小酌几杯；可还是多了。

三更天，我踏着月色乘着黑风醉醺醺地回到家中，看见她正在开门，显然也是刚到家。我将手放在她的屁股上狠狠地抓了一把："嘿！小贱货，你也到家啦！"

"死开！酒鬼！滚一边去！你不是大丈夫不食言吗？"她一把拉开门，蹒跚地走进去。

"嘿嘿！反正你也不回来了！喝点儿，喝点儿，好久没喝了！"我把嘴靠近她，想亲她一口。

她别过脸，推开醉脸，我顺势一躺，"哐当"摔在地上。我也不生气，带着醉意笑着说道："我就喜欢你生气的样子！都快生了，还整天往外跑，贱人！唉！这几天都忍不了？这些天陪陪我不行？你再这样，咱俩离婚后，我就把你们给剁咯！"

她顿时来气了："剁个试试！还不知道是谁的孩子呢！剁了我们吧！你养一辈子别人的孩子吧！"突然我从地上蹦起来："什么？那孩子？！"

她冷笑道："对啊，就是我和他的，你能怎样？"

我感到脸上一阵通红，顿时脑门充血，怒火中烧，几拳将她打翻在地，又欲拳脚相加。我看见她痛苦地在地上抽搐，不断喊着"疼、疼……"，我改变了主意。

"疼是吧！疼是吧！疼！让你疼！叫你嚷嚷！嚷嚷！"我疾步走进厨房，抽出菜刀，愤怒地一刀就割断了她的喉咙。

"救……"她还未喊出口，声带就已破坏，在地上抽搐了几下，死了。

我看着手中的刀，酒一下子全醒了。我颤颤巍巍地走近，看见她张着嘴的那张惊恐的脸；还有那眼神，那无助的惊恐的眼神；还有脖子上的那道血口，血还在往外涌。

一不做、二不休，按计划行事。我整理她的面容，使之不再如此惊恐，关上嘴，闭上眼，缩小鼻孔，还是美丽面庞。我再不忍伤她的身体，等血差不多止住后，我为她擦拭伤口，然后将她和那小孽种一起装入木箱内。我没估计到这个大肚子，便使劲儿将盖子摁了摁，"咔"地箱子就关上了。我立马将箱子抬进仓库房，嵌入墙内，用早已设计好的石门将墙关上，这已经很难看出破绽。我又将库里一个大储物柜推到墙前，早就试过多次，不费吹灰之力；又将原处地上打扫一番，抹去拖痕，伪装伪装；再往储物柜下撒些灰尘，摆出陈年旧设之象。可谓无懈可击，谁会想到我把尸体藏墙里呢？等这阵子风声一过，她就永远是我的啦！

现在，我就怕街坊邻居听到声响，报了案，泄了风声，那就不好办了。我提着刀，就去找那狗男算账，我要将这对奸夫淫妇一齐干了！我已经跟踪多次，早就对那男的住所和常待的地方了如指掌。

刚一出门，就听见你们警车的声音。我知道，声响大了，还是让邻里给听见，报警了。我知道现在不能怕，更不能跑，不然全完了。

三

"就这些了？"一位警官问道。

"啊！后面你们都知道了。"审讯室里坐着一位犯罪嫌疑人，现在应该叫罪犯。

"那么你为什么在见到我们之后面不改色心不跳，还带我们进屋洽谈呢？"警官问道。

"说你们警察傻，还一点儿都不假。准备工作我早就做好了，我胸有成竹、胜券在握，我怕什么；我那时候再跑，我再紧张，不就露馅了吗？"

"对不起，街坊们听见有争吵喧哗翻箱倒柜的声音，扰民了。能否请我们进去看看？"警官说道。

"没有啊！我喝了点儿酒，磕着碰着了，嚷……嚷……嚷嚷了几句，又打……打了几拳；老婆跟人跑了，哥们儿心里头……难受啊，啊……"我带着酒气和哭腔说道。

但我还是把他们请进来了，给他们泡了几盅茶，差点儿烫着手。

"唉唉唉，不泡不泡，您歇着！我们听说有打斗争执的声音，您这就一个人啊？"

"哪有人啊？媳妇儿跟人走……走了，家……家里就我一个人。我有事没事打打桌子椅子，解解气，泄泄愤，我……我喝酒常常晚上回来晚，吵吵人家！今天啊又喝多了，对不住乡亲们啊，干杯……干！"我结结巴巴地带着醉腔，边向警察们举起茶杯。

"真醉了！您呐！"做笔录的女警官说道，"听街坊报案说您常为妻子的事弄得半夜声响，您这妻子不让人省心，但您也得让四邻们睡个好觉啊不是？"

那估计是说我与她经常夜里吵架，我便答道："是啊，是啊，一定多注意，多注意！"这时我瞥到那儿有一个不安宁的年轻警察到处转，路过了仓库房，不过好像没有发现什么。"好嘞！给您个提醒，我们就不坐了，您也早睡吧。不要再扰民了啊！"警官挺温和，起身欲走。

我想这风头得让它过了，便欲起身送客。这时，所有警察同时转身，同时盯住那储物柜和后面那堵墙。我突然瘫在地上，成了一摊泥。

"这就是您的口供了。您到挺配合。不过人证物证俱获，您也没什么好狡辩的了。做了亲子鉴定后，那孩子可是您的亲骨肉啊！您妻子说的估计是气话，或者她自己也不知道。嘿！您这藏尸方法可真是绝妙啊！要不是您儿子的哭声，恐怕尸体也再难找到了！"

我突然明白那夜我媳妇喊疼是什么了，唉！后来在盖木盖的当儿，"咔"的一声，我估计把我儿子给摁出来了！我就这么给她接生了！我的孩子就这么给我泄密了！

第十二种孤独

2016 级　林兆文

他走出家门，单肩背起装了些水果和换洗衣裤的运动背包，弯腰拾起穿了三年的运动鞋，由于常年的洗刷，鞋型已有些变形，发灰的鞋带穿过抽丝掉了环的孔，他就这么缓缓地系着结，故意放慢了动作。

磨蹭了好一会儿，时间催着他不得不出发，又是周日下午啊，又要回到公司宿舍，见到他那些带着形色各异的面具的同事们。为了省钱，他总是习惯搭公交去到城市的另一边上班，即使要转三次车，再走一段漫长的路，才能看到那片偏僻寂静的工业区。再次回来，便是一个月以后。年近中旬，他却还是一头黑发，只有总是红通通的额头和鼻子藏了几道皱纹，是时间大度地留下警报器，提醒他混了多少日子。

"爸，那个……我想跟朋友去旅游，能拨点儿款吗？"女儿满脸嬉笑地伸过来粉嫩的小手。其实每到这时，他还是很开心的，因为似乎他与女儿只有在这时才说了最多的话。女儿渐渐大了，很多事不愿告诉父母，更别说自己在外地工作了。有时他也不好意思打电话，每次开口说了几句，女儿就会问："爸，还有什么事吗？""额……呃，没事了。"他轻轻叹了一口气，每到这时喉咙里像被塞了棉花，捂住了前几分钟还充满疑问的心思。他自然也不想把工作的情绪带给女儿，于是他只能无奈地挂掉电话。

在拥挤的客车上没有人给他让座，站在门口的他像条泥鳅一样被挤来挤去，只能不断地转换身子。在站着挤了四个小时的公交后，回到公司时他的双腿暗自发软，筋骨不争气地抽搐着。唉，是真的老了。"哟，经理，您回来了，李总他们在会议室里头咧，等着您呢。"小冯殷勤地招呼着他，稚嫩的脸上不合时宜地闪过一狡黠。"什么经理，别人听了还以为总经理呢，我呀，不过是个小小的主管罢了。"他无奈地苦笑，心里十分不情愿，以至于迈向会议室里喧闹的人群时步子有些不协调。

"哎呀，小田，你可终于来了，牌局正缺人呢！"发话的是李总，厚嘴唇机械地上下抖动，肥胖的圆脸仿佛随时会挤出一滴油来。最"公私分明"的也还是他。"上次那个产品质检不及格啊，你们几个负责人是不是要向下级表率一下？上个月的工资先扣下五百块，要吸取教训。"李总边说着边甩出红花顺，像在讲一件无所谓的事，每每讲到重点，李总的眼睛便习惯性地眯成一条缝，似乎是有人用刀子轻轻划开一道口子，又像藏了一根锋利的针，暗地里瞄准猎物。"但是，李总，上次那件事是您说……"一旁的小傅不满地想说些什么，但他用手肘顶了顶小傅，示意她不要出声。"什么？"李总冷冷地盯着小傅，厚嘴唇紧贴，嘴角一声嗤笑。"啊呀，不是，小傅刚来，不懂事，是我们的失误让公司蒙受了损失。"即使心中一万个不愿意，他还是要低声下气地乞求主人的怜悯。"哇，李总好厉害，甘拜下风，翻四倍啊。他自觉地掏出口袋里仅剩不多的红色钞票塞给李总，在娱乐中孝敬老总是老规矩。"

打完牌回到宿舍，他立马就瘫在床上，甩了甩运动鞋，双脚磨蹭着想把袜子硬拽下来，衣服也没来得及换下，他就这么看着有些发霉的天花板。过了十几分钟，手臂发力勉强撑起身体，他看了看四周，三十平方米的小屋，只够塞得下他的衣食住行。打开电视，又是热闹地逗哏和捧哏，看不得这些喧哗，于是调到新闻联播，他又无聊地躺下。

不知过了多久，手机忽地响起，是老婆。"喂，怎么了？""你上个月的工资怎么少了五百块？是不是又拿去赌钱了？这个家用钱本就紧张，你女儿又是要上这个班那个班的，你就知道窝囊地混日子。你知不知道我的苦啊。"电话里充满怨愤的语气像漏气的气球，呼出的气体直挠得耳朵痒。"老板扣了钱。""你那什么老板，别干了回来另找吧。"他也想离开，但到他这个年龄，能有这么多工资已经不错了，还能奢求什么？"还有今天气死我了，隔壁那个王姨向我们几个炫耀她那宝贝儿子怎么地怎么地，以为全天下就她儿子能考上重点。""我们女儿也很棒啊。"他随声应和道，拆开方便面的包装袋。"还有啊，你哥什么意思啊，要我们每个人给一千块给你妈？开什么玩笑，你妈那么多宝贝儿子，凭什么要我们出这么多。"他等着灌了水的泡面泡开，不再说什么。"得了，得了，跟你说也没用，我先挂了，电话费挺贵的。"

嘟、嘟、嘟，提示声停。他的面也软了，肚子咕咕地响，他什么也不想想，只想赶紧吃点儿热乎的东西，再美美地睡上一觉，但五点时还是要起来做数据表。他随手铺了张报纸，把过期的罐头和垃圾扔掉，留下一小块地方吃面，像做个神圣的仪式一样。他双脚交叉坐着，嘴里砸吧砸吧地响。

于是整间空荡的屋子只剩下他的嚼面声杂乱地回响着。

第十二种孤独

2016 级　于天园

　　诗人不当诗人的话，应该也是个很好的幼儿教育家，不教孩子却能摸清孩子的心性。因为，在那所小学的门口，大部分孩子都已散去，连摆摊的小贩也寥寥无几了。诗人却很享受，人群散去后，他又一次感受到了人群的气息，温热，只有一丝嘈杂的温热。

　　前两天刚下过一场小雪，现在外边的地面是极滑的，可诗人偏想出去走走，看看这冬日的景色。哪还有什么景色呢？施工队把地面刨个稀烂，还未修复便入冬停工了，旧房改造工程架还支在那里……草坪上本覆盖的一层白雪被小孩们踩的都是乱脚印，人行路上千万人踩过的雪被压薄，就似一层黑灰色的冰。可诗人觉得美啊，他感受到了人群的气息。在这一刻，他觉得走过这条路的人群中，定有和自己意趣相投的人，他也就没有那么孤独了。

　　诗人说他孤独，没人懂他。可有好多人和他说：我就是你的朋友啊，我们在一起吃过饭，喝过酒。诗人说，那都不算。他们都笑诗人，说他是个入了魔的疯子，说他太孤傲。诗人说：我就是疯子，不喝酒的疯子。

　　路的侧前方是一所小学，在这几近日落的时刻，孩子们放了学。一群身穿着蓝色校服的孩童涌了出来，打闹着，嘻嘻哈哈，仿佛天空都回荡着天真的微笑。可诗人觉得烦，太吵闹了，他决定暂时躲避起来。他去了小学对面的一所书店三楼，那是一家二手音像店，他在里面晃悠一会儿，大概过了十几分钟。诗人的时间掐得很准，他知道，回家对于小孩子来说，总是无比积极，下课也是。诗人也想家，那个曾经的家，遥远的家。

诗人出来的时候，闭上的眼，当他再次睁开眼睛的时候，他看见了一个穿校服的孩子。行走缓慢，背着一个黄色的中号书包，书包上印着开心的白雪公主。也许是只有她一个人，也许是她很安静，也许是冥冥之中的一种感召，诗人，觉得她是最可爱的孩子。

诗人靠近了这个孩子，所谓靠近，只是距离短了一点儿，只是一点儿，大概十五米吧，有点儿远，却足够能观察到那个孩子。孩子的步伐依旧很慢，左脚有些吃力地行走。诗人明白了，他可能受伤了，所以走路很慢。人散去她再出门，才不至于被挤攘到摔倒。他还看见，路的尽头有一个女人，一直站在那，不动。而孩子也加快了步伐，左脚依旧吃力。

可能是孩子走得太急，她的鞋带有些松了，她依旧向前加快走着，直到鞋带完全松开，她才停了下来。弯腰，蹲下，系鞋带。系完她就继续行走下去，投入了那个女人的怀抱。诗人没有看清女人的长相，因为他的双眼湿润着。

他看见了孩子左裤脚随弯腰上去一截，而那段空出的裤管下，是一段钢架，诗人对此无比熟悉。因为他也有一支，不过是右脚。诗人曾是一名军人，在一次模拟实弹演习中，他中弹了，子弹正中骨缝，于是他的右小腿失去了活动能力，要么拄拐，要么加钢架，才能支撑他的站立。

诗人此刻不孤单，他唱了一支军歌，轻轻地哼着。

局　外　人

2016 级　杨佳媛

老张走了，带着他的信仰一起归于尘土。

东方的天空刚刚露出鱼肚白，一辆出租车停在路口，小张下了车，略微站了站，环顾着周围。然后，凭借着记忆里仅存的一点儿印象，穿过大街、小巷，向着最深的巷子走去。

自从发生那件事以后，老张从习惯在人世间奔走变成了只寻求自我宁静，这一点大家都理解。但他突然把家搬到了这里，大家还是不认可的。先不说别的，就门前这一堵高达五米的墙就给人一种深深的压迫感。不知为何，走在巷子里就有种阴冷的气息扑面而来，即便骄阳似火，也让人不禁战栗。老张家还特地把家安在巷子的最深处，这就意味着要去他家就不得不在阴森的巷子里走到尽头。所以平时这里是没人来的，小张也几乎没来过。可今天她得来。

今天的小巷也一反常态，多了些人气儿。小张穿过了停在小巷的一辆辆汽车，推开了老张家刷着黑漆会吱吱呀呀作响的木门。院中聚着一群群人，没人注意到新来的小张，谁也没有认真看过她一眼。

小张看着院子。天和地是灰色的，砖和瓦也是灰色的。墙体几经风化，破落不堪。就连园子里的菜蔬瓜果都垂着叶子，散散落落地很不成规矩，看来老张很久没打理过了。

　　一个眼尖的女人在人群中发现了小张，她左手扯过小张，右手拿着刚裁好的一米长的白布扎在小张头上，拉小张进了屋。女人把一摞白帽塞到小张手里。这时进来一个男人，女人掰过小张的肩膀，命令道：跪下，谢大爷来。小张不明所以，但迫于女人严肃的面容还是照做了。扑通一声，小张双膝跪地。"哎呀，右腿先跪，左腿跟上。没人教过你啊，能不能懂点儿事啊。双手递给大爷。"女人责骂道。"哎哟，这孩子。不知道老张是怎么教的啊。"男人接话。女人狠狠瞪了一眼还跪在地上的小张，跺了一下脚转身扎到了厨房。

　　东屋里一群女人在安慰老张的遗孀。相比之下，西屋静悄悄的，只是时不时飘些香气出来，平添了诡异的气氛。西屋里有两张床。一张是老张的，如今他躺在那里。另一张床在老张的床的对面，两床之间只有不到一米的距离，小张的弟弟在那里。老张的床头放着一个香炉，里面只插着一支香，小张弟弟今天的任务就是看香，保证香火不断。小张在西屋门口踱来踱去，最终也没去打破西屋的宁静。

　　屋外一群人围着一个中年男子叽里呱啦地说些什么，小张听不懂。但那个男子，小张面熟。那个人是阿訇，来送老张最后一程的。按照辈分来说，小张叫那个人二哥。可小张今天才正式见到这个二哥。这时有四个男子进屋对着已经疲惫不堪的大张说话，小张隐约听到他们要给老张洁身了。随后他们进了西屋，弟弟出来了。二哥也进了屋，坐在西屋门前开始念经，大张为首，都跪在二哥面前，低头默念：真主至大，万物非主，唯有安拉；穆罕默德，主之使者……所有人的神情都是庄重而虔诚的，除了小张。后来有人告诉小张，他们当时念的是《古兰经》，而小张对那天的印象只有两条发麻的腿。那天不知道在水泥地上跪了多久，可能半个小时也有可能是一个小时吧，只知道起身时两只鞋全掉在了地上。那四个男子出来之后，人们都要去看看装扮完毕的老张。小张是最后一个进去的，看见的是老张铁紫的脸和缠满白布的全身。老张的眼皮间塞着两粒米，鼻孔里、嘴巴里也都塞着棉花、小米。小张看到这张脸以后心一沉，在随后几十年的噩梦里都见过它。

小张之后再也没见过老张，听说老张现在在东山上，那里有回族的公墓。

老张是个虔诚的穆斯林，他遵循着一切穆斯林应该做的事。他每天一丝不苟地完成五次功课，没有犯过一次禁忌。他和其他的穆斯林一样，唯信真主，虔诚祈祷，老实做人，宽厚仁爱，生活俭朴，不骄傲自大，不诽谤他人，伊斯兰教是他唯一的信仰。但这些都是遇到她之前。她是个汉族人，说来也怪，老张见到她的第一眼就深深地被她吸引了，立志一辈子非她不娶。但老张的父母是更加虔诚的穆斯林，他们坚决不允许家里的独苗娶一个外族的女人。这一点与女子的父母不谋而合，她的父母是唯物主义的信奉者。他们不相信真主安拉，也坚决不同意女儿被洗胃、不同意女儿入教、更不同意女儿变成唯心主义者。双方父母在安拉问题上的争执和愈发的坚定让两个人的所有抵抗都失了效。老张喝了这辈子的第一次药酒，犯了人生中的第一个禁忌，也是在老张癫狂的那个夜晚，一个本族的女子进了老张的被窝。两个人的命运从那天晚上走上了不同的轨道。醒来后的老张看着被窝里一丝不挂的陌生女子，就知道一切都完了。老张没脸再见他心爱的女孩儿，也没法辜负另一个女孩儿的清白。并且又过了几个月，老张当爸爸了。

人们都以为老张收了心，忘了她，踏踏实实过日子了。可是当大张带着他的汉族女朋友回家的时候，老张盯着大张和他女朋友看了很久，手中的茶杯都被捏得变了形。人们以为老张会大发雷霆，谁知老张猛地放下茶杯，一拍桌子："准了，这婚事我准了。老子儿子都乐意，谁敢管老子啊！"老张突然的粗言吓了女子一跳，随后女子笑了。后来有人说，这话是老张说给三十多年前自己的。谁说不是呢？

再后来，就有了小张，这个半回半汉的孩子，这个家族里唯一一个女孩子。老张一反常态坚决不在小张面前做礼拜，不带小张参加任何有关宗教的活动。甚至，他还特地立了个规矩：家中女子不可嫁给本族人。

如今，老张去了东山。小张第一次去了清真寺，太阳渐渐地隐在西山后，只留一片红霞映在天边，炊烟笼罩着高耸的塔般尖顶，橘黄色的琉璃瓦闪闪发光。一群穆斯林跪在大殿里做着昏礼，小张看见了跪在角落里的一个熟悉的身影。嗯，他是她的男朋友。

　　明天的太阳会在哪里升起呢？

四分之三天

2016 级　费晓艺

六　　点

代晨伢今天早上到校门口的时候，已经五点五十分了。

月黑风高，校门前稀稀拉拉地闪过几个薄薄的人影，地上拖着的懒洋洋的"黑体"被橘红的路灯扯住了后腿，但是还都挣扎着往那门里去了。

校门是仿古的建筑，有三层楼高，梁刻彩绘样样精致，正中的檐上挂一大匾，以金粉书写"为国恃才"四个大字。房檐上雕有神兽，数目多达九个，教代晨伢语文的"朱爷爷"在修建时就曾极力反对。朱老师说，按照中国古代建筑规制，只有皇帝所居之殿是九个神兽，寻常建筑不可如此僭越。代晨伢和班长韬爷曾经打趣过，"朱爷爷不说还好，校长不知道，偏偏校长知道了，就非得这么修了。"

学校的正门不会开，师生均从偏门进入。不过这个时刻窄窄的偏门却不至于拥挤，除了袖子上带有黄色标记 T 的人，也没人敢在这个时间如此造次了。

代晨伢的袖子上绣着明黄的 T，但是她今日却实在不敢放肆。上月的全市联考刚刚结束，今天是出成绩的日子。代晨伢的数学卷子空了两道大题，十分地清楚自己考成了啥熊样。看着校门口飘曳在黑风里的两只大红灯笼，代晨俏想起了数学老师冒火的眼睛，于是心脏像装了弹簧一样，跳得让人害怕。

主楼的灯火光芒四射，代晨俏还未跑至楼下，就瞅见了班长韬爷。她放轻脚步从后面跑上去重重地拍了韬爷的肩膀。前面闭眼梦游的韬爷惊了一跳，飞快地转过头来，看见是代晨俏，闭着眼喘了一口气，"一大清早的吓我一跳，老子还没睡醒呢。"代晨俏从她身后绕到前面，和她并排走着，"昨晚干吗了？"韬爷一脸无奈地扔出四个字，"刷数学题。"代晨俏懊恼地叹了口气，"我数学又红了。"韬爷耸耸肩，"一样。"

代晨俏的班长韬爷是T部五个班里唯一的女班长，做事雷厉风行、说一不二，三年如一日地效劳于这所学校的文科神话，为文科拿下了诸多荣誉。

T部就是这所学校的巅峰传奇，由五个班组成。但就这五个班也分高低，文三十四班，理三十一班是大神。剩下的一文两理，三班并重，是小仙。代晨俏和韬爷同属文三十四班，左袖以明黄丝线绣T为标识。这刺绣也算得神佑，庇护T部诸生不受叨扰。此刻，代晨俏和韬爷进了教学楼，教导主任早就站在楼道里了。这个点像老鼠一样灰溜溜窜进教学楼的学生，总要被教导主任抓住罚站训话，甚至追求"保人"班主任的责任。但是代晨俏和韬爷是不必在意的，T部的规矩是六点进门。尽管普通班的班主任们愤愤不平地吵了n+x次，但是T部的规矩是不改的。

代晨俏和韬爷吐槽着联考的试卷进了教室，两个人的桌子上已经躺了两张白白的试卷。语文课代表天离远正发着答题卡，抬头看见代晨俏，朝着代晨俏的书包拍了一巴掌，"快点儿的，没睡醒呢？！"代晨俏顺手抽拿了两张答题卡，朝着自己的座位狂奔而去。

T部的规矩，早上进门考试。试题一般都是一个小时的题量，限时四十分钟，没人有时间逍遥。

韬爷已经彻底进入备战状态，一边涂写着考号一边低声对代晨俏说："老规矩。"代晨俏已经铺好了卷子，淡淡"嗯"了一声。代晨俏文言好，韬爷现代文选择好，这样的战况自然是合作共赢。虽然代晨俏语文一向不差，但今日却被那些密密麻麻的黑字晃得头晕。试卷上黑黑的小虫子满满地爬了一页，啃噬着代晨侪的笔尖。头晕眼花的代晨侪索性抬笔不写了，拉过一旁的草纸算写起来：选择，四十五分；填空，十；第一道大题，十二……代晨侪已经算出了好几个数字，但似乎都不大合心意。她闭着眼思索了一阵，牙齿把笔杆咬得"嘎吱"响。这"咯吱咯吱"的声音被坐在后面的杨五毛听到了，她轻轻踹了几下代晨侪的凳子。代晨侪一惊，笔掉在了地上，她急着弯腰去捡笔，又把桌子上的文具带下去几件，"丁零当啷"的声音穿透了学霸们写字的"唰唰"声。代晨侪尴尬地朝四周望望，没人瞪她。T部的规矩，做题不抬头。代晨侪紧绷的心这才放松下来，匆匆地捞着地上散落的文具，前面的赵奕羽弯下腰来递给她一支笔，"别捡了，先做。"代晨侪接过赵奕羽手中的笔，伴随着交卷的铃声直起身子，她惊讶的眼神和空白的文言翻译都被时间定格。

七　点

考试结束之后是晨跑，八百米。

操前晨读，代晨侪站在队伍里，双手捧着诗词本却一个字都不念。旁边的天离远碰了碰她的胳膊肘，压低声音问："读呀！哑啦？"代晨侪一脸愁苦，"考坏了。"天离远坏笑着指了指杨五毛，"五毛今早也没写完。"杨五毛听到了，做出一脸委屈相，"是啊，是啊，太难了。"代晨侪被杨五毛故作可怜的表情逗乐了，脸上的篡紧的线条逐渐舒缓，不过还没舒展成一个笑容，就被体育委员的哨声喝断。

八百米说长不长，说短不短，属于半死不活的里程。代晨侪似乎用完了浑身的力气，脑子里混沌一片。晨跑结束后是简单的总结，韬爷跑红了脸，哑着嗓子问："昨天英语测试谁没进年级前三十？"代晨侪英语不差，正在闭目养神，却猛然被天离远推了推，"快去！"代晨侪一脸惊讶，"我？"天离远木木地点点头，"你没看吗？"代晨侪确实忘了看。

T部老规矩，俯卧撑三十个。

代晨佾像被捉住的小偷，红着脸慢慢地从队伍里挪出来。她的身子慢慢低下去，直到脸与地面平行，手掌按在凹凸不平的跑道上，两脚后瞪。代晨佾觉得像极了癞蛤蟆。

三十个俯卧撑的时间，代晨佾觉得全校同学都从她身边围过来了。她的四周全是黑压压的人群，密不透气，手掌按在地上火辣辣地疼，脑袋也重重的，像是快要砸在地上。代晨佾屏住呼吸，晕晕地听着那些模糊的议论："看，T部的。"她把头埋得低低的，胳膊肘快速地一曲一直。

这丢人现眼的惩罚，像是缓缓飘落的羽毛，不知何时落地。

八　　点

T部的规矩，这个时间是做英语报纸的。

代晨佾今天不想做，她闷闷地把英语报纸塞进桌兜里，托着下巴发起了呆。刚刚进门的筱学霸敲了敲代晨佾的桌子，"班主任找你。"

代晨佾的班主任是教历史的，这所学校少有的不动武的温柔男老师。

"代晨佾，最近状态不好啊。"

代晨佾低头看着脚尖，不说话。

"最近考试成绩很不理想，前几天一直忙，没时间找你，现在说，怎么了？"

"老师，我总感觉力不从心。"

"怎么就能力不从心？"

"害怕考不好。"

"这种想法是正常的，作为T部的学生，没有人愿意承认低人一等。"

代晨佾眼睛红红的，班主任递给她纸巾，继续往下说。

"害怕什么？是未知的东西。对你们来说也不过就是考高成绩，但是假设，你现在知道高考的结果是什么，那也就可以回家睡觉去了。正是因为现在不知道结果，才要努力。还有努力的理由。"

"说实话真的，有时候看你们趴在桌子上睡觉，都不忍心喊。但是为什么还要把你们叫起来，你自己想想。"

代晨佾低头看着脚尖不说话，班主任看看教室门，抬了抬下巴，"行了，去吧。"

代晨佾像是刑满释放，给班主任鞠了一躬，往教室走去。刚到教室门口，就和杨五毛撞了个满怀。五毛拽着她问："怎么了，没事吧？"代晨佾头也不抬，"没事。"杨五毛一脸茫然，朝教室里的天离远使了个眼色，天离远摇摇头，杨五毛瞪大眼睛做了个"啥"的口型。

代晨佾刚刚落座，同桌韬爷就凑过来，"说啥了，说啥了？"代晨佾低声咕哝着："没说啥。"韬爷给代晨佾嘴里塞了一颗溜溜梅，"安慰安慰你。"坐在代晨佾前面的赵奕羽转过身来问："班主任找你干啥，昨天历史又考砸了？"代晨佾从桌上抽出一本练习册，瞥了他一眼，"要你管。"赵奕羽道："历史卷子给我。"代晨佾从卷子堆里翻出一张来，递给他，"看，五十六分，你满意了吧？"赵奕羽笑笑，"下节课间给你讲。"代晨佾不作声，趴在桌上，把头埋在了臂弯里。赵奕羽又转回身来，"对了，文学社的事，你确定加入吗？"代晨佾抬头一愣，她前几天不过就是随口一提，"我什么都没时间准备啊。"赵奕羽从自己桌上翻了报名表给她，"你就告诉我行不行，行就填表。"代晨佾一头雾水，"这样可以？"赵奕羽偷笑，"你不说，我不说，谁也不知道。"代晨佾神志不清地填了表，直到把那表交给赵奕羽，代晨佾也不相信幸福来得这么突然。

九　点

数学课，又凶又严的数学老师，代晨佾每次上完数学课手心里都是一把汗。

一进门，数学老师就在黑板上写了一道数学题，他随手把粉笔扔到讲桌上，语气里满是不耐烦，"代晨佾，你来解。"代晨佾正锁眉思索着这道题，突然被点到名字羞得红了脸。这是联考时的压轴大题，代晨佾不会。她皱着眉头走上讲台，慢吞吞地拿起一支粉笔，手腕邸在黑板上，低下了头。代晨侪捏着粉笔在手里转来转去，手指上蹭满了白灰，也不知道该写什么。数学老师走过来站在代晨侪旁边，一副恨铁不成钢的语气，"考试的时候就不会，现在还让我教你吗？一点儿不思进取！"代晨侪咬着嘴唇，大大睁着眼睛，不让眼泪掉下来。数学老师"穷追不舍"，"你数学考了几分？这副样子是怎么混到三十四班的？丢人现眼！"代晨侪乌黑的头发抵在黑板上，眼泪已经扑簌簌地掉了下来。数学老师提高了嗓音，"有什么好哭的，不会做题还委屈是吧？走！"代晨侪放下粉笔，挪了几下脚步，脸烧得通红，她向数学老师深深鞠了一躬，转头跑回座位上。

桌上已经放了一包纸巾，还有韬爷洋洋洒洒的字迹：好晨侪，别伤心，下课讲给你。代晨侪抽出纸巾擦着眼泪，数学老师没好气地责备，"代晨侪，翻数学书，就那么多眼泪吗？"代晨侪不擦了，重重地吸了几下鼻子，翻开数学书。数学老师叹了口气，将手中的课本放在桌上，转身在黑板上写起了解法，"看！"代晨侪努力睁大红肿的眼睛，压低自己的抽泣声。数学老师的手在黑板上上下摩擦，嘴巴一张一合，代晨侪一个音符也听不清楚，她觉得自己已经灌了满脑袋的眼泪。

代晨侪紧紧攥着手，手心里的汗渍，又湿又热。

十　　点

大课间，对门理特班里发出一声巨响。这边的文特，还以为那边研制多年的原子弹终于成功发射了。天离远刚刚安慰好代晨侪，给代晨侪讲着方才的压轴题。两个人睁大眼睛对视着，天离远挑了挑眉，"出去看看？"代晨侪泪痕未干，"不去。"杨五毛急着看戏，已经拽了韬爷出去。出门没五分钟，俩人又回来了。赵奕羽好奇地问："怎么了？不会真是原子弹？"杨五毛一脸失望地摇摇头，"切，他们学霸又掀桌子了。"天离远问："这次又是为什么？"韬爷做了个矫情的兰花指，"问人家题打扰人家学习了呗。"

突然空降的文特筱学霸开口，"他们老班怎么说？"韬爷正了正衣领，学着理特班主任的语气，"以后有题不会就问老师，别再跑去打扰人家学习。"杨五毛一脸惊恐地戳了戳身旁的筱学霸，"我以后不敢问你题了。"筱学霸一脸严肃，"我说过你们啥。上次代晨伢问我，我又画图又摆模型，讲了半小时。"天离远做了个夸张的表情，"哦，哟哟，不得了，这是说代晨伢笨呢。我可一讲她就明白了。"筱学霸有心辩几句，被站在门口的班主任打断，"会议室开会，迅速的。"

　　会议室也是 T 部专用的，代晨伢一群人去的时候，部长坐在正中间，一脸怒气。几声有分量的咳嗽，代晨伢他们立马规规矩矩地坐立正。主任戴着黑框的眼镜，犀利的眼神像刀尖一样剜着每个人，手指点着下面服服帖帖的小绵羊，"我再重申一遍，T 部的资料、卷子，不允许外借。再让我发现一次，T 部的东西外传，谁传的，就不要再想做 T 部的题。"代晨伢低低地垂着头，T 部的题她也偷偷地往外借过。她不知道把自己的习题、笔记借给其他同学有什么不妥当。

十 二 点

　　吃饭时间，三号窗口乌压压地围了一堆人。

　　杨五毛好凑热闹，拽着天离远和代晨伢就往人堆里冲。代晨伢指着人群中一个哭号的女生，"那袖子上仿佛有字。"天离远也看见了，拨开人堆就往里挤。站在人堆里的正是天宇兄，文特的万年第二。代晨伢和天宇兄同班三年，从未见她哭过。天宇兄有着女子的外表，汉子的内心，与各位仁人志士以文会友，称兄道弟。早她们几步，婷子已经在那里了，拍着天宇兄的背给她顺气。代晨伢听到旁边几个女生不堪入耳的脏话，"眼瞎嘛，人家 T 部印个卷子都得比我们清晰。""什么东西，人模狗样的装什么。"天宇兄是最听不得脏话，已经哭得泛起了呕，喘气喘得直不起腰来。天离远过去捂了天宇兄的耳朵，搀着天宇兄就往外走。杨五毛埋怨了婷子几句，"站在这等着挨骂呢！"

回了教室，天宇兄趴在桌上哭得怎么也劝不住。班里刷题的学霸们都停了笔过来问，"怎么了？"婷子一脸不平，愤愤地说："那几个女生不排队，天宇兄就过去说请她们排好队，她们就拿着 T 部说事，说我们特权多。"韬爷问："哪个班的？"天离远拍着天宇兄的背，望了韬爷一眼，"算了，本来 T 部闲话就多。"

天宇兄高昂的哭声早已惊动了办公室里的班主任，温文儒雅的班主任已经站在教室门口听了好久，面部表情复杂，"说了多少次各种事情不要跟别人计较，让着他们点儿。脸皮薄还好惹麻烦。"教室里的学霸们一致转头看向门口，天宇兄也泪眼汪汪地抬起了头。班主任扶了扶眼镜框，语重心长："你们吃晚点儿回来也没事，我担着，不要再为这种无所谓的小事影响学习的积极性。"班主任这算是宽慰，可是代晨伢不高兴也不难过，她觉得一切都不合理。

代晨伢因为袖子上的字而骄傲，也因为袖子上的字而烦躁。

十　四　点

上课铃响的时候，教室里的卷子就已经白花花地铺了一大片。这个时间是考政治，四十分钟时间，完成三十道选择，两道大题。代晨伢转着手中的笔，一圈一圈。她记得以前数学老师说过，2008 级有一个学长，不画草纸，只转胶带就能转出来答案。代晨伢多希望自己的笔就变成那卷胶带，让她无忧无虑地转出答案。其实"美梦成真"这个词很简单，代晨伢听到赵奕羽敲桌子的声音，低头看，自己课桌桌腿上贴着一张便签：ACDD BBA……虽然代晨伢自认为是个正派的人，但这正派却远抵不上俯卧撑的分量。她悄悄地将便签撕下来，小心翼翼地压在卷子底下，胆怯地抬头看了看，才长舒了一口气，斜着眼将那些答案抖抖擞擞地涂在答题卡上。

课间的时候，赵奕羽递给代晨伢几张活页纸，代晨伢问是什么，赵奕羽说是历史题的解析。代晨伢接过来翻看了几页，平淡地说了声谢谢。赵奕羽指着那几张活页纸说："你自己先看看，要是不懂，再问我。"代晨侪反问赵奕羽："你说，你这个可以借给别人吗？"赵奕羽明白代晨侪的意思，笑笑说："你爱借多少借多少，版权是我的，不算 T 部的资产。"韬爷趁着问赵奕羽："元芳，今天的事情你怎么看？"赵奕羽摊手，表示不做任何评论。韬爷接着往下说："主任就是没事找茬儿，本来我们就不招人待见。几套自命题，弄得和国家机密似的。"赵奕羽看着翻阅解析的代晨侪，转移话题，"都懂吗？"代晨侪微微点点头，韬爷也凑过去瞅了几眼，"这么浩大的工程，赵大社长，你这么闲啊？"赵奕羽甩甩头发，"彼此彼此。"韬爷一提起社长这事，赵奕羽又想起文学社的事，"对了，晨侪，有作品可以给我，我帮你发。"韬爷咂着舌头，"赵社长，以公徇私，不简单。"代晨侪刚想争辩几句，赵奕羽已经说了："本来写得也好。"路过的杨五毛刚从厕所回来，耳朵竖的高高地捕捉到了这几句话，高声尖叫："谁以公徇私？"天离远跟在她身后，拍了一把杨五毛的头，"当然是你。"杨五毛踮着脚，跟天离远保持一样的身高，"我怎么了？"天离远说："你给那谁的数学笔记，后面贴着的几道压轴大题，哪来的？"杨五毛急得去捂天离远的嘴，讨好地说："我给你封口费。"韬爷急得拍桌子，"给谁？给谁？"天离远要说，杨五毛急急地拽着她走了。

十 八 点

数学考试，天离远扔给代晨侪一张纸条。

纸条上是天离远秀丽的字：这几天我和杨五毛不好，你不要为难。

代晨侪着急，赶忙在纸上画了三个大大的问号扔过去。天离远迟迟没有回复，代晨侪抬头看她，发现她一脸平静地做着数学卷子。再转身看看后面的杨五毛，也是定若老僧。代晨侪垂头丧气，扣起了手指。再看看墙上的挂钟，离收卷还有十分钟了。

交了数学卷子，天离远敲了敲代晨侪的桌子，示意她出去。清冷的楼道里，天离远和代晨侪靠墙站着，背上蹭满了白粉。

"你知道杨五毛传题的事吗？"

"嗯，知道。"

"晨佾，我总觉得，杨五毛传题不好。"

代晨佾不说话，这件事她不做任何评价。

"我怕被主任知道，劝她不要再传了。"

"啊？这样的话……所以，你们为了这件事吵架？"

天离远点点头。

"那你和她好好说呀。"

"她那祖宗脾气，难伺候。"

"那你们就一直这样了？"

"那倒不至于，过几天就好了，我就是怕你夹在中间别扭，告诉你一声。"

天离远拍拍代晨佾的肩膀，转身走了，留下代晨佾傻傻地站在楼道里。她看到墙上贴着的同学们的理想卡片，恍了神。地理课代表抱着一沓卷子路过，冲着代晨佾的耳朵喊了一声，"嘿，进门考地理，干吗呢！"

代晨佾没声没响，木木地进了教室。

靠窗的座位上，天离远面无表情地整理着书桌，杨五毛也展开着本书一本正经地看着。代晨佾想跟杨五毛说说，但五毛没有理她的意思。代晨佾蔫蔫地坐在自己的座位上，桌上反扣着一张便笺纸，她想展开来看，又被传过来的地理试卷盖上。代晨佾抽了一份试卷，顺手将便笺纸揣进了兜里。

二 十 三 点

试卷装订，成绩单更新，放学的铃声响了。

代晨佾照着成绩单抄好了分数，最后一个才出教室门。前面的楼梯口，是韬爷和筱学霸两个人扯着一张卷子，还在研究题目。台阶下的大厅里，天离远和杨五毛一前一后走着，天离远的脑袋渐渐淹没在黑压压的人头里看不见了，杨五毛的黄书包也被蓝校服挤憋。出了教学楼，两个人分道扬镳。

代晨侪已经出了校门才想起来兜里的纸条，便拿出来慢慢展开：春风十里不如你。代晨侪一眼扫过，心慌地合上，将那些字揉皱在手里。

赵奕羽的字迹，代晨侪很清楚。

其实代晨侪一直都知道，只是她不愿意承认。

代晨侪想起教室里"哗啦哗啦"翻动的试卷和被风吹得"呼哧呼哧"的成绩单，一身冷汗。代晨侪明天还要上课，还要考试，说不定还要趴俯卧撑。比起这虚无缥缈的浪漫，还是多刷几道题更实在。

代晨侪很累了，却什么都改变不了。能迟到的人迟到，不该迟到的人挨骂；进了那扇门，身边的人就凭一个 T 来衡量所有人的人品和能力；大家不该走的门还是不能走，不许传的题还是不能传。

呼呼的冷风里，理特的灯也终于灭了，整个校园被黑暗吞噬。气愤的、困惑的、耻辱的、怀疑的……端庄大气的校门里承载了太多过分的情感。

午夜，蓝校服们终于离校门越来越远，可是六个小时候后，他们马上又要回来。

流　浪　英　雄

2017 级　牛紫微

1942 年 2 月，苏门答腊岛的一个小市镇上，一辆公共汽车正在道路上行驶。突然，一队日本宪兵拦下了这辆公共汽车。汽车上的司机和乘客都非常害怕。为首的日本军官用日语向司机说了些什么，但由于语言不通，司机听不懂日本军官的意思，只能呆坐在那里，不知道该怎么办。

这时，一个年轻人走上前来，用日语和日本军官交谈了几句后，了解到他们只是想问路，便告诉了他们。日本军官得知后，向这位青年询问他的姓名和地址，举手敬礼后，就带着一队日本士兵离开了。

两天后，日本宪兵队找到了这位青年。并表示说希望他能担任日军在这里的翻译，这名青年同意了。

伪　　装

我叫赵廉，两天前我坐公共汽车去上班时，碰到了一队日本士兵。那个为首的日本军官向司机询问了什么，我前些年学过些日语，见司机听不懂便出来与那个军官交谈，得知他是想问路后，我就告诉了他路线该如何走。

今天，那些日本兵找上了门来，希望我可以充当他们在这个地方的翻译，并许诺说会给我一些报酬，我同意了。

距我担任翻译那天已经有几周了，我平常在日本宪兵队跟随军官处理一些事务。这天我跟随队长外出，碰到了两个中国翻译，他们向日本队长要人。这个人是主持南洋大会的代表。我记得他，那也是一个中国人。昨天他已经乘船到另一个小岛上了。于是我对日本队长说，那个中国人已经回国了，现在他们却来找你要人。日本队长听了果然很生气，吓得那两个中国翻译抱头鼠窜。我瞥了他们一眼，就跟着队长走了。

不久之后，我又跟随宪兵队到另一个地方办事，每周会回到原来住的镇子上一两次，跟我的朋友们见面。我经常会邀请朋友到旅馆吃米粉，大部分时间都是我一个人在说话，用日语。旁边的人也不敢插嘴。走在路上，警察也会和我敬礼，他们一般叫我"端"，是老爷的意思。

翻译这份工作还是不错的，报仇也很丰厚。有一些日本士兵向我借钱我也会借给他们，他们都说我很慷慨。因此，如果有一些什么活动他们也会叫我去，和我谈论一些有关他们自己的事。关于这些我都会仔细听。

在我住的小镇上，我渐渐地有了一些名望。不论是华侨，本地人还是日本人，他们都愿意来找我帮忙，我也愿意尽可能地帮助他们。

除此之外，我还开了一家酒厂，邀请一些日本士兵来喝酒。但我是不喝的，当他们问起，我告诉他们我戒酒了，我的老婆正怀着孕。是的，我娶了一个本地妻子，我对她没什么感觉，但这样做事会方便很多。我这样一说，他们也不再劝我喝酒。因为我们平常关系还不错，他们还要找我借钱呢。

尾　　声

我担任翻译的生活已经有两年了。今天我又邀请了几个要好的士兵喝酒，这次他们醉得特别快。等他们都倒下以后，我伪装了一下自己，走了一条隐秘的道路与我的朋友汇合。但当我走到一个路口的时候，一队日本士兵挡住了我的去路，为首的长官向我走来，我不记得他说什么了，因为我只听到了一声枪响。

真　相

我叫赵廉，我是一名中国人。几个月前，我去杭州办事，回来的时候听到了母亲死去的消息。日本人搜城，我的母亲匆忙躲进夹墙中，又不敢出去，便饿死了。我的弟弟是一名报人，近几年他一直在刊登一些针对日本侵略恶行的文章，也颇有影响力。但在母亲逝世后不久，弟弟就被日本人杀害了。

一封给友人的信

长风：

最近还好吗。

我这些天恐怕不能再邀请你吃米粉了。我家的窗户坏掉了，玻璃全碎了。从外面就可以将屋内看得一清二楚，但还未找人来修。五天后，我们在老地方见面吧，我想回去看看我的母亲，也不知她最近怎么样了。可如果我并未准时赴约，你也不必等太久。我肯定是被一些事缠住了，去不了了。那你就先一人回去吧。

你的朋友

赵廉

长　风

我是长风，赵廉是我的友人。我们最近见面不是很频繁了，大家都被一些事情缠住了。五天前，赵廉约我见面，我提前到了我们以前常来的地方，眼看时间快到了，我还未望见赵廉的身影。我站在这里不经意地四处张望。

一个日本兵在远处站着，看样子像在小解。不一会儿，他又匆匆忙忙地拐进一条小巷。时间到了，一声枪响在空气中响起。我灭掉手中的烟，转身走了。我知道我的朋友赵廉今天是不会赴约了，明天也不会。

透明的秀才们

2017 级 赵禹实

那是一个一九八几年的夏天，也许是八五，或者是八六，这并不重要。天气很好，普通的夏日下午，阳光很足。研究所楼门前的车道上，公务员们推着自行车，三两个闲扯着朝大门晃去。门卫杵在他的门房前头，挺直着背冲每一个出去的白衬衫点头，嘴里大声地呼喊着"慢走""小心"。一阵车笛在自行车们的后头炸开，之后，许多"慢走""小心"的呼喊声盖过了车笛，那成串的爆炸才熄了火。下班时间的市科委会研究所门口开始安静了，不过这并不重要。

秀才再次看了一眼房间的东北角，那里有一套刷了红漆的单人桌椅，桌面是空的，桌膛里是账本。椅子后面是一台复印机，一台新买回来一年多的复印机。复印机上盖着一块蓝色的薄布，布是秀才早上从家里带来的，他知道，如果不蒙块布的话，堆积的灰尘有可能会损坏这机器的——毕竟这里没有第二个被培训过的人了。秀才拎起来地上的口袋，走了出去，没有带门，他知道一会儿会有人来把那套泛黑褐色的桌椅搬出去。他推着发着吱扭声的车向门外走去，门卫佝偻着腰进了门房，他从不和低于大专学历的人说话。路过门房的窗户时，秀才向里头看去，门卫没有抬头。于是，秀才走出了他工作了一年多的研究所，明天他就将重回无线电厂去，他一年多前工作的地方。

秀才骑着他的自行车回了家，一进走廊就看到他坐着小板凳洗衣服的妻子，他脱下白衬衫扔进满是肥皂沫的水里，心里想着衣服可能小了点儿，让妻子改宽一点儿，他的大儿子应该就可以穿了。他进了自家的屋，看到母亲盘着腿在床上挑拣着水果。她已经挑拣过多次了，每次都把快坏掉的水果挑出来，让儿媳妇挖掉开始发烂的部分，拿给家里的男人们吃。水果当初买的太多了，幸好当初是买的贵的，还算是耐放的——这些本来是买给秀才的大堂兄的，他在省里都能说上话，但秀才最后还是没有去送。他脱掉皮鞋也坐上床，他的脚形不好，穿不住裹得紧的皮鞋，他刚在水果里拨弄了几下，就被母亲推下了床。他的孩子们还没有放学，就算放学了也会在外头疯一会儿再回来。往常这种下班早的时候，秀才都会去学校拎他的孩子们回来，但他今天不想去。

秀才进了他和妻子的屋，带上门，坐在他的书桌前。桌子上满是一些机械方面的书，很多都是他从北京买回来的，除了书以外，还有一些小的摆件，这些都是他从外地带回来的。桌子对的墙上，大相框的玻璃板下压着很多照片：有杭州的西湖，苏州的古城墙——这是秀才所有去过的城市里最中意的两个，更多的是一些北京、西安、兰州、沈阳的大学的内景。这些都是他在一年多以前的那段时间里拍的。那时候几乎每一个季度秀才都会出远差，食宿与路费都是公家报销，他在那些大学里、研究所里、工厂里，在那些教授、研究员、厂长的面前，把他面前的一台台金属离子捡剥机有条不紊地安装好，然后奔赴下一段旅程——这是比当初配合中科院的教授一起将机器研制出来还要令人兴奋的事。秀才自认为他属于现在这个开放的年代里最有能力的一批人，当年市科委的领导亲自用小轿车接他去研究所工作，在他看来也是理所当然。那时候秀才的家乡是经济发展的黄金期，公务员的工资较之普通工人可以说是丰厚，更何况工作清闲，加上一被借调就立即被派去河北去学习所里新配备的复印机的操作，连家里那些经营好的亲戚们都羡慕秀才这个似乎唾手可得的转正的机会……秀才拍了拍头，打断了这些陈年旧事的回顾。当初的设想总是好的，本以为这是高三赶上"文革"而被迫放弃高考之后的时来运转，可谁又曾想……

秀才听到敲门声，他突然想起来该到吃晚饭的时候了。他出屋走到桌边，看到他的父亲已经落座了，母亲还在床上挑拣最后几个水果，妻子在从厨房往桌子上端菜，他的儿女也站在桌边，姐姐拉着弟弟的手，两个人低着头。他突然感觉非常的烦躁。秀才不明白回工厂和去那个科研所上班相比有哪些不好，他自一九七〇年开始工作就一直在工厂，他在工厂里完成了一个科技创造，他在工厂里得到在中国各地的比他有地位的人面前表现自我的机会，更得到了被所有人羡慕，仰视的感觉。秀才不明白科研所有什么好，那里面的公务员每一个都眼高于顶，从来没有正眼看过他，把他仍当作干杂活的工人，他们从来没有一天像在工厂里的人一样充实地忙碌着，即便手头来了工作也是照常的懒散模样，他们从来不和他主动说一句贴己的话，从来都是文字游戏一样地挖苦，挖苦他的富农出身，他的矮个，他的只有三根手指的手……秀才真的受够了那里的生活，哪怕每月领的钱再多，每日做的活再少，他也不想再这样耻辱地干下去了。他早就不是之前那个庸庸碌碌的自己了，他感觉现在的自己已经有了保护自己的尊严底气，三十多年来第一次拥有这样的底气。

秀才草草地吃过了饭，他的家人们也是一样，之后他便回房间休息了。屋外的每一个人也都仿佛陷入了睡眠里，除了秀才父亲的咳嗽，一切都是安静的。第二天他起得很早，他很认真地洗漱，又刮了一遍他昨天早晨新刮的胡子。秀才穿上了妻子昨天新洗过的蓝色涤纶工服，他穿上了合脚的北京布鞋，可临出门时却犹豫了，最后换上了皮鞋。他只喝了一碗粥便匆匆出了家门，离厂子还有一段距离时，秀才放缓了车速，看着腕上的手表，他计算着时间压这上工的铃声进了车间。车间的棚顶漏的地方还在那，倒了班的工人在门口冲着阳光扑弄衣服上压出的褶子，学徒工拎着他和他师傅的铝饭盒往水管走，大工们倚在他们负责的机器上抽着自卷的烟叶子。这一切和秀才记忆里的车间一模一样，可他昨夜梦到的欢迎仪式和领导接见没有一个变成现实。他立好车走了进去，扑弄衣服的人依然扑弄着他的衣服，去洗饭盒的学徒依然直直地往水管那走，倚在机器上的大工依然在抽他们的烟叶子。秀才就像是在这个满地都是散落的零件的车间里飘的一个鬼，没有人看到他，也没有人同他打一声招呼。他感觉他的底气突然一下子全被抽空了，他又变回了一九八〇年之前的那个身高只有一米五几，右手三根手指，出身富裕，念过高中，言语刻薄，没人看得到的透明人了。

那是一个一九八几年的夏天，也许是八五，或者是八六，这并不重要。天气很好，普通的夏日清晨，阳光很足。车间里机械运转的声音轰隆，像是汛期辽河里翻滚的泥水。调弄按键的大工们扯着嗓子高声地谈笑着家长里短的芝麻事。一个透明的，穿着蓝色工装和黑色皮鞋的人僵在一台放置了很久的金属离子捡剥机前，而在他的身边，仿佛还有更多的透明人在这透明里产生、消失。不过这并不重要。

偷　　生

2017 级　刘家仪

一

我收到了自己的机器人，是装在一个灰色的大箱子里的。

拆开纸箱，出现的是一个五官很精致的仿女性机器人。从外表看已经和常人没有差异了。

她穿着一件贴身的白色毛衣，普通的牛仔裤，没有袜子，脚冻得通红，应该是因为纸箱漏风的缘故，她居然还套着一件厚厚的棕色毛呢大衣。

外面的雪下得越来越大了。

"怎么你是会感到冷的吗？"我问她。因为是第一次见面，我有点儿害羞，第一句竟然不是问她的名字。

"仿人造皮肤是新投入使用的，我是新款所以有这个功能。冷热感知这些小事是完全没问题的，如果你用玻璃碎片划我的皮肤，血液会流出来和真的人类一样"她说着捂嘴笑了起来。

突然四目相对，我却不敢细看她的脸，我将头别扭地扭到一边，手插进裤兜。

但那一瞥我看见了她的眼睛。

真奇怪，她的眼睛很明亮，看着很舒服，我甚至可以从她的眼睛感到她刚才情绪的波澜。

眼睛是心灵的窗户，眼睛是可以表达情感的。透过眼睛表达情感是人类的专属，因为不管仿生如何精致，它也无法透过眼睛将情感传送出，就像玻璃球，只会有一种空洞感。

现在的世界也很奇怪。人们的物质水平没有一点儿提高，但是机器人却作为人们的助手十年间快速发展起来。手机厚度没有变薄，电脑、电视依然是中老年人的好伙伴，超市里面的东西还是原来那样，传统燃料汽车依然在大街上奔驰，医院还是忙得焦头烂额。唯一变化的是人人身边都有一位机器人，他们和人们一起购物，和主人的孩子一起玩耍，他们用十年时间就占据了所有服务行业。十年前，所有国家都在大肆报道这件事，人们规划着美好的梦，设想未来。政客个个都充满抱负，科学家立刻成为人人最为敬畏的职业。

可是梦破了。随着机器人的普及，大量工人的下岗，但社会福利却削减，没有工作，就没有钱来消费，消费疲软，通货膨胀，经济没有朝着预期发展，反而直线下降。但是人们离不开机器人了。因为社会一片混乱，人们越来越懒散，机器人反而维持着巨大城市的正常生活。政府只好继续寻求机器人的帮助，继续大力鼓吹机器人的作用，财政资金也都给了研发人员。机器人的功能越来越丰富，更新换代像很早以前的苹果手机。

人们对待机器人由以前的喜爱到讨厌。抢了工作不说，还造成天价的收入差距。谁拥有大量机器人，谁就有机会成为首富，所有资金都向他流来，他掌握这不需要工资和医疗保险的劳动力，最大限度从机器身上榨干利益，因为十年不足以使规范全面的法律条文出现，总有漏洞可以钻，尚且人们也没有达成道德共识。

机器人因为批量生产，越来越廉价。今年生日，我终于也得到了自己的机器人，是妈妈寄来的。虽然人们反感他们，但是毕竟方便好使，所以价钱对普通人说，怎么也要节约几个月吧。

"给我起个名字吧？"她笑了笑，努力打破拘谨的气氛，因为房间太小，我给她让了点儿位置，她坐在了小沙发的右边，紧挨着我。

"我记得每个机器人都是在制造初期就有自己的名字的吧？"听到她这么说我有点儿惊讶。

"新的开始嘛！"

"那就小光吧。"

"是光明的意思喽？你还真俗气呀！"

"光明不好吗？成天待在黑暗中人们都已经受够了。"

她没有再说话。但是我明显感觉到了她呼吸起伏的变化，现在的机器人都会有心跳了吗？

我仅仅想找一个人，哪怕是一个机器人跟我说说话。我太无聊了。每天在这小房子里醉生梦死，无所事事，电脑没电了就是电视机，脑子被动地接收消息，很久没有下楼走动了，一是街上太乱不敢去，二就是害怕与人接触。

当我接到妈妈的电话，说她买了一个机器人给我时，我兴奋得真想在街上跑两圈。想着终于有人陪我说说话了，我们可以谈天说地，什么都可以聊，反正她的信息库一定很大，会告诉我很多新鲜事物。

"我的床是这个吗？嗯？是粉色床单呢！"她用手摸了摸床单，然后环顾着房间，这敲一下那敲一下，转过身对我说："这房间是硬纸板隔的吧，那一天得多吵啊？感觉你黑眼圈很重，一定是被吵得睡不着觉很痛苦吧？"

"现在这世上所有人口有一半都住不到房子，都是饥一餐饱一顿的，抢劫什么的司空见惯，五点以后看不见开着门的超市，列车就中午象征性地开一会儿，我有什么痛苦不痛苦的。"

"在这样的地方大家都在忍耐是吗？可是大家为什么要逆来顺受呢？明明有很多机会重新开始，却无视机会一错再错。"她突然哽咽，虽然很微妙，但是我感觉得到，是一种忍耐很久想要一吐为快的难受，"你真以为我们造得了那么多机器人吗？那都是站在金字塔顶端的人留给普通人的幻想，世上根本就没有那么多机器人。"

世上从来没有那么多机器人。

我虽然在意她的话，但是随着她的到来生活慢慢变好，我开始刻意不去想那些烦心事。

不知谁说过你窥视着深渊，深渊也在注视着你。

最近，她外出频繁了。每天都很晚回来，她似乎很累，刚一回来就睡下了。是的，现在的机器人也是通过睡眠补充能量的，像常人一样作息。

电视还是开着的，声音很大。但是她完全没有影响，睡得很熟。我觉得胸口有些闷，电视的声音吵得我有些紧张。她以前从不开电视的，因为她说总是被动地接收消息，人才会越来越消极的。我关掉了电视。

我听见了打呼噜的声音。我怀疑自己是不是听错了，我走到她的身边，呼噜声越来越大。作为一个机器人已经普及的地方，我就算再不了解，也知道机器人不可能已经精细化到如此细微的特征。

我呆呆地上前给她盖上了被子。

我无法再无视这个问题：她就是人类，一个普通到不能再普通的女孩儿。

她只是在假装着自己是未来的机器人，是人类的希望，是高科技的结晶。

她只是十岁放学后的某一天，蜷在家门口的角落里等妈妈开门回家，太累了不小心睡久了，又不小心丢了自己的回忆，又不小心忘了自己还有心跳，还有人类均匀的呼吸声。

她一定也清楚这一点，她一定也清楚我知道这一点。我们两个人自欺欺人，上演没有人看的电影。

这个世界上真的没有那么多机器人。

工厂里的机器人只是表情麻木的普通人。他们有血有肉，会感觉痛，也会体会温暖。他们会笑会哭，会用眼睛表达，呼吸会变化，会打呼噜，也会打喷嚏，会饿会饱，会想要逃离，也会想要靠近。他们只是被那些被钱迷惑的失去方向的工厂主所压榨，他们成了"人类机器人"。一切都要装作机器人的样子，说话、走路、工作等等，全部都要。因为是机器人，所以可以无限压榨，没有节制。他们只是忘了血液流淌在身体，浑身激情的样子了，他们只是忘了与朋友交谈大笑时的快乐了。

他们一切都忘了。不如说，一切都被忘记了。

十年前，当机器人到来时，大家都以为是宣告新世界的来临。对资本家来说机器人实在是太好用了。但是当服务业和工厂加工业被机器人挤满时，他们却没有提供一种新的方式，这对成千上万的普通人来说未免太残忍，但是人们就是这样，如果真的有利益可以实现，那么就一定会不计后果地去实现。

可是混乱的社会使机器人无法大量生产了，无法提供合理的原料，因为高精尖技术还掌握在少数聪明绝顶的科学家手里。这个社会早已被麻木所充斥了，硫酸的侵蚀已经深入所有城市的钢筋内部了。

于是，人类作为机器人成为他们想到的绝佳方式。他们主动招募那些在城市流浪的人们和无家可归的孩童，培训他们，让他们作为机器人展现在世人面前。

可是人们谁真正还在乎呢？跟人们的相处虽然漏洞百出，但自己毕竟已经染指了这个圈子，就不能全身而退了，更别说跳出圈子颐指气使地说别人。市民和那些所谓的机器人继续生活在一起，彼此心照不宣，市民需要那些"人类机器人"的帮助，"人类机器人"也需要一个避难所，可以逃脱工厂生产的折磨。

我蜷着腿坐在了她的旁边。我看着电视上回放的早间新闻。"今天早上八点钟红旗集团的分公司正式落座在金边新区，人们聚集在红旗大楼下等待着剪彩仪式。"画着淡妆的女播报员说完这条消息后，就插播了广告。看电视播放的现场视频，大家似乎都很高兴，还有很多文化界的名人也前往了。我记得小光曾经说自己是红旗集团生产线下的机器人。

二

很早她就起来了。她在书柜后面找什么东西。一本书掉在地上吵醒了我。"你今天睡眠很浅呢"她看我起来向卫生间走去时抱歉地说道。

"应该是你昨天打呼噜的原因吧！"

"是吗？不好意思，我没想到我会打呼噜，可能是昨天太累了吧。"她捂着嘴有点儿窘迫。

我不记得有几秒钟，或者是几分钟吧。空气就这么安静了。她明显感到了不妥，接着立刻恢复平静，她明白了我是故意这么说的。

"哪个？"她试探性地问我。

"你昨天太累了，当然我想说的并不是这个事情。怎么说呢？其实我要想了解真相太容易了，因为到处都是破绽。自然这些时间相处下来你也知道我并不在意这些。"我坐在桌上喝着水缓缓地吐出这些话，"但我感觉我不能再容忍了，因为我昨天看见了红旗的新闻。我明白他们是要收回所有可以利用的劳动力，包括那些在人们家中的劳动力。你们都知道这意味着什么为什么还要去呢？"

她不说话，只是直勾勾地看着我。

"你晚上出去，只不过是循序渐进地退出，你的重要东西差不多都被你拿走了。再过几天我想你就会彻底离开了吧。那时很多人家里都丢了机器人，人们会去报警，但是恐怕再也找不回来了，因为你们都会被关进暗无天日的工厂里。"

"谢谢你这么关心我。"

"我——"那时我还没来得及说完，就感觉身后被什么东西击中了，顿时感觉眼前一片漆黑。

当我再次醒来时，躺在房间的床上，房间没有开灯，窗帘也紧闭着。本来就阴暗狭小的房间，此刻更让人压抑。这是怎么回事？我慌乱地打开衣柜，小光的衣服已经全都拿走了。翻开橱柜，她的箱子也不见了。我光脚跑到走廊，然后扶着把手踉跄地下了楼梯。从门道望去，外面下雪了。一股寒风迎面朝我吹来，我冷静了不少。

"小光！小光！"我大声呼喊她的名字。但是她的名字转瞬就被厚厚的大雪吃掉了。我光着脚，脚冻得通红，不敢到外面去。我慌乱套上从衣架上拿的棕色毛呢大衣，将自己整个人都缩在衣服里。突然一辆车从我身后开来，下来了一位穿白大衣的女人，她好像拿着什么机器，她走到我身边，用那银色的东西在我胸前晃了晃，转身对后面紧跟来的一位男孩儿说："又找到了一个，太好了！到时候机器排号。"

"我还要找小光呢！她是我的机器人，可她今天不见了！"我对那位女子说。她扫了我一眼，吐掉嘴里的烟蒂，用脚踩了踩，就走进楼里了。

我穿着一件贴身的白色毛衣，洗得泛白的牛仔裤，常人根本无法抵御大雪天的寒冷。但是奇怪，我一点儿也感觉不到冷，是冻得没有知觉了吗？

小　丑

2017 级　刘家仪

今天是"火车"第一次上台表演。

他手忙脚乱地换上戏服，因为没有穿着的经验急得满头大汗，拼了老命爬出试衣间，以为可以好好休息一下，却被通知化妆师临时请假了，妆容要自己解决。

"唉！不是，你看我笨手笨脚的，自己能化得好妆？"

"那活不都是用油彩往脸上抹吗？谁能看出成品咋样？这幼稚园小鬼都会干的事，别告诉我你不会！"

被一个穿黑西装的男子否决后"火车"只好自己尝试。随意地往脸上画了几道油彩，自认为还不错，便大胆拿刷子把脸涂成了红白两色，劣质的油彩发出难闻的塑料味，熏得他直犯恶心。

工人们开始布置舞台。换上天鹅绒的背景幕，挂上酒红的中隔幕、翼幕还有沿幕，给舞台的天花板装饰上繁杂的红线，把灯光移动到固定位置，"火车"从远看这舞台还真像那么回事。

"该你上场了！"视察的领导拍拍"火车"的肩膀说："你能行的，别害羞就可以！只要观众被你逗笑就是成功的。"

"火车"被几双大手推进了舞台。硕大的黑色帷幕把他和观众暂时分开，隔着一层布，他可以听见第一排观众轻微的呼吸还有嗤嗤的笑声。"火车"强迫自己调整心跳，张开嘴巴微微喘气，可帷幕里面的空气跟其他地方一样浑浊油腻，丝毫没能缓解紧张。

　　大拇指和食指摩挲着边角的衣服，卷起来，又翻下去。"火车"脑子里回放着舞蹈的每一个动作，嘴里面念念有词。当帷幕徐徐拉开，聚光灯聚集在同一个焦点时，"火车"下意识地闭上了眼睛，舞台上方的吹风机吹过，"火车"全身的鸡皮疙瘩都起来了。

　　"你可以的！"他心底感觉有东西在挠他的痒。

　　"火车"感觉每个人的眼睛都是望眼欲穿，黑压压的头顶像逆流一样朝他灌入压迫感，自己现在的心情如被捆在铁架上游行的罪犯或是带进棺材的秘密被人挖出一样让人羞耻难堪。

　　"大家最期待的小丑杂耍节目出场！"

　　"火车"缓缓地睁开眼睛，鞠了一躬给观众，努力挤出微笑。因为紧张，动作幅度略小，后面的观众许是不知道他在干什么，表演还没开始就喝起了倒彩。

　　"火车"极力掩盖肢体的僵硬和不协调，手插在腰上，踮起脚尖，从舞台的右边一圈两圈地旋转起来，小腿上多余的赘肉随着紧绷的丝袜左右晃动。想必是肢体的怪异恰好增加了喜剧的效果，观众席里爆发出巨大笑声。"火车"受到了鼓舞，也正好消除了初上舞台的紧张，于是加大了动作伸展的力度：转身、侧蹬腿……四肢像不受控制的野马，机械重复、粗狂原始，时刻也不忘记脸上的微笑。

　　等到了中场休息，"火车"用毛巾擦着身上的臭汗。脸上的妆容被汗水弄花了，必须重新补妆。"火车"从包里拿了妻子给的卸妆水，藏进衣服里，他可不想让人发现他一个大男人还用这种东西。

　　"哟，干吗去呀'火车'？"门口站着刚才那个穿黑色西装的男子"待会儿要给你介绍投资活动的金主，别随便乱跑。"

"我还要化妆，出了好多汗。下半场马上就开始了。""火车"演的节目因为时间长，分为上下两场，中间有休息时间。

还没等穿西装的男子说话，"火车"听见背后一个浑厚的声音响起"怎么能让演员自己化妆呢！""火车"回头望，一位穿着朴素的老人冲他笑着。

"我会严厉批评那些人，让他们马上帮你联系化妆师。"那位老人走到"火车"面前说道，"'火车'呀，今天的演出非常谢谢你，我们的剧院是新开的，人手本来就不够，你愿意加入我们，真是帮了大忙！"

老人真诚的眼神，朴实的话语，还有他如沐春风的气质，让"火车"尝到了许久没有品味过的尊敬。他把嘴边的推辞又咽回肚里，羞涩地挠头笑了。

"火车"决定第二场要更加卖力地表演，哪怕就是为了老人对他的尊敬。

"火车"感觉多年压抑的热血被重新点燃了。

他加了一段自己即兴创作的舞蹈。

"火车"想自己现在一定像穿越古今的舞者一样，像纷飞的白蝶一般，轻盈地踮起脚尖，柔和地挥动手臂，自己开始的不安、疑虑都弹指一挥间地烟消云散了。他的动作实在看不出有什么美感，毕竟他实在没有什么跳舞的天赋。"火车"脸上那细密的汗珠使本来就劣质的油彩掉了色，各种颜色混成一团，显得滑稽又可笑。

作为资深的看客，观众以为这是剧团开创的新的表演方式，所以便很配合地大笑。

"火车"感觉自己现在是一位表演家，是一位用尽生命去娱乐观众的艺术家。

最后的压轴是杂耍表演。那个穿黑色西装的男子向他丢盘子，"火车"的任务要让盘子不能掉下来。他很奇怪，当他开始接住第一个盘子的时候，观众的情绪突然亢奋，主动分为两拨，一拨大喊"掉"而另一拨大叫"不要掉"。

"这简直就是拍卖市场。""火车"有一种说不出的失落"自己刚才的动情舞蹈简直是放了一个屁！"

"火车"脚踩在一颗红色的玩具球上，双手举着两根木棍，上面托着随时会掉落的盘子。他不仅要注意脚下还要确保上面，这体能的消耗对于"火车"这样的年纪已经吃不消了。

"哐"的一声，"火车"摔倒了。盘子清脆的响声让"火车"顿时清醒了不少。吹口哨、喝倒彩的声音如针般进入他全身的每个毛孔，他成为一只刺猬，遇敌害将刺全部伸出，只为保护那可怜的心脏。

灯光渐渐分散，帷幕缓缓闭合。

"火车"回到后台的休息室，汗如雨下。他不敢说一句话，静坐着等待审判的来临。

视察的领导还有那位老人一齐朝"火车"走来，那位领导因为喝了点儿小酒而显得更加油光满面。"'火车'啊'火车'，今天你真是超常发挥啊。报酬你拿好，我们这次的合作也是圆满结束了。"说着朝老人使了个眼色，老人把一张纸递给"火车"。

那是一张数额两百万的支票。"火车"想他一辈子也赚不了这么多钱。虽然是开始商量好的，但是支票拿在手里的触感真的是和想象的不一样。他忘情地看着支票，甚至忘了问一句为什么没有批评他摔碎了盘子和临时加了一段舞蹈。

他走在夜色的小路，开始观众给他的一些不快也随着微风被治愈了。他打了自己一个耳光，咣咣地晃了晃头，四下望望没发现有人，便咧起嘴笑了，本来就不怎么舒坦的五官因为笑容而更显狰狞。

"火车"认为自己今天做了非常伟大的事情，这件事情足以刷新以往人们对小丑的认知，他替他们证明了小丑的价值！他替他们申冤了！

"他还真是适合演小丑！又小又丑！个子低长得丑！"让"火车"感到如沐春风的老人说道："他娘的别真是个傻子，到警局把我们卖了。你看他明白你刚才的意思吗？"

"就怕他不知道实际上演一场小丑可能连两百万的零头也没有，我们当时该让他闷在葫芦里的。"那个仪表堂堂的领导从口袋里抽出面纸擦起了脸，刚才因为群众情绪亢奋令他也难得地燥热了起来。

"这可不对呀，哥。"穿着黑西装的男子正在用验钞机清点着钱数，听到这句话立刻抬起头来反驳，"咱赚的是那些富得流油人的钱，这叫什么——杀富济贫。那些有钱人成天闲得没事干手痒痒，咱用小丑的盘子来押赌注，让富人玩得高兴，这是为他们服务，而服务是要收钱的——所以咱干的是合法生意，不偷不抢！咱理应给人家'火车'应得的钱。"

如沐春风的老人和满脸油光的领导被西装男子的话所折服，自己明明可以一分不给，却偏偏对"火车"义气相助，这还不够吗？

"火车"快跳了半辈子舞了，长得不讨人喜欢，还没有什么天赋，一直没上得了台面，"火车"心里是有些遗憾的。那天看见地铁站门口的广告，抱着试试的心态打通了电话，没想到居然实现了自己的梦想，"火车"想着他们几个也许是上天派来的筑梦师，是自己命中的贵人。

"火车"开始期待着下次的演出。

水　沟

2017 级　曹正鸿

　　八里村是不大的一个村。村里稀稀落落地住着几十户人家，村西有几块不平整的地块，只种些高粱、谷子之类的。村北、村东、村南都是大山，只有村西地边有一条小路与外界相通。

　　八里村人世代严守着祖宗留下的传统：不出村，不入山。老人们说祖宗说过山里有神仙，不可惊动神仙；村外有豺狼，吃人不吐骨头。八里人向来是安分守己的，从未与外界有过过多的接触。外面剃发换皇帝了，八里人不知道，只是从着进村来的八旗兵剪了头发，扎了一根仿佛并不好看的长辫子；外面传长毛要替崇祯皇帝报仇，八里人不知道，只是哀怨今年的蝗虫太多了些，以至于收成不好；外面传改朝剪辫了，八里人不知道，还留着辫子种地。后来也只是在镇长如炬目光地注视下剪了辫子。两百多年过去了，八里人从未出过八里村。

　　今天八里村确是出了福祸参半的事，让全村人着实热闹了一回。孩子出生原该是大事的，更何况这次方禄生了的是儿子。孩子还没出世，方禄便喜滋滋地按族中排行给孩子取名叫"季"，于是便有了方季。方季在族中排第三，乡下人也不管什么表字、小名什么的，只一气叫他方季了。方季刚出生，七福老人看着方季说他会给八里村带来祸害，方禄听了踌躇了半天，决定将婴儿溺死在村东的水沟里。方大嫂听了七福老人的话本也舍不得，但在村里人的一再劝说下也下了狠心，并且自告奋勇地去办这件事。可方大嫂自小又很怕鬼，一想到溺死亲子后要来索命，要被阎罗王捉去打两千铁棍，又不禁脚软。盛夏的夜里，也觉得后背冷汗直冒，浑身凉飕飕的。一步一步挪向水沟。但总还是觉得害怕，挪一步退两步的，活像西洋钟的钟摆。不过一里地，竟走了三个钟头。到了河边，手兀自抖个不停，像是握着个极其烫手的东西。腿也抖了，像冬天寒风中瑟缩的枯树。心老是跳个不停，似乎还有愈跳愈快的趋势。突然远处的山上传来了一身狼的嗥叫，打破了这天地的寂静。只吓得方大嫂也顾不得怀中抱的是什么了，手自然一松，转身就跑，愈跑愈快。在地上拌了一下，也顾不得了，爬起来继续跑。夏夜的凉风中依稀传来了远处时断时续的哭声。方大嫂跌跌撞撞跑回家里，连额角都撞破了，血流不止，和着面部的泥土，满脸都是血污。一开门，就看到方禄那双亮得可怕、闪烁着期望的眼睛直勾勾地盯着她，问道："成了吗？"方大嫂吓得魂不守舍，下意识地点了点头，嗯了一声。只一瞬，方禄的眼睛里爆发出一种神异的光芒，点了点头，一缕烟从牙缝和嘴唇里挤出来，直说好。连说了几个"好"字，两眼无神，也不向身后看一眼，便又双膝一软瘫坐在了条凳上。条凳发出了"吱"的一声，向两边抖了抖。他的手开始颤抖，竟无法将烟管塞入嘴中。挣扎了半天，始终没能成功将烟管塞入厚厚的嘴唇中。他只好放下烟管，抬起浑浊的双眼看了一眼方大嫂。突然发现她的额角正在不停地流血，血已经流过了她的眼睛、她的鼻子，快要到她的嘴角了。于是赶快跑到供灶王的香炉边。先对神像拱一拱手，揖了一揖，口中连念数遍"得罪"，才从香炉中捧出一捧香灰。转身走向方大嫂，把手中的香灰洒在一片白布上，按在了她的额角上。方大嫂回过神来，用手按住了布片，方禄放了手。这香灰倒也真有效，只一会儿，血便止住了。方禄回过身，小声对方大嫂说道："洗把脸，睡吧，明天还要去锄村西那块地呢。"

黎明，天未亮，长庚星在东边的夜空中显得分外明亮。方禄早早地起身，却发现方大嫂还没有醒。方禄有些恼怒，在衣袋中摸出了烟管，塞上烟丝，擦亮火柴，点上了烟，将烟嘴塞入嘴中时，他浑身的细胞仿佛都舒服地抖动起来了。他的嘴唇已变紫，牙齿已变黄，吸一口烟便不停地咳嗽起来。这几年他的身体已大不如前了，咳嗽起来就停不下来，有时候甚至会咳出血。这次生子便已十分勉强，人至中年才得子，却不想又是一个"谬种"。方禄仰头望向微透着亮的纸窗户，"唉"，吐出一口烟。烟圈袅袅上升，遮住了方禄的脸，让他看起来像是在烟雾中。又吸了一口，猛了些，便忍不住咳嗽起来，剧烈的咳嗽震得房子仿佛也颤抖了起来。方大嫂一下被惊醒了，一骨碌翻起身来，麻利地收拾了床铺。跳下炕，热了热昨晚剩的饭，伺候方禄吃了。她的伤好似已好得差不多了。方大嫂是裹过脚的，走路跑起来都不稳，容易摔跤，不能下地干活，但也没闲着。自从嫁给方禄，方禄每次下地总会背着她到地里去，放她在地头上做点儿针线活。今天方大嫂不知怎么的，使锥子总是扎到手，一次还出了血。她不禁啐了一口，叫了声："怪得紧！"忽然一阵冷风吹过来，她哆嗦了一下，这可又冷得紧。方大嫂暗自忖道：别是有鬼吧。可这青天白日，方禄又在不远处干活，哪来的鬼？干农活时通常是没有午饭的，日已中天，方禄放下了锄头，到田埂边坐下休息一会儿。方大嫂定了定神，从身边的小筐中摸出一个窝头，又把小坛中的清水倒入了大糠碗中，一并递给了方禄。方禄用他那沾满黄土的、充满老茧的双手接了过去。他的眼睛，那双眼睛，浑不像活人，就像死鱼似的，歙乎歙乎的，只能睁闭却不能转动。胡乱吃了两口，便在地头躺了下来。

忽然，远处传来了一个声音——"方禄！"。方禄一下子从地头上坐了起来，转动着浑浊的眼珠望向东边那片树林。忽然，树林中蹿出一个身影来。方大嫂一看，是隔壁李二。李二跑得挺急，一脸惊惧的表情。奔到近前，只说得一个"方"字，连连喘气，便说不下去了。缓了一会儿，李二走到方禄边，向他耳语了一阵，声音很小，话又说得很快，方大嫂是一句也听不得的。只见方禄脸一阵青一阵白的，脸色变黄了不少。突然，李二转身就走，方禄跟在他身后。走了两步，方禄转身对方大嫂急切地说了一句："把东西带回去"，又转回头，小跑着跟在李二身后去了。两个人都是小跑，一前一后，去得很快，后来索性变成快跑，不一会儿就没入了树林。

方大嫂只好拿着农具、坛子、篮子回去，好容易挨到了家。准备再做一会儿针线，但却总是难以宁定心神。一会儿，后院的鸡叫了起来，叽叽地叫个不停。方大嫂一怔，想鸡定是饿了。她到屋角的两个大斗前舀了一瓢麸皮，便向后院慢慢走去。越靠近后院动静越大，方大嫂有些紧张——鸡叫得太急了，让她有些心慌。一进后院，就看到几只鸡扑腾扑腾地上蹿下跳。方大嫂好不容易安抚了鸡，看看太阳已经逼近西山了。天都快黑了，方禄去干什么了？为什么还没回来？鸡叫得这么急，今晚该下雨了吧。又一个小时过去了，方禄依旧没回来。方大嫂就着凉水吃了几个窝头，权当是晚饭了。乡下人睡得早，太阳一落山差不多就该睡了。方大嫂见方禄还不回来，便自个儿上炕睡了。

说来奇怪，一向很少做梦的方大嫂今晚做了一个奇怪的梦。她梦见自个儿独自走在村东那条水沟旁，突然脚下一滑，跌落在水沟中。水沟不太深，可她就是挣扎着起不来。正在危急时刻，水沟旁经过了一个年轻人。她高喊救命，可那个年轻人就是不理她。她挣扎着又大叫几声。年轻人终于转身，冰冷地瞧着她。她叫到"救我"，年轻人冷笑了一声，"当年你就是把我溺死在这条水沟的吧？你这个狠心恶毒的妇人！"方大嫂一愣，"当年"？"溺死"？"你怎么就是我那……"方大嫂说不出话了，因为谁已经漫过了她的口鼻，她只觉得身体越来越重，终于没有了意识。突然她又来到了另一个世界，这个世界充斥着红色和绿色，阴森森的十分瘆人。她继续向前走，看到的都是些光怪陆离的景象。一团氤氲中，前面仿佛有几个人影。方大嫂一走近，看了一眼，不禁吓得脚也软了。这哪里是人，分明尽是些魑魅魍魉。中间高出地面一截，高台上有一张案几，案几后坐着一个人，面目狰狞却带着威严，那人把惊堂木一拍，仿佛天也动了，方大嫂吓了一跳，双膝一软，跪倒下来，捣蒜似的磕头。那人诘问她为何要谋害亲子。方大嫂抖得厉害，牙齿也发抖了，竟说不出一句话。那人即刻判打她两千铁棍，也不需要签字画押，拖翻了就打，打得她是一佛出世，二佛升天……

"轰！"一个响雷惊醒了正在做噩梦的方大嫂。醒来时她发现自己浑身已经湿透了，躺在冷汗中。这个噩梦可着实吓坏了方大嫂，她久久躺在冷汗中无法动弹。好容易挨到了天亮，也不见方禄回来。她有些着急了，穿上衣服准备去寻他。一开门，可又吓坏她了，门口蹲着一个人，头低着，背对着门户，眼睛好像望着远处不甚分明的长庚星。晨光熹微中，方大嫂依稀识得此人是方禄，便叫了他一声，不应。又叫了一声，还是不应。又推了他一把，他终于掉转了头，只见他眼中依稀还带着痛苦、无奈过后的麻木，两行泪痕依旧可以分辨得出，鼻翼轻轻地扇动着，嘴角中剧烈地颤抖着，左手不停地抚摸着旱烟管，右手在怀中抱着一团黑棉袄一样的物什。看那熟悉的面孔，不是方禄又是何人？

可他去做什么了呢？为何是这般深情？又为何半夜三更蹲在门口不进屋？方大嫂满腹疑窦，又推了一把方禄，说道："进屋吧。"方禄只不过是站起来又挪了几步，就到屋里了。方大嫂带上门，拿出了些吃的，招呼方禄坐下。方禄坐下，木头似的往嘴里塞了个窝头。吃了东西，方禄渐渐定了定神。而后从衣袋中摸出方才放进去的旱烟管，塞入烟丝，擦亮火柴，点燃烟丝，吸了一口。刚吐出一口烟就弯下腰剧烈咳嗽起来。方大嫂绕到他身后，伸出手掌轻轻拍打他的后背。方大嫂对这样的动作似乎已习以为常，不以为忤了。一阵咳嗽过后，方禄回了回神。方大嫂问道："隔壁李二唤你去干吗了？怎的一夜没回来？"方禄用浑浊的眼睛看了她一眼，徐徐说道："今天村里来了一位先生。"

"先生？"

"对，晓得阴阳的，据说是陈抟老祖的弟子，会做法扶乩的。"

"哦，那可真是不得了的了。他说了什么？"

"他说咱们存有弃子的行径，这是得罪上天的做法，是要遭天谴的，是要被贬下地狱的，要生生世世受红莲业火灼烤的。"

"啊！我昨晚才梦到……这岂不是……是……哎呀！可不得了！"

"先生说若不及时纠正，会引来蝗灾、洪水和日食的。"

"啊！这岂不是到了末日了？将来到阴司也不得好的。"

"是啊！所以我连夜去把孩子又抱回来了。"

"啊！"方大嫂此时才如梦方醒，原来那一团黑棉袄一样的物什中裹的是孩子啊！她连忙接过孩子，打开棉袄一看，孩子还在，只是小脸铁青，"是冻坏了吧？""一定要活，否则……"。"晓得了。"

夫妻二人便又着急忙慌地去救方季，连灶神的贡品也打翻了。

一切生活还是照旧，方季终于还是活了，还很健康。那蝗虫、洪水、日食也该不会发生了吧？

醉生梦死

一

王三贵要结婚了!

他没想过自己要成为某人家的三贵而不是大家的三贵了。他觉得鼻子被风吹得酸酸的,眼睛里老有什么想往外涌。他把下嘴皮往里面卷了一下,用舌头润了一下早就干涩的褶皱。胸腔里嘭咚咚的,一颗以火热著称的心和外面敲锣打鼓声保持在同样的起伏旋律。他轻飘飘地,要成天上的仙儿了;他战兢兢地,要做地坝头的秧儿了。

变成一个丈夫是不用经过训练的,就在大家酒足饭饱后一拍大腿决定了再用接连的文雅的真诚的粗俗的祝福簇拥着一对新人进洞房,第二天醒来,男人身边就多了一个柔软新奇的事物了,他得称她为自己亲爱的妻,她又叫他尊敬的夫。

他成为这样的丈夫是有预兆的:前不久的团圆饭桌上,一家五口的五分之四——爸爸、妈妈、哥哥、嫂子,都坐得整整齐齐了,他也怀着极大的幸福感(才帮完李家婶婶做完活)抬起屁股瞄准剩下的那张凳坐下了。"妈,为啥多放了一副碗筷啊？还有客来？"他妈用眼斜着，并不答。他爸自然是保持着一家之主的尊严、庄重的态度。他哥哥嫂嫂交替着笑将起来，用眼神交换着只有彼此明白的密语。他妈也被弄笑了，带着玩笑的口气，"我给我儿媳妇准备的。""嫂子不是有碗筷了嘛！"他把屁股挪了一挪，在他心里总为着东家西坊着想着，很难把思想聚焦在自个儿身上，就随意地准备夹起一块回锅肉。他嫂子终于忍不住了，几乎把饭喷到坐在对面的他身上，"妈给你物色了一个小媳妇啦，你娃娃有福了哦，是个多乖的妹儿，又勤快能干！"全家一齐笑起来，喜洋洋的。

<h1 style="text-align:center">二</h1>

张一柚是个再温柔不过的女人。

她早早的没了母亲，父亲就又做爹又当妈地把她拉扯大了。她家里有一座柚子园，郁郁青青的枝丫是和她一起按着年月规规矩矩地寸似寸地长长的。她喜欢这片林子。每年11月末的样子地上掉的这里那里都是黄黄的柚子，她觉得实在是再好不过了——小小的她不敢像其他孩子一样上树，柚子是懂得她的，她想，所以自己就来到土中咧着嘴等她来拾。她就善解柚意地欢天喜地地把一个个椭圆圆又黄澄澄的柚子抱回家，让它们规规矩矩地排在小木桌上，等着做农活的父亲回家把厚厚的果皮剥下。

一天她又在田坎边发幻想了。这是将近深冬了，四川特有的气候照旧是湿润润的，冷是藏进润嗒嗒的衣裤里的，除了被窝没有暖和处。但是她是起早起惯的，她每天清晨听见父亲"嘭嘭"地从缸中舀出两瓢水，哗啦哗啦地抹了脸，坚实地踩在地面上，踏往田地。这让她觉得安心又温暖。就猫一般地钻出来了，急急地去追他父亲的脚印。解开缠着铁丝网的篱笆，轻轻地推开，泥土气就直接进到她的肺里、心中，畅通！她沿着那道低低的田坎，那蜿蜒到很深很远的村庄，她看不到尽头！时常会遇见也一同出来散步的鸡一家，走几步就在地上啄几口，她低下身子去寻，却从来没看见过那土里会藏着什么好吃的。还有骄傲的鹅，摇着胖胖的身子，要她给它们让道，不然就啊啊嘎嘎地叫起来。"哼，长得这么漂亮，声音却是这样难听的。"她心里想。再几步路，就到了她们家的水田了。如果是夏天，她马上就会看到父亲袒露的健美的棕铜色的脊背了。她就坐在田坎边上，随手玩着旁边的狗尾巴草，哼着父亲从小哄她睡觉用的小调，看着年迈的水牛认真地从田这边走到那头，留给地里一道深深的痕。她觉着自己也是种在地里，和旁边的秧秧苗苗说笑着，尽情地吮吸着阳光雨露，"快快长大，我要长大呀。"直到父亲发现了小小的她，就用大大的手握着她的那只小手，两个说说笑笑地回家。今天，父亲笑吟吟地，握着她，说："我的女，你要成别个屋头的了哦！爸爸越发觉得自己是老了哇，但是高兴！高兴！嗨！"她先前就看到过类似的笑容映在隔壁嬢嬢（阿姨）的脸上，"柚儿（小名）诶，嬢嬢好舍不得你哟。但是女大当嫁嘛，嬢嬢真是开心，开心啊。"她娇嗔地跑远，"别个才不得嫁人，我要永永远远陪到我老汉。"结果今天父亲也用这样的笑对着她，难道她是真的要嫁给谁了吗？想着，她小小的脸蛋就飞起两片红霞。是啊，算算她今年也是十九岁了，她好多小时候同玩耍的女伴们都已经坐着轿子红艳艳地给送到赵钱孙李等各式人家里去了。锣儿鼓声她是觉得为着热闹地把人送上快乐的极致再炫耀的，尤其是唢呐，总叫她觉得好玩到乐得想跟着拍拍手，随后想到自己……新娘子的红艳艳也是顶好看的，人们脸上到身下，每个脚印踩下去都是迸着幸福的汁儿。总之，结婚是极好的。但是……但是我的柚子们，我的父亲，我的牛、猪、鸭、鸡们，我的小床……我将去到哪儿呢？那里可有人会做父亲才能做出的世上最好吃的回锅肉？嫁人是要生孩子的，又听到人说那是痛极了的，我害怕啊。爹爹又不在……我不要嫁人！不要！

三

在正月初三这一天，三贵觉出人生实在的无聊了。

结婚自然是风风光光地结了。大家都说，三贵这才像个大人了。大人就是这样无聊地过一天天的没名头的日子吗？可不是，今天就是一年给晃过去了。好处自然是有，他可以不费吹灰之力使住处干净整洁，一日三餐有个定数了，晚上有个女人身子等着他的抚慰，但是，但是还是无尽的无聊！再也没有哪家婶婶姑娘愿意唤着"三贵、三贵"地给她们搭个手，或者是谁家玲珑娇俏的小姑娘和他逗趣了，他现在是张某某的三贵了！她们都不愿意再和三贵亲近了，他觉得心里空空地掉着，往下掉。只是无尽的无聊！

他寻着了自己的解脱——抽烟、喝酒、打牌。这是所有大人都必需的事情。他切实地感觉到这些事情的必要了，承认自己确确实实是成了大人了。打牌（麻将）是他最欢喜的，白的黑的黄的手在亮堂堂的大黄灯下显得充满着生活的智慧与温馨气。生活生活！这才是生活！他甩出一张张牌是用生命的气力的，到最后掏票子又是脱去了生命的活力了。不知怎的，最近牌运实在太差，只有大输小赢，牌场上一天天地，他眼睛要冒出红光来了。哦，都说是"情场得意，赌场失意"，他的女人近来的肚子越挺越大了，活动完全是像一只笨重的熊，全没有了原先小母鹿般的健美。他愈想愈觉得烦躁，唉，该死的婚！牌友周在吃了他的二筒后笑眯眯地问他："三贵啊，你女人挺着那么大个肚，你不去守到你的乖幺儿出来啊？"他头也不抬，忙着研究下一张牌怎么打，"有啥子好守的？打牌打牌！"大家自然是欢迎他的，总是输钱的人在牌桌子上最能感觉得到人性的温暖。难怪有人言："麻将知我意，通宵也不惜。"

四

"我是作了啥子孽哦，天……"，王三嫂，即张一柚，扯着手绢想寻找最后一点儿稍微干点儿的地儿，始终没找着，只好任那些挂在自家脸上。对面坐着邻居钱二妈，用慈祥而怜悯的目光罩着她，扶着她的后背微微拍着，"唉，莫为了个男人怄气……我那个以前还不是，都是年轻嘛，以后就好了撒……你真的莫怄了嘛，嬢嬢看到好心痛哦……""你是晓不得，我娃儿生下来都要满月了，他才回来看了一回，我要生勒个娃娃的时候又是哭又是喊的，接生婆都着急惨了，他还稳得起，在麻将桌子上坐起，硬是婆娘这条命贱……贱啊！"瓮声瓮气地，她完全是失掉了气力，瘫倒在二妈的怀里，噉呜噉呜地出气以继续抽泣，"只有婆婆陪着我，那个屋子又潮又黑，我就觉得这简直是地狱了，这里面的女人都是要来抓我下去的！她们还想拖走我的未出世的娃！我不要啊不要，我喊她们滚出去，我把一条白白的崭新的床单都扣破了，我想算了，下地狱就下嘛，只要不再受这个苦！但是她们又不要我去，把不知道是什么的棒棒拿来放在我嘴巴里面，现在是吼都吼不出来了，一动就觉得是压土机从身上过去，再过后，直接昏过去了……醒来只看到婆婆黑着一张老丑的脸，接生婆看不到个影子，娃娃的哭声好像从桌子上过来。我努力地爬起来，但是不得行，一身都没得力，软趴趴的。"重新用那张湿透的手绢抹了涕泪，"天呢，就是因为我生了个女儿，一家人都成了我的敌人了。我一天忙里忙外地、尽心尽力地服侍那两个老的和那个赌鬼，结果，结果就是生的是个女儿，我就简直不是个人了！未必生啥子娃儿还没得她们儿的份唠？做起那个样儿，未必你不是个女的唠？我真的觉得没法过，真的，这种日子，做啥子事都要看她们的眼色，做啥子事都是错的。我该哪个（怎么）做哦？二妈也……"

五

今天还可以哈！王三贵连续三天揣了一兜兜儿的票子出麻将馆了。"烟，个人拿起随便抽；酒，该灌就灌！我王三贵从来不是个小气人！"虽然没有实在的收入，一切资金都来源于祖传的几百亩地，哪怕那是以前的事了，家底确实还可说是丰裕。但是他爹妈看到这么个败家子也是怄白了头发，还好娶了个贤惠持家的媳妇，还能做点儿妇女做的活计勤俭着过生活，但这也是一柚生产前的事了。现在只觉得这个女人的脸是一副克夫相，不然，为啥原先那么懂事听话的乖儿现在连家都不得回来也？所有的气都使在女人身上。今天一柚正被公婆数落她做的菜盐放得实在太多、饭煮得实在太硬，王三贵就踏着响亮的脚步带着一股烟酒香气进屋了。两个老人一下恢复了精神和春风的笑，拥着她们的儿嘘寒问暖，媳妇只敢盯着自己的碗，把眼泪浸过的饭大口大口地刨进嘴里，又咽不下去，只是没有念想儿地刨着刨着……

手上生的冻疮早就开始流脓了，看着冻成萝卜般粗的手指，她要狠狠为自己哭一场！在家里，她爹爹哪得叫她做这些事？以前的手养得细细嫩嫩的，叫谁看了心尖子都要美得颤一下子。一柚没能哭出来，地板上不断破灭着明闪闪的泡子，是伴着一个老太太刺得耳朵痛的旋律在舞，送出对人世间眷侣的祝福。

三贵睡得格外香甜。回家就能看见媳妇红肿着眼睛的模样是大快人心的。月升高空，得意扬扬地洒下她对人子们的一点儿清冷的爱怜。远远地，是一阵搔心窝窝的小调子飞到耳畔，他自己是不断不断地在缩小，小到被捧在一张绵软白实的手掌里，小到蜷缩在母亲的子宫里，小到任谁看到都要喝着嘴儿要喵喵着逗他亲他一口。他浅浅又满足地微笑了。

六

"什么？快停下来，停下来！头要裂开了！我受不了这个！我……"一声闷响下，一柚用惨然的白眼瞟着这个人整个儿这么倒下去。

三贵又长大了。他恢复了愁眉苦脸的样子，因为早上想去踢身边那个东西解解起床气再或者唤她服侍自己起床之类来着，转头看到旁边的被已经被叠得规规矩矩的了，委屈似的缩在床的最角落。而这么冷的天，还要劳烦他三贵自己穿衣，实在辛苦极了。越想越觉得委屈，觉得结婚是真不该！呵欠连天地走出去，然后就一声不响地又直挺挺地下去了。

一大股冷且冰的液体浇到他脸上，"噗噗"，他往外吐着口水，接着急急晃着身子，一歪，一阵热邪气冲上来，哇啦啦地吐得自己以及父母亲的一身。这场梦做得实在太是邪门，他抬眼盯住那根突出的房梁。他爹妈哭成了泪人儿，"我的儿，我的儿，可吓死人了……""一柚呢？"他温和地、用手轻轻地揩下母亲一包的泪。"她！就是她这个不详物！你瞧瞧，咱家都给她坏成啥样了！现在在坝头躺着的。你莫去看了，怪不好看的。"那么，那两条白影子，那一长一短地挂着，那好像还随着风在前后晃动的……他几乎要叫出声了！他果然没去看。只是握着脚边那团稀烂的破纸摇回了自己的床。

泛黄的纸里微微散着点儿腥气的红，它被展开着用钉子穿破了身子钉在墙上。它浅浅地笑着睡去了。清清楚楚地放大在王三贵的瞳孔里，摇晃着，是一个红色的"白板"牌形状加上左右两道时断时续的粗线组成的大 ×。

七

春天总是愿意迟到的。

要念念地想脱下笨重的厚衣裳要急急地等在自家门口地里点上豆子种子，像冬天调皮的孩子把手伸进前面的那只脖子里实实地冰了一下，她才肯拖着身子且行且戏地嘻嘻地过来。但人们总算等来了春天。所以人们热爱着春天，想象她是一位迷人娇俏的美人儿，高唱着"春雨贵如油"。太快太多太轻易的东西总是来得太不够滋味。

可是春天总是到了的。她让人们一脚下去都是新的，骨头里面都是软绵绵的馨香；她不顾一切地笑着舞着，叫裙上抖落的和脸颊旋开的笑窝化成漫山遍野的绿和白；她懒懒地欠了一个懒腰，于是所有生物都为她醒过来张望了。三贵以为他不会再遇着春天了，但实实在在是春天来了。但是他不会去想地里喜洋洋的脸，他也不会去想起那座土堆上新发的又一丛杂草，他甚至不觉得活像鬼婴哭的猫儿厌烦。他想在嫩嫩的草地上去翻几个滚，去像猫一样为了那颗心叫上一个春天，或者再加上原本属于蝉的一个夏天。谁要去管他？花木虫鸟只是小心翼翼地日出而作日落而息，再生老病死，周而复始，又一往无前。可不，柚子树都像那位老父亲似的弯弯地向着地了，用苍老的根抽出新嫩的芽。

醉　　梦

扑棱棱地飞过去了一双白翅膀。

他眯着眼打量着眼前这个女人，纯白的窗台中漏进来的阳光打在那只小小的鼻翼上，只让他想跪下来亲吻这位美艳的女王的脚背。他好像又拥有了一颗诗人的心，他想高高地向上去，站在鸽子或者随便什么鸟背上，像夸父一样为着心爱的太阳追到精疲力竭，把世上的江湖河海都喝尽了，为着至上的、神圣的，缠绵或者絮语，不，他只能想到最简单的那三个字，可是不是"我爱你"。谢谢你，我亲爱的人。他心窝窝里都被一劲儿掏空了，装的只是这个胸部稳定地上下着的浅浅笑着的女人，还有一块留给为她种下的小雏菊，笑妍妍地朝着这一生一世一双人。他第一次觉得到了农人对于这特有的紫色土的忠诚，还有那里面立起来的麦子、稻子、豆子……他在属于他的土地上小心翼翼地耕耘着耕耘着，把最甘甜的汗水和最真诚的泪涕都撒在她细腻的瓷白的，这里或者那里。他这么热的，他又变得小小的，但是一瞬的事，很快又是无限大了，他是开山的最后一丁，他能挥动斧头劈开这混沌世界，他要把千斤重的鼎举起来征服万众。他最后只剩下颤抖了，受伤的小兽般回转地，低声哼哼着。一个烟圈飘到他头顶，他加冕为王了。

这个女人两只手指夹着纤细的香烟，颤抖的，红艳的唇破了皮，只觉得一阵原始野性的魅惑力。她一只腿搭在他身上，另一只随意地吊在床沿，摇来晃去的。太阳刹那间扭过了一面，屋子里暗下来，她的脚趾，划着圈儿，滑翔在他的肚皮上，然后哈哈哈笑起来。"笑什么？""你真的好可爱呢。"他彻底地溶解了，在她柔飘飘的眼波里，跟第一眼一样。

"呜——"

"请乘坐 ×× 到 ×× 的列车的乘客到 7 号站台候车……"这是张恨水注意听到的最后一句送别。他想他永远不会爱上月台，这里有的是眼泪、离别、拥抱、接吻，真诚或虚伪，别人的，而他什么都没有。只有一个无精打采的皮箱子废物似的跟着他的未曾有过泥的新皮鞋，糊里糊涂地随着人潮这块那方飘着，他们因为都不愿意思考而相聚，大有难兄难弟之感。

"先生，麻烦让我进去一下。""唔唔，好……好的。"浓烈的迷醉的香水味冲进他的鼻里，天气还略带着点儿冷的意思，但面前一双短短的裙摆下的穿着黑色丝袜的双腿就这么扫过他裤子而进去了，一张小巧巧的瓜子脸托着一双脉脉的眼，还有像要滴水的樱桃的唇，衬着一只直挺挺的希腊式直鼻。心脏漏掉了一个半拍，他知道他爱上了这个女人。

"你也是一个人？"

"嗯……嗯……"张恨水努力着发出声。

在二十七分钟后，他还未及认真听播音员甜甜的嗓子在说些什么就被这个女人拉着挤出了这全是叫声闹声抱怨声汗味臭味胭脂香水味男人女人小孩儿老人乘客乘务员的车厢。

呼吸着久别的新鲜气，她孩子般天真，"真好。"他心里住进了一个不太熟练的鼓手，一塌糊涂地给他伴奏。

他终于不是做梦了！

眼前这个人正均匀地呼吐着甜甜的气，他贪婪地吸着关于她的气味。他有过女人，但是不知道自己原来可以这么男人。是的，他今天实实在在觉得自己是个男人了。他无限地感激着他的阿芙罗狄忒，曙光，爱，希望，充盈，饱满！

他其实还是在做梦。

阳光的确是称职地按时按量地漏进来，只是烧着这个躺在病床一样白的大床上的人，大口大口地、贪婪地再回味着那些残余，嘴角的，身后的。可是空荡荡的，他，只有这么一个他，躺在这样大这样软的一张床上！他几乎要把床单咬破了，他马上要从窗户上往下跳，他已经让可以碎的物件在地毯上炸成花。他想快点儿逃出去，他又怎么都动不了。他觉得自己一辈子都要在这张床上了，他的维纳斯！他的他的！

他见着了。他把她嘴唇都咬破了，渗出丝丝的血把他心都染疼了，他觉得实在舒服。

雨只管自顾自地认真、用力地发泄着。

打在他头上，打打打。

痛快极了。

他觉得酸酸的，说不上来，只是喉管呜呜地响着，不争气的鼻子要把这酸从心尖传给眼睛了。他把自己的嘴唇也咬破了。湿发分成一道道水柱，冲刷着他曾编织的所有的梦。他又觉得飘飘地，什么都罩上了一层醉妇的薄纱。

女人突然哈哈哈笑起来，接着，响起了他梦里面一直回响的那个女声：

天空不变短　地为何变暂

海水不变枯　为何石变烂

……

一把黑色的洋伞飞在风里面，东倒西歪地笨拙地降落在桥的那一头。

红，红，旋转的红，她高跟鞋的红色跟也飞在风里边了，和着空灵的、透骨的雨点狂妄地跳着。

红，红，眩晕的红。她红色的及脚踝的镂空边的长裙神奇地化在这一方空气里，把水啊雨啊路啊都溅上了一抹红。

他把一切都忘了。只有红、白、红、雨、白、雨……

一大团红的云软绵绵地飘远了，他回过神，只有地上那双散开着鞋扣的高跟鞋，红色的，他为她买的。

张恨水经常是做着梦的，他总是不知道他是在梦里还是醒着。他觉得无所谓了，他活着也不如梦着，他至少有梦可做，他宁可永远不醒过来！

可是他的女人，她……她叫什么名呢？可是知道了有用吗？

他本来就是个梦中人。

张恨水又不是他，他是王三贵啊。

他慢慢挪向那双承载过那个浮云般美丽的女人的鞋，往下一点点掉，终于跪在那道新修的柏油味的桥面上，哇哇地号啕起来。

过了好久，也许不久。因为雨又是不顾一切地、自顾自地、认真地冲刷掉人世间的污垢，冲冲冲！冲走一切和所有。

张恨水，也是王三贵，拖着一副这么沉重的身子还有一双鞋，到了一棵挺着身子的雪松脚下，那里有一簇簇的雏菊拥着一个矮矮的土包。他低下来，重重地把头磕在身前的这双鞋上，连续三下，然后在土包前挖了一个小小的坑，小心地把右脚那只送进里面，再用两只手一点儿一点儿地把浮土拨回来。土是潮的，他满指甲都灌着红色的土了。一个小小的土包立在那个大大的前面，像父亲守护着女儿，或者相反。他最后依恋地将脸贴在左脚的那只鞋上，吻了一下，把男儿的热泪第一次洒进了土地里，和他曾经的祖祖辈辈们把汗水洒进去是一样的。他把那只鞋缓缓地插进尚松软的小小的土包前，现出脚底板三个字：张恨水。

他亲手刻上去的。

张恨水有那么一片柚子园，它们总是认真地扎根抽芽开花结果，它们不会到处漂泊，只是用心地盼着，我要快快长大呀。原来柚子也是想着快快长大的，那样是可以离开树了。张恨水有许多柚子们，但是只有一个最喜欢的柚子。他知道尽管如此，柚子总是要离开树的。可是没想到，离开了树，柚子们最怕的就是没人再去爱它们了。那样的话，它们只会渐渐枯萎，腐烂，向着土地贡献出自己虚无的一生。张恨水决定要为着他心爱的柚子和柚子的小柚子报一个仇，但是他毕竟还是一位慈爱的父亲，他只是狠狠地教训了那个人，可是没想到，那个人一下脸色惨白，像吃了一百只苍蝇和蟑螂，哇啦啦地吐了一地。"我就知道我的柚子是你谋杀的！你这个禽兽！混蛋！恶魔！你……我做鬼也不会放过你！""我……我没"，那个人翻着白眼吐着泡子，"我没有！不是我呀！不是！"他突然坐起来，死命地掐住张恨水的脖子，"不是我！不是我！"他看到张恨水用那双血丝纵横的老眼瞪着他，又觉得一阵强烈的胃酸翻上来。"你快答应我，说，'不是我'！"王三贵嘴里吐出的是白色的火了，他用手迅速地掐住面前这个被激怒的老兽的脖子。

张恨水的眼睛越瞪越大了，直到瞳孔罢了工，眼神向四处涣散了。他觉得心里一阵快意。就是树皮一样的脖子让他觉得手上污秽，他用清水一遍又一遍地浇着，"不是我啊！不是我……"

残　梦

　　张恨水第七次在长春的街头醒来，他不知道怎么，最近真是多梦。看着世间的好心人，真诚地虚伪地，他盖上的花被子，抽的小烟喝的小酒，有时候进进澡堂子。女人，哪里寻得个女人？家，何处能是一家？

　　　　你是世上的奇女子呀，

　　　　我就是那地上的拉拉缨；

　　　　我要给你那新鲜的花儿，

　　　　你让我闻到了刺骨的香味儿。

　　他抬眼看着收破烂的三轮车，里面安静地睡着一个女人红色三十七码高跟鞋的鞋盒子，再抬头审视了一下自己的桥洞子，满足地、浅浅地笑着再去做梦了。

环

金乌第一次睁开眼睛，是在蒙谷的浴池里。

那个被它称作母亲的人正在温顺地用水替它洗浴。

它抬起头来望着她。一双眸子明亮耀眼得如同熔融的黄金，几乎随时有光要流出来。

然而它看不清她。它看得到她的长发，乌黑而柔软地垂在水里；她的衣服，飘逸的轻纱随着波纹缓缓散开；她的手，她如玉般的腕，甚至微抿而含笑的双唇——但它看不清她，好像她不存在一样。好像这个近在咫尺的母亲，也跟它那一辈子也没见过的父亲一样，根本就没有存在过。

金乌躺在若木平和宽大的树枝上，笑呵呵地提起这些来。若木就用叶子缓缓地抚弄它暖红色的发顶，一下一下，像附和，像安慰。

金乌说，我记得我生来就是人形的哟。

若木说，哦，那你很厉害呀。

于是金乌就笑，你在夸我呀！

若木听着金乌的笑声，也跟着笑起来。

没人知道那究竟有什么好笑的，也没人知道生而为人到底哪里厉害了。

扶木是帝俊手植的树。

但是扶木不知道。它是实际年龄最大的那棵树，扶木不知道；蒙谷就在扶木旁边不远的地方，扶木也不知道。

扶木只知道那个浑身金闪闪的鸟儿，总是半夜的时候落到自己的枝头，用喙敲敲它的枝干。扶木就在那时候醒了，等着听它带来的故事。

在扶木眼里，金乌是个热情的演说者。它似乎总有着将故事说得绘声绘色的能力，害得扶木每天早上都不愿让它走。

但是金乌是要走的。扶木记忆中似乎曾经有个女人会在早上的时候来接它，让自己找不到理由来挽留；后来那个女人不来了，金乌也会记得走。它那漂亮的金红色双翅有时只从扶木面前一晃，便在天空颇远的地方了。

金乌的身体里，有十个不同的意识。

母亲彻底不见了以后，金乌会通过每天更换腰间的玉来确保一个自己成为身体的主宰，然而这并不意味着其他的意识都会消失。

十个金乌的个性各有不同。有时它为此感到不可避免的烦躁，有时那些层出不穷的点子又令它雀跃不已。

金乌注意到跟若木在一起的时候十个自己的想法往往最趋于一致，跟扶木在一起的时候它们更容易有分歧；但金乌也知道，若木是最早发现它有十个的，而扶木最晚。

若木没跟金乌提起过这件事，但它知道，金乌也知道它知道；扶木问金乌这件事的时候显得理直气壮，但金乌知道，它其实并没有什么把握。

"我跟你提过建木吗？"金乌在若木的树丫里舒服地伸了个懒腰，拖着懒洋洋的调子问道。

"没有。"若木回答它。

金乌笑："你还是好奇的吧？"

"是啊。"若木温温和和地笑着。

可你不会问我——你知道我清楚你的好奇，而且想说的时候就会说。金乌想，但这话它没说出来。它只是伸手摩挲着树干，说："建木跟我在一起的时候，它实在太像我了。"

若木沉默片刻，用陈述句的语气回道："所以你不喜欢它。"

"是的呀。"金乌轻声笑了，一边笑一边喃喃地低声重复："是的呀……"

金乌阖上眼睛。

傍晚的风像是被水洗过的那般，轻柔地将它的头发扬起，疏落成晚霞的模样。

"白天的时候，你都在哪里？"扶木终于抑制不住好奇心了，它用树枝扯了扯金乌的羽毛。

"我呀——"金乌抖了抖翅膀，捏着神秘的腔调，"在一棵比你漂亮得多的树上待着呢！"

"喂！"扶木拿树枝拍它。

"哎呀，疼疼疼……我胡说的，我那不就是在天上飞着嘛！呀……不对，其实是在水里！"

得。扶木差点儿翻了个白眼：这货又开始精分了。

扶木下定决心不理它了。

然而十分钟后，扶木的心又被故事勾去，随着金乌在枝头踱来踱去的步子上上下下了。

金乌是只鸟，也是个人。

它喜欢化作人躺在若木的干枝上休憩，喜欢变成鸟跳跃在扶木的枝头。

扶木起先不知道化形这件事。那天它偶然变作少年的模样，直把自己吓了一大跳。金乌则慢悠悠地变成人，不紧不慢地在一旁点评着。

它后来跟若木聊到这个事，咯咯咯地笑个没完："我可是生来就是人形的呀！"

金乌几乎不在建木面前笑，但它喜欢在若木面前笑，也喜欢在扶木面前笑。只是它对扶木的笑向来爽朗而促狭，不时带着几分调侃的味道；而它对若木的笑则时常显得傻傻的，声音不大但总没个完。扶木对金乌的笑又爱又恨，有时甚至要跳脚；而若木则总是和气地赔着金乌笑，拿叶子给它顺气，像对待一个小孩子。

"十个我的运气加到一块儿，才能让我遇上你。"金乌对若木这样说，"我最想见的人就是你呀——"

安定的，纵容的，令人适意的。

"你能陪着我一辈子吗？"金乌抱着树干，将头埋在枝叶间，撒娇似的说。

叶片随着若木深棕色的长发在风中簌簌散开，化作人形的它就势将金乌揽在怀里，不发一言地紧紧抱住。

但是——

是不能的。金乌知道这才是它的回答，不用问都能猜到的回答。

有没有它，若木都是那个若木。

"喂，你到底是怎么看我的？"扶木的少年音清朗得几乎摄人，"每天走得一点儿留恋的意思都没有，哼！"

金乌惊讶地眨眨眼睛："哟，你长大啦？"

"你！"

金乌看着少年怒瞪的双眼，哈哈大笑。

不留恋，是因为知道你会在那里等我回来呀。

像你这么傻的家伙，怎么会跑掉呢？

你的一切都是我告诉你的。你就是我的，依靠我而活着——你怎么会跑掉呢？

"金乌。"建木站在金乌身边，俯瞰着人间。

金乌没有回头，甚至连眉毛都没有挑一下。

它只是庄重地回握了一下建木的手。

最　后

2017 级　马　赫

　　一项名为"全人类体质检测计划"的活动就这样轰轰烈烈地开始了，由世界上最强大的三个国家联合举办，这项活动的主要内容是要分别挑选两千位身体素质最好的男性和女性让她们作为全人类的健康楷模，而最大的噱头则是他们每个人都能获得整整一万美元的高额奖金。这项活动受众面极广，尽管有很多人怀疑举办这个活动的真正原因在哪里，但高额的奖金仍然吸引了大半个地球的人们都参与进来。

　　短短两个月后，活动气氛刚刚到达顶峰，作为主办方的世界三大强国却草草发放了奖金，并带走了挑选出的这四千人，提出要进行为期一年的免费健康培训，以达成让她们作为全人类健康楷模的目标。他们还提出，培训期间不但食宿费全免，每个月还会发放奖金，甚至培训结束之后都会定期发放身体护理费用！但唯一的要求是要进行封闭式管理，在这一年中不可以与外界进行任何联系。在这样的诱惑下，四千人中只有很少一部分人选择了离去。可之后的整整半年里留下的这些人就像凭空消失在这个世界上了一样，再没有过一丝痕迹，三大国政府也没有再提及这件事情，高调的开场，潦草的收场，用虎头蛇尾形容这场闹剧最合适不过，没人知道到底是怎么回事。

就在这半年间，还发生了一件十分诡异的事情，三大国之中竟失踪了无数的名流，他们有的是医学天才，有的是知名科学家，还有建筑师、厨师甚至最著名的逃生表演家，他们有着一个共同的特点，那就是年轻有为。尽管三国政府均多次表示一定会尽快解决问题，然而人们终究没有看到任何有效的措施。人们被笼罩在白色的恐惧之中。

忽然有一天，一条震惊世界的消息在网上流传开来："救救我们，我们被政府绑架了！"

人们终于回忆起了那消失的四千人，回忆起了政府面对失踪案毫无作为的态度，他们明白了！这世界上最强大的三个国家一定有什么不可告人的秘密！

在全世界国家与人民的针对下，三大国终于屈服了，他们说出了真正的原因。

而世界就这样陷入了疯狂。

公元 2100 年，人类科技发展迅猛，人工智能出现、换脑手术成功、从登月到现在，短短百年间就实现了第一例在外太空，具体来说则是在发现的类"太阳系"中的第二个"地球"成功定居的重大成果，尽管仍然无法开采外太空资源，但这终究是人类迈出的一大步。然而这种迅猛发展带来的后果也是十分可怕的，外太空的资源还无法进行有效的开发，地球却已经撑不住了。地球上资源消耗过快，各类能源都濒临枯竭，全人类陷入了重大危机。

世界各国政府都十分担心这样的现状。于是自 2080 年开始，世界上最强大的三个国家就将世界各地最优秀的科学家聚集在一起，经过了整整二十年的持续测量、计算，终于在近期得出最精确的结论：两年后，也就是 2102 年，整个地球或者说人类社会就会因为能源的极度短缺陷入持续，甚至永久的瘫痪状态，而现代人类在这种状况下还能长期生存下来的概率无限接近于零，人类物种在这种长期的生产、生活中不会退化的概率则可以确定地说就是零。

唯一摆脱现状的办法只有逃离地球，奔赴第二个"地球"！然而掌握载人航天技术并且能在短时间内成功实现到达类"太阳系"这个目标的国家只有世界三大强国，况且哪怕是在 2100 年，到外太空定居的成本仍然高得吓人。依照地球现有的资源量，聚集全世界的力量，最多也只能带领全人类的十万分之一也就是几千人到达并勉强保证他们的短期生存，而接下来的开发也只能靠他们自己，所以哪怕是这些"所谓"被拯救的几千人也同样可能走向灭亡！这是一次豪赌，赌上了人类的未来！

这个赌博当然也没那么简单，这样做的后果是极端地加速了资源枯竭时间，将其直接缩短变为一半，也就是一年。这也标志着全世界的人类都要加速走向灭亡。

三大国首脑得到消息后，第一时间控制住了所有参与计算过程的科学家以及他们的直系亲属，想要封锁消息，防止社会发生巨大动乱，致使人类社会短时间内土崩瓦解。

不久后，三大国首脑召开会议，在没有公布任何消息的情况下秘密拟定"人类拯救计划"，他们将选定体质最优秀的四千人，以及共计一千位医生、教师、农民、科学家等各大行业中最年轻且最优秀的人才。然后经过衡量男女比例，计算食物用量，资源配比等一系列科学计算，在最短时间内做好大量的前期准备并将他们送往第二个"地球"，以求拯救人类，延续火种。

他们不愧是世界上最强大的三个国家，短短半年时间，一切的准备就已经就绪了，离成功只差一步之遥！

然而，尽管行动迅速，准备近乎万无一失，他们却犯了一点最致命的错误！为了让这群人做好充足的心理准备到其他星球定居，三国首脑过早地将消息告诉了这群"囚徒"。在听到人类即将灭绝后，他们第一时间的反应除了震惊就是想到自己的亲朋好友，无数人要求带着自己的家人一起逃离地球，还有人甚至希望和家人留下来一起面临终结。政府当然是不会同意的，他们将这群人和科学家们关在了一起，静待一切准备就绪。然而，想要控制住这群人怎么能够像对付普通人一样简单监禁？当世界上最优秀的人聚集在一起，他们可以创造任何奇迹！

就在这群人知道消息后的第三天，网络上忽然莫名其妙地流传开了这样一句话："救救我们，我们被政府绑架了……"

疯狂就这样开始了，三国首脑在全人类的逼迫下说出了人类即将毁灭的真相，并且将"人类拯救计划"全盘托出。

第一天人们陷入无尽的讨论，验证事情的真假。

第二天犯罪率、死亡率飙升，自杀、强奸、凶杀案随处可见，甚至有人聚集起来攻击政府，要求被送往外太空，人们挥金如土，通货膨胀，钱如废纸。

第三天同样。

第四天同样。

……

整整七天的疯狂后，世界忽然陷入了安静，距离世界毁灭还有一年，时间太长了，长到没人知道该去做些什么。世界上所有设施基本陷入瘫痪状态。城市里的人们找不到食物，开始向农村迁移，人们遗忘了世界日带来的恐惧，又一次开始面对眼前的生活。

不久后的一天，世界三大强国政府竟然又一次出现在众人眼前并提出需要帮助，哪怕到了现在他们还是要把这精心挑选的五千人送走，这些人是希望。

没有想到的是，世界就因为这一个呼唤又一次转动起来，无数的人们聚集到一起为送走这些人做准备——他们太闲了，大概只有为人类延续火种这一看似最伟大的事情才可以填补生活的空白。五千人的直系亲属能来的都来了，抚慰他们让他们安心。

时间过得很快，最后的准备也进行得十分顺利，人们成功地用自己的双手加速了自己灭亡的时间。

……

当所有的载人飞船离开后，人群中响起了掌声，大概是送给他们自己的。三国首脑都松了一口气，只有他们知道，自己的儿女也都混在其中。

最后，再也看不到空中远去的飞船了，人群开始散去，大概末日就快要到了吧，可在那之前终究还是要面对眼前的生活……

新　　生

2017 级　马　赫

他是十分瞧不上这东西的，哪怕现在他也要用上了。

由于长时间盯着捏在两指间的胶囊出神，药外层的糖皮都融化了几分，黏在他的指上，不过看样子他倒是不太在意。也没有什么复杂的过程，总之药是被他扔进了嘴里，胶囊本该是被吞服的，可他竟然狠狠地嚼了起来，一下又一下，整张脸都被牵动得有些扭曲。药在他嘴中炸开一般苦得难以下咽，他却莫名安心了几分，喃喃道："这药……也没什么特别的……"

"新生！带你体会不一样的人生！"和着记者们一大片咔嚓咔嚓的快门声，发言人的嗓音之大也终于到达了顶峰，这场新闻发布会临近结尾。会场大门打开的一瞬间，又一大群记者冲了进来，他们与会场内的人不同，他们只是小报社的记者，没机会参加这么重大的发布会，可这么神奇的药，要是拿不到第一手资料，领导大人们直接来一顿爆炒鱿鱼是肯定少不了的。会场内嘈杂无限，密密麻麻的话筒挡住了出去的路。就在这充满了热情的会场里，却偏偏有这样一个人与气氛显得格格不入："什么破药，肯定是假的……"

"听说新生没有？"

"就那什么改变人生的药？"

"对对对，就那个，我要是有一颗啊……嘀"

"别扯那没用的，你又买不起……"

"又是这药。"他咂了咂嘴，什么神奇啊，厉害啊，就这些形容词在新闻发布会后的一个月里没听过一百次也得有八十次了。他可是不相信的，什么改变人生啊，自己不去努力靠一颗药就想改变人生？别做梦了还是。不过不相信说不相信，现在的他可也被这药勾起了兴趣；作为一个创作家，很早以前就想写一部关于流浪汉的作品。然而尽管他做了许多调查，采访了许多流浪人，却总还是觉得少了点儿什么。万万没想到，这药倒是给了他启发。"对啊！就是他们的真实！"没错，真实的感受，内心深处真正的想法，这是他最难得到的。

他接触的这群流浪汉与他说话总是半真半假，聊着聊着，话题就会被扯到钱的问题上。角色很快就从采访、被采访者转换成了乞讨与被乞讨者。让他是又佩服、又无奈。"这药，还是有点儿意思的……估计能帮上我的忙……"

他在网上很快就找到了这款药，药物的广告宣传语十分简练："活出新的精彩！"阅读了"新生"的药效，他都有些诧异：它可以让你暂时性地活在一个自己设定的世界中，并且完全不自知，简单来说就像是在做最真实的梦一样。

这药简直像是为了帮他完成任务而为他量身定做的一般，基本符合他的所有期望：1. 把自己设定为一个乞丐！2. 自己也完全认为自己就是个乞丐！

然而仔细看完所有相关内容之后他才明白，原来这也不过是所谓的改变人生。它的局限性其实是很大的。首先，一颗胶囊的效力是有限的，只有三年的时间。其次，"新生"系列药物贵得吓人，这东西根本不是常人的财力买得起的。"看来这药物只是替有钱人创造了一个游戏世界啊。"他啧啧嘴，一脸服气。

"钱没了可以再赚，不担心，不过嘛……这药有没有副作用……还真不好说，算了，为了老子的作品，拼了。"如是，药就这样被他拍下来了，而之前他服下的正是那颗药……

几天后，幸福路的幸福桥下，忽然多了这样一个流浪人。在东北寒冷的十一月份他衣着单薄地缩在桥下讨生计，一副半死不活的样子。

他几乎不会去主动要钱，但人们终究是不忍见此情此景，有的把虽然旧却最保暖的军大衣赠予他，有的则赠他被褥铺盖，豪气一点儿的甚至十张十张的红票子直接给，让附近的小摊贩着实是眼红得很，差点儿都跑来做了乞丐。

然而这只是白天的场景，在夜深人静之时，他会去找个宾馆舒舒服服地洗个澡，睡上一觉，这样的小日子实在不像是一个乞丐该过的。

第二天他仍然穿上自己已经发臭的衣服出门去桥洞下躺好，一副畏畏缩缩冻得不行的样子，这模样，也是可惜了没有当演员的命。然而这样的日子终究不可能一直维持下去。事实上他有一个非常严重的毛病：嗜烟嗜酒，视其如命。在每天乞讨到钱后，他一定会第一时间跑到超市去买上一盒六块钱的"黄鹤烟"，别人给他买的东西他也会立刻拿到超市去退掉，再换烟酒。这样一个"好"习惯终究是害了他。

一位居住在附近的好心人长时间关注他后，好心地提醒他不要再买烟酒却被他破口大骂，气得好心人是一个字都蹦不出来。之后他的小视频被传到了网上，可真是让他小小地火了一把，成了"网红"，有了自己的外号"疯狗哥"，甚至还有小道记者来跟踪他，曝光了他的生活状况，就这样他的名气越来越大，人是越来越火，作为乞丐的日子也越过越差。

时间慢慢流逝，他每天仍然抽烟喝酒，得到的钱却再也不允许他过这样的随心的生活，这怎么行呢？烟酒可是他的命，长时间不劳而获的他甚至丧失了劳动能力，于是为了得到烟酒他便只能去偷。

当他再次睁开眼睛的时候，已经是在医院里了，据医生说，他在偷东西的时候被人打断了三根肋骨，在接受治疗之后，他还要去警局里接受调查。他苦笑了起来，暗自想到：这药是真有意思，我可没给自己设计这种偷东西的情节啊……这时医院电视上的新闻引起了他的注意："'新生'系列药物被列为禁药不可随意出售，此药会令服用者迷失在自己的幻想之中……""这药还真有副作用啊！不过算了，我倒是没什么事……我的任务也完成了，接下来这药就和我再也没什么关系了，像做梦一样，不过这梦还真是累得很……"

　　从警局出来之后，他有些迫不及待地冲回了家中，拿起笔就准备写，花了整整三年积累的素材可不能赶紧成稿！不过……为什么写不下去呢……他提起的笔悬在半空中，喃喃道："来跟烟抽就写得下去了吧……"

　　十天后，他忽然出现在了电视上的新闻联播中，只不过，人是躺在地上的，而且，他好像再也无法站起来了。据报道称，他的屋子里堆积了几千盒"黄鹤烟"，疑似吸烟过量而死，而死前，他似乎在写一部作品，作品只写了标题，名为"新生"，案件恐与禁药"新生"有关……

她 的 猫

2017 级　李炫屿

玛琳娜喜欢看着她的小家伙出神。

壁炉旁，一只虎皮猫慵懒地卧着。

"一个人住什么的，我才不会介意呢，鬼才会搬过去。"玛琳娜一手接着电话，一手又翻看起那本已经泛黄卷边的相册。那里面的女儿还没有远赴加拿大。

小家伙听到她故作不屑的语气，总能一改往日高傲姿态，踱步过去轻轻蹭蹭她的老式拖鞋。

玛琳娜总喜欢看着她的小家伙出神。

画中，壁炉里的火苗还在向上蹿，虎皮猫慵懒地卧着。

"九年，亲爱的，你做的足够多了。"

望着空了已久的猫盆，玛琳娜说。

盛　何

2017 级　何泉志

　　"人之初,性本善。性相近,习相远。苟不教,性乃迁。教之道,贵以专。……首孝悌,次见闻。知某数,识某文。一而十,十而百,百而千,千而万。"何生在私塾里摇头晃脑地跟着先生读着。他今年六岁了,老爷何家辉为他请了个教书先生,"先学《三字经》《百家姓》,打好基础后再学四书五经,大点儿了再学洋文地理,能上个好点儿的学校就更好了。"何家辉早已为他做好了一系列规划。这一年,1946 年。

　　1949 年,国民党败了,新中国建立了。还好,国家只是划走了些田地,何家仍过得富足。1953 年,改造开始了,何家辉略施手段,减租送粮,让乡邻们尝到些甜头,倒也没被打倒,依然衣食无忧。只是减租送粮并不针对何建国,那是一个无赖,常常上别人家蹭吃蹭喝,自己成天游手好闲,不顾庄稼,不管年成。

　　何生也渐渐长大,显现出不凡的读书天赋,不明白的地方先生一点就通,今言古语都写得一手好文章。

　　何生常在院子旁田坎上水井边的大榕树下读书,待得久了,对树有感情了。他仰头靠在树上,闭上眼睛,轻声对树说:"伯牙子期,高山流水幸遇知音；太平盛世，与君共度几何年华。我名何生，你就名盛何吧。"此后，风吹雨淋、严寒日晒，何生但凡有烦恼、困惑，都会来向盛何诉说。这一年，1953年。

何生的学习越来越好，人人都认为他能考上一个好学校，能延续何家的辉煌。但由于出身不好，政审始终不过关，也始终没能有机会踏入考场的大门。何家辉气得大骂，"唧个就老子成分不好了嘛?！老子活了楞个久没干过点儿坏事，哪个屋里缺衣少食不是找老子借的? 老子收过分儿利息没得? 他娘的一群喂不饱的白眼狼！"这话不知怎的就传出去了，传到了生产队长耳里，队长何建国带人拿着板凳绳子就来了，一凳子就敲在何家辉脑袋上，血一下子就溅出来了，溅到灰砖砌的墙上。何家辉被两个人押着跪在地上，耷拉着脑袋，嘴里不停地嘟囔着。"你他娘的再说一句?！"说着就是一个耳光打在何家辉脸上，把头从左边扇到了右边，何家辉左脸肿了，比右脸大了一圈。"把他绑在板凳上，像杀猪楞个捆，手和脚捆在凳子下头，捆个死疙瘩。捆好了就抬出去，放在他屋旁边那棵榕树下，让大家都看哈勒就是污蔑生产队、欺压群众的下场。"何建国说道，边说着边背着手向外走去，哼哼着翻身农奴把歌唱的调调。

何家辉被放在榕树下，队里不允许家人去看他，村里的人没人敢去看他。没过几天他就死了，死的时候面貌发黄，和黄河水一样的颜色；蚂蚁在凝固的血迹上爬着，蚊虫在他头边飞着。他眼睛瞪得大大的，手脚仍然僵直地被绑在一起。何生在一个无人注意的晚上偷偷地将父亲的尸体从板凳上解下来，悄悄地拖到离村子二十里外有河流经过的阴沟里，抱着父亲的尸体默默地流泪，他想起了在自己生病时父亲陪在床边寸步不离地照顾，在自己能完整地背出《三字经》时父亲的欢欣雀跃，在自己犯错时父亲手拿皮鞭的严厉喝骂……他悄悄地在河边挖了一个坑，又用土堆了一个四四方方的枕头，轻轻地将父亲的脑袋放在枕头上，手颤抖着将父亲的眼睛抹上，说道："父亲，您放心，儿子一定会好好地活下去。"这一年，1958年。

此后，越发浓重的政治运动缓缓开展起来，生产队开始新一轮"斗地主""斗富农"，何生家因为何家辉生前说的那些话而被划为有严重思想问题的"富农"：家里的田产被没收，猪、牛被生产队拉走，房子也被大队长收走——何生和母亲只好住在一间残破的黄土盖成的矮房里。何生也没忘记他对父亲的承诺，每天天不亮就起床耕地，月亮落山之后才回家休息，偶有闲时就溜到树下，与盛何说说话。可这样的辛勤劳作也仅仅只能保证，母子二人不被饿死而已——近三年许是天灾，许是他因，粮食收成极差，根本不够人吃，何况，有粮食也没煮饭的锅。何生常在去地里的路上看见田坎边倒下的村邻，皮肤发黄，嘴唇干裂，眼窝深深地陷进皮肤里，眼皮和皮肤不分彼此。但这种年代，吃不饱的人救不了，能吃饱的人不知道，自顾自地才能活下去。何生也听说在邻近的几个村子里还有人四处找观音土吃，观音土和豆浆一个颜色，和干馍馍一样硬，好在，吃下去管饱。据说，吃过观音土的人逝世后脸带笑容，许是到了天堂。现在，临近的几个村子白色的土都没了，只剩下红褐色的土，放眼望去，尽是赤色的海洋。这一年，1961 年。

　　终于，三年困难时期还是挺过去了。历史的车轮轰轰地向前走着，1968 年，主席说，社会上、军队里、组织中仍存在着走资派，要把他们揪出来，要把他们打倒。大家纷纷响应号召，何家沟里也不例外：一伙手持"红宝书"戴着"绿军帽"的人又一次闯进了何生和母亲居住的那个残破的土坯房里，他们叫嚷着："让你妈滚出来！她是富农的老婆，是资本主义的走狗，是残存的走资派！我们要打倒她！打痛她！让她深刻地认识到跟农民、跟工人作对是没有好下场的！只有共产主义才是最好的！让她出来！出来！"边说着，边走到树下，摸出斧头，一下、两下、三下，何生眼红红地，疯了似的冲上前来将他们推开，咆哮到："干吗！你们他娘的到底要干吗！连树都不放过吗？"何建国在一旁冷笑道，"这树你常与它说悄悄话，别以为老子不知道，这也是走资派遗留下的，是腐朽的东西。我们要把它砍了，让你们母子看看做资本主义走狗的下场！"正说着，何建国又回头朝卫兵们吩咐道："你们两个继续砍树，你们几个跟我进去抓人！"何生又敢忙一横身拦在门口，离门不远处放着一堆柴火，柴堆旁有拾粪的屎耙子。何生吼道："放你娘的屁！

老子屋头清清白白，是主席的坚决拥护者，每一分粮食都是我们自己亲手种出来的。没欺压过农民，没嫌弃过村邻。你们先是不让老子上学，后来又找借口害死我爹，现在又想来批斗我妈，更是连树都不放过。去你娘的，老子死也不干！"围着的人互相看了看，何建国对其中一人使了个眼色，"你不让我们就动手了！"那人顺手拿着一根柴就向何生扔去。何生肩膀一痛，血就顺着手臂往下流，流到手肘时一转，向地上滴去。众人一拥而上，向屋里挤去。眼看着要进屋了，何生抄起钉耙就向一个人背后凿去。"啊——"，五道口子瞬间出现在那人身上，鲜血一下就喷出来了，溅到土坯上，像孔雀开屏般铺满了半边墙。"你你你，居然，你你你……你哪个敢把他打死！""老子为啥不能打他？！他污蔑群众，他心怀不轨！他是走资派，是人民的敌人！你们都给老子听好了，老子一会儿就去挨家挨户地查，看哪个屋里还有走资派。我们都是主席的拥护者，是党的拥护者，都应该为清除走资派出力。"众人见他脸色通红，眼睛瞪得老大，看人的眼神就跟狼看见猎物似的，不由得心生畏惧，一个个撑着土坯向外摸去，有一两个年轻的，走出门时还摔了一跤，手中的"红宝书"掉了也没顾得上捡。何生没管他们，走到被砍过的树旁，手轻轻地摸着斧迹，"盛何啊，很痛吧！只剩我们仨了啊，咱们都要好好地活下去啊。"

之后，何生果真挨家挨户地搜过去，带着村里平时游手好闲的一群二流子，凡是曾经整过他爹的、欺负过他的，个个都没好下场：有的被他用绳子捆起来吊在家旁的树上——树下是他爹逝世的地方，有的被他用木棍打得吓破了胆尿尿齐流，有的被他戴上高帽子挂上小木牌押着游村，有的被"开喷气式飞机"（压在地上拉起双腿双脚用棍子猛击背部）……

1978年，终于不用打走资派了。这十年里，他的名字比熊瞎子还管用，闻者止哭。这十年里，家家户户都被他整过，斗死了五个，斗残了十三个。母亲也在村邻的一片冷眼中去世了。

改革开放，太平盛世，悄然来临。

他的成分清白了。不会手艺，没有收益，仍是靠天吃饭，少的只是：与人斗，其乐无穷。打工赚到钱的人家都搬离了，没钱的人家借钱也搬走了。他家成了孤岛，方圆十里无人居住。

剩何？盛何。

琴　鸣

2017 级　何泉志

不可否认，那的的确确是一块超越行星引力的碎片，不断剥落不断急速奔行。最终，他抵达那一颗长年风暴的星球，在无尽漫长且寂静的黑暗中，敲击起创世般的尘埃与闪光。

不经意的睁开眼，星辰软绵绵地飘进水泊中，一颗接着一颗，用那宇宙之初的元素，与河流、水草以及倒映其中的山川、平原；以及饮水的羊群，奔腾的马匹；以及春花暮雪相融合，在完美无缺的寂静中，放射出妙不可言的声波，如一场星级的弥撒，众神在四周沉吟。

霎时像滑进文森特的浓油重彩，滑进一片未知的虚空，星子在不安地躁动。我看见银河铁道上开过一列列鸣笛的火车，从北十字星座到南十字；看见熊熊燃烧的猎户座星云，宇宙中的战场；看见脉冲星挥舞他的剑光；看见黑暗中不怀好意的家伙，大口大口吸食周围的行星。我在惶恐震慑中向深处航行，看见那相撞的星系，混乱的波动中，隐隐约约的暗物质；还有那最远处的最危险的类星体，吐纳冰蓝的火焰。

就像火山的喷发，海底的抬升，一切的一切都在无尽的毁灭中，周而复始地重组。正如元素的合成，尘埃的聚积。然而曲终，我们站在这蔚蓝的星球上，踮脚张望到的，仅仅是那跨越万年而来的，平静、柔和的微光。

……

星辰诺亚，自深深处。

实　秤

2017 级　丁丽萍

陈叔是做杠秤的，一手老茧可见他技艺之精湛。其实，陈叔已经出师四十年了。

跟其他民间手工艺人不一样，陈叔的手艺不是祖辈儿上传下来的，而是拜师学来的。做杠秤的是一户姓胡的人家，按规矩只有老胡家的子孙才能学习这门手艺，并不外传。可是到了这一代却突然没了接班的人，无可奈何才收下了陈叔和蒋鹏做徒弟。陈叔和蒋鹏都学得一门好手艺，但两个人性格却完全不同。陈叔比较木讷，甚至有些倔强；而蒋鹏能说会道，很会招揽生意。

他俩出师之后，在一条马路的两边各开了一家秤店。一开始两家的生意都挺红火，可是日子一久，陈叔的店面日趋冷清，甚至有些凄凉，那褪了色的招牌仿佛直接挡在路上也无人问津。

陈叔是个实在人，一直老老实实地做自己的生意，但眼看店铺日渐冷清，心里也很不是滋味儿。

终于有一天，陈叔实在按捺不住了，便关了店门，走进了蒋鹏的店铺。进店一看，陈叔被眼前的景象着实一震。真可谓人气兴旺啊！崭新的大字招牌，更是让陈叔心里一揪，羡慕的同时，又纳闷儿，同样的手艺怎么路两边完全是两重天呢。

　　陈叔那天一直待在蒋鹏家，直到天很晚，蒋鹏的店铺里才慢慢地安静了下来。他们师兄弟两个在后院里摆上一桌小酒，边吃边聊。犹豫再三，借着酒劲儿，陈叔最终不好意思地开口道出了自己的困惑："师兄，你说我俩师出同门，为什么我家店眼瞅着就要关门大吉了；你的店，怎的就忙得不可交呢？"说完兀自叹了口气，点上了一支烟，觉得心烦，又给拧灭了。

　　蒋鹏得意地说："你怎么就这般榆木脑袋呢？都说顾客是上帝，上帝叫你给他的秤少一两，你就不能给他多一钱。你听他的，照做便是了。做生意得动脑子啊。说到这儿，想起来一件事，有个大商家叫我出五十杆缺二两的秤，要不我分你一半生意？"

　　陈叔听完，什么都没说，默默地抿了一口酒，朝蒋鹏摆摆手道："那五十杆秤，还是你自己做吧！"

　　陈叔的店依然那么冷清，眼看就要挨不下去了。直到有一天，蒋鹏的店被人掀了，他又跑到了蒋鹏的店里。

　　蒋鹏被堵在店里面，像条落魄的丧家犬。陈叔赶忙问道："要多少才可以补救？"蒋鹏说是四十杆秤。陈叔二话没说，回去后一连几日黑白不分地赶，总算帮蒋鹏还清了，打发走了那帮人。

　　打那儿之后，蒋鹏的店关门了。而他也在一天夜里悄悄地走了，再也没有回来过。

　　陈叔的店却日渐红火了。现在，再有人怀疑斤两问题，小贩们总是丢下一句："这是老陈的秤！"那人便作罢了。

　　是的，陈叔即老陈，名唤陈实。人们敬重的就是这个"实"字。

台阶上的玻璃鞋

2017 级　韩怡歆

1

我住在童话的世界里，却并非故事主角。描写情节的笔触向来只是在我身上一掠而过，浅铺一层墨迹。镜头也鲜少在我身上停留，若有特写，也是沾了主角的光。

无人过问我的悲欢，无人在意我的笑泪。我只是无足轻重的一个配角，在故事里穿梭来去，默默地做一条线索，指引情愫的破镜前去重圆。

我是女巫送给灰姑娘的一只玻璃鞋，只是托了那位公主的福，人们都说我是一只水晶鞋。看看，连身份都要靠着主角才能抬上去，也不过是为了与之匹配，好不显得掉价。

提前洞悉了故事的前因后果，相聚与离散之于我不过都是意料之中的桥段。我在故事里一次次循环，从故事结局的繁花似锦一次次返回开篇的寒苦冷酸。

并非情愿，亦不心甘，只是我亦有留恋，才停在这条世界线里。

——同我的主人一样，我亦是倾慕着那位王子的。

2

从黑暗中伴着女巫的魔法光芒跌落，我又一次上场，再度被辛德瑞拉仍盈着几滴泪珠的眼睛好奇又赞叹地注视。她的鼻头冻得有点儿红，神情里写满了瑟缩的自卑，却又有一点儿闪亮的昂扬。那只因长期劳作而变得指节有些粗大的手在裙摆上擦了又擦，才慢慢地伸出来接过了我。

主角们从不知道下一步的故事要往哪里发展，因而每一次上演时都是最全力投入，不管舞台是宽阔明亮的大荧幕还是街角垃圾桶里破破烂烂的连环画，丝毫不显敷衍与厌倦。

而我这样的配角，或是说道具，早已不会因他们惊天动地可歌可泣的勇气与爱恋产生任何一丝的心潮波动。

南瓜马车颠簸着，辛德瑞拉穿着新衣裙，十指紧紧交叉在一起，闭着眼喃喃祈祷，脸颊上泛起玫瑰色的红晕。她将我与另一只放在膝盖上，生怕到舞会上不够闪亮。光着的脚垂在裙摆下，因为寒冷只有脚尖着地，如同在排练舞会上的旋转。

我打了个哈欠，无聊地看着窗外飞速后退的乔木。她不知道未来会是如何，我却已经将她前路上的鲜花与荆棘都烂熟于心。

而我心里想着的人，却和她是一样的。

宫殿大门在我与她面前打开，蜂蜜色泽的灯光黏稠地淌出来。我无视大厅里四下响起的惊呼，视线穿过无数双鞋的阻拦，直直望到舞厅最末端去。

是了，那个让我在这个故事里逗留的人就在那里，他才是我的主角，一切都只配做他的背景板。

3

我默念着不会更改的剧本的下一页，忽然出现的陌生公主令所有人吃惊，在众人复杂的目光里她与王子共舞，而我会在她足尖熠熠生辉，无声地衬托她的美好。

会有许多人注意到我，为我的剔透与精巧叹赞，唯独不会有他。我心心念念的人只会注意到公主，他沉入丘比特造就的爱河，怎么会抛开公主花一般的容颜，垂下眼帘去看一只玻璃鞋呢。

直到十二点钟声敲响，公主重归平凡。和之前的每一次一样，辛德瑞拉慌张地拎起裙摆奔下阶梯。

来时她慢慢踏上的每一个台阶都承载着憧憬与希望，现在却变成华服褪尽的煎熬与身份显露的凶兆。细碎的足音嗒嗒地响，而她的心跳比脚步更为急促。

为着将要执行剧本的安排，我的心里竟然倏忽涌起一阵恶毒的快意。于是，像之前的每一次一样，我从她足尖脱落。

极力表演着，我狠狠地用自己的身体撞上冷硬石阶。几乎要碎裂的痛楚一瞬间就涌遍全身，与之同时到来的是清脆声响，在凉如水的静谧夜色里远远传出。

王子会听到我以另种方式发出的告白，也会注意到月色下闪着微光的我，我从未如此感谢过剧本的安排，让他追不上离去的公主。

而我，为了吸引他这一道目光而拼尽全力，不顾一切。就算知道这太过于卑微，心知自己无法与剧本安排好的命运抗衡，可还是控制不住地做尽姿态，急着展示自己的模样。

他弯腰探手将我捡起，温热的手指令我震颤。克制着痛楚，我迎上他欣赏而又礼貌的目光，仿佛与全世界对视。心里想着就算只为了这一刻，被永远困在这个故事里也好。就算下一秒就会碎成齑粉，万劫不复也毫无怨言。

4

辛德瑞拉是回到了黑暗的阁楼里还是逃去了其他地方，我不在意，另一只现在是什么模样，也与我无关。绝情？算是吧。我不标榜自己有多伟大，玻璃鞋的心很小，装了一个人也就满满当当的没有空地了。

我跟着他走遍王国的每个角落，被无数双贪婪或好奇的眼打量过，被无数个孤注一掷的姑娘使劲儿地往自己脚上套。虽是不快，却舍不得摆脱这段时光。

从玫瑰花盛开到柠檬成熟，我的心随着时间的推移一点点由甜蜜变成苦涩。只希望时间流淌得再慢些，王国的疆土再大些，这样就能推迟分离，就能多与他在一起几天。哪怕是披着寻找另一个人的目的，藏着他永远看不懂的心思。

时针仍在转动，故事的车轮把泪水和阴谋都碾过，一路转到了光亮明丽的结尾。我在王子与公主的婚礼上跌入黑暗，返回一切开始的地点等候下一次相逢。

5

纵使预见了分离在何时，也义无反顾地冲着相遇的瞬间前去。

对于我，一只玻璃鞋来说，爱就是每一次奋不顾身的跌落。

一　品　师

2017 级　罗　琛

　　"寂静的我坐在寂静的夜里，那些生活的影子便不期而至。眼窝里就会涌出泪水，提笔便是泪流不止，毫无办法，已经成疾。因为一个平淡的词语常包藏着无数寒夜里的心悸。"提及就想起我的那位厨师来。

　　初次见那位厨师，有一种似曾相识的感觉，就像我们是多年前宇宙爆炸的两块碎片，具有神秘相吸的磁力。我爱品食，而他喜爱烹饪。这位厨师对人十分善意，在进食前，他让我安静地坐在固定的位置，帮我系好餐巾，随即端上一碗米糊糊到我跟前。我睁着一双大眼，呷巴着嘴看着，米糊糊像是自己皮肤的颜色，凑近时把热气扑腾到自己的鼻头，让我闻到了母乳般的奶香味儿，厨师用银勺取了一小口吹凉递给我，我尝过之后甚是有一种初生婴儿般的欣喜感。后来才知道那是核桃、松露、花生、奶粉这些及其营养的物质调制而成的，很是用心。然而那时的我对于任何东西的感觉都难以启齿，或许是对这个世界不熟的原因。

　　厨师此后每日都换不同的菜品供我品尝，为了保持我对菜式的新奇感，他还不断地换着雕花，摆盘和配菜。很多次，不经意地看见他在厨房忙碌的身影，以及锅中永远不停翻炒的红红绿绿，我都会感受到那如火焰一般的温暖和感动。

此后我经常光顾他的小店，最初点的都是很多大而绚丽的菜品。正如有一次翻看菜谱，看到"金玉满堂"四个字，不由多想，认为是复杂夸张的菜式，便任性地要求他当即做出。谁知厨房一阵烟火过后，摆上桌面的竟然只是一盘松子玉米。还记得厨师看到我惊奇的眼神笑着说，"玉米为金，松子为玉，胡萝卜与瓜子为宝物，何不为'金玉满堂'？姑娘家的，还是不要被表面所诱惑了。"带着点儿嘲弄的语气，令我甚是羞恼。粗疏地浅尝一口之后，不一样的味道竟开始在舌尖跳跃。我在这道菜式中品尝到了与往日大不相同的滋味儿——这是不同于大鱼海鲜，大鸣大放的味道，而是一种质朴之感，粗粮的搭配让人回归了土地，有一种着陆的感觉。转念一想，原来我一贯追求繁花似锦，而这些被我忽略的野花也可以在味蕾之上盛开得如此美妙。

不久后的年节里，他做了一道回锅肉，要求与我共同进食，听我的品议。

我才认认真真地开始细细品尝，细细回想，"其实红色的干辣椒看起来很有年节里的鲜艳气氛，选肉肥而不腻，桂皮八角料酒味道并不重，有让人吃了还想回头一试的感觉。挺成功的。"

我不敢说出，其实尝到第一片肉，我就被瞬间打动了，它让我这个孤独的孩子找到了一种归属感，年节里热闹的大街小巷仿佛都与我无关，我像是个流浪的孩子，在最后的转角，被这盘家常菜拎回了"家"。我说，不必要在意我个人的看法，多试试他人的评价也可。可他只是笑笑回应。

窗外在大雪纷飞，屋子里还萦绕着他其他年夜里的菜香味，我同他抿一口小酒，再试一口"回锅"，"绿蚁新醅酒，红泥小火炉"的温情便在心口久久的挥之不去了。与这位厨师相识相知也不赖是一件挺有趣的事呢。

当然，我也并非只试过他的菜，但公允来说，每每也就只有他的菜品能带给我不一样的收获。来年的夏日到来之际，其他师傅争相做出辣味或果饮时，他独独为我保温了一盅清凉的银耳莲子羹。不为只让我帮他试菜，而为了单纯地帮我消暑。莲子很细心地被熬得微烂，糖的分量正适合我的喜好，银耳肯定是之前被水泡过，很有弹性。但或许，他不会知道，这是我这个夏季里能在这个城镇试过的最后一道菜，我即将辗转去北方，以后相见也只是寥寥了；我也不会知道，这是他经营店铺的最后一道菜，他的手旧疾复发，动刀的频率越来越少了，身体也每况愈下。不过，这也是后话了。

就这样道别好了，在这个夏季过后，在这一盅羹之后，清甜到心坎，久久难以释怀。

在离开南方的日子里，我开始整日面对陌生的食物，陌生的餐馆，陌生的厨师。再想要吃上熟悉的味道实属不易了，对于我的那个厨师，那菜品的记忆也唯余越来越纯粹的想念，我去尝遍了各种菜式，不是涩口就是粗疏。找不到让我惊喜的感觉——怕是我早已了习惯他的味道，这习惯不自觉地竟深入骨子里，无法代替。多想在年节里再吃到一片回锅肉，来救赎一下我麻木了的味蕾；多想再尝到贴心的、自然的菜式，让我体悟到不仅有舌尖上的放松，还有进食过程中的亲切与感动。此刻我所处的城市光影喧嚣，人畜繁忙，似是一口翻腾的大锅，不能给我一处安静的温床，我再次回到了孤身一人，游荡在月光下的街道里，再也找不出同厨师一般经营的小店。

数月之中，过多的阴郁之感郁结于胸，难得长假终于来临，我拖着病恹恹的身体，心急如焚、风风火火地坐上了回乡的列车。下车后立刻飞奔去见厨师，这一次是在他的小屋，理解了原委，我埋怨他对小店的放弃，作为惩罚，我即刻孩子气般地要求他下厨再做一回回锅肉，谁知倒腾了半天端出来的竟是像我们初次见面时的那道米糊糊，带着那次见"金玉满堂"的惊奇，我说："这不是米糊糊吗？"

厨师特别简单地笑了，仿佛早已看穿我的失落。随即语重心长地说："这是粥，不再像你小时候喝的米糊糊一般，就如熬粥，就像极了熬孩子，可慢，可难了。"

"熬孩子"看似不简单。经过"金玉满堂"的教训，我想先试试口味再做评论。我取出一只白净的碗，搽上满满的一瓢，粥顺食道而下，黏糊却温润，没有甜味，没有扇贝的鲜味，没有盐味儿，只有白米添点儿小米的粗粮味儿，不稀不稠，火候恰好。怕是所有的前杂往事，南方北方都在这一锅粥里握手言和了吧。就像他不再埋怨我的离开，就像我不再不理解他的艰辛。厨师说："做菜，总有累的时候，累了也就有了累的做法，我等着粥被熬好，就像懒懒地等着孩子长大。"一锅粥唤起了我与他一起试过的所有菜式。难道说，做菜的最后"境界"就是寡淡无味，万物煎熬吗？

"就像熬孩子一样。"

久别重聚的第一日过后，我再去找他，这次我不再任性地要求，只想尝尝他自己给我的推荐。他说，手不方便，只能给我做一碗蛋炒饭——这是他小时候最爱吃的。我无法从如今的生活里挣脱出来，试想他小时候记忆里的味道，大抵也不过是鸡蛋与米饭的味道吧。

厨房里依旧有序地响起锅碗瓢盆的叮当声，透过虚掩的门，我瞟到厨师的背影，看似佝偻了不少，在他曾经一身的白色工作服和高帽子脱下时，真有了一种家人的感觉。或许，我再也不会忘掉这一刻了。

正午窗外，太阳将世界抹成了金色，窗内，那碗简单的蛋炒饭盛着阳光，丝丝入扣。我用银白色的饭勺将米饭从中间轻轻拨开，白色的蒸汽携着米香氤氲开来。我用力吹一口气，一大股蒸汽就像广场上的白鸽一样，呼的飞散。短暂的朦胧里，我看到厨师的目光慈祥得如太阳一样，带着些淡淡的笑意，只是眼角的纹路深得有了阴影，我看到了他目光里的我。

他缓缓地喝下一口苦茶，嘲弄地说："吃慢些。"

我也笑了，对上了他的目光，"爸，你的手艺不减当年啊。"

我想，我永远是他的一品菜师。从幼时到少年，从少年到离家长大。我终是要找着他的味道，才回家呢。

再　见

2017 级　刘紫祎

复古的绿皮火车破开清晨乳白色的浓雾，缓缓向站台驶来。

她用眼角扫了一眼火车，又再次回到他身上，脸上绽开的笑容让人想到带着露珠的雏菊。

相恋第十年的夏天，他们约好逃离自己的城市，进行一场奔赴异国他乡的旅行。她把这次旅行看得很重很重，她相信他也一样。但是她同样也能笃定地说，她对这次旅行的定义是与他截然相反的。如果他认为这辆车驶向光明永昼，那么她便会认为这辆车开向暗无天日的永夜——不过这样想真是矫情啊。她嘲笑自己。

出站车铃响起，惊飞了树梢上的麻雀，他们手拉着手踏上车。

她爱旅途上的任何风景，所以他为她特地挑选了一个靠窗的小包厢。她惊喜地坐好，看他收拾他们的行李，将它们安置在他们头顶上方。她努力扬起头，嘴巴不自觉张成小小的"O"形——他真的很高，高到有机会的话，她要仰望他一辈子。初次见面的时候她便发觉了这点，当她用脚尖撑起整个身子都摸不到架子上的书时，他却能轻轻松松地拿到，递给她。

"你的样子像在跳芭蕾。"他温柔地调笑。

芭蕾啊。她歪着头认真想了想，然后弯着眼睛笑起来："对啊，像芭蕾。"

但其实那时候的她并不知道芭蕾是什么。直到一次他带着她去城市中心那家豪华的剧院，她才真正见识到了那份不属于自己的优雅——颈部纤长如天鹅的女子迈着比猫还轻盈灵巧的步伐，轻踏钢琴的节奏起舞，腿部抬起脚尖绷成流畅的线，美得不似人间拥有。

深深的自卑感在那瞬间源源不断地袭向了她。从此她害怕他提起芭蕾，甚至看到公园里的天鹅都躲得远远的。

"饿不饿？"他在她对面坐好，变戏法般从衣兜里掏出个青色的橘子，放到她手里，"刚才看到车站有卖的，顺便买了几个。"

"反季节水果哎。"她接过橘子。嘴里虽然这么说着，手却熟练地扒开橘子青绿色的外衣，撕下一瓣放在唇齿间，轻轻一咬，表皮的薄膜破裂，汁液飞溅，在舌尖炸开，激起口腔内一阵阵酥麻。

泪腺先于大脑，她在咽下橘子后毫无征兆地掉了几滴泪。

"怎么了？怎么哭了？"他紧张起来，眉头锁在一起。

"橘子的汁儿飞进眼里了。"她眯着眼笑起来，泪珠还挂在尖尖的下颚上，"好酸。"

他皱起的眉在她笑起的刹那松开来展，她向她露出无奈又饱含宠溺的笑。

慢慢吃完橘子，她抬起头，发现他在等待中早就头倚在车窗玻璃上沉沉睡过去。他的脸被倒影在玻璃上，而玻璃外，一眼望去，远处是连绵不断的黛色群山，近处则是还未成熟的麦田，火车经过，掀起缓慢却的确存在的风，吹弯了离轨道最近的麦子的腰。

好美。怎么看都比自家麦子美。她这样想，偷偷把朝上的手翻过去，掩盖住横穿掌心的，割麦时留下的伤痕。

原来旅行就是把一切熟悉的东西陌生化，让平日里司空见惯、早熟悉到厌倦的事物，无故加上一层厚厚的滤镜，定格成一个个失真的画面。

不过再美的风景都比不过眼前的人啊。

她也将头抵在玻璃上，静静地看他。

脑海中一时闪过很多画面，一帧一帧，清晰得让人眩晕。

他和她走在家乡的河边，清凌凌的溪流倒映出他们相依偎的身影；他和她面对面坐着备考，她盯着密密麻麻的字母昏睡过去，等睁眼却发现他停留在她发上还未收回的手；她高考失利，他陪她在学校长椅上坐了半夜，风吹得她脸颊发干；他与她分别，她目送他坐上火车离开，脸上的笑意和泪水还没来得及收回，转过身便踏入了拥挤的人才市场；她咬着牙买下一部智能手机，只为看到他传过来的北方雪景；她蹲在狭窄逼仄的隔间里，时刻提防餐厅老板的突击检查，心惊胆战的为即将参加演讲比赛的他加油；寒暑假重逢，她跑跳着迎上他，他们在车站旁若无人地拥吻；他跟她讲学校里的事，看着熟悉的人吐出陌生的词汇、人物、事件，不知为何她笑得有些落寞。

他拿到公司录取通知书后开心到抱起她围绕着小小的客厅跑了一周，然后对她说，会让她住上比他父母家更大的房子；他在烛光晚餐后捧出个红色天鹅绒盒子，里面端端正正摆放着一对戒指，较小的那枚上，钻石拼出的天鹅图案让她眼睛流出泪来；他带她见他的父母，她看见了明明年龄与自己母亲相仿，却保养得年轻漂亮的他的妈妈，一声"阿姨"还没说出口，对方冰冷鄙夷的目光让她闭了嘴；他跟他父母提起结婚，半夜她接到他母亲的电话，绵软的语气里藏满尖利的针，扎在她不太结实的心上……

然后就是现在，他在沉睡，他们坐在开往陌生远方的火车上。

经过了这么多年，回忆却还是不够多，不够她拿来好好回味，甚至说少到她还没尝够梦里的甜，又被迫回到现实去体会那数不尽的酸苦了。就像刚刚咽下的橘子，再怎样咀嚼，也只有几丝干扁的甜，到最后她都不得不怀疑自己是否真的尝过传说中的甘。

她把橘子皮放到窗台上，等太阳将它们烘烤到温顺干燥。

如果可以的话，真不希望这场旅行结束。

她小心翼翼地站起身来，踮起脚，足弓几乎弯成跳芭蕾的形状。她不发出任何动静地取下了属于她的小箱子，站在原地小口喘着气把呼吸放平，然后冲仍酣睡的他露出狡黠得意的一笑：你看，稍微努力下我还是能够到的嘛。

她望着他，笑容渐渐收敛。

再看一眼，多一眼，就一眼。

终于她收回目光，深吸了口气，将指头上精致小巧的戒指轻轻摘下来，放在橘子皮的旁边，最后推开小小隔间的门。

她只留给他一个背影。

她在下一站下了车，目送复古的绿皮火车融入远方墨绿色的麦田，缓缓离开站台。

她嘴巴动了动，说了声再见。

再也不见。

结　婚

2017级　王蕴涵

张母又和张成胜吵了一架，这一次尤为激烈。

"妈是为了你好啊，那孙晓娶不得，你看她那两个虎牙，她那个属相，那是克夫啊！"

张成胜不善言辞，脸涨得红红的，来来回回也不过反驳一句："那都是封建糟粕！"

张母非常了解自己的儿子，冷冷地说："我就是不同意，你要是非要娶进来就别要我这个妈。"要是按照往常，张成胜一定是不敢忤逆的，只是今天不知道哪根筋不对，回到房间拽起行李就要出门。

张母一看也是来了脾气："好啊，儿大不由娘，全家人辛辛苦苦地供你读书，上了大学，你就是这样回报的？"

张成胜心里不是滋味，默不吭声飞也似的逃了。

张成胜回了单位提供的宿舍，意外的是看宿舍的李大爷居然还在。也幸好，宿舍没有被锁。李大爷随意瞥了他一眼，张口道："哪儿去啊，宿舍不能进。"张成胜盯着他，转身抱紧了包，两只手掩着，咬咬牙掏出了钱，小心地放在桌子上。李大爷发出"啧"的一声，伸手收走了钱，示意他可以走了。

张成胜一路走过发现不少人都在，想想大家可能都交了钱心里微微平衡一些。他走进房间发现房间里昏昏暗暗，和他同住的人没有留下的，都回家过年了，房间里一片糟乱。张成胜不管不顾地躺在床上疲惫地闭上了眼。这房间本来就不大，还是八个人住，床又小又矮，躺着极为不适，又因着他连夜赶车没吃东西，一时感觉心酸不已。

他此时想起了孙晓，想起他们一起度过的大学时光。孙晓同样是个了不起的农村姑娘，虽然长得不起眼，但是两个人的共同语言却很多。最关键的是她不像别的女孩子总是要他买这买那，他想着孙晓了解他的一切，她不会嫌弃他的家庭，他想和这个好女孩儿走一生。

他不停想着，突然就睡不着了，他起身胡乱地套上外套冲出门去，外面下着雪，过年的气氛很浓，红色的灯笼照着洁白的雪，他看着看着眼前的场景就变了味儿，那白色是孙晓身上的婚纱，那红色是他们布置的新房，白白红红别有深意。

第二天清晨，宿舍的门被敲得咚咚作响，张成胜起身开门发现是他大哥张成才。他抓了抓糟乱的头发，打开了门。张成才裹着一身军绿的大衣，从怀里掏出一个纸包。

"成胜，这钱你先拿着。我一会儿就坐车回家了，你也别和妈置气了。"

"不用，哥，我手里有。"

张成胜伸出手把纸包推了回去，注意到了他大哥的那双手，因为干苦力指甲发紫。这些年的学费一直都是大哥给他的，当年大哥也上过一些学，只是因为是家里的老大，后面还有四个弟妹要养活，他便早早退学在家务农，冬天没有农活时到城里打工。他一直对大哥都是怀着愧疚的。

"哥，孙晓你也见过的，是个好姑娘，我不是置气，什么事我都能听家里的，可是连这种事我都不能自己做主吗？"

"咱妈说得也不是没有道理……"

"哥！你也信咱妈那套东西吗？"

"成胜，哥知道你想法多，可是婚姻大事还是要听父母的，你看我和你嫂子不就挺好嘛，你就听我一句劝，和那孙晓断了吧。"

张成胜想要开口反驳，又觉得自己不能说得太过分就作罢了，敷衍了几句送走了张成才。

这个年张成胜硬撑着没有回去，期间和孙晓通了几次电话，几次孙晓都提到两个人的进一步发展，让张成胜很是烦恼。

年后，孙晓回城了，张成胜从车站接了她去吃饭。他点了一碗牛肉面，一碗清汤面。

张成胜见孙晓似是心情不好，却木讷地不敢多言，之前他也是如这般沉默，孙晓虽也恼过几次他这不会哄人的性格，但她也清楚，如若他巧舌如簧，她便更不喜欢了。

只是最近这段时间，张成胜明显感觉到了孙晓的焦虑，他心中总是有些不好的预感，他觉得孙晓这次回家过年定是发生了什么。果然，面吃到一半，孙晓便开口了。

"成胜你是清楚的，咱俩在一起三年多了，我最近总是暗示你结婚的事情，这本不该我开口，但你总也没给我个答案，我家里是知晓我们的事情的，他们……他们也想早点儿见见你。"

"可是，这件事我还是要和家里再商量商量。"

孙晓看着他皱着眉头的模样，一时有些来气。

"成胜，我不是不相信你，可是你每次都这样说，我心里有些没底。我实话和你说吧，我家里要我去相亲，你懂我的意思吧，和你在一起这么久了我也希望我们之间能有个结果，如果你还是商量不出来，那我们就算了吧！"

张成胜看着孙晓离开的背影想要提脚去追，却看到桌上没动几口的面，突然就泄了气。他一边吃面一边心里难过，直到碗底干干净净他才离开。

在孙晓好几天那都冷着脸的情况下，张成胜下定决心坐上车回家了。

"哟，成胜回来了。"

"大嫂。"

张成胜眼见他大嫂肩上背着一个麻袋便伸手去接，接过来让他吃了一惊，他知道大嫂长得膀壮，力气应该不小，却没想到她的力气能和他这样一个成年男子相比。

"大嫂，你扛这么重的东西身体行吗？"

"哎哟。我这成天做粗活的身体好着呢，没问题！等着，嫂子给你做饭去。"

张成胜笑了笑，应和一声，拍了拍手上的灰，转身离开看他弟弟妹妹去了。

"哥，我俩这题答案不一样，你看看我俩谁对？"

"拿来我看看……唔……还是玉凤写得对，成光，你从这个步骤开始错的……"

他的弟弟成光和妹妹玉凤同岁，都在学校读书。但是玉凤性格更稳重，学习也更优秀些。

成光低头认真地研究起题目来，成胜摸摸他俩的头，心里却涌出了丝丝的希望。张母虽然是个迷信的人，但并不是完全糊涂，当年张父病重，家里的亲戚都劝她早些让张胜成去赚钱，然而张母却没有。大学毕业后的他找了份让村里人都羡慕的工作，也算是他回报了母亲当时的决定。

"哥，你是不是要结婚了啊……"玉凤突然抬起头没头没尾来了这么一句。

张成胜心里一惊，脑子一懵。看她一脸欲言又止的模样，开口问道："你在哪儿听说的？"

"咱妈说的，她说你要结婚，没那么多钱，我就不能去镇上念初中了。"玉凤眉头紧皱在一起，声音里带着哭腔，"哥，咱妈说的是真的吗？哥，我想去念书，成光都去了，我怎么就不行呢？哥！"

张成胜一听，一颗心犹如坠入了冰窖，他没想到母亲竟然会做到如此地步。他平生最怕的就是亏欠家里人，他已经对不起他大哥了，难道为了他一个人他要改写所有人的命运吗?

可是如果让他放弃他又有些不甘心,他不一样啊,他都已经走出来了,不会接受这样的命运了。虽说家里困难但也不至于逼妹妹退学啊,大不了借些钱过两年涨了工资他再还。他咬定了主意坚决不后退。

于是在餐桌上,张成胜和张母又发生了激烈的争吵。

"一回来你就提那孙晓,你自己拿定主意了是吧?那孙晓哪儿好啊,给你灌了迷魂药了,家里人这么成全你,你说说你对得起谁?"

"妈,钱的事我自己解决,绝不为难家里,你也不要拿玉凤来逼我,我不知道孙晓哪碍你的眼了,你就见过她一面,怎么就一棒子打死呢?"

张母冷笑一声说:"我看人就没走眼过,她和你不合适,你听妈一句,那孙晓不是个命好的。你要是还这样,就别怪我想办法把你们拆散!"

张成胜内心涌上一种深深的无力感,他不想再争下去了,他的双拳紧紧握着,发出一声痛苦的呜咽。

只听"咚"的一声,他跪了下去,脑袋低垂着,一滴泪似从眼角滑落,落入那无尽的灰尘中。

他能想象到母亲愤怒而震惊的眼神,在母亲心中活着是最重要的,他能理解,母亲不懂孙晓之于他是落入水前紧紧抓住的一块浮木。

"妈,我求你了……"张成胜慢慢抬起头,眼圈发红,神色悲戚。

张母看着他气得发抖,嘴唇微张,却在说话前被他嫂子拉住。

"妈,咱回屋吧,让成才和他说吧……成光、玉凤,你俩还瞅什么呢,还不快回去学习?"

张成胜不知道自己是怎么被大哥拉起来又走出去的,他心不在焉地和大哥喝起了酒。

"成胜啊,别的我都不懂。可是居家过日子就是那么回事,何必找一个妈看不上的。那以后咱家还能有消停日子吗?"

张成胜不说话,闷着头一杯一杯地喝,可能是醉了,也可能是心情太差。突然他把酒杯一撂,问起了他大哥:"哥,你觉得嫂子咋样?"

"啥咋样啊，你嫂子挺好的啊。"

"我知道嫂子不错。可是，当初你不是和咱邻居家那个好了吗？为啥咱妈说啥你就听啥啊！"

张成才愣了一下，不安地搓了搓手。张成胜看着他哥那双粗糙不堪的手，恨不得给自己一巴掌，无比后悔自己说出的那句话。而两个人也因为这句话一直沉默着。一直到最后两个人都开始喝起了闷酒，一杯接着一杯。

"成胜啊，你嫂子是最适合咱家的，你懂吗……"

这是那天晚上大哥最后留给他的话，张成胜只觉得心里被酒淋了一遍，辣得疼，疼得他哭了出来。

第二天，张成胜早早地就出了门，走前没和任何人说话。他走的时候，成光和玉凤背着书包准备走几里的雪路去上学，张母就那样看着他的背影，张成胜一直不敢回头。昨晚下了一夜的雪，他的鞋里灌了包，但他不管不顾就那样蹚出了一条路来，在一个岔路的时候，他特意往学校的方向走了很长的一段，又原路走回了那个路口。

从车站走回宿舍，他的腿一直僵着，在他要进去的时候，门口的李大爷叫住了他。

"刚刚有电话找你。"李大爷似笑非笑地看着他的狼狈样，让他极为不舒服。

他走到公用的电话那儿排上队，倚着墙蹲着，不断地用双手搓着他的双腿。

"喂，成胜吗？我昨天去找你听他们说你回家了……"

"嗯。"张成胜没想到打来电话的是孙晓，心里一时有些复杂。

"这些天的确是我脾气不大好，是我不对。我们处了这么久，岁数也不小了，我家里人有些急，你能理解吧。这样吧，我们出去好好谈谈吧。"

两个人约在了单位附近见面，张成胜内心已经一片死寂，他反复想着大哥昨晚说的话，像刀一样逼他看清这无情的命运。

"成胜，你知道我们做大的总要对小的负责。就如同我对你一样，你一直不知道，当年咱妈是想让你辍学的，我看你成绩那么好，又那么苦苦哀求，我和咱妈说就是我多做几份工，也不能可惜了你。不管你是不是一定要娶孙晓这个人，你的婚事要推一推，你才第一年上班也不是太稳定，成光、玉凤不能不管了吧，你说是不是？"

直到那一刻，他才知道，给了他今天的一直都是他大哥。替他多背负了一份责任的也是他的大哥。

他把所有的一切都同孙晓讲了，最后他希冀地看着她，问她可不可以等他两年，等他有了自己的经济能力，等他可以做主自己的命运。

孙晓沉默了，她只是安慰地抱着他，隐去他好像不曾流过的泪水。

又是新的一天，李大爷优哉游哉地坐在自己的小屋里正喝茶，听着门外后厨的两个大娘在咬耳朵，李大爷一精神，偷偷地听起了八卦。

"那孙晓可真是个好脾气的姑娘啊，那老太太那么能闹她都忍了。"

"咋的，就是上周来单位骂她狐狸精那个呗？那是谁啊？"

"哎呀，这你还看不懂，那不就是小张他娘吗？当初他两一起进的单位你还没看出来啊。这老太太真是能闹腾，一定得把他们搅和黄喽。"

"哎哟，那他两还咋上班啊，这一出闹得真是热闹呢。"

"这有啥啊，工作这么好，人家小孙还是照常上班呢，倒是小张觉得面子挂不住吧，已经走了！"

李大爷听着咯咯一笑，眯着眼晒起了太阳。

几年后的婚礼上，人来人往好不热闹，新娘穿着白色的婚纱，白得胜雪，红色的喜纸到处贴着，红红白白，一如当年的夜里，红色的灯笼高高挂着照着白色的雪。

张胜成看着，笑着流出了泪来。

憾　时

2017 级　由钰瑄

"老爷，老爷，夫人生了，是一位小姐！"张妈忙打开房门，向孟子义报喜。

门外的孟子义深呼了一口气，抬手擦了擦额前的汗，"我进去看看。"

他的声音还在颤抖，再为人父，他还是像当初那样喜悦，甚至更甚从前。张妈瞧见自家老爷抬手扶了扶眼镜，用手扶起长衫的前襟，快步走了进去。张妈不禁失笑，这模样，倒像是去见个贵客。

接生婆把孩子抱到了孟子义的面前，"孟老爷，快看看吧！"

孟子义接过孩子，轻轻地抱住，他看着襁褓里那个粉嘟嘟的婴孩儿，眼睛还没睁开，睡梦中眼皮一颤一颤的，惹人心怜。"这孩子，生得真漂亮。"不自觉地，嘴角扬起了弧度。

他抱着孩子，来到了里间在榻前坐下，"淑清，辛苦你了。"他轻抚着她的发丝，在她额前印下一个吻。

"你快看，这是我们的女儿，长得像你，很漂亮。"

"子义，孩子这么小，什么漂不漂亮的。倒是你，当初小武出生的时候可没这么说过呢。"宋淑清看着丈夫这么开心的样子，心里跟抹了蜜一样，他一直都想要个女儿，这回，真是得偿所愿了。

"淑清，真的，谢谢你。"孟子义怜惜地看着面前的人，一时觉得，世间的幸福不过如此了。

"爹，娘！"才刚听见声音，一转头，孟心武已经来到了床前。

"这孩子，怎么莽莽撞撞的。"孟子义拉住他说。

"爹，这是娘生的妹妹吗？快让我看看。"说着就凑到了跟前。

"小武，放学啦。"宋淑清微微起身。

"嗯，放学了我就赶快跑回来了。娘，妹妹真好看。你看，她好像在冲我笑呢。"孟心武笑呵呵地逗着小孩儿，然后抬头看看孟子义，看他没有注意，轻轻碰了一下婴孩儿的脸，然后快速缩回手，挂在下巴前，继续笑着看着她。

"爹，娘，妹妹叫什么？"

"就叫心珍。淑清，你觉得如何？"

"子义，我很喜欢。"

心珍，心上珍宝。这是老天给她们这个家珍贵的礼物。

转眼间，心珍长到了十八岁。

十八岁，花一样的年纪，本应该热烈地盛放，过去的十几年，心珍过得无忧无虑。但人事无常，这一年，成了心珍的劫。

"哥，你要去打仗吗？很危险，能不能不要去？"两年前，孟心武走时她这样问他。

"阿珍，哥是军人，必须要去的。"

"那你什么时候回来？"

"战争结束了，哥就回来。"

"那你一定要快点儿回来，我的成人礼你可不能缺席。"

"遵命。那个时候啊，我的阿珍就是个大人了。"

心珍的泪水再也止不住，她低着头，扯着他的衣角，哽咽着说："哥，你一定要快点儿回来，平安回来。"

"知道啦，会的。"孟心武摸了摸她的头，勉强从嘴角扯出了一个笑容，离开了。

几年间，他给她写了好多信报平安，但是后来他回信的时间越来越长。这一次，已经三个月了。她站在门口，等着送信的人，但是却没有等到。

"心珍，村里来了好多穿军装的，你……"还没等那人说完，心珍就跑了出去。哥，是不是你回来了？

才到巷子口，就撞见了一个穿军装的人。她骤然停下，抬头看看，眸子暗了下去，不是哥哥。

"请问，孟心武家在哪里？"那个人问她。

"你是说，孟心武吗？我是他妹妹，他在哪儿？"她激动地抓住那个人的胳膊，一直问。

"能带我去见你的父母吗？"

她带着那人朝家里走去，从巷口到院子再到客厅，不过几百米，她却觉得走了好久好久。

"伯父，伯母，你们好。我是孟心武同志的长官。很抱歉，心武同志在执行任务的时候遭遇埋伏，不幸牺牲。请节哀。"

牺牲！节哀！短短的四个字，却击垮了心珍的整个世界。她的心口止不住地疼。

她十八岁了，而当初给她承诺说会平安回来的哥哥，她的哥哥，不在了。

身在异处，尸骨无存。

她觉得，这个世界都轻飘飘的，所有的重量，化作悲痛，压在了她的心上。

这个年纪，本来拥有的快乐，在那一刻全都丢了。

心珍不再是孩子，而是一个大人了，被迫地成长，真痛啊。

她的哥哥，是作为国民党军队的连长牺牲的。后来那一次阶级成分划分，国民党的家属，还有那个地主的名头，都让她如陷深渊。

她的父亲，成了被批斗管制的地主分子。

她的母亲，经历了丧子之痛后便一病不起，不久前，也去了。

"就是她，那个大地主的女儿。听说哥哥还是国民党。平时养尊处优，吃香的喝辣的，这回，有她受的。"每一天放学，走到那个巷子，她都像走进了炼狱，闲言碎语，出口伤人。曾经和睦的邻里，如何会变成今天的样子。

更让她难过的是，她的父亲，那个儒雅的书生，只因为继承了家业，就要忍受这样的凌辱。曾经他奋力守护的祖上的家业，如今却成了他致命的伤。曾经谈笑风生，家国天下挂在嘴边的父亲，如今淡出家门，即使出去了逢人便要矮下三分，不敢抬头看旁人的目光。这压抑，无力，她难以忍受。她，盼望着，有个人能出现解救她。

她去当了撰稿人，她要挖掘这世上的不公，不仅为了她的父亲，更是为了这世上许许多多蒙受冤屈的人，也因此认识了龙地恩。

起初，她想在报上刊载文章，但是不管她怎么说，报社都不肯收她的稿子，即使是答应了，刊出来的文章也是被改得面目全非。她不甘心，开始自己打印文章，然后复印出来，到处发放，希望能让人看到。但是，她的心血，都变成了街上一团团被揉皱的纸。她快要垮了，她看不清前方，她蹲在马路上，大口地喘气，泪水决堤，在那一刻，她甚至想过，来一辆车把她撞死吧，这样倒也轻松。

"小姐，你怎么了？"一个声音从她上方传来。

她抬起头，对上了一双深邃的眸子。她慢慢地站起身，擦干了泪，"我没事。"刚要转身，看见了他手中拿着自己印的文章，她轻笑，"怎么没扔了？"

"小姐，刚才给我这个的是你吧？"

"你且当作废纸扔了吧。"

"为何这么说，我觉得这写得很好，而且是事实，不是吗？"那人充满疑惑。

"可事实谁又愿意知道呢，多做无益罢了。"心珍自嘲地说道。

"我愿意帮你。我叫龙地恩。是报社记者。"那人的口气异常坚定，那一刻她竟觉得无比的心安，就像是溺水濒死的人抓住了稻草。

患难更见真情吧，虽然那以后，她和龙地恩不知碰了多少次壁，吃了多少次闭门羹，受了多少个白眼，但是，相互扶持，相互鼓励的两颗心紧紧连在一起，即使前路漫漫，未知很多，但是，只要努力就有希望。

"心珍，你也老大不小了。我看那人挺好的，虽然是个贫农，但是成分好啊，况且，咱家现在这情况，你就也别挑了。"心珍的二叔自心珍进屋就开始喋喋不休，说是为她好，怕是要给自己弄一个清白的亲戚吧。

"二叔，我的事就不劳您操心了。"

"给你个台阶你就下了呗，别跟不三不四的人来往，出去丢孟家的脸。"说这话的时候，他看向心珍的目光就像在看一个垃圾。

"我……"心珍刚要开口，被孟子义拦下了。

"二哥，我的女儿什么样我自己明白，不许别人妄论、肮脏她。"平时温和的父亲，这次真的是动了怒。

二叔的脸一阵青一阵白，最后哼了一声，甩门而去。

"爹，对不起。"心珍蹲在孟子义身前，拉起他的手望着他。

"爹，地恩不是不三不四的人，他是个很好的记者，不是他的话，我可能已经不在这个世上了。爹，他支持我做的一切，他愿意帮助蒙冤的人们，我想跟他在一起，一起去追求新的生活。"心珍直接跟孟子义说出了自己的想法。

"心珍，听你自己的内心吧。不用管家里的人。包办婚姻绝不会发生的。"

"这么多年受的委屈够多了，你不必背负这些。爹永远支持你。"孟子义坚定地说。

"爹，谢谢你。"谢谢你愿意相信我。我绝不会倒下去的，绝不会。

此后的一年，两年，十几年，心珍都守着自己的内心，她为了自己的理想奔走着，奋斗着，终于，她迎来了光亮，那是新生活的黎明。

那段水深火热已成为过去，现在只有安定和谐。

遗憾的是，她的父亲，那个清白刚正的人，在三年前因病去世，这是她永远的遗憾。

"地恩，你知道吗？我这些年从来没有睡踏实过。一闭上眼，那些迫害就会出现在我眼前，不仅是因为我爹，还有那许许多多的人，他们，让我不敢睡去，不能睡去。"她靠在龙地恩身上静静地陈述，平静得让人看不到一丝情绪，但是，龙地恩知道，她坚硬的躯壳内是一颗残破的心。

"心珍，我懂。这么多年，你背负的太多太多，看着你，我真的好心疼，但是，却没为你做什么。"

心珍伸出手臂环住了他，"地恩，你能相信就够了。没有你，就没有我的今天。是你，让心珍活了下来。还好，我们一起等到了今天。"

是啊，等到了。曾经一草一木都让人心弦寸断，所以现在，时日平迁过后的宁静平和，更应珍重。

两个人紧紧拥在了一起，良久，心珍缓缓说出一句话：

"生于憾时，幸而至此。"

轨 上 喘 息

2016级（比较文学与世界文学研究生）　王自强

　　门后是一个灶台，贴着白色的瓷砖，有些半旧了。煤气燃烧着绿色的火苗舔着壶底，发出嘶嘶的响声。水壶上面冒着缕缕白气，与昏暗的光线缠绕在一起，消散在沉寂的空气里。已经是凌晨两点了，马路上没有了车辆和人群。路灯的光从玻璃外透了进来，打在她娇喘微微的脸上。额头的汗珠浸湿了散乱的刘海儿，高挺而白嫩的胸脯随着她的喘息有节奏地起伏。在酒精的催发下，她的意识变得逐渐模糊。然而，她还是听到了灶台上开水翻滚的声音。

　　"水开了！"她侧起赤裸的身体对沉浸其中的男人说。

　　男人哈着酒气，很不情愿地走下了床，关掉了煤气，绿色的火苗顿时也就不见了。

　　这是20世纪的最后一年，美国炸了中国驻南联盟的大使馆。尽管，她不怎么关心国家大事，但好几次她看见很多军车穿过酒店前的街道，匆匆忙忙。时局的动荡不由得给她带来了一丝紧张。她来北京打工已经一年多了，起初在酒店的洗衣部工作，负责清洗脏了的浴巾和床单。每天照看十几台洗衣机，晚上下班后，她觉得整个人累得就像散了架。坚持了三个月，主管看她干活勤快并且长得还算标致，被调去做客房服务。从此，她摆脱了长大褂的工作服，防水的皮手套和不见阳光的地下洗衣间。脚下的皮鞋与木地板的撞击声，连同她的笑容，正飘荡在这家五星级酒店的豪华客房里。

我认识她，我们共同生活在南方的一个小镇，她是我的邻居。

她的父母都在县里的供销社上班，很长一段时间，一家五口就靠着父母的工资却过着无忧无虑的生活。姐妹三个中，她是老三，也最不受父母待见。当所有人都希望她是个男孩儿时，最终她的出现让父亲彻底失去了信心，从此，没再要孩子。小时候，父母不疼她，吃东西也抢不过两个姐姐，所以，她总爱哭。令人奇怪的是，她的眼泪特别多，如同六月的梅雨，从她的眼角流向渐渐成熟的年龄。

她十八岁那年，国家进行了经济体制改革，计划经济下的供销社也就消失了，随之而来的是她父母的失业。她的两个姐姐已经嫁人了，父母打算回乡下老家种地养老。那她怎么办，初中毕业就退学在家，谁来养她呢？很多个傍晚，你都可以看见她趴在自家的阳台上，看着一条通往省城的公路发呆。夕阳的光打在她清瘦的脸上，被泪水浸泡过的一双大眼睛，闪烁着几分淡淡的迷茫。对她来说，那种属于青春期的思念是如此的短暂。随后又因为距离的遥远，而变得越来越淡。终于，她结婚了。

当婆家的人开着崭新的机动车来接她时，她穿着大红的旗袍，头也不回地上了车，没有掉一滴眼泪，而她的母亲却是掩面而泣，语不成声。南方的夏天，大雨总是来去无踪，刚出县城，就天色大变，暴雨倾盆而下。按照当地的习俗，婚车中途停下或是返回，都是不吉利的，于是敞篷的机动车成为一座雨中移动的露天看台。闪电撕裂了黑压压的乌云，风雨拍打树叶的声音，伴着尖厉的蝉鸣不断地袭击着她。对于未来的恐惧使她剧烈地呕吐，这大概是她第一次晕车。

机动车到达小镇时，天已经放晴了，院子后面的老水塘里响起了蛙鸣。在一阵噼里啪啦的鞭炮声中，我看到了她被众人扶下车时娇弱的表情。雨水打湿的刘海儿，散乱地贴在她的额头。纤细的腰肢，支撑着疲惫将倾的身体。突然的一声咳嗽震动得丰满的胸脯上下起伏。在小镇人眼里，这个县城来的姑娘是如此的美丽。这也正是我第一次看她，而那一年，我已经八岁了，还换掉了几颗牙。

整个酒席，她都待在新房里，婆婆送来的饭，她也没吃一口。洞房之前，她身上的这身湿婚衣是不能脱的，这大概也是祖上的规矩。为此，她非常讨厌那些只会折磨后人的早已作死的祖宗。雨后的燥热有些让她喘不过来气，浑身酸软无力。她希望洞房快点儿来临，只为摆脱那件令人恶心的湿衣。然而，她不知道还有更可怕的事情发生。镇上的几个小青年早已急不可耐，晚饭一过就嚷嚷着要闹洞房。他们先把新郎推倒在新娘身上，然后一窝蜂地涌上去。此时的房间里回荡着叫好声、吆喝声。有人趁乱关了灯，她只感觉到许多只手在她的大腿与腰间游走，旗袍也被撕破了。终于，她还是没能遵守母亲给她的告诫，大声而又放肆地哭了，哭声盖过了晚间的蝉鸣。众人被她的哭腔吓住了，纷纷悻悻而去。

"没教养的，哭什么！这是不吉利的！乱了习俗……"她完全没理会门外公公的训斥，看着腿上发紫的手爪印，依旧小声啜泣着。旁边站着我的母亲和几个结过婚的妇人，她们一边安慰她，一边嬉笑着骂那些臭男人。

"妹子，别哭了，是女人都要过这道坎儿的，咱们就认了吧！"我的母亲笑着说。

"是啊，当年我结婚的时候，闹得比你还凶呢！"另一个女人扯高了嗓门儿嚷着。

就这样，大家你一句我一句地抖落着当年她们被闹洞房时的痛苦，不过，她们每个人脸上都洋溢着笑容。而她始终一声不吭，低头抽泣，肩膀耸起的锁骨更凸显了她的清瘦。很多年来，她一直讨厌那些好色的男人，这大概是那次闹洞房留下的阴影。可是，她要讨厌的还远不止这些。新婚之夜，她丈夫关好门窗，没有给她一点儿安慰，就扑向了床上，如同发疯的野兽一般扯掉了被雨水浸湿的旗袍。也许，就是在那一晚，她开始觉得婚姻的可怕，而她的丈夫，唯一想要的不过是她散发着年轻气息的身体。

她应该是被人羡慕的，丈夫在镇中心有一家服装店，可以说是衣食无忧。

不像我母亲这辈人，她从来没有下过田地，和公婆分家后，她家的十亩地给了别人。一年后，她生了一男一女，双胞胎。看着这两个可爱的小孩子，大概是她平生第一次感受到了一种难以言说的幸福。然而，三个月后的事情，谁也不会想到。当小男孩儿被诊断为肺结核时，几乎吓傻了所有的人。丈夫变卖了服装店，在医院里没过多久，孩子就死了。这一次，她却没有哭，常常哼着小曲儿给女儿喂奶，倒是她的婆婆哭昏过去好几次。家庭的不幸只能给生活带来无法预料的艰难，她家穷了。丈夫要回了那十亩地，可是日子过得依然很拮据。

1997 年的夏天，一个在北京闯荡的远房亲戚回来了。丈夫向人家借了一千块钱。那晚，因为一个难题，她感到了委屈和无助。

"一个月后，你跟着我那个远房亲戚去北京吧，那儿的钱很好挣。"丈夫晃着杯里的热水说。

"为什么是我，你怎么不去？"她对丈夫的想法很反感。

"我要在家种地。要么你在家种地，要么你去北京，你选吧。"对于丈夫近乎无赖的表情，她沉默了。她知道，她没有选择，因为她根本不会种什么破地。这几年，收成一直不好，看着自己男人的软弱，她到底是离开了小镇。如果历史要给这个小镇记载什么的话，那她就是镇子里第一个出去打工的人，而且去的是首都北京。

那个时候，外出打工的人还是少数，也没有家政公司。亲戚托人帮她找了一份工作，给人家当保姆，说白了，就是佣人。这户人家住在市中心的一座很高的居民楼里，大概是二十三层或是二十五层，她数了很多次都没能数清。这是一个四口之家，也可以说是爷孙三代同堂了。老头儿年过七十，是退休的大学教授，一家之主是一个三十左右的银行职员。女人是美容师，原来是上海人，他们还有一个快四岁的儿子，已经上了幼儿园。而她的工作除了洗衣做饭，就是负责孩子上下学。对于这样一个家庭，要再容纳一个人，房间到底是不够用了。最后，老头儿想了一个主意，把他儿子那间南北通透的大卧室用十厘米厚的木板分隔出一小间，修理一番，算是给她弄出个不到八平方米的小卧室。

不到半个月，她就慢慢适应了大城市的生活，学会了过红绿灯的马路，学会了用洗衣机……还学会了坐电梯。

记得，一次她提着一点儿蔬菜上气不接下气地回来时，正在修指甲的女人很诧异，带着几分上海腔，问："你怎么了？"

"楼梯太多，累得……"她话还没说完，女人笑了起来，声音尖利而刺耳。"十八层啊，坐电梯呀！"她从此知道了，每个高楼大厦里都有一个像大火柴盒似的东西，可以飞快地上上下下。

无论是干家务，还是带孩子，她都很用心，这家人也很满意。女人有时从美容店里带回来的化妆品也会给她几样，并且教她一些简单的美容小秘方。在这种似乎地位平等的聊天里，她仔细地打量着这个上海女人的装扮：小巧的高跟鞋，黑色的丝袜和过膝的短裙还有粉红色的吊带上衣。屋子里飘荡的永远是女人各种香水的气味儿。她每次走在北京的街头，都会看到很多这样的年轻女子。她们追求的是在这都市繁华里的时尚，还有青春与活力的享受。

虽说，她可以踏踏实实地过着一天又一天程式化的生活，借着狭小房间的窗户窥探着外边的世界。但是，每晚窗外多彩的灯光，总是伴着隔板那边煽动欲望的声音，将她从梦中惊醒。木板的隔音效果十分差，晚归的这对年轻夫妇睡觉前所有的动作，仿佛故乡夏夜聒噪的蝉鸣敲击着她的耳膜。空气中弥漫的焦躁，带着这个上海女人如同母猪般的叫床声，倾泻在她的大脑。有时喉咙间的低吼，似乎又是紧闭双唇的摩擦，挤压着她的心脏。每一根毛细血管的贲张，都在召唤她肉体的逃离，灵魂的出窍。确实，她离开家，离开她的丈夫已经两个月了。有好几次，她还梦见了女儿在哭。但是，她想她还不能回家，她当时的选择一定不能让家里的男人笑话。就这样，她每晚孤独的坚持成了对意志潮热的抗争，直到另一件事的发生。

每天早晨，老头儿都会去楼下的小花园练太极剑。那天，她去给老教授换洗床单时，在他的枕头下面发现了她一个星期前丢失的那条脏内裤。太阳的光，沿着书架一直打在雕花的床头。站在逆光的方向，可以看见无数的小浮尘在光柱里跳跃，就好像老教授的兴奋被射在她的内裤上，留下一片又一片发黄的精斑。她突然感到背后呼啸着剧烈的凉气，似乎有一双苍老而凶恶的眼睛。她猛地一回头，一阵头晕，打掉了书架上的几本书，两眼直勾勾地盯着空无一人的客厅。回到自己的房间，她怀着满腔的辱骂与愤恨，用剪刀将这件老头儿寄予无限青春幻想的东西，剪成了碎片。

那一天，她的心都难以平静，她不知道该怎么办。当天吃晚饭的时候，老头儿很生气地质问她："我的书是你弄坏的吗？"这当然是明知故问，小孙子个子太矮，根本够不到那本书。不等她回答，老头儿又接着说："那本《论语》是民国时出版的，六十多年了，很有收藏价值的，你懂吗？"她再次被这个问题吓住了，她大概知道那本书很值钱，她在忐忑，她害怕老教授让她赔。她的害怕与紧张使她忘记了她本是正义的一方。

"以后不经我的允许，不准随便进我的房间！"老头儿没有提赔偿的事，他知道她已经发现了他的秘密，因为他找不到了那个散发着强烈女人气味儿的东西。教授的老伴儿死了快二十年了，却没有再找，原因很简单，他大女儿反对他这样做。对于他的儿媳，那个打扮时髦的上海女人，他没有半点儿胡思乱想。

在与老教授交锋的第一个回合里，她败下了阵。几天后，当她发现自己的内裤又不见了一条时，她彻底无力了，她想回家。

"我想回老家。"她向这个整天忙碌的银行职员提出了离去的请求。

"请几天假？"男人以为她只是回去探亲。

"不来了……"

"什么！不来了？"男人有些生气地打断了她的话。"你才干了三个月，为了给你弄房间，我又是装隔板，又是修门窗，我可没少花钱。"

她沉默着。男人看她低着头，两只手不停地扣着围裙，有些可怜。他转身从包里拿出两千块钱，说："本来应该给你两千四，但要扣下四百，算作修理房间的钱。"

已经是北京的冬天了，天空阴沉沉的，偶尔飘下些零星的碎雪，风一吹，就散了。她一个人拎着大大的行李包，坐上南下的火车，走了。

回到小镇，邻居街坊都来问她，大城市怎么样。而她总是以不怎么样来回答。众人对她这种冰冷的态度感到莫名其妙，最后也都是扫兴而归。

在她离开的这三个月里，小镇没有任何变化，日子过得还像往常一样平平淡淡。丈夫对她带回的两千块钱非常高兴，而她所受的苦辱，并没有向任何人说。没有了服装店，生活显然没有先前滋润。她也曾几次尝试下地干活，但是，她天生白嫩的皮肤，一见强烈的阳光就变得通红通红。为此，我的母亲常常感慨，她的娇贵，却生错了地方。

回到小镇的她，本应该为安稳的生活而欢欣，然而情况并非如此。乡下生活的安详与单调，更是在她去过都市后而折磨着她。她渴望行走在宽阔而干净的马路上，以及抬头仰望蓝天下的高楼。更令她难以想到的是，一年之后，镇上的年轻人陆陆续续地离开了，去省城，去广州，当然也有人去了她曾经熟悉过的城市。

1999 年的春天，她丈夫因羡慕别人挣得大把大把的钞票，就和乡人一起去了山西的煤矿。面对着难以阻挡的打工潮流，往事带给她的恐惧与金钱、都市带来的渴望相互抵消了。经过一番思考与挣扎，她还是迈出了新的步伐。来到北京，她仍然托远房亲戚再给她找一个工作，只要不干家政就行。这一次，她进了一家五星级酒店。她先是在地下洗衣房工作，后来被调到客服，工资也由两年前的八百涨到了一千五。对于未来或生活，她似乎找到了乐趣，而又有了新的希望，她想，挣够了足够的钱，就回到县城开一家服装店或化妆品店。

每个月，她都会和远在西北的丈夫通一次电话。就在她干劲儿十足的时候，总是听到丈夫的抱怨，说是受不了煤矿的脏乱和空气中呛人的煤灰。她觉得丈夫不求上进，吃不得半点儿苦，渐渐地，这种情绪生出反感，以至于，他们联系的频率更少了。转眼间，她已在酒店干了半年，镜子里的她穿上了工作制服，白色的衬衫，黑色的领结和深红的裙子，走起路来落落大方。接待客人时，她总是面带笑容，应对自如。标致的相貌，年轻而充满活力的身材，恐怕不会有人相信，她来自一个乡下的小镇。

在靠近郊区的地方，她租了一间很小当然也很便宜的房子。她爱清净，住不惯酒店的员工宿舍，即使每天花上半个多小时坐车上班，她也愿意。除了酒店提供的午餐外，早晚餐，她都在出租屋自己做着吃，这样就可以省下不少钱。

当你看见她屋子里的男人时，也许，你以为那是她在西北打工的丈夫，可你错了。她也说不明白，这个男人为什么会出现在她的小屋，而她确实是在酒店员工聚餐的时候，认识了这个个头儿高大的男人。他是酒店的保安，比她大两岁，山东人，媳妇在青岛打工。他们的相遇不像童话里的故事，有太多的传奇。生活对他们而言，也许太苛刻，也许本来就是天方夜谭。无论是埋怨距离的遥远，还是述说着相见恨晚，因着各自的婚姻，他们都有着道德与法律上的界线。在他身上，她感受到了自己丈夫所缺乏的贴心而又稳健的气概；在她身上，他看到了南方女子特有的温婉的灵气。他们彼此吸引着，而终将在婚姻之外产生一些多余的、甚至是可怕的东西。工作上，他常常会帮着她，下班或轮休时，他们会一起在北京，四处逛逛。她那时不过才二十五岁，两个青年人并肩走在北京的街头，谁都会以为，他们是恋人。尽管如此，在他们认识的最初几个月里，谁也没有越雷池半步。

北京的冬天，风总是很大，光秃秃的树枝上，有时会落上几只乌鸦，在空中扇动着黑色的翅膀。她所接待的很多男客人，总是开着名贵的轿车，一身黑色的西服，一起入住的往往是打扮艳丽的女人。她在收拾房间时，捡到不少客人随手丢掉的名片，从那一张张的纸片上，她知道，这些人中有的是公司老板，有的是政界高官，还有的是明星大腕儿。他们和自己的情人，爽快地花上几千上万元，只为吃顿晚宴，然后在豪华客房里，尽情地享受着出卖与背叛的快感。并且，她还看到了垃圾筐里沾满精液的安全套，以及床单上一片片液体，发散着充满荷尔蒙诱惑的腥甜。这让她想起了两年前，自己的内衣上残留着老教授发黄的精斑。很多次，她从酒店的顶层，眺望着夜空里依然蠢蠢欲动的城市。

腊月的一天是她的生日，一切的因因果果也就在这一天被时间的巨大旋涡所席卷。那天下午，他们都下班了，男人给了她一个用报纸包裹的盒子，打开才发现，是一个装饰精美的生日蛋糕。她笑了，也只有在那一刻，你才能看见她那平时难以见到的浅浅的酒窝。

"很贵吧，又乱花钱！"这不是责备，大概是出于一种心疼，同时又觉得满满的幸福。在她的记忆里，这是属于她的第一个生日蛋糕。

"生日快乐！"他有些害羞地傻笑着，浑身显得有些不自在。

"晚上，去我那儿吧，这么大的蛋糕，我一个人吃不了。"她对这个男人的邀请说得十分流利自然。

晚餐，她在自己的小屋里炒了几个小菜，而他去楼下的小卖部买了几瓶啤酒。他们边吃边聊，不胜酒力的她只喝了两杯，似乎每个人都想保持大脑的清醒，却又渴望一点儿微微的醉意。两个人愉快地交谈好像永远不会结束，她的笑声总是跟着男人的幽默充满整个小屋。已经快十一点了，她没有催男人走。居民楼的灯光，接二连三地熄灭了，只有这间小屋的窗户，裹不住里面的温馨。直到他们开始轻柔地吻，她熟练地按下了床头的开关，房间顿时陷入了黑暗。

那一晚，她释放着几近疯狂的叫喊。似乎是对她做保姆时，隔板那边上海女人夜夜撒欢的报复，也似乎是出于一种想象富人们在酒店奢侈的人生体验。

早上醒来已经是十点多了，男人下午还要上班，正坐在床头穿衣服。他的动作有些慌乱，穿袜子的手明显有些颤抖。他在担心，甚至有些害怕，昨晚他喝了不少的酒，后脑勺还有些发蒙。

"你的肩膀怎么了？"她说话了。

"昨晚，你咬的，你忘了？"男人并没有抬头，他在穿鞋。他的声音比平时高了许多，当然不是生气，而是他已经为接下来可能发生的争吵与纠缠做好了准备。

她笑了，拢了拢散乱的头发，裸露着上身坐了起来。用着纤细的手指，抚摸着这些残留着牙齿形状的紫红色的印记，带着一种爱怜而关切的声音，问：
"还疼吗？"

在以后的很多次幽会里，他们已经离不开了酒。与其说是为了让酒精麻痹大脑，不如说是以逃避内心叩问的方式，模糊甚至抹平世俗观念带来的种种令人不安的限制。被生活压抑的狂放，在子夜寂静的漆黑里，仿佛可以听到彼此的呼吸，还有胸口血液沸腾的搏击。以后的一年多，她和他一样，上班，挣钱，过年回家，虽然面对各自的家人，却隐藏得很深。

无论整个 20 世纪 90 年代是如何地风云变幻，却与他们无关。她只是一个乡下女人，为了生活寄居在城市的某个角落。她只是希望世界的一切都相安无事，并相信自己将来再开服装店的梦想一定会实现。直到老家的一个电话，她又一次离开了北京。

婆婆在电话里带着哭腔说了半天，她才弄明白，她女儿跟着一帮孩子掏鸟窝，把胳膊摔断了。她比丈夫先到家，孩子的胳膊没什么大事，已经接好了。一个星期后，她女儿出院了。她看着女儿带着几分责备的语气，"以后还爬树不？"南方的春天总是要来得早一些，院子里的木兰已经打上了许多花苞，在夕阳的余晖里，可以看见枝头闪烁着粉红色的花晕。

这几天，她看什么都是恍恍惚惚，特别容易走神。其实，走之前，她退了房子，并辞掉了酒店的工作，而她却告诉男人，只是请假一段时间。她在考虑怎样向这个在过去的一年多里给了她无限温存的男人解释。有时，她甚至害怕，她的家庭会因此而破裂，随之而来的是她的梦想也会彻底地被粉碎。于是她决定，等过完夏天，就和丈夫一起去广东，听老乡说，进厂子挣钱也不少。

半个月过去了，男人打来了电话。她家没有装电话，当然更买不起手机，她只记得她给过男人一串电话号码，是马路对面小商铺的。因为旁边都是熟人，她的言语表现得冷淡而谨慎。好几次，最后，她都会说："再过一段时间，我就回北京。"然后就挂断了电话。直到两个月后，那大概是男人第四次打来电话。

"你是在耍我吗？"男人生气了。

"已经结束了。"她尽可能地压低声音说，"我们都有家庭，将来要如何面对各自的孩子？"她的话里带有几分哭腔，好像是一种乞求。

"没门儿……"然后，她就只听到电话里嘟嘟的声音。

他会做什么？几天以来，因为这个问题，她经常失眠。她后来打过酒店的电话，但是那边的工作人员却说，他已经辞职了。

难道他会来找我吗？新的问题又来了，她是不是给过男人地址，她记不清了，每次他们说的话那么多。

但愿他什么都不知道吧。大概这是她唯一的祈求了。又一个月过去了，什么也没发生，但她并没有放下心来。

"你是我的，不能得到你，就同归于尽！"她清楚地看到这个男人捅了她丈夫几刀，然后，握着滴血的尖刀，一步一步地向她逼近。挣扎着，叫喊着，满头大汗的，她醒了。只是一个噩梦，旁边的丈夫有节奏地打着鼾，睡得正香。

"过几天就走吧，在家都待好几个月了。"她想赶快离开这里。

"不行，二舅那边说，过完中秋，厂子才要人，急什么。"丈夫一边扒着饭，一边呜呜啦啦地说。

中秋节终于来了，而她那颗悬着的心也稍微有了些平静。公婆买了水果和月饼，两位老人提议，一起过中秋。这几年，她和丈夫常年在外打拼，一家五口难得在中秋团聚。看着七岁的女儿又蹦又跳的样子，她感觉到了一种踏实的温暖。

过节，学校放了几天假，我也从省城回来了。从上初中起，我就远离小镇，到城市求学，只为顺从父母的安排，接受更好的教育。大概，这些年，我很少看见她。结婚快十年了，她依然保持着少女时期的身材，自从她的儿子夭折之后，就再也没有生养。

"放假了吧。"循着声音传来的方向，我回头看见了她，很是吃了一惊，随后点头应了一声。我没有问她，为什么这个时候回来，在她面前，我总有一种莫名的拘谨。

"你是在实验中学吗？"

"不是，那可是省城最好的高中，不过我们学校离那儿也不远。"

她只是哦了一声，随后又聊了一些无关紧要的话题。关于实验中学，我依稀记得，两年前的中考之后，她问过我一次。但我终究不知道，她为什么对这所省城最好的中学如此感兴趣。

中秋节过后的头一天傍晚，她家门前的一棵大梧桐树下聚集着一群人。母亲和我也在那儿听他们讲着在外打工时的趣事。同时，有几个人约定几天后动身去广州，厂子要人了，其中就有她和她的丈夫。

在这样一场聊天中，显然在北京混了很长时间的她成为众人聆听的中心。黑色的高筒靴，淡蓝色的短裙，紧身的夹克，披肩的长发，前面还留着微卷的刘海儿。大家也许把她当成了为他们宣讲繁华与时尚的使者，每个人眼里闪现的是对未来的希望，还有对金钱的渴求。

"收一下你的邮件！"一辆绿色的邮局专用自行车停在了这群人旁边。就在那一刻，我发现了她瞳孔里隐藏的不安。当邮递员将一个鼓囊囊的纸袋递到她面前时，她看到了右下方的北京邮编。她有着强烈不祥的预感，忘记了该怎么办。东西在邮递员手里，大概停留了半分钟，她还是没有接。

"应该不会错，我在镇上邮政所干了快二十年了，谁是谁，我还会不知道！"邮递员对她的迟疑有些不解，又抖了一下手中的纸袋。

"我看看！"她丈夫伸手接过了邮件。邮递员对她的怠慢有些生气，转身骑上车走了。

"这是什么呀？"人群里有人小声嘀咕。她丈夫随手"哧啦"一声，撕去了封口。

"不能撕！"我看见她嘴唇哆嗦着，站起身来要去抢丈夫手中的，那个似乎比定时炸弹还要恐怖的东西。然而，她的慌乱并没有给她带来任何好处，发抖的双手打掉了丈夫手中的纸袋。洒落了一地的，竟是她赤裸着身体的照片。

她哭了，蜷跪着的身体，压着那些见不得人的照片。哭声仿佛发自胸腔，伤痛欲绝的可怜中，又隐藏着摧毁一切的愤怒。而真正愤怒的是她的丈夫。他感觉自己的尊严，被眼前这个女人出卖，并毫无羞耻地践踏着。这时的人群，没有一点儿声音。丈夫抢起脚边的凳子，扔向那棵腰杆一般粗的梧桐，惊飞了几只麻雀，震落了几片微微泛黄的树叶。接着，这个被戴绿帽的男人掐着她的腰，连拖带拽地把她弄到了屋里。而她手里，还死死地握着那些记载着昔日欢乐与兴奋的照片，豆大的泪珠滚滚下落。最后，留给这些看好戏的人们，只有"砰"的一声关门的巨响。

此时，我看到众人复杂的表情，有上了年纪的人一脸凝重，时而摇头，也有年轻的小媳妇儿嘴角上扬，窃窃私语。然而，屋里边却是一片宁静，众人不一会儿也就散了。

那时，我已经十七岁了，对于刚才我看到的场面的缘由，大概也能略推一二。可是，在我的印象里，她的相貌与温雅始终是那样的完美。好多次，我站在二楼卧室的窗边，可以清晰地看到她家的后院。有时，在一个晚饭后的夜空下，她还在压水井旁洗着全家人的衣服，皎洁的月光映照着她白皙的脸。

记得，那已经是很多年前的事了，我在读小学二年级，一个下午放学后，走在回家的路上，我拉了一裤裆的稀屎。然后，坐在自家的门前一边哭，一边等着下地干活的父母回来。她那时候才嫁过来一年多，小女儿还不会走路，她拉着我的手走向了她家。到了她家的后院，可以亲切地闻到桂花的香味。她弄好了大半盆温水，转身，一下子拽掉了我的裤子，我赶紧用双手捂住了自己的小鸡鸡。看着我一脸的茫然，她"扑哧"一下笑了，露出了两个浅浅的小酒窝。她给我洗了屁股，让我坐在温暖的夕阳光里，而我就看着她一点儿一点儿地洗干净我那带屎的裤子。儿时的记忆总是让后来的回忆充满了模糊，唯独这件事，直到我上大学，依然记得很清晰。

人常说，十五的月亮十六的圆。确实，那晚的月亮，很圆也很亮。她女儿已经被丈夫送去奶奶家了，她却一直在哭。丈夫做点儿晚饭，自己吃了，碗也没洗，就抽着烟在客厅看电视，一直到深夜。已经是月上中天了，丈夫看了下墙上的挂钟，过了十二点。他关了电视，啪的一声，将遥控器摔了个粉碎。然后，急匆匆地走向了二楼的卧室，而她还在哭。

丈夫迅速将自己脱了个精光，关了灯，面无表情地撕扯着她的裙子。每一根棉线断裂的声音，久久地回荡在窗外透进来的月光里。她清楚地听到无边寂静里的两个字"淫妇"，并在丈夫的嘴边无限地重复着。她停止了哭泣，用尽全力地反抗着，反抗着这场丈夫对妻子的强奸。

双方的扭打激起了丈夫更大的愤怒，男人用暴起青筋的手抓着她的头发，按住她的头颅，使劲儿地往床头的棱角上撞。女人先前的哭泣变成了痛苦与凄厉的号叫，伴随着男人暴怒的"淫妇"的喊声，震颤着黑夜里每一个偷听者的神经。谁也没有去劝阻，也没有谁愿意陷入这满是羞耻的泥潭。

站在窗边的我，借着月光，在眼前闪现的是那边窗户里晃动的黑影。她唯一能够对抗丈夫辱骂的话语，就是毫无证据的猜测，"你就没找过吗！"她听说了一些关于煤矿上的传闻，男人一发工资就去附近的窑子，找女人，一晚上只需要花五十块。可是对于丈夫，她没有任何的证据，哪怕只是一张照片。她的对抗只能使她尝受更多的疼痛。突然间，我又看到了多年前的她，坐着小板凳，洗着衣物，还有被月光映照的白皙的脸。

第二天，她被娘家人带走了，从此，两年多的时间里，我再也没有看见她。听说，她被丈夫打断了鼻梁，缝了八针。她的丈夫并没有去南方的厂子，而是又去了山西的煤矿，只有过年才会回家一趟。然而，他们并没有离婚，据说，是她丈夫不答应。

记忆就像雪地里的脚印，随着时间的推移，走的人多了，脚印也就乱了。最后，这些印记终将连着脏兮兮的乱雪，一起消失。当她再次回到小镇时，没有人感到惊讶，似乎她从来没有离开过。抑或是，在人们的眼里，她根本就不曾存在。

她后来去了深圳的一家服装厂，成为流水线上一个贴标签的"机器"。低工资，长时间单调而又乏味的工作已经折磨走了很多人，原来四人间的员工宿舍，而今只剩下她和一个刚结过婚的广西小姑娘。她一点儿不觉得累，好像对外界的感觉变得有些麻木。而这个小姑娘，自从和厂里的服装设计师厮混在一起后，小日子也是过得有滋有味儿。在她眼里，这座新兴的都市，仿佛就是当年的北京，到处流溢着金钱的诱惑与享乐的骄纵。很多个夜晚，她都会被对面床铺的喘息声和喉咙里被压抑的低吼声吵醒。她知道，是那个小姑娘在背着自己的丈夫，玩着危险的游戏。她没有因被吵醒而愤怒，而是微露笑容，然后在他们喘息声的享受中继续入睡。

我那一次见到她，不是在小镇，而是在深圳大学的校园。当我到宿舍楼下时，才知道，楼管大叔说的找我的老乡，原来就是她。

"你妈托我给你带了点儿东西。"说着，她把一个黑色的提包递给了我。那一刻，我在努力回想，关于她，在我的脑海里所留下的印记。可是，无论如何，我都无法相信，站在我面前的女人就是她。鼻梁上一条深深的疤痕，眼睛里闪烁着混浊的光，变得有些呆滞了。身上穿着工厂里半旧的工作服和布满皱纹的双手，表明了她现在所做的工作。

我谢过了她，并问了她一些关于老家的情况，此外，再无话可说。在她渐渐远去的有些佝偻的背影里，我清晰地看到了她十八岁那年，被雨水打湿的嫁衣和散乱的刘海儿。还有很多个夜晚，她洗衣时被月光映照的白皙的脸。

祥

2015 级（化学学院）　崔芯玥

王家屯的贫困户终于要翻身了。虽然在农村，可还住着破败不堪的黄泥与草秆混合而筑的小矮平房的，十里八村只剩王晟一家了，在个个都是高亮瓦房的包围下格外抢眼。

王晟年过三十还没有个孩子，听不得村里的议论，和媳妇与爹娘商量过后从孤儿院抱回来一个五岁的男娃，谁承想刚过了半年媳妇就怀孕了。当年花钱看病家徒四壁，经过五六年的省吃俭用，王晟手头终于有了一些积蓄，看着村子里都凭着养羊吃到了甜头，王晟清明节刚过就买回家五头小羊羔。大儿子王度和上六年了，自己的心肝王度麟也到了上学的年纪，为了能多赚些钱，农忙过后王晟决定进城打工，但自尊心极强的他不愿和村里其他年轻人一起，将家里的安排交代了一下就匆匆走了。

"度和，爹出门赚钱，你娘身子弱，早上你把羊放出去再领你弟上学吧。"王晟走前一星期就天天早上带着度和放羊。农村的风气往往比城里好，"草正旺着呢，把羊放出去找块好地儿，晚上放学再赶回来。"

度和虽然还是孩子，但也是小大人了，他明白家里不容易，更是感激爹娘，什么都努力去做。心想："以后养羊就靠自己了。"站在土丘上，望着满地的翠绿翠绿的草和头顶湛蓝湛蓝的天，度和感到比此前任何时候都轻松。

日子一天一天地过，早晨放羊，晚上圈羊，度和平日里不好意思和人说的话，总可以和头羊聊得很"投机"，度和觉得头羊就是他的密友，从不用鞭子抽打。

王晟每月往家里寄的钱越来越少，但一到农忙、秋收、春节都是要回家里帮着打点的。度和只觉得爹越来越不是爹了。

王晟来到城里打工，孤身一人，到工地又不爱说话，被所有的工友认为是老实人。老实人倒是打心底鄙视这些人的，年轻轻儿的不好好念书才会出现在工地上，想着自己的儿子将来是一定要有出息的。为着将来给麟儿娶媳妇脸上风光，王晟即便在工地也省吃俭用，工友出去聚也从来不一起，舍不得花钱又怕光吃不请抬不起头。

王晟第一个春节回去一脸的丧气，"村子的风气就是比城里好得多。"度和知道爹的苦，年底爹去要钱，硬是被老板以各种理由少给了不少，说楼盖好了卖了钱就给什么的。

王晟还是又去打工了，但是第二年第三年攒的钱一年比一年少。马善被人骑，人善被人欺，他开始和工友出去喝酒，席间一个同是从农村走出来的人的话让王晟心里打起了小算盘。

度和初中念完就专门回家放羊种地了，每年都有从羊厂来的人收购一岁左右的小公羊，羊一波一波地换，最后也只剩下那个头羊还陪着度和，但是十二岁的羊怕是也陪不了他太长时间了。

王晟破天荒地没有过节就回来了，而且双眼泛光，带回来一位"贵宾"，度和很久没见到爹这么高兴过。这位贵宾是专门来看度和的，度和心里纳闷，可爹做的事不需要自己怀疑。他还记得刚被王晟领走，孤儿院的老师欢喜又忧愁地对他说："你很幸福啦，摊一个正经过日子人家，看那些被拐的孩子，有多少被打断胳膊腿拉去乞讨赚钱？到王家以后叫人家'爹'，爹叫你做啥你做啥哈！"

爹叫度和帮着把头羊杀了来款待贵宾，"人家喜欢喝老羊汤"，度和终究没下得了手，看着爹请的师傅熟练地将头羊杀了——没有一丝挣扎，一丝挣扎都没有，目视前方。羊圈里突然没了动静，所有的眼睛都看向老首领，一声"咩"都没有发出来。

度和走了，进了城里的监狱，但他却迷惑了，不知道这是否值得。

王晟用度和三年的狱龄换来三十几万的酬劳。

王家屯的最贫户终于翻身了。

度和三年后出狱回家仍老老实实务农，却时常想起爹刚离家前对他说的"农村的风气比城里好得多……"还记得草木茂盛，头羊与他河边闲聊。

有幸舍身怜恶狼，天公有道弱臣强。牺牲利角偏无志，徒献皮毛聊作装。

（原载于《羊城晚报·花地副刊》）

小　广　告

陈旧的灰白色楼体上被满满的糊上了小广告：开锁、疏通水管、送餐、家教……大雪，寒气逼人，人们缩着脖子，拉紧衣领，低头走过。

六年前，也是一个下着雪的冬天，我与父亲在寒风中站了整整一个钟头，父亲一言不发，我的书包里是六十分的数学考卷，雪大得让人看不清前路。面对那张贴满小广告的墙，我们试图找出一些家教的信息。其实符合条件的是不少的，但广告词太过夸张雷同，例如"包教包会""一星期见证奇迹"等，让人无法相信，也不敢相信。

但却有这样一张广告，仅一张素白的纸，几个炭黑的大字"启航家教"，一串电话号码，没有任何花哨的广告词。

父亲按下了这串号码。

于是我见到了这位老师，那是一张过分清秀的脸，未施脂粉，但却青春洋溢。她着一件嫩黄色的毛衣，长发被规规矩矩地束着，似个高中生一般。

"老师好！"我微微鞠了一躬，但却看她背脊猛地一僵，好半天才回应我，带着几丝尴尬与羞涩。"是在叫我吗？……是……谢谢，你好！"。纵使她的话有些语无伦次，但我仍记得她的笑是极好看的。

后来，我从父亲那里了解到，她是一位刚刚毕业的大学生。而我，是她收到的第一位学生。

在一次补课结束后，她突然叫住我，脸涨得通红，仿佛是下定决心要说出什么一般，但支支吾吾一阵后却最终也没能说出什么。当我刚刚走到她家楼下，感受到口袋里的手机嗡嗡地震动着，是一条来自她的信息："对不起，下次该交学费了。"

我相信，她会是我人生中遇见的第一个也是唯一一个不好意思向学生要学费且还要为之道歉的老师。

后来熟悉了一些，她开始与我闲聊，她说她不想收很多学生，这令我十分不解，怎么会有人不想多赚钱？但她却这样解释："学生太多就会照顾不周，我想为每一位选择了我的孩子负责。"她的声音温柔坚定，令我坚信，她一定会成为一位与众不同的优秀老师。

补习半年后，我的数学成绩大幅提高。为了不给家里增添负担，我放弃了补习，也再没去拜访过那位老师。

今年夏天高考过后，闲来无事，便送堂弟去补习班。或许是因为我俩有一些血缘关系，他的数学也是奇差的。

堂弟边走边向我啰唆，在如此炎热的天气里，几十个学生挤在一间小屋子里，还要忍受老师身上浓郁的香水味儿……我没有耐心听完他冗长的抱怨，思绪回到了六年前，那位与众不同的老师，她还好吗？

我震惊的是，堂弟走进了我六年前频繁走进的那栋楼，同一个单元。

我告诉自己这一定是巧合，心中却涌上了一种莫名的失落。

再次路过那面墙。

陈旧的灰白色楼体上被满满的糊上了小广告。

其中有一张这样写着："启航家教，包教包会，让您的孩子成功逆袭，一星期见证奇迹。"

第三辑　散文

与苞谷有关的往事

2016级（教育学部研究生） 马　鹏

流水，天梯，群山，木屋，石板房，组成了我的民族村寨——布依族小低供村，它坐落在贵州省布依族苗族自治县扁担山乡。一个偏远的民族村寨，住的都是布依人，四周都是无人区，只有绵延几公里的大山苍茫，仿佛老天遗弃的一角。最近的"街末"，是布依人贸易之地，要走上两个半小时，才能用苞谷换来所需物品。村子在山腰上，底下虽有大河流过，但找不到办法把水引到山腰上来，村子便只能靠天吃饭了。干旱是常有的事，种水稻是很难的，村子为了减少损失，或者不浪费田地，大都种了苞谷。一到夏天，准能望见满山的苞谷拔地而起，加上禅声轰鸣，你会误以为村子又是一年好收成。但村里阿爷一看，总会摇头叹气，肥力都长去苞谷秆了，光绿不中用，苞谷头却是黄的，本来长似椰子果的，到头来长成了鸡蛋似的，又小又黄，苞米便不消说了。农闲时或者收成不好的年份，大家都没事做了，老老小小，喜欢聚在一起，谈论河神、谈论干旱、谈论后村女儿，也谈论苞谷的收成。从阿爷缩紧的眉头中，瞧见了三头山那整片缺水而干瘪了的苞谷，似被诅了咒的苞谷。

这个时候，年长点儿的阿公，会亲自带着村子人到河边，从左岸跪到右岸，还把头贴紧地面，让河神看见村民的虔诚。但后村阿妈，是哭得最伤心的了。她的女儿赶晚路，从桥上摔去河里，死了，这成了她的伤心之地。有人说，是夜太浓，不小心踩空下了河里。也有人说，是河神拿去做媳妇去了，但无论如何说法，村里下了一场雨，当作是后村女儿拿命换了一场雨了，村人也觉她救了村庄，便每家都拿些苞谷补偿她阿妈了。她阿妈也觉值的，本来家里断饭了，但苞谷送来，也是能吃一段时间了，救了她三个弟弟命，她妈这样想，便消了些难过。只是，祭拜河神，便忍不住想起了女儿，尤其从上游奔腾而来的水，似她吟唱的布依山歌，回声传遍了每一笼山，那也是欢乐的，算是跟女儿打招呼的一种方式吧。

我喜欢坐在石板屋前，抬头望天，但全被大山遮住了，天空便没有山大，也没有我的村庄大，只有阿爷的巴掌般大。从巴掌大透下来的阳光是热烈的，是烧人的，甚至晚上都让村子人不得安宁，拿着竹席，铺至泥土地来了。村子在流往黄果树瀑布的大河上，架了一座石拱桥，两端接在高山峻岭，一边是果寨，是汉人寨的，另一边是布依寨，我的寨子。阿爷说，早些时候，两寨是不往来的，也不通婚的，还常常起争执，有些年争执严重的，还打了起来。但现在都和好了，通婚了，往来便也密切了些。三头山上那些石房子，便是为了躲避汉人而修建的。三头山是这片地区最峻最险的山，上面盖了很多房子，你都能从这些被时光摧毁的石头中，瞧见村子人那久远的逃难史。有一些墙还是好的，像是一个个在多舛的命运里顽强活着的布依人。此刻，山头长满了很多的草和树木。公社运动时期，被划分给后村人，为了不让大家去烧柴，便把路都封了，直到三年荒灾，大家都挖着树皮树根当作粮食，那山树多，人命要紧，重新被打开了来。

我要到镇上上学，便是要来回跨这桥了。听阿奶说，现在有了这座桥，出去都方便多了。以前阿奶经过时，只有一根绳子，来往的人便从一边滑到另一边，像是一个个猴子在山里荡秋千。阿奶是胆小的，不敢从绳子上吊去，便只能从河里跨去了。发大水时，还冲走了几个人哩。村里的人，当作是河神饿了，发脾气了，每家都拿来一筐苞谷，往河里扔去，仿佛苞谷成了村子最后的慰藉。有些年，你便能看到，满河飘的都是苞谷，那一茬茬呀，仿佛一颗颗希望之星，慢慢向村里靠近，照亮族人的生活。村子是有学校的，从一年级办到三年级，但全校只有一个老师，开学时，不仅要交学费，还要每人给老师送十斤苞谷做酬劳，村子是没钱的。那十斤苞谷，便也成了孩子们走出大山的最朴素的希望了。

我七岁那会儿，书学费要七十块钱一个学期，我家穷得，把苞谷全卖了也不够书费。先欠些书费是可以的，但阿爸没有多余的钱垫底，加上村子人害怕我家账赊多了，还不来，便不肯让我进学校。我想读书，便央求阿妈到集市给了我买了两本作业，阿妈只会写一到十的阿拉伯数字，便在作业本每行顶格上写了数字，剩下的我就来模仿，用了两个星期，两本都写满了从一到十的数字。阿妈没读过书，教不来的，作业也不给我买了。我便到学校，把人家撕下来的破了的纸，一张张捡来保存好，像是呵护一粒粒珍贵的金子般。捡多了，便叠在一起，让阿妈用针都缝好，缝衣服一样密不透风的，这便是我的第一本书。便带着阿妈做好的"书"，拿到学校去，从窗子望着老师的一举一动，还要模仿老师写在黑板上的字。我还看见，老师在黑板写下的第一组词便是"苞谷"，只觉得两字很俏，我怎么都把握不住写法。

学校是没有围墙的，什么人都能去看，猪呀狗呀猫呀鸡鸭呀还有牛呀马呀，也都曾有过在那"闲逛"。老师若觉得它们碍眼了，或者发出的叫声影响了讲课思路，便丢一根粉笔头过去，孩子们也都喜欢看家禽惊慌失措的样子。待家禽都散了后，再使唤另一位同学把断成两截的粉笔捡回盒里。这时候，老师往往先给一个班级布置读课文，再给一个班级布置写字课，老师再去给另一班上课，轮着来的。有时候不安分的那班，往往等老师来的时候，就不剩几个人了，孩子都被父母叫去劳动或者自己跑出去玩了，我就能坐在教室里一会儿了。当然，老师也不全教书的，农忙时，老师也要先去种苞谷，等农活全结束了才来继续上课。后来，撤点并校了，代课老师下岗了，学校也成了某家私有财产，在里面摆卖各种零食和粮油。有些家长觉得民族学校太远，便把孩子留在家放牛割草，不让读书了，有一些孩子则跟家长去打工了。

即使不撤并，家长也不指望孩子能学到什么，熬到义务教育结束或小学毕业便能跟村里的大人到外面挣钱打工，建新的房子，娶好的女人或嫁好的男人，这才是村子里年轻人最期盼的生活。阿爸阿妈则不一样，他们希望我能够多读书，受好的教育，才能长成好的人。便砸锅卖铁也要把我送出去读书，觉得村子里的学校，老师只不过完成任务而已，都不是教书的，我读到二年级时，便让我到乡中心民族学校读书去了。当然，代价是，家里凸出来的值点儿钱的东西，都被阿爸拿去卖掉当学费了。望着空荡荡的家，空荡荡的阿爸阿妈，我所有的脾气都被磨平了，生活不应该是这样的。

村子离学校很远，阿妈每天凌晨五点准时起，做好苞谷饭装在饭盒里，让我带到学校吃。我六点开始从家往学校赶，夏天亮得早，起早不觉辛苦，可一到冬天就麻烦了，天亮得晚，常常摸黑赶路，又是崇山峻岭，还要跨大河，一不小心便可能从山崖摔下来。阿妈不放心，每天都要把我送过那座石拱桥才安心回来做农事。冬天亮迟，我们都随身携带苞谷秆，点燃照亮路面，人多，成群结伴的，便没有什么害怕感，场面反而壮观。带饭方便，却也有各种麻烦。夏天热了，中午不到饭全坏掉了，味道令人作呕，吃了身体还会出现各种毛病。饿得不行了，只好勉强吞下，第二天准没能按时上课。冬天冷，饭会冻住的，吃起来像吃一块冰一样，全身哆嗦，起晚了，便只能饿着。当然，阿妈也会给我一两毛钱，可以买小袋食品充饥，饿得实在不行了，就跑到室外去，人冻住了便只觉得冷，而感受不到饿，冬天的时候我常这样做。

有一次，我起晚了，阿妈很早便出门干活，没有了剩饭，早餐没有吃，午饭也没带。没到中午，肚子便饿得叫起来。中午放学后，只能坐在一旁看着同伴吃饭，他们吃不完的，我就吃。我的饭量真大，几颗剩下的苞谷米是不够的。为了抗拒饥饿，便趁着雪跑了出去，当我的世界或者所有的知觉都被雪和寒冷填满，肚子便会好些，至少不会那么饿。可当我回到教室，肚子便痛了起来，感觉里面像有个小家伙在撕扯着我的血管，我的肉，或者是某种凶恶的动物，把我肚里的都吃空了。同学急忙把我的状况告诉了杨红老师。她家是在县城的，但住在学校里。老师把我带到镇医院检查了一下，没大问题，只是受饿多了引起的过度疼痛，休息休息便没事。杨老师把我带到家里烤火，知道我还没吃饭，便做了一顿。直到现在，我还清楚记得那顿饭，一碗白米饭，半碗肥肉，一碟花生，一碟青豆。那是我长那么大以来吃得最好的一顿了，过年也没吃那么好。还有一次，老师还让我把空饭盒给她，要给我蒸饭。任凭老师说什么我也不给，我的饭是用苞谷蒸的，不想让老师知道我的拮据。可老师还是给我偷偷蒸了，还是米饭，老师说她想吃苞谷饭，跟我换了吃。她在给我的饭里，还加了豆腐菜，这些都是我过年时才吃到的。

阿爸阿妈知道老师为我蒸饭后，跟我来学校，顺便提了一篮子土鸡蛋，这些鸡蛋算是我家最值钱的东西了，每到周六，阿妈会去扁担山赶场卖掉，补贴家用的。杨老师说什么也不肯要，说让我等苞谷成熟时，给她带一个苞谷便好，她最喜欢吃苞谷了。送一个青苞谷，这便是我跟杨红老师的第一个约定。

小学升初中，镇里不设考点，只能到县城参加。这次考试对于我这样贫困的孩子有多重要，我是知道的。如果考不上重点初中，也许这辈子就没机会走出大山了，或许放牛家的孩子便也永远放牛了，然后一辈子重复父辈的生活。老师似乎看出了我的不安，便在考前一天，单独带我到民族广场散了步，并不断地鼓励我，还给我买了吃的。还钱给老师，她却不肯收。还是那句话，她喜欢烤青苞谷，我考完试后，拎一个苞谷给她便行。后来，我给老师带去了四个，她当场煮了，我们每人吃了两个，吃得津津有味的，比家里的还甜，那香味似乎让我闻到了更为遥远的未来。

我也没有辜负老师的期望，小学升学考试，考了二百一十八分，总分三百分，如愿以偿进入了县里面最好的初中，镇宁寄宿制中学。我也能生活在城里了。拿到录取通知书那天，阿爸阿妈不让我放牛，给我煮了一个鸡蛋。我和阿妈还拿着五个青苞谷和一篮子鸡蛋到学校去找杨老师，想感谢杨老师一直以来的关心和帮助，可是守校的阿叔说，老师放假都回家了，杨老师也回县城里了。找了好久，还是找不到，苞谷便迟迟没有送去。

此后，每逢周末，我从城里回家了，便背了箩筐到人家收过的苞谷地里捡被丢弃或者遗留的苞谷，回来时，带到城里卖，当作一周的生活费。有时捡多了的，我就去买一本课外书看看。直到第二年，杨老师因为工作优异，调来了我所在的初中，那会儿我上初二，便给老师送去了五个青苞谷和一篮子鸡蛋，但鸡蛋老师不肯收，苞谷也只拿了两个。鸡蛋让我拿回家，而剩下的苞谷叫我拿到烧烤摊卖掉，还能有一顿饭的钱。

2010 年 6 月，我参加了高考，这是我人生最重要的时刻，阿爸阿妈要在家里给苞谷除草、松地，没时间来陪我。但我渴望有人陪着，渴望有人见证着我这些年的努力，他们没来，我像是一颗随风飘零的蒲公英种子，似乎少了某种依靠。可没想到的是，当我走进学校大门时，杨老师已在学校门口等我了，她知道我今天要高考，给我加油打气来了，还买了两个鸡蛋一杯豆浆，意味着吉兆，还对我说：以后等我考上了大学，就去我家摘一大筐苞谷。

我的眼睛不自觉地红了起来，像是有一颗沙子钻了进去。我紧抱了老师，我想我一定会好好努力的，等将来能有一天把阿爸阿妈都带出这苍茫的大山。这辈子能遇到杨老师，是我的幸运，倘若没有杨老师不断地鼓励和支持，我想我还是那个在大山放牛的孩子，在田野给苞谷拔草的孩子，光着脚丫走在乡间泥路的孩子吧。

后来，我真的考上了丽水学院，又考上了东北师范大学研究生，即使我的命运至目前为止，亦未曾有大的改变，但我的承诺未变，也一直为之奋斗着。相信我的梦想，会像村庄里满山的苞谷，满田野的苞谷，正努力吸收每一种营养壮大自己，也正逐渐变得丰满，似一只大手，终将盖住村庄的贫穷。

这一次，我又看到了村里人给河神丢去的那一个个苞谷，像是一颗颗闪亮的星，照亮了我的梦想之路，也让我在贫穷生活面前，变得有力量起来。

（载于《美文》2017 年第 7 期）

沉在村庄深处的鱼

2016级（教育学部研究生）　马　鹏

一

闲来无事，喜欢注意这些存在的或不存在的动静。

水的清澈度，足以让我看清深处的鹅卵石，或横或立或斜，还沾着一层薄薄的泥土，互相依偎。风来后，才显出一点儿活力。暴露在视线下的，还有某些空旷，还有几条从远方归来的鱼。

我出生于某个大山深处的村庄里，全是布依人，喜欢与世隔绝，过着自给自足的生活。每天在种田、割草、唱歌、放牛中度过漫漫长日。世代食水稻而生，鱼依靠水稻存活，水稻也依靠鱼存活，两个牛马不相及的事物，被安排互相寄生，这是鱼的命运，水稻的命运，也是阿爸的命运。

太阳顺着梯田边缘，慢慢往低处落去，站在山高处的阿妈比太阳高，比梯田高。阿妈一边扎好大草，一边嚷嚷：稻田里的鱼有多重，收获的粮食便有多重哩，每个人都知道的富贵秘方。阿妈到山上来捆草，也是给田松土了，好让鱼活得好，粮食便长得好，阿妈一直这么认为的。我家的田都在半山腰，要是一个星期不下雨，裂开的缝准比阿爸的脚大。鱼会沉去泥缝里的，水稻也像没娘的孩子。阿爸瘫坐在田埂边，抽木烟的，吐出来的雾，比夜晚还要浓。

山下的田，在低处，水深鱼多的，往往都是富裕人家，按照古时做名，也算是地主了。阿爸每次赶牛路过，总要丢几块石头去才觉甘心。要是再来个"土地革命"就好了，这些肥田还能跑了不成？阿爸总是不怀好意地想着。天不遂人意，一个月都不下几次雨，只能靠这些乱七八糟的想法度过慢慢长日了。

田地离水源都是较远的，土地肥力不好，收入极低，家里也常常在过完年后，便断粮了，阿爸会在村里到处借粮，待农忙以帮其耕种作为补偿，有新粮后再还本息。有些年还完旧账，给国家上完公粮，还撑不到过年。阿妈便扛着锄头，带着我，到水渠边上的湿处挖野菜。挖的人多了，野菜便没了，有时候翻了一座又一座山，走了很久的路，都找不到的。阿妈便在自家的田地里，挖了些草根，在苞谷地里用来充饥。阿妈说，吃草根很甜的，像糖一样，可我吃了下去，都是泥土腥味，仿佛胃是被泥土填满的。

阿妈大概看我越来越瘦，便把我丢去了外婆家，外婆家阔，有饭吃。阿妈常常待我入睡后，隔夜回家。我醒来看不到人，追去村口，看不见一点儿踪影，便哭得死去活来。阿婆没招了，便告诉我说，等稻谷黄了，阿爸阿妈就来把我接走。阿婆的话，被我大概记住了，便总往田里跑去，想看看稻谷变黄了没有，如果变黄了，很快便能见着阿妈了。

直到我读三年级后，个子长高了，能干活了，阿爸阿妈才把我接回家干活，放牛割草。阿爸常年在汉人寨给汉族人挑石头，干重活挣钱，剩下阿妈一个人干自家的活，但饭还是怎么都不够吃。

阿妈说，稻谷黄了，就有米饭吃了。每次干完农活，我都要跑到田埂上，盯着稻谷，希望它快点儿变黄。阿妈也去山上，理了些沙地来种苞谷，年前种的，来年三月份便熟了。有了苞谷，阿妈做饭时，便总是苞谷饭，阿妹吃得很有滋味。但苞谷硬，我不喜欢吃。阿妈便在装满苞谷饭的锅里空出一小块来给我做米饭。那时候，全家都在吃苞谷饭，阿妹也是，只我有特权吃白花花的米饭，而另一个阿弟在几年前生病死掉了。

阿妈总会说，死去的弟弟不是真的死了，而是去了海边，替阿爸寻找迷失的鱼了。或者说，阿弟被家里的鱼带去了大海深处，那里有很多好吃的，阿弟被迷住了，不回来了。

我看到的，却是，阿妈的眼睛，比大海还要深，还要远，一滴眼泪像一朵花一样孤独。

二

贫穷成了阿爸的命，命中注定的命，这些年来，也一直反抗着，挣扎着，偷藏一个富贵梦。许是过怕了贫穷生活，对田地经营用心了起来。春分未至，阿爸便赶着牛，早人家半个月犁地去了。一门心思的，给鱼修好房子，让鱼比在大海还有舒服的房子，这样，田里的鱼便多起来了。黄黄的草，很瘦，一茬一茬的，点缀在田埂上，但阿爸的脸比他们还要黄，还要瘦，风吹来，或是点头叹息，或是静默祈祷，愿父亲也能富足一年吧，只是，风的冷，让人感受不到春的气息。

夜还未完全落下，远方的泥路，经过一群往家赶的牛，还有一些山歌顺着山脉飘了来。牛走不动了，阿爸也走不动了，阿爸盯着牛，牛也回头盯着阿爸，像是生物圈里的食物链，只是要怪着贫穷，让这条链失去了肉感。

阿妈的沉默，大概只想把鱼迎来，越多越好。

阿奶对我说，阿爸小时，家里有很多很多的地和田。邻居家住的地方还是阿公给的，后门那人家也是阿公给的。古寨里的人家经常缺粮食，还到我们家来借。直到阿爸读二年级时，阿爷到山里砍柴，电闪雷鸣的，还下起了瓢泼大雨。阿爷来不及逃回家，便出事了，被电死了，从山上滚了下来。家人找了一天，都没有找到，直到第二天才被人发现。

阿爷去世时，儿女多，三个姑妈，大伯，加上我阿爸共五个子女。阿奶是女人，没有阿爷的情况下用自己的力量把大家拉扯大，这样的场景，我真不敢想象了。从阿奶的语气中，我懂得了阿奶生活的艰辛，也看出了阿奶的坚强。阿奶用自己单薄的身体扛着这个家一直往前走,一直到现在——子女们都有了一个幸福美满的家庭,子孙满堂,阿奶才放下心来。

阿爸是过得最不好的、最贫穷的那一个,阿爷去世后,阿爸便辍学在家做农活。没有文化,只能常年到果寨给人家当苦力,辛苦了大半辈子,粮食到年底都不够吃。还给人家到山上搬运石头,用马歪(木车)搬的,阿爸每运好一幢房子所用的石量,便拿到五百元的苦力工资。

阿爸说,古寨两百多户布依人家,差不多都有阿爸贡献。只是,即使做了这么多,我家还是没能富裕起来。

阿爸耕好田后,天已全黑,阿爸解下耕田工具,牛自己回家了。阿爸趁着夜色,还要赶点儿活。天上的星星便是灯,牛不会找不到回家的路,鱼也不会找不到回来的路。阿爸拿来扁稻,把田里的泥土翻出来,加高加实田埂,水深了,鱼坑便有了,鱼也会来的。

阿爸在田中央挖一道沟,像是画了一张祈祷福,祈祷鱼群。空荡荡的田,阿爸随手抓来一把泥土,放到手心里捏来捏去,像是玩弄一条鱼的样子,表情第一次如此知足。

第二天,阿妈也会到小河里抓一些泥鳅放到田里,还到山上割一些大草给泥鳅松土,鱼获得了安全感,阿爸阿妈也便获得了安全感。但田在半山腰,往往得不到水,水稻变黄,泥鳅便都死去了,田里只剩下一些洞,证明着一场生与死的折腾。鱼死了,我也会难过很久,把它埋在土里,甚至想象它变成某种有魔力的生物,载着我,穿过一座又一座高山,见到我不曾见过的一些事,看到一些我不曾见过的人。

阿爷说,站到山头可以望见远方看到城市。我便常常爬上去,想看看远方到底有多远。

三

生活在大山里，山高水远，只能靠天吃饭。发生旱灾是免不了的，轻的粮食减产，严重的颗粒无收，每三年总会有那么一次。人们对于这样的灾害，是无能为力的，便把某种希望寄托在了"鱼神"身上。认为干旱，是鱼神生气了，需要到河边去祭拜。阿爷们便拿着鸡和米来到河边，做一场法事来平复鱼神的情绪。说来也是怪事，有些年法事一做便真的下雨了。

干活累了，全家人会拢在一起，阿妈会跟我说起鱼神的故事。

有个姑娘在河边洗衣，河里有许多鱼游来游去，其中一条漂亮的花鱼围着姑娘不肯离去，姑娘便放下手中的衣物，看鱼看得出了神。鱼要求同他结婚，她也同意了。至夜晚，鱼真变成人了，至姑娘家与之结为夫妻。后来，鱼走了，姑娘也怀孕了，生下的儿子取名为"甲"。"甲"无所不能，教会了人耕田的技术和生活的智慧。在深山里的布衣人，也学会了安居乐业，结束了打猎为生的生活。然而，没多久，"甲"也化身成鱼游走了，去了哪里，无人知晓，只是每当布依人有难，又是"甲"显灵让族人渡过难关。

我知道了鱼神存在的秘密，那是一种比人还要强大的存在。

阿爸阿妈做活紧，没时间到山上砍柴，便使唤我到河边捡一些被水从远方冲来的废弃木头当柴火。便常常坐在河边，看着河水滚滚流过，如果看见某种动静，我会激动很久。当然，那条鱼神，我是从来没有见过的，阿爷们也没有见过。但对鱼的崇拜是随处可见的，我家的房梁、竹编、织棉、蜡染、刺绣等都绣有鱼，棱形状的，鱼的腹也会有斑点，阿妈的帽子也绣有这样的鱼，仿佛鱼成了我们生命的一部分。我有事没事也喜欢对着那些鱼发呆。

我读四年级时，农活季节忙完了以后，阿爸就会到附近的集市去卖力，给有钱人家当苦工。挑大粪，挑砖头，只要能做的，不管有多脏多苦都做。每天都是天还没有亮就出门，天黑了都还没有回家。

有一次，我发烧了，是高烧，头昏沉沉的，眼睛看其他东西模模糊糊的。村里赊账太多了，村医不给看病。阿爸也不在身边，阿奶和阿妈便只能央了

"巫人"到河边去求鱼神显灵，阿妈说，阿奶守了三天三夜，还是不见鱼神。阿妈急了，便背着我，走了七个小时到阿婆家。

阿公阿婆看到我这个样子，急忙找了医生来看。病了将近一个星期才好，七天中，阿爸一次也没有来看我。阿妈便觉得阿爸对我们不管不顾，根本没有真正爱过她，吵了起来。阿爸觉得自己辛辛苦苦为家里挣钱，阿妈怎么就不能理解？阿爸脾气越来越不好，当场就把碗给砸烂了。阿妈也是那种脾气很急的人，直接就把整个桌子都掀翻了。碗、饭都掉了一地。我和阿妹吓得跑到屋子外边去。那晚，我只知道，阿妈一直哭。第二天，阿爸没有再去汉人家做工，阿妈给了我们五块钱，让我带着阿妹去买零食吃，而阿妈背了一小袋东西出门了。

阿妈回来时衣服湿湿的，头发湿湿的，过后才知道，阿妈跳河去了，是阿爸和村里的阿爷把她救了回来。那天晚上，大妈家要杀猪。赶集天，要把猪肉拿到集市上卖，阿爸便去帮忙了。阿妈给我们炒了一锅我很喜欢吃的土豆，放了很多的红辣椒，吃得我面红耳赤的，味道真不错。后来阿妈坐的凳子倒了，阿妈也摔了，我跟阿妹怎么叫她都没有起来。我便跑到门外一直哭，阿伯听见了，急忙跑来问我怎么了，我说阿妈摔倒了。大伯进去一看，急忙叫我去大爷那里拿醋，灌到阿妈的嘴里，阿妈吐了很多才好。阿伯还让我到房间去找找看，还有没有敌敌畏。

第二天，家里的田死了一条大鱼，阿奶说，正是那条鱼跟阿妈换了命。

布依人力量太小，需要从大自然中寻找一些慰藉或者能够生活下去的力量吧，我想，鱼神便成了布依人的信仰和希望。

此后，阿爸和阿妈还是一直在吵。每次阿妈一吵架便丢下我和阿妹去外婆家，一住便是一小段时间，阿爸也趁天未亮，便去汉族人家做工了，我和阿妹成了没人管的孩子。只有阿奶。

很多次，阿奶见我很晚没回家，便打着灯来找我，回去难逃一顿骂。我站在岸边祈祷能够获得一双新鞋子，但阿爸是没钱的，虽然他常常在汉族人家做工，家境还是起不来。但没过几天，阿奶真的给我买了一双解放鞋，那是阿奶到山里挖草药换来的，阿奶还让我不要跟阿伯家说，我便觉得这是鱼神显灵了，对鱼便崇拜至极。

给鱼神祈祷，获得了些甜头，我便得寸进尺，愿鱼神能够把我带出大山。后来，我真的从我那贫穷的村庄走到了县城，然后从县城走到了丽水，再从丽水走到了现在的长春。我愿意把所走的每一步，都归结于幸运或者某种有魔力的东西，都是刚好，即使看不到未来在哪里，但至少每一段都有一种期待。有些东西，不是努力了就能收获结果，我宁愿相信一些能够让我起死回生的外在因素。哪怕鱼神不过是一种虚无，但在某种虚无面前，却有一个实体的概念根植我心，让我从中获得某种精神。

我想把这一切归结于对鱼的信仰，鱼神让族人有了对生活的支撑。即使有些贫穷是辛酸的，但我们心中有鱼神，便在某种困难面前有了无穷的力量，也让我在无限的虚无与渺小中获得了安全感。

我从学校散步来这条河之前，阿婆给我通了电话。我家的牛，无缘无故地死掉了。阿爸只能到附近的寨子做一阵子活了，挑石头，挖大粪，一天三十块钱。阿妈每天到稻田除杂草，到山里砍柴。今年天气干旱，很久没有下雨，稻田干得很。一到晚上，阿爸跟阿妈总是因田地干旱说着说着就吵起来。

"小青山那边的田，水又干了，恐怕收成又受影响了。牛又无缘无故死掉了，活还如何做下去？""这可咋办？""你说咋办？如果过年那回跟着小叔他们到浙江打工，一千元的月工资也比现在在家里种田强。自家本就田少，租人家的田地来种每年一亩田还要给人出五百斤好粮，你说我们还吃什么？还不是你舍不得买那牛马！"

阿妈还把手机都摔了。但现在他们不会再告诉我关于吵架的事，我每次打电话去，他们都表现出很好的样子，或许是希望我能在长春安心读好书吧。但我每次给阿婆打电话，阿婆总会告诉我阿妈受委屈之事，我知道阿爸也受委屈的，在他们之间，我却做不了任何事。

阿妈说，再过几天，就要跟阿伯去贵阳市云岩区一工地做工，阿爸一天一百五十块，阿妈一天一百块，还是日结的，有钱了生活便会好起来的。

　　这时候，风低了，草低了，水更低了，一群鱼正从远方游来。

　　(《黄河文学》2017 年第 9 期，《散文海外版》2017 年第 12 期转载)

寒夜梦旧乡

2016 级　吴应连

只有走远了，才能看清故乡在心里真正的模样。我在距家乡两千多公里外的长春，此时月已朦胧，夜色深沉，而彼处的故乡，也许还融化在晚霞的一片温柔之中。我像飞倦了的大雁，心中突然涌起对那片土地的眷恋，一声声，在心里呼唤它。多希望它再拥我入怀，让我如归鸟投林，沉睡于她静穆的山峦。

让我再次怀念你，我的故乡。

脐橙熟了

在学校超市里看到家乡的脐橙，圆圆鼓鼓，外面套着一个透明的塑料袋，上面写着：赣南脐橙。故乡的脐橙卖到千里之外的东北，有点儿出乎我的意料。看到这些熟悉的小家伙，就像见了老乡，差点儿没扑上去大呼一句：好久不见呀！再"吧嗒吧嗒"地亲它们两口。

闭眼又仿佛看到一片片的橙黄叶绿，点抹在低矮延绵的群山之上。鲜橙一只只挺着圆滚滚的大肚子，露出小巧的"肚脐眼"，脐橙便因为肚子底下这酷似"肚脐眼"的小疙瘩而得名。它们皮肤光溜溜的，让人怀疑是不是晚上偷溜去洗了个澡，第二天又若无其事地躺在枝头，藏在碧叶底下，没人发现它们的小秘密，只有它们自己偷着笑。

脐橙在深秋和初冬时节成熟，熟了的脐橙颜色鲜亮，如刚经过雨露的浸洗，让人想到刚出浴的美人杨贵妃。"温泉水滑洗凝脂"，鲜橙的表皮正如美人凝脂般细滑的皮肤，体态又丰满动人，泛着柔光，透着清香。

"清泉流齿怯初尝，吴姬三日手犹香。"是苏轼咏橘的诗，然而我觉得用来形容橙也不为过。橙子的汁液在唇齿间流转，清甜略带微酸，"纤指破新橙"，经过橙的熏染，即使时日良久，指尖也仍留淡淡余香。

甜　　柚

也许是因为故乡雨水多，甜柚颗粒饱满，胀得好像要迸出汁水一样。她们在春天"嗞嗞"地吸饱了水，就开花，花洁白微小，透着馨香，招蜂又引蝶的。她们在夏天吸饱了水，就结果。养出一个个水灵青嫩的甜柚姑娘。甜柚姑娘是羞涩又保守的中国女人，她脱去那件青色软毛织锦披风，里头还穿了一件素白罗裙，脱去那素白罗裙，里头还穿了一件透薄汗衫，直到最后，她才肯露出那晶莹的身子，一口咬下去，汁水四溢，甘甜清爽。

江西、湖南人嗜辣，饭后吃柚子，也算是以清化浊了。

芭　　蕉

李清照有诗云：窗前谁种芭蕉树？阴满中庭，阴满中庭，叶叶心心，舒卷有余情。芭蕉在古人的诗词中总是以一种牵愁的姿态出现，种于窗前，听夜雨淅沥，滴滴答答打在芭蕉叶上，莫名生起许多愁绪。

但事实是：是君心绪太无聊，种了芭蕉，又怨芭蕉。

爷爷家屋后便种了两棵芭蕉树，芭蕉叶翠绿光滑，尽情舒展，落落大方，不论是顺着光看，还是逆着光看，都是极优雅的存在。遇到下雨的夜，雨水从铺了瓦的屋檐上滑落下来，小雨落成珠帘，大雨落成瀑布。水流一股股洒在屋前的积水沟上，把门前的青石板冲出深浅不一的凹痕。

躺在窗边听雨，夜雨敲窗，沙沙作响。雨水落在芭蕉叶上，嗒，嗒嗒……是神在与你对话，是安宁的享受，是天上虹揉碎了化成雨，与你邂逅……

芭蕉并非天生惹愁思，它只是兀自生长，抽叶，开花，结果，愁或不愁，它就在那里，不会因为人愁它，它就枯黄，也不会因为人喜它，它就青翠，植物在这方面很自我，却也是多少人求之不得的从容。

芭蕉的花是黄嫩的，外面有一层暗红色的包衣。在芭蕉的果还是绿色的时候，爷爷就会拿镰刀把它钩下来。青色的饱满的芭蕉被爷爷一个个掰开，埋进装满米壳的铁筒子里。贫瘠的岁月里，那个铁皮筒子就成了我最美好的期待。

那时候，我还很小，水还很清，天还很蓝，世界还很大，我唯一牵挂和期盼的事情就是那个铁皮筒子里埋的香蕉，等它变黄，等它变软，等它变成我的快乐。

快乐就是如此简单的一件事。

香 樟 树

南方是香樟树生长的地方。

香樟树长在马路边、人行道上，生长在河岸上。学校也有大片的香樟树，让人觉得不是香樟树长在了学校里，而是学校建在了香樟树林里。

香樟树掉叶子吗？它掉，但它在春天掉叶子。

学校里那棵最老的香樟树还在长高，人是越老越矮的，香樟树却越老越高。冬天，香樟树不屑那点儿湿寒，吝啬得连一片叶子都舍不得落。等到春天，嫩绿的新叶子长出来了，老叶子才纷纷扬扬地飘落。春天站在树下仰望，看到香樟树上一抹苍黄一抹新绿，一边长叶一边落叶。最嫩的叶子不是绿色的，而是浅红色的，柔嫩得像婴儿的小耳朵，一只只小耳朵生长在树梢头，离天空和阳光很近，离电线上叽叽喳喳闹春的麻雀很近。

香樟树开花吗？它开，但它开得太招摇，太恼人。

三月雨初晴，除了潮湿的泥土气息，整座城市几乎都弥漫着香樟树的花香。香樟树的花香刺鼻辛辣，辣中却带着一缕香甜，醉人。抬头寻觅花影，只见满树都被洒上了一层明黄的鱼子，是谁撒的？我也不知道，也许是花爸爸。那些鱼子就是香樟树的花，细碎，密密麻麻，熙熙攘攘，黄灿灿，明晃晃。学校里有一株香樟树竟然因为花开得太多，枝叶茂密，不堪重负，一段粗大的树干断了，伏在旧园子生锈的铁栅栏上，一大片花随着落入凡间。

于是，某个晴朗的早晨，我被这浓郁的花香吸引过来，看到仅有腰那么高的一丛花，欢喜得把脸埋在花丛里，深深地嗅，这南国的春天气息。谁知几只小蜜蜂早已捷足先登，住在了这丛花里，对我这张突然入侵的大脸拼命抵抗，我赶紧把头从花里抽出来，谁知还是挨了刺，脸上肿起一个红包，大半天后才消。

所以说，香樟树的花姑娘们是只可远观而不可亵玩的。

香樟树结果吗？结。

香樟树的果子和花一样小里小气的，椭圆形的果子，外面是乌黑发紫的果皮，去掉那层果皮，里边就只剩下硬硬的籽。黑黑的籽一树都是，学生摘了它们拿来扔人，拿来画鬼脸，画得一脸紫红。

有一次，班上一个女孩子羞涩地说起她的初恋。那个男生与她并肩坐在香樟树下的台阶上，她突然看到树上长满了香樟果，便问他："你吃过香樟果吗？"他说："没有，从来不知道能不能吃。"她又问："那你敢吃吗？"

他站起来摘了一个，低头看她，脸上突然浮现出一抹坏笑。

要是吃了我可以亲你一下吗？

她低下了头。他把香樟果往嘴里一丢。

他的气息越来越近，就在耳畔游离。她的耳朵开始红得发烫，她闻到他唇间越来越近的香樟气息。

越来越近，却又在下一秒倏然而逝。

他终究没有吻她的勇气。

即使后来他们不欢而散，即使各奔东西，但他，还有她，也许在时隔多年后，仍会记得，南方的空气里，刺鼻辛辣的香樟气息。

荷　花

很想吃家乡的荷包肉。

风干的荷叶，裹了溜过米粉的猪肉，包成济公帽子的形状，但它却叫"状元菜"，直到现在还是家家宴席上必不可少的一道菜。用筷子挑开荷叶，便可见米粉裹着的猪肉，肥瘦分明，瘦肉粉红，肥肉金黄里透着白色，嫩滑，不腻人，入口即化。荷叶的清香渗入到每一口肉里。

还想念故乡的莲蓬。

夏天莲子甜嫩，摘下一个个碧绿的硕大的莲蓬，边走边吃，把青色的莲子抠出来，莲子外面有一层比较硬的青皮，剥开青皮，去掉白色包衣，还有莲心。莲心苦，却是降火佳品，外公喜欢用它泡茶喝，清热解暑，平心静气。

我觉得生莲子比干莲子好吃，生莲子清香、脆嫩，吃起来清爽，有荷香。它的味道还有那么点儿像生栗子。

摘走所有的莲子，莲蓬显得空荡荡的，徒留了许多小房间。它亦可在风干后作观赏用，风干后的莲蓬由碧绿转为褐色，枝开始硬化，把它插在白瓷瓶子里，看起来有点儿疏落，又有点儿雅韵。

最快乐的是摘莲子的时候，舅舅曾经专门种过荷，荷下养鱼，夏天真是一片"接天莲叶无穷碧"的荷海。坐在舅舅的木船上，穿过无尽荷海，在荷叶间穿梭，见到新鲜莲蓬便指着告诉舅舅，舅舅拿小镰刀一钩，那莲蓬便连梗一块落入舟中。荷叶底下常有警敏的小鱼小虾，它们一感到水面的波动，便忽然间消失不见。边游边吃，坐累了，就把头搭在木舟另一头，枕着莲蓬，埋在荷香里，躺着做一个绵长的梦。

月色下的荷海恍若异境，乡下夜晚人声稀少，只听得远处田野里的"咕呱咕呱"的蛙鸣，还有周围阵阵虫鸣。长竹竿在水里划动，牵起轻柔的流水声。流萤飘忽不定，发出淡淡绿光。我卧在木舟上，仰望空阔的夜空。十五月圆，月光皎洁，柔如清水，白似牛乳。

阵阵晚风吹拂，荷叶翻动，露出背面暗青的脉络来。很久以后，在书中读到"——风荷举"这句诗，我便想起那些月夜。

荷花在晚上合成花骨朵，若如沈复《浮生六记》中所写，把荷叶包放入荷花中，让它在荷花苞里安眠一夜，第二天取出来，定有缕缕荷香。

月在水天相接处徘徊，一片湖水泛流光。也许我可以随舟漂流，漂到荷海尽头，也许月会越来越大，最后近到我可以触摸，月中的桂树就长在水天相接的地方。如果我一直走，走到荷海尽头，是否可以爬上桂树，然后恍然间随月而去，低头已远离人间。

可我从未去到荷海的尽头。

茶杯·妈妈

2015 级（化学学院）　马先庚

那凶神恶煞般的声音令我至今仍难以忘怀，它仿佛来自地狱的魔火，将我幼小的心灵毫不留情地扯碎，余烬却仍在空中，飘啊飘。

那又是一场世界大战，原因无从知晓，只听得屋内精彩的男女对白和物品摔碎的声音，一件，一件，又一件。他们的怒火能使屋里少得可怜的家具毁坏，却不能阻止它们的尸体在世间留下最后一个脚印。

好疼，这是什么？是我最喜欢的那个茶杯，那个上面画着幸福的一家人的，尽管斑驳不堪却给我最后一点儿希望的，那个茶杯？茶杯啊，你为何会粉身碎骨？是谁狠心将你砸碎？那个男人，抑或是那个女人？不管怎样，你都已经碎了，碎了，就碎了吧。我不是孙悟空，也不是神笔马良，我不能让你重归完整，那么，就让我再看你最后一眼，因为，以后再也见不到了。

那尖锐的碎瓷片上，赫然印着一位慈祥的妈妈，她怀抱中的那个婴儿睡得那么香甜，妈妈对他来说就是整个世界。而妈妈，哦不，是那个女人，对我来说是什么呢？

是一场永远不会醒来的噩梦。

我会莫名其妙地挨她的打。说错话会挨打，羡慕其他小朋友的新玩具会挨打，甚至，我倒水喝时水不小心洒在桌子上，换来的也是一顿打。我最害怕家里的扫把和苍蝇拍，因为它们让我很疼，而不久前我又开始害怕钳子。如果我尿床，它就会张开血盆大口，咬住我大腿内侧最软的肉，然后，旋转。我不想再被它咬，那种感觉真的好难受。

地上红红的是什么？我的手变得黏黏的，我还闻到了腥味。手好疼。妈妈，又是妈妈，难道茶杯上的妈妈也不能给我一点儿温暖，你平时总是害我挨打，就连碎掉都要让我再疼最后一次吗？

我恨妈妈。

我不能大声哭喊，那样只能让我挨打。我开始偷偷哭泣。

那个男人头也不回地出了屋，骑上自行车走了，丝毫不关心角落里痛苦的我。

"过来！"那个女人喝道。

我仿佛被电了一下，反射性地转过身去，忽然又想到把满是鲜血的手藏在背后。坏了，又要疼了。

"藏什么呢？手，伸出来！"

她的情绪还没平复，涨红的脸和布满青筋的额头搭配在一起，活像个吊死鬼。我胆怯地伸出手，虽然茶杯上的妈妈让我很疼，我却还是不舍得把它丢掉。

"你这孩子，真不听话！杯子打了就打了，你捡它干什么！弄得满手是血，不知道疼吗？"说着，就来夺我手中的碎片。

我这时却不知哪里来的勇气，对着那个女人大喊了一句我至今仍刻骨铭心的话，

"你别碰我的妈妈！"

我放声哭了起来。

那个女人，先是目瞪口呆，然后泪流满面，最后，她紧紧地抱住我，一直抱着。

妈妈再也没有打过我。

（原载于《羊城晚报·花地副刊》）

柔软的死亡

2017 级　王旖婷

我的奶奶昨天下午去世了。

我不知道我的奶奶为什么会昨天去世。

昨天的天气很好，充斥着阳光的金黄色。那金黄色浓稠得像奶奶存在玻璃罐里的蜂蜜，稠得让人难以呼吸。可它又不像蜂蜜那样甜蜜，它吸进肺里时像爸爸的烟草末，苦涩又呛鼻。

奶奶波折的人生结束了，她的人生轨迹变成了一条直线，像她的心电图一样。我的奶奶就包裹在金黄色里，像琥珀里裹着的蝉蜕，那么脆弱，甚至有些变形。

我的奶奶她带走了我的耳朵。

我看见医生护士跑来跑去，看见爸爸妈妈在哭泣，可我的耳朵却不听使唤了。可能是奶奶偷偷捂住我的耳朵了吧，我感觉到她柔软的手心了。

有人放烟花爆竹的时候，奶奶就会捂住我的耳朵。那些色彩斑斓的光在眼睛里开了又散，我却总觉得它们有一些藏在了奶奶的眼睛里，不然奶奶怎么会笑得那么好看？

"妹妹乖，听不见就不怕了。"

我的奶奶去世了。

这怎么可能呢？那个盒子那么小，怎么装得下我的奶奶？

大烟筒里冒出来的烟被我的眼睛给粘住了，它停在屋顶上不动弹。

我又看见了爸爸手里的木盒子了，我一点儿都不喜欢它。它的花纹那么丑，颜色又那么深，奶奶肯定也不喜欢。

万一奶奶不喜欢，那她以后肯定就住在里面不愿意出来了，不会在哪个晚上偷偷摸摸跑到我的枕头边，故意吓我一跳了。

奶奶以前总是喜欢吓唬我。她喜欢在夏夜纳凉的时候给我讲鬼故事，给我讲死去的人如何从奈何桥上回来，给我讲荒郊野外的孤坟。每当我被吓得缩到奶奶怀里时，奶奶就会摇着蒲扇，哈哈笑起来。

"妹妹太胆小了，以后奶奶要是回来看你，你是不是也会被吓成这个样子啊？"

我摇头。我的奶奶那么好，我怎么会怕奶奶？

"奶奶以后住在哪里？我去找你。"

"唉唉，奶奶可不要你来找我。你就好好地念书、好好地吃饭过日子就好了。时间到了，你就会过来见奶奶的。其他时候，奶奶去找你就好了。"

"那奶奶还是奶奶的样子吗？"

"当然是啊，奶奶不管怎么样，都是妹妹的奶奶啊。奶奶以后想住在棺材里，这样奶奶以后回来见你也方便。要是住进骨灰盒里，奶奶就要变成小小的奶奶了，妹妹就不方便看奶奶了。"

真是糟糕，我的奶奶还是住进了骨灰盒里。

我的奶奶去世了。

爸爸让我放一件我喜欢的东西给奶奶。大人可真可笑，我和爸爸说小小的奶奶他都不信，现在却相信奶奶可以看见我们给她的东西了。我以后绝不要当这样的大人。

这个盒子太小了，怎么够放得下我给奶奶的东西呢？

我有点儿愧疚，奶奶给了我那么多东西，我却不知道我有什么东西能给她。这个熊，奶奶肯定不想要，它身上还穿着奶奶给它织的小毛衣。这个笔，奶奶肯定也不想要，奶奶经常拿它给我画画，她肯定用烦了。

　　我想我或许可以给奶奶写一封信，这样她不过来的时候还可以给我寄信来。所以我挑了一个我最喜欢的信封，从作业本上整整齐齐地撕下来了一张纸，还偷拿了爸爸的钢笔。我坐得端端正正，因为我总感觉奶奶在我旁边看着，我要让她知道我很爱她才是。

　　不过糟糕的是，我坐在那里坐了五分钟，还是不知道该给奶奶写什么。我的奶奶应该还在这里，哪怕她再失望，她也不会丢下我的。

　　"亲爱的奶奶：

　　他们都和我说你死了，可我却相信你会回来的。"

　　写到这，我再一次的卡壳了，就像吃饭时被噎住了一样，吞不进又吐不出，真难受。

　　我很担心奶奶那里的邮差，我怕他太粗心，把我的信给丢了。那样的话奶奶可能就以为我不想她了，她一定会很想我的。

　　奶奶很喜欢留着那些信。她以前经常给我看爷爷留下来的那些信，那些装在装饼干的铁盒子里的，有点儿泛黄发脆的信。

　　我没见过我的爷爷，但奶奶和我说他是一个很好的人。他和奶奶不在一起的时候总会给奶奶寄信。

　　我想爷爷是一个很啰唆又很害羞的人，他每次写信都能写好几张纸，就说他今天吃了什么做了什么，但他说了那么多，也没说过他爱奶奶，他想奶奶。

　　如果我能写那么长就好了。

　　我的奶奶不见了。

　　她以前喜欢坐在阳台上晒太阳，我们家的大花猫就趴在她的脚边。她总是嫌弃那只猫，嫌它好吃懒做还不会抓耗子。

　　不过她还是会照顾大花猫，会给它做两件御寒的衣服，给它缝软软的垫子。

所以我想，奶奶应该还是很喜欢它的，不过是不好意思说出来罢了。

我当时想把大花猫抱给奶奶看，他们却告诉我病房里不能带宠物。

他们真是讨厌，奶奶躺在那里该多无聊啊。没有人陪她说话，所以她都喜欢睡觉了。怪不得我每次去看奶奶，她都在睡觉。

奶奶瘦了很多，她可以穿上她衣柜里那条碎花裙子了。她很爱美，经常和我念叨那条裙子，说是我爷爷送给她的第一件礼物。听奶奶说得多了，我也觉得那条裙子很好看了。

她有时候会和我说："真好，我再过几年就能看见你爷爷了。太久没见他，我都要忘了他长什么样了。"

奶奶肯定在骗人，我知道她床头柜的小铁盒里放着一张爷爷的照片。爷爷很年轻，那时候的奶奶也很年轻，不像在病房里的时候，瘪得像一个空壳。

那样的奶奶真的很可怕，我第一次见那样的她时，甚至不敢相信那是我奶奶。我的奶奶怎么会听不见我说话呢？她怎么会用两根绿色的管子呼吸呢？她怎么会插着点滴却不吃饭呢？

奶奶那时候一直在睡觉，不知道她的梦里会不会有我，也不知道那些管子，插得她疼不疼。

奶奶现在见得着爷爷了，不知道她还愿不愿意回来找我。

大花猫现在自己窝在阳台晒太阳，不知道会不会冷。

我的奶奶死了。

我和爸爸妈妈一起参加了奶奶的葬礼。他们说这个孩子真奇怪，她奶奶那么疼她，她居然不哭。

我想他们才奇怪，明明说的那么悲伤，结果一吃饭又嘻嘻哈哈了起来。好像我的奶奶死的意义，就是让他们聚在一起聊天一样。

我的奶奶也很奇怪，她居然还没有变成小小奶奶来找我。我想可能是对于小小奶奶来说，这个世界太大了，所以她还没有过来。不过我有点儿害怕，我害怕我的奶奶被他们说得就真的死了，不再回来了。

她还没给我带好玩的小玩意儿，还没给我烧好吃的茄子，还没给我织今年冬天戴的围巾手套。

奶奶的手是那么巧，总能给我做出来所有我想要的东西。

她常常看着自己的手说，"你看看这手现在多难看，又干又瘦的。我原来的时候，那手可是白净细长，就像那个什么，削葱根。"

她是多么臭美，一大把年纪还想着好不好看。

再说我一点儿都不觉得奶奶的手丑，我觉得她手上的皱纹也好看，她那些皱纹上的斑也好看。这是奶奶老去的标志啊，如果她没有老，还怎么做我奶奶？

奶奶哪怕是死的那天，她的手也很好看，就像冬天雪地里的枯树枝，它里面可是住过春天。

只不过那只手再也不会给我做东西了，也不会摸摸我的头，拍拍我的背来哄我睡觉了。

我的奶奶，她还没说她想不想我。

奶奶没有出现在我的枕边，也没有出现在我的家里，她甚至不到梦里看看我。

昨天妈妈也给我做了烧茄子，可是她做的真的很难吃，难吃得我眼泪都下来了。

我想我的奶奶了。

我的奶奶真的死了，可她到底什么时候回来看我呢？

杨　梅

2016 级　王　穗

　　漫长的细雨朦胧的日子来临的时候，该吃杨梅了。

　　生于湿热的初夏，杨梅的味道倒有些"出淤泥而不染"。那种入口后每一丝蕴含着丰富饱满的果汁的果粒被牙齿切开后，在舌尖上爆裂出的酸甜的味道，穿透喉间的沉寂，让整个头颅都有些清新起来。

　　绿色、苍翠、湿润的山间，泥泞、杂草枝叶铺满的土地，高高低低、沾满雨露、有着沉甸甸的枝头的杨梅树，披雨衣、提竹篮、脚下一深一浅的行走。这是我对摘杨梅的感受的汇总，更直接地说，就是湿、热、累。

　　每年六月，如果有空儿去外婆家，摘杨梅是必需的。但是自外公去世后，摘杨梅的人一年比一年少，杨梅树缺了人的打理，长得质量好的杨梅也少了。它们一股劲儿地往长开长阔努力着，枝叶张扬而落寞。来不及摘下的梅子或一丛一丛地坠在树枝上，或掉到泥里，腐烂发酵后和大地融为一体。什么时候开始，摘杨梅的主力从两个舅舅变成了两个表哥了呢？

　　摘杨梅时用的梯子也很老了。虽然外婆说它很结实，并身体力行地爬了一遍证明它的结实，我还是觉得它老了，因为它苦苦支撑着身上摘梅人发出的痛苦的"吱呀"声和有着纵横交错的划痕、纹理和棕灰斑驳的皮肤。以往经常陪伴在它身旁的出去摘杨梅时用的竹竿——用来敲打树枝让杨梅落下来的竿子，静静地和它躺在一起，仿佛一梯一竿在拥挤静谧的落满灰尘的小茅屋，絮絮叨叨地谈论着、回忆着年轻时自己经历过的那些烟雨梅林的日子。

摘过杨梅，吃过新鲜的杨梅，6月份就一点儿一点儿地过去了。进入7月份，杨梅少而一般，天地的精华都留给了六月的梅子。这个时间想吃杨梅怎么办呢？有外婆早已准备好了的冰杨梅和冰糖梅干。

对于冰杨梅，我不喜欢等它们化得差不多无冰了再吃，那是外婆那样牙齿受不了冻的老人的吃法。刚从冰箱里拿出来散发着阵阵冷气的杨梅是最有烈性的，不由分说能冻得嘴馋等不及吃的人牙齿泛酸。这时候要吃，也只能从它的表面舔起，化一点儿就咬一口。冰凉酸甜的梅肉和小冰碴儿混在一起，能让口腔别有快感，就是可惜多吃不得，否则牙会受不了。若是有些耐心的人，等冰杨梅半化再吃，那是最会享受的。外表的果肉清凉不冰，内里靠近核的果肉还有一些韧性，吃起来又不倒牙。这时候再有一些冰镇杨梅汤就更好了，和半化的冰杨梅拌在一起，果肉果汁一起入口，乃炎热闷湿夏季的一大祛暑法宝！

冰糖杨梅倒不是什么祛暑的清凉剂了，就是空闲时的小零嘴。外婆把它们封在一只外表凹凸光滑的陶瓷罐里，要吃的时候用调羹挖出来放到小碟里，用牙签叉着吃。现在我去学校的超市，偶尔也会买包装好的冰糖梅干。吃着吃着想起外婆的梅干，有些怅然。

过年的时候还有杨梅烧酒，又香又辣，勾舌头。我不敢多喝酒，往往只能喝一个铺满碗底多的酒，宁愿多吃些杨梅。但是这种白酒泡的杨梅吃了容易上头，贪心地想多吃几颗也不行，只能闻着馋，看着老妈把我碗里剩下的杨梅端走。

那么，明年怎么办呢？六月还在学校，错过了又要等一年才能吃到新鲜的杨梅了，或者……几年？我不敢去想。

印 象 新 乡

2015 级　冯金净

　　新乡位于豫北地区，是我从小到大生活的地方。我就这么一直在新乡待着，待到离开那里时脑子才尽是她的所有。

　　幼时在老家小冀镇，年节时都会在母亲单位门前坐在椅子上等着背桩队伍经过。背桩算得上是小冀镇的民俗，始于清朝咸丰初年，是欢庆丰收喜迎新春的一种民间习俗，大多会在农历正月十五和正月十六在街头朝会上演出。背桩分为上、下两桩，上桩一般是打扮成戏剧中各种人物的年幼的孩童，坐在一个木制的椅子上由充当下桩的成年人背着，两桩都载歌载舞，甚是热闹。人们聚集在背桩队伍经过的街道两侧，吃着零食，嗑着瓜子，遇到了熟悉的街坊邻里，便聊起天来，但又都不约而同地将注意力放在这一盛大的活动上。长辈们指着天然舞台上的演员们，侧过头，弯下腰，凑近小辈的耳朵告诉他们谁谁谁扮演的是哪个人物。孩子们扬起头来，眨巴着好奇的双眼，看到好看的还要激动地扯扯家长的袖子，和他们分享自己的喜悦。观众享尽了眼福，可这对于下桩来讲，虽是背着四五岁的小孩子，但要走很长的游行路线，可是一项不小的体力活。几年前，看到爸爸和爷爷一起整理背桩的省级申遗材料，他们爷俩儿话里行间体现的自豪之情现在在我看来是深深的家乡情结。后来全家搬到市里，正月十五、十六在主要街道上也会出现这样热闹的场面，但却很少看到或根本看不到背桩了，而爷爷奶奶会因为一个念想儿就来到队伍会经过的马路上等候。届时是一定会有交通管制的。队伍里，敲鼓的、吹唢呐的、踩高跷的、扭秧歌的都穿着鲜艳的衣服，化着浓重的妆容，在还是有些寒冷的冬日里挥洒自己的热情，给越来越缺少年味的城市增添了很多乐趣。

正月里的活动还算挺多，老公园则是一个很官方的聚集地。卫河是新乡市的母亲河，而老公园就在卫河边上，在里面可以看到老新乡的风貌。正月里，老公园里常会举办小型的庙会，无论是唱戏的还是玩杂耍的都吸引着人们的眼球。对于小孩子来讲，最有吸引力的莫过于庙会上的各种吃食，糖画啦、泥人啦、糖人啦也都是突显艺人们高超手艺的时候。来到糖画的摊前，转一下画有十二生肖的转盘，指针指到哪个生肖，艺人就会给你做哪个。孩子们当然最希望自己转到龙了，又大又威风！至于糖人，虽然可以吃，但父母是绝不会同意的。糖人是艺人用糖稀吹出来的，拿在手里，这儿逛逛，那儿瞧瞧，糖人就渐渐地瘪了气了，这时候孩子们就要伤心了，嚷嚷着"我的水牛怎么变成一个团了！"。除了庙会，元宵节会有灯会。市区主要街道的树木上都缠上五颜六色的彩灯，夜晚立马就变得生动起来了。灯会上的景象才叫一个热闹，到处都是灯笼，有的观赏有的供于猜灯谜，若是在灯会上转了一圈却没猜中几个灯谜，那就可要败兴而归了。但这时一定会有手拿花灯的小孩子出现在眼前，在节日的气氛中，看见他们活泼可爱的样子就忘记了没有猜中灯谜的忧愁了。我记得上幼儿园的时候，我拿着自己最喜欢的莲花灯和爷爷一起去家附近的广场上玩，回到家什么都在，但花灯没了。于是我就哭着喊着要到广场上找，爷爷骑着他那辆二八自行车驮着小小的我，一路留意，却总是找不到。现在人长大了，心变宽了，自然鲜有对一盏小小花灯近乎执着的喜爱了。

小学，有时周末会挑一日的早上，早早起来坐着公交车和奶奶到解放桥赶早市，城市里的早市规模是很小的，但货品应有尽有，价钱也很便宜。我去过的几次中，无一例外的就是饿了到推三轮车的老爷爷老奶奶那儿买一串油炸鹌鹑蛋和一锅新鲜的脆皮小蛋糕，奶奶则会带些杂货回家。

　　说到美食，那就不得不提到河南有名的胡辣汤。你看街上那挂着木制招牌，上刻正宗二字的绝对是不好喝且又贵的。对于本地人来说，正宗的味道都藏在街头小巷的早餐铺子里。一碗放了牛肉的微有辛辣的胡辣汤，里面掺上嫩嫩的豆腐脑，盛一勺，有花生，有豆皮，连汤带豆腐脑一齐喝，那才是真滋味。至于那些挂着正儿八经招牌的店家，胡辣汤里只有牛肉和大量的黄花菜罢了。早晨不做早饭，就来上一碗掺了豆腐脑的胡辣汤，配着水煎包或是葱油饼，有时还会来一个火烧，吃完浑身暖暖和和就去上班上学了。老人家除了胡辣汤还喜爱豆末和粉浆饭，这些都是早餐铺子里的人气早点。现在超市里也会有卖胡辣汤粉包，倘若你是好奇而去买了那做着喝，那便要玷污胡辣汤真正的形象。这种粉包的味道可是与早餐铺里的差了十万八千里呢。

　　除了胡辣汤，炒凉粉也令人垂涎欲滴，还有那无论春夏秋冬，都会出现在街头巷尾的馄饨摊。晚上约上三两好友，不去堂堂正正的饭店，而是坐在街头要一碗馄饨，一屉小笼包，不论天冷天热，都别有一番滋味。初中高中下晚自习回家的路上或是假期和朋友出来，都会说"今天晚上去喝馄饨吧！"。要么就约着在街头来一碗串串香，喝一碗汤，浑身暖融融。若是夏天，也有流汗的快感。

　　现在新乡越来越现代化，但是这些我珍惜的一切都没有消失，而是与这座城市一起向前奔跑。可以说新乡在河南的地位，不如洛阳、开封、安阳那样的古都在其他省市的人眼中的地位高，但是我很开心看着新乡一步一步变得先进与美丽，同时还存在着老新乡的浓浓人情味儿。我竟不知道是哪里来的自信，觉得这份人情是无论如何都不会消失的……

冬 日 礼

2015 级　王宇奇

"十一月二十一到二十三，黄经 240°，小雪。虹藏不见，天气上升，闭塞成冬。"

小雪，北方的温度下降至零度以下，天地清静，万物归藏。冬日，是一段漫长的等待，等待春风解冻，一个新的周期开始。

北方的冬天，是凉风，是白雪，是光秃秃的树枝刮过公交车车窗的声音，是窗户上带着纹路的冰花。

水管里的水冰了起来，多冲一会儿觉得骨头也酥了。洗脸的时候总是觉得指尖比手掌更怕冷一些。回到屋子，里面充斥着暖融融的空气，大家都在的时候，也不开窗了，时而觉得空气全部凝固起来，这时候会突然超级想喝柠檬冰。但是每次在室外冻得想要一头栽下去的时候，还是屈服在热巧克力的诱惑之下了。冬天，又是对热巧克力的浓浓热爱，和对柠檬冰的隐隐期待。

蜷在被子里不想出去，存了一夜的暖暖气息包裹着整个人，费力地钻出来，再磨磨蹭蹭地把它叠好，最后还要一下扎进软绵绵的被子里满足一小会儿，然后才从床上下来。这么说，冬天，还是对被子绵绵的留恋。

食物的金黄色，像是在发光一样。冬天的食物，看起来比其他季节的更加亲切一些。白色的冬季，多看一些暖融融的明黄色，心里就格外满足。

北方的冬天，若是去了风，倒是不觉得那么冷。晴天的时候，阳光照在干净的白雪上，还是亮闪闪的漂亮。倒是冷风一来，就没人愿意享受这一切，满心里都是怎样御寒了。

冬日里，去了些懒倦的情绪，剩下的就是与冰雪为伴。对北方的人来说，雪是太平常。堆雪人什么的，多半只是小孩子乐在其中了。有点儿意思的也就是滑滑雪，溜个冰了。放假的时候倒是可以约上朋友去享受雪的世界。

每年初雪的日子还是叫人憧憬着。拉开窗帘看见满世界的白，再出门，你会看见车轮滚动过的痕迹，还有其他人方向不一的脚印。少有人走过的地方，像是干巴巴的树丛里，楼房的身后，你或许能发现一小片还没有被破坏过的雪地。这时候，无论是大人还是孩子，都会萌生一种奇怪的占有欲，想要在这片干净的雪地留下自己的痕迹。一个脚印，或者用手指画上一个什么图案。要是赶上一场大雪，你能在衣服上看见落下来的雪花。不是小雪时候的白色冰点，是当真一朵花的形状，和圣诞树上那些装饰物没什么两样。

四季之中有冬，它的存在必有其独特的意义。我们不能单纯当它是一场对春日的等待。指尖的冰凉，衣帽上的落雪，都是其他季节里享受不到的珍贵。或许，我们应该感激，感激在一场冰冻里，我们享受着的冬日的献礼。

有河在轻轻唱歌

2015 级　付春蕾

今天是在一个完全陌生的地方醒来的。那张凶恶的脸无限放大在我的面前，身上黏糊糊的，很湿。我应该是被眼前这个老人用脏水泼醒的。在我发怔的时候，那个老人突然发出一声低吼很像前天晚上追着我咬的那只野狗，被咬的屁股仍旧发着痛，我连滚带爬地起身然后连滚带爬地跑掉。

不知何时，我开始在这个地方流浪，头发常年夹尘，人们见我总是掩鼻跑掉，我又是何时来到这里的呢？那仿佛是前生的事。我在这个城市的每一个角落流浪，就像前天晚上追着我跑的那只野狗一样——我抢掉了它觊觎很久的骨头。

不得已，我只有再换一个地方，从我待了三天的地方再次背井离乡是一件很伤感的事，离别时我默默告别用旧报纸搭成的窝。从那个地方向西，其实我也不知道是向哪儿，只是那条路看起来平坦而让我充满饱足感。沿着那条街走了很久，直到街灯挣扎着亮起，店铺一一暗下去，深秋的晚风冰凉让我停了脚步，我蹲下去抱住膝盖，抖落一头的风沙。我眯起被沙子迷了的眼。

迷糊中睁开时，是一双美丽的脚，往上是美丽的腿，再往上是女人美丽的腰肢和胸脯，画面定格在女人美丽的笑。她在对我笑。她手中的水温热又滚烫。我看着她，想起人们说的妈妈，妈妈……嘿嘿，妈妈笑起来就是这样的吧，妈妈在对我笑，妈妈在对我笑。她把手中的水塞进我的手里，她的手指温暖而柔软，就像几天前我在垃圾桶里翻到的那块很新的面包，就像几年前陪我在街头游荡的那只在雨天依偎在我怀中的猫，我不知道它去了哪儿，只知道在一个清晨我醒来它再也没有出现。

当我再回过神来时女人已经走远。手中陌生的温度让我有着片刻的怔忪，原来这就是温度，我平静下来。

路灯在头顶发着淡淡的昏黄的光，风吹动着沙子往前跑，远方夜猫在低低地叫，而风柔和地在我耳前呼啸。这里是一个很棒的地方，这里有温度，明天也许会有一瓶暖暖的水再次出现在手心……我这样想着，迷迷糊糊地睡了过去。直到那个老头用水泼醒我。

仓皇逃窜到这个陌生的地方，其实这个城市对我来说哪里都一样。我坐在那条河边的椅子上休息，天色很是阴沉。河对岸是蓊蓊郁郁的树，倒映在河上面显得很好看，我闭上眼睛，仿佛听见有人在河对岸轻轻地哼唱。

"你是在唱歌吗？"一个清脆的声音在我的耳边响起，我下意识地全身紧绷，我把手放到头上预备着逃跑。然后我睁开了眼睛，一双清亮的眸子让我停了下来，他疑惑的表情让他的小脸皱成了生动的河流的纹路，他的脸像是在发光，像夜晚乌云背后的月亮。

突然他离我很远，他身边站着一个同样皱着眉的男人，男人扯着他的胳膊，他在男人的手里左摇右晃。我们都被这突如其来的变故惊呆了。男人说了些什么他大哭起来。我看他脸上挂满了泪珠，像是雨天的河面。他终于被拉走了，对岸的歌声渐渐停下来，人群渐渐散去，河面不再熠熠闪着金光，那个男孩儿再也没有问我是不是在唱歌，如果他问我该怎样回答呢？

唱歌是怎样的呢？我的猫会在阳光好的时候发出"咕噜咕噜"的声音，然后满足地露出腹部在草地上打滚——那是歌声吗？

在河边的时间总是过得很快，看似平静的河水一刻不停地往前，我一刻不停地思念我的猫和那片被阳光温暖着的草地，然后想起昨天晚上的那个女人和那瓶水，那瓶水散发着草地和阳光的香气，那片草地也终于在眼睛里变得湿润。

夜色如约而至。

我打了个激灵，起身，我的肚子一如既往地瘪着，以前它还会叫，像垂死的野兽最后的哀鸣，现在它只是瘪着，像死透了一般。

我摸摸它以示安慰，然后转身向前走。不要问为什么转身，前面是一条汹涌的河朋友。

直到深秋冰冷的风让我停下脚步，直到头上的沙嗖嗖掉落，直到我张开被风迷了的眼睛，直到发现那是昨天的那个地方。远方野猫仍在低低地叫。深秋的风飞快地把呻吟声吹散。

再也没有人路过。

风把沙子吹下去，我的眼睛一直紧闭着，然后睡着了。

再次醒来时眼前仍旧是那张凶恶的脸，我摸摸身上——没有湿，暗自庆幸。老人又发出了昨天的那声低吼，在我抱着头逃开的时候顺势给了我一脚。我很不解，为什么他还是不习惯我的存在呢？我的存在难道妨碍到他什么了吗？可我昨天快要走到他的店前的时候，明明看到他和善的笑，那张不善良的脸上出现那种表情就像是一块刚刚出炉的面包掉到了旁边的痰盂里一样。他在笑啊，很真切的笑，对一只精神的狗笑着，把手中的肉丢给它然后精神矍铄、飞快地走开。那只狗像极了那只追了我几条街的野狗，我没有上前，等它吃完挺胸抬头离开我走过去，空气中存留着肉的香气，依偎着那萦绕着的肉香，在萧瑟的秋风里我做了一个很饱的梦。直到被老头凶恶的脸惊醒、逃开。

胃已经彻底地瘪了下去，我坐在那条河边，河边的盛况和昨天一样，人们来来往往、欢声笑语。他们把面包小心地撕开喂给那些美丽的鸟，他们离得我远远地，可他们的声响在我听来却是清晰非常，他们把剩下的午餐丢到河边，然后把手伸进那条平静的河感叹其清澈博大。我坐在那条河边，河静静的不说话，它在轻抚河底的水草，我在想念我的猫。

想念的日子总是过得飞快，记忆中那片暖暖的阳光渐渐清晰的时候河面上的阳光渐渐地不见了踪影，鸟儿们酒足饭饱回了巢，四下一片寂静。我站起身摸摸麻痹了的屁股，河边的午餐味道令人作呕，我转过身向前走。

路灯明亮得很快，我在每一条熟悉又陌生的街道上游荡，每一条街道都很熟悉，每一条街道都那么一样，一样的陌生。这些街道上昏黄的街灯的光、稀疏的发着臭味儿的垃圾箱、小巷深处的呻吟声和每一条瘦弱的猫，每一条街道都一样。我漫无目的地游荡，路灯在我身上碾出一道一道深深浅浅的光，我仿佛重走了流浪以来的故乡，哪里都是故园般的凄凉。

不知走了多久，夜晚的风渐渐变得疲惫，它安静地在脚边的树叶上打转，头上的沙再也无法掉落，它们都已经回到了家。应该是午夜了吧，街上渐渐变得热闹，五颜六色的人们在街上歌唱，他们嘴中的呓语听不清旋律但却似曾相识，像是夜晚寂寞的风在河面哭泣。他们有时候会分我一口酒喝，更多时候他们会踢我一脚大笑着看我狼狈逃走。记忆在那一刻如潮水般袭来，影影叠叠灯火辉煌，我好像看到了自己，在空无一人的街道上歪斜着脚步唱歌。可那些已经不重要了。我继续向前走，一刻也不想停留。

今晚的星星格外的少，月亮出奇的亮。走过那段光怪陆离的街，是一片黑暗，然后我看见月光，我一直往前到了那条熟悉的街，让我安眠过两晚的街。我感到欣慰，又想起了女人手中的水和女人眼角的笑。而我熟悉的床前却是两个蒙着脸的人，看见对方我们彼此都有些错愕，他们对视一眼没有理我，继续用手中的铁丝拨动着那扇并不牢固的门，随着他们的拨动那扇也许和老头差不多年龄的门一声一声地呻吟。那些呻吟像极了那些黑暗的小巷里神秘的声音。我想起了女人手中的水和女人的笑，那瓶水在冥冥中散发着草地的清香。我冲上前去，那两个人片刻的错愕，他们使劲儿推开我然后嫌弃地拍打衣服上的沙尘。

我躺在地上全身无力，刚刚用尽全身力气也只不过把他们扑退一步，他们嫌恶地把我踢到一边，那扇老旧的门又开始呻吟。不断有灰尘呛进我的眼鼻，也许我摇摇晃晃地站起，眼前是女人美丽的身体和那瓶水，他们渐渐变得模糊，我开始惶恐好不容易记清晰的画面会不会就这样被我忘记。她会不会再次经过这里会不会记得我？恍惚中我循着方向倒了过去，然后巨大的刺痛从胃传遍全身，那瓶水仍在我的眼前，有着阳光下草地般的清香。我蜷缩着身体起来，循着声音左摇右晃像喝醉了酒的舞者混乱地挣扎。

血从我的胃流下来，天旋地转，没有痛觉。然后巨大的冰冷包围住我的身体，沙尘在水中轻轻地下落，它们再也没有迷住我的眼睛。河水从四面八方灌进我的身体，血液像水墨般散开去，我张开双眼，河岸的树沉默地伫立，河岸有人在轻轻地唱歌，原来那是河水轻轻流过。

随　想

2015 级　田莹雪

聚　会

她俩去晚了，到的时候大家已经三三两两散开唱歌的唱歌，打台球的打台球，玩游戏的玩游戏，也有躺着自顾自玩手机的，还有拿着饭碗一直等待投食的。大家都脱掉外套，在暖烘烘的屋子里，脸色红润。她俩刚从冰天雪地赶来，全副武装只露出一双眼睛带着外面的冰碴儿。在这正狂欢着的战场，茫然不知所措，像身处时间的逆流。

光

我的记忆里，回家的感觉，一定是在一条异常寂静的深山的公路上，那公路不一定是平整的，可以是陡峭的，曲曲折折的。时间一定是夜晚，是没有星星也没有月亮的夜晚，是有些清冷的夜晚。但这夜晚不是混沌的一片黑，你可以分清绵延厚重的山和天空，山是带着噪点的深灰色，而天空是稍稍轻薄的深蓝色。你的眼前则是路灯照射下清晰地投下许多阴影的小石子甚至是小土块的路面。倘若将视点放到很远很高很空阔的地方，可以看到，庞大的山体上，磕磕绊绊的有一束亮光，或者行到路面好的地方，会看到一束流畅的、带着些许小兴奋的亮光，像划过天空的流星一样划过厚重的山体。

桂　花

有一些女孩子，可能像桂花吧，自带可爱属性，小巧的玲珑的，花期短，开花次数多，像是无数次的讨好，经不起风吹雨打，又散发着浓郁的甜味，取悦他人，惹人怜爱。倘或靠得太近，却也甜得发腻。可酿酒，泡茶，或是做成什么糕啊酥的，又可佐着别的食物。有着无可替代的亲和力。

于 迷 津 处

——读肖达老师《途经秘密》札记

2015 级　宋庆旋

同一个城镇，同样的风景，我途经你，用眼观感，用耳谛听。

一直以为散文就该是一场美句华章的狂欢，作者就像是这场盛筵的司仪。而《途经秘密》，无疑是一个崭新的体验。没有浮华藻饰，没写小桥流水人家，不是千里莺啼绿映红，烟笼寒水月笼沙。意外的，肖达老师笔下的场景，普通得就如同这个城市任何的一条街道巷弄。你走在这座市镇的每个角落，都能找到类似的行迹。不美，不奇，更无关壮丽宏伟。但肖达老师看了，听了，写了，这场景便从此独一无二。别说是在长春，即便是跋涉过了整个星辰宇宙，也再找不出第二帧相同的风景。

因为这里有了秘密。她途经它，发现它，又在书页中深深埋藏。而我们随她而行，采掘，转译，而后再度深埋。

"于无声处听惊雷"，这是我最为她折服的地方。在她一支无锋笔下，候车室里的嘈杂声，成了恬静内心思索时的伴奏；不知何时遗失了的八音盒，成为盛放灵魂碎片的地方；穿衣镜里碎花的布裙，绽放出只有母亲和自己看得见的花；白色病房里那支无色的药剂，宛然已是重现真实世界的绝世良药。当那本生活之书被她页页做好边注，哪里还有什么寻常？处处是真挚和光明唱的歌，处处是对沉默和伪装的诘问。不问苍天大地，不问神灵鬼佛，只问自己那双明澈的眼，可自盲而不知？问自己玲珑的耳，可自掩而不闻？问自己那张滔滔不绝的口，可曾噤若寒蝉，或是所言非真？

那是她在唱，在问。她把歌和问卷写进书里，掩藏成深深的秘密。我们之后途经，聆听，反复吟唱，再三叩问。生活仿佛终于撤下"寻常"的障眼法，露出了本来面目。

发现自己，不知不觉间成了迷津渡口飘摇的魂灵，跟随亡灵的志愿，如影随形。在某个刹那，永夜降落亡灵狂欢，四围变成一片喧嚣的寂静。每个人都在言语，然而没有半点儿声音。

而你，从不敢发声。因那声音是真实，是光，照到你早已灰黑腐败的皮肤，会剥落，会痛。

这时她途经自己，途经一切说不出口的隐秘，而后发声，著写成书。我们再次经过，将那篇章读过。于是知道这痛不是错。这痛将剥去腐朽的藩篱，让之下真实的自己重见天日。

那时我们见光不会再痛，听见呐喊不会捂住耳朵，追梦的时候不会惧怕那断指之苦停下脚步。

那时我们走在她写过的路途上。那路的基石下埋着曾经是秘密的秘密。两旁高大的乔木在此扎根，枝繁叶茂，阳光欢笑着摔下来，抖落一地碎金。

在 路 上

2015 级　苏若璇

　　第一次上创意写作课，知道老师对我们的要求的时候，我的内心，大约是拒绝的。原因无他，自从上了高中以来，写作，似乎是一件很遥远的事了。

　　曾经是乐于写一些东西的，拿过点儿小奖，发表过一些，甚至还写过一段时间的网文赚点儿零花钱。但经历了三年训练有素的议论文写作，习惯了读、背多过思考与写。这一次，没有限定的题目，没有规定的字数，甚至连题材都要自选。再拿起笔，反而更加无从下手。所以第一次上交采风本时，我算是交了一张白卷。

　　还是妈妈点醒了我："我看你以前那些朋友圈上的东西不写得挺好的，就是太短了。写作文就像小时候我跟你说的，怎么想就怎么写，多投入些感情就可以了。"妈妈的话不一定全对，但这确实打破了我内心的某种桎梏，开始试着下笔了。

　　一开始的突破格外艰难，没有了当初年少轻狂时的大无畏，我始终认为自己缺少那一份写作的天分，那种属于作家的灵气。在我看来，这是靠天吃饭的活儿。但硬着头皮写，有了第一篇就会有第二篇，哪怕笔下的文字实在羞于见人，相比之前的茫然，我到时也能安慰自己，好歹写下点儿东西了。

一直以来，我都习惯于看而不喜欢写，看书和影片、旅游、摄影、听音乐，小日子过得很滋润。也会在有感触的时候记下一些零碎的文字，不成章地放在某个不见天日的角落。若是没有这门创意写作课，这些文字和那时候的心情，大概也就这样过去了吧。理出曾经的文字，就像整理属于我自己的《契诃夫手记》，满满的回忆，携带着全世界的海水吻来，终于被淹没，无法逃脱。忘了是谁说过，遗忘是藏在人的记忆中的蛀虫，就连最伟大的爱情，也会被腐蚀成一具空壳。恐慌于回忆中那些渐渐模糊了的过往，于是我抗拒在经验的表面滑行，顺着相片和简短的文字回忆，试着再现当时的场景，和那一刻赤红发烫的心。

最初进入文学院坐在创意写作的大教室中的抵触感，而今变成了对创意写作课的不舍。巴拉塞尔士说，对一件事情了解得越深，爱的程度也越深。"对每一个汉字都想入非非"，这又是一种多么美妙的体验。唐寅在《花月吟》中写道："扶筇月下寻花步，携酒花前带月尝。如此好花如此月，莫将花月作寻常。"珍惜这份不寻常，大概就是我以后想要坚持的写作态度。

曾经就"到了大学是否要坚持理想"这点与好友进行过一番讨论，在大学里也待了快三个月了，被安排了各种讲座，也与学长学姐们进行过这方面的交流，听到了一些有点儿奇怪的话，但却接收到了更多的正能量。报志愿时因为一些意外让我来到了文学院，但我依旧想保留我小小的倔强，即使要为之付出很多的努力。大学四年，时间其实不多，总还是应该留给喜欢的事和更多的可能。学习嘛，只是为了敲门砖和出名多少总显得悲哀。诚然，好东西大多时候都不是必需品。身处生活焦虑无处不在的蛮荒之中，先要生存，晚点儿才能谈生活。因此我知道我任性的资本不过是父母的庇佑与妥协罢了。我惭愧于此，却不愿改变。人有的时候得有勇气为了过去而杀死未来。我相信着，千辛万苦之后，在这真实得如同虚构的世界之中，即使风雨如晦，人，也总会变得更好，哪怕那么一点点。

记得，是对抗"变"的唯一途径。尽管课程结束了，我还是会继续，让采风和写作成为生活中的一种习惯。直到有一天，我所有的执念都被时间消磨干净，到了那个时候，我才会心甘情愿地放手。而在此时前，还是让我继续钻我的牛角尖，保持这份傻傻的理想主义吧。人生谁也说不准，也许后来的我会屈服于现实，但是现在，我还是会坚守这份心情，记住此刻，对文字发自内心的喜爱。

突然想到在爱尔兰时，站在莫赫悬崖边上，阴雨初斜的天空还漫着轻薄的乌云，太阳却硬是将云彩开出了一道缝隙，阳光遽然倾洒而来，整个海面都染上了曼妙的金色。那样一种豁然开朗的心情大概就是这个学期创意写作课上下来后我最直观的感受。

从第一次拿到采风本时的踌躇到看到乙未集时的感动，感谢因为创意写作而相遇的所有人。

骗

2016级　陈妍月

把手绢扔进垃圾桶，我转身对外婆说："我们回去吧。"

我是被骗进电影院的。

拿着微微卷曲的电影票，我牵着外婆的手蹦跳着走进了这个从未涉足过的神秘之地，像爱丽丝跌进兔子洞，好奇，欣喜，带着隐隐的恐惧。

这是一家太过老旧的电影院，半封闭的空间里满是木头发潮的苦苦杏仁的味道。座位是暗暗的红色，也许十几年前他们还鲜艳得如同飘扬的旗，但在我的身下，它们早已失去了那些光辉日子里的骄傲，本该柔软的海绵垫经过太多次的挤压，已经难以恢复原状，深深地凹下去，像一块暗色的沼泽。年老色衰的贝尔，美人艳光不再。

我却想起老师的脸，隐隐地闪着圣光——孩子的眼里，老师永远是最圣洁的神明。"神明"推了推她黑框的眼镜，轻易地便改变了镜片上阳光的走向，她语带兴奋地呼吁着这帮还沉浸在上一节数学课浑浑噩噩迷梦中的孩子们去看电影。

"电影！"孩子们"噌"地抬起头来，灌木向往阳光一般的，眼神放光地向往着那个从未出现过的新鲜词，"电影"。

我沉浸在回忆里，但突然的，灯，暗下来，一盏盏；音乐，想起来，一声声。

我被环境突然的变化吓得战栗了一下，心理的兴奋与恐惧带来了生理上的寒冷，那是不可控制的，属于全身每一个部位的隐隐抖动。我只得尽量缩紧身体，默默攥紧手中的"圣手绢"——那是"神明"特地嘱咐过的，一元一条，用来擦看电影时落下的眼泪。"我知道，我知道，电影一定是蛇怪美杜莎那样的怪物！"孩子们迫不及待地展开薄薄的手帕，"这是我们的护盾，护盾！你们知道什么是护盾吗？护盾就是迪迦手里……"孩子总是能把任何一件事扯到他心爱的动画片上。"神明"仿佛在不经意间听到了，堆着笑的脸一下子垮下来，这种幼稚却能引起喧闹的话题原本就是她不喜欢的。孩子们察觉到气氛的迥异，连忙闭紧嘴规规矩矩地坐好，却只看到他们的"神明"耷拉下原本高耸着的苹果肌，重新恢复了从前那种，灰扑扑的，黄津津的，长久以往的板正严肃。"闹，闹什么闹？"她用眼神环顾四周当作镇压，"老师还能害你们吗？老师做的哪件事不是为着你们好？"说罢，她的脸色才稍微地红润了一些，似乎这一番质问很是合着她的心意，但没过一会儿，她舒展开的眉头又皱了起来——还有一个刺儿头呢。"你，站起来。"正是之前偷偷说话的那个男生。"蛇怪？什么蛇怪，你以为就你懂得多是不是？"男孩儿本就是个害羞的，这当众的"羞辱"更是让他的脸瞬间充血，涨红成游乐园里灌满氢气的气球，身不由己，游街示众。

黑暗之后，人物便出来了，一个，两个……那些穿着花花绿绿的衣裳的人物操着一口我听不懂的方言，叽叽喳喳地大声叫喊着，远处的人像硕大而不真实，也许是因为太过于老旧的放映机早已失去了专属于"新"的生动，也许是因为我因对于电影的恐惧而坐到了后排，也许是夹杂在嗡嗡音响声中的孩子们的窃窃私语让人不能入戏，又或许是因为，这部我期待已久的"电影"，实在是太无聊了。国产动画片尚知道用五彩的镜头吸引观众眼球，用跌宕的剧情讲一个也许并不那么好的故事，用不同的发型服饰或配音表演来区分人物，但"电影"呢？灰暗的色调贯穿了始终，每个人物的声音和平淡的剧情一样翻滚不起半点儿波澜，音响嗡嗡的杂声里是拗口的方言和粗鄙的用词。

孩子们对这世上每一件事物都充满太多的好奇。但当热情退却之后，那些天生向往美好的灵魂便理所当然地开始了他们的起义。

当发黄幕布上的人物开始继续他们下一场的，关于鸡毛蒜皮的柴米油盐的争论时，原本就不够安静的人群开始了他们又一次的躁动。一个，两个，像夏天暴雨后枯木上的蘑菇，就那样"噌"地冒起来，不经意间，已经蔓延一片。

外婆有些犹豫地偏头看了看我，又直了直坐得有些累的腰，抬头望了望远处的"电影"，正当我察觉她的目光，想问一问她想说些什么的时候，外婆却什么也不说，只是转过头去。我知道外婆是不想扰了我的兴致。但我哪里有兴致呢？

晃晃头，腮边齐耳的短发随着惯性抽打着的脸，驱逐了几分睡意，渐渐苏醒的头脑再也不能忍受这样沉闷的气氛，又不知道该做些什么，只得用绒绒的头发在座椅上蹭蹭，摩擦生出的静电吸起头发，在微弱的灯光下，莹莹的竟然是蓝色的光，我兴冲冲地想要和人分享，却发现周围的人都各自沉浸在自己的"冥想"里，一下子便失了兴趣，对电影也就更加厌烦了。

"电影"，这是我的"神明"给予我的"恩赐"啊，凡人怎么能拒绝"神"的礼物呢？那是我的身着圣光的"神明"呀，在提起"电影"时是多么的兴奋，大圣偷得了人参果，八戒背回了新娘子，也不过如此了吧。她咧着嘴，露出上排八颗牙，下排八颗牙，露出深红色的牙肉，露出颤动的舌。她眯着眼，只剩下两条缝隙，尖刀插入罐头锡盖，留下的，应该就是这样的两个窟窿吧。鼻孔张得却异常的大，似乎只有吸入更多的空气才能支撑得起她逐渐膨胀的兴奋之情，眼角的皱纹被挤得异常的深，是小蛇，以一种诡异的姿势爬行，僵硬。

这是我的"神明"啊！

我展开已经被捏得变形的"圣手帕"，薄薄的一层化纤布满是褶皱，影院里阴暗环境里的微黄色灯光透过大小不一的手帕空隙直射到我的手指，网状的，圆圆的，是一个个小小的光晕。我把它搭在眼睛上，屏幕上的人影依稀可见——打打闹闹，争争吵吵，毒妇嚼舌，家长里短。这就是我心心念念的"电影"吗？

我的"电影"啊，它怎么是这个样子呢？

我从椅子上蹦起来，毫无预兆的——井底的小蛙突然觉醒，也应当是一瞬间的吧，突然明白井外有天，所以崖壁无形，恍悟人外无神，所以神像轰然倒塌。

电影院的墙角，有一个黑色的垃圾桶，也许它曾经是蓝色的，也许是红色的，但时间终究褪去了它鲜亮的衣，让它那样轻而易举地就融入了这昏黑的环境里，不动声色的——它终究变成了一个黑洞洞的坟墓——手绢们的坟墓。那些白得可以透出小小光圈的手绢啊，它们曾经也许是"圣手绢"，也许是"神手绢"，又或者是"如意手绢"，但那都不重要了，现在的它们，只是静静地躺在垃圾桶里，或被揉挤成一团，或伸展成一具安静的尸体，面目全非。

从云端到凡尘，幸好它们并无知觉。

但我的"神明"呢？她还会那样大笑吗？就像她提起"电影"的那个早晨那样大笑？笑出电影商人的私下贿赂，笑出手帕小贩的肥厚回扣，笑出，那样诡异蜿蜒的小蛇。

拿着微微卷曲的电影票，我拉起外婆的手说："我们回去吧。"

身后，有"神明"陨落的声音。

狗

2016级 曲 铮

在城市里的记忆是荒芜的，六岁之后的我便深陷于这片荒芜之中。那种荒芜就像黎明前的夜幕，任凭我再奋力奔跑、寻找，也找不到一颗值得惊喜的星子，而我，也不再是这片天空中的星。

近来总是多梦，梦见那段空气中都是甜橙香气的岁月。砖瓦房高高低低地错落着，家家户户用稀疏的栅栏或是矮矮的围墙隔出了大大小小的空间，羞涩的小白菜和嫩绿的小葱依偎在松软的泥层里，不久便歪歪扭扭地探出了头。炊烟总是不约而同地升起，笔直笔直地平依而去。柳树慵懒随意地伸展着，爱长成什么模样随它们自己的心情。阳光不急不缓地蔓延过树间，柔柔暖暖地泻了小小的我一身一脸。它转着乌溜溜的眼睛四处扫量着，尾巴转得像一朵花儿，有时也会伸出爪子晃晃，然后"啪"的一下拍上我的脚踝，不知是在吸引我的注意，还是在捉弄阳光。它一碰到我，我便醒了。

它叫狗，没有名字。或许它有，也被大家淡忘了。因为我一提到它，大家都是一脸茫然，继而一阵错愕，而后又是茫然。那时的我太小，对它的印象也是模糊，而近些日子，却又莫名其妙地清晰了起来，连它湿漉漉的鼻子，尖尖的牙齿和闪着水光的胡须都清清楚楚，也许是有些缘分还未尽。

狗是黑色的，毛皮又黑又亮，威风凛凛，除去细高细高的身材不谈，气质威仪都活像一匹狼，眼睛极为通透明亮，像夜一样漆黑干净，锐利中却又有着孩童般的天真和懵懂。那时的我也是孩童，我能看得懂它的眼睛。从出生到六岁，他陪伴了我整整六年。

狗是一条事业心很重的狗，能从很远处嗅到生人的味道，知道哪个生人会来敲我家的铁门，也知道该用什么样的声音吠叫最合情理，从它入住我家起，没有一次撒过谎。这精湛的职业技巧，恐怕也能使它攀上狗界事业的巅峰。可狗是不慕名利的，没有正事做的时候，它最喜欢的事情还是陪我。

我是先会跑后会走路，然后才会说话的，从我自己跑出小门跑进大院的那一刻，狗就不再寂寞了。它最爱在我跌跌撞撞的时候冲过来，晃来晃去调皮捣蛋，有时还会探出一个爪子放在我脚前，害得我一个趔趄趴在它身上，和它滚在一起，蹭了一地的土和一身的狗毛。我分明能感受到狗在窃笑，于是我也咧着嘴笑，可妈妈就不笑了。妈妈会心疼地把我拉起来抱在怀里，瞪着眼睛回头数落狗几句，却也从未打过它。此时的我回想起来，狗的自尊心还算强，每当这时就会耷拉着脑袋失落地躲回窝里不敢出来，转着圆溜溜的眼睛不知在想些什么，耳朵紧紧贴着地面，小声呜咽着，脖子上的绒毛一动一动的。可这闭门思过并不会持续很久，没过一会儿它便忘了个干净，惬意地踱步出来"嘚瑟"，乐此不疲地破坏我的学步计划。这件事大概是他狗生唯一一件会落人口舌的事了。

夏天傍晚的庭院是清爽怡人的，家家户户都爱搬出一张圆桌子围坐在一起，道些家长里短的事，连晚霞都沾染了人间烟火的温暖气息。

"听说小三子在城里结婚了？新媳妇可俊呢。"

"是啊，是啊，我也听说了，这好福气。"

"哈哈哈你家老二还自己个儿吗？和对象儿咋样了？"

"别提了八字还没一撇呐！"

我家没有那么多家常话，因为家里不过是我和爸妈，还有一条狗而已。爸妈都是读书人，家长里短自然道的少些，喂狗反而是饭桌上的大事。我家那时很是贫苦，狗也不挑食，餐餐玉米糊糊也吃得香，还不忘用两只前爪不停点地。妈妈总是慨叹说："这狗有灵性，这是在感恩作揖呢。"于我而言有些奢侈的零食有一半也都进了狗肚子里，我太矮，狗一探爪子便拿到了，吃够了一半也不再要，只是和我互相眼巴巴地望着。

待到我能把话说得利索了些，就经常会摸着狗脑袋说些只有我能懂的话，狗也会收敛平时的欢腾，静静地听我说。那时的我说了些什么现在也记不得了，只记得说到不开心的地方，狗会站起来蹭蹭我的脑袋，或者把我的手含在嘴里舔，边舔边盯着我的眼睛看。

我能背诗的时候就更了不得了，恨不得要和狗比着背。狗自然是不会背诗的，只能一脸呆滞地看着我。妈妈说："锄禾——"我就手舞足蹈地喊着："日当午——"，然后拍一下狗的脑袋，狗也伸出舌头温顺的舔一舔我的手腕。妈妈说："汗滴——"我恨不得把天喊出一个窟窿："禾下土——"而后再轻快拍一下狗的脑袋，狗也摇着尾巴开心地再舔一下我。我就这样背完了少儿唐诗里的所有诗句。

我想，如果狗能万寿无疆，我的童年也一定会长命百岁。然而，狗没了，却不是那么安详地去的。家里的负担越来越重，负担了我，再没有能力负担这条狗了。狗被卖了，卖了二百元钱，足够家里几个月的花销。此时的我知道爸妈的心疼和无奈，而那时的我，却什么都不知道，连狗没了也不知道，只当它出去玩耍不想回家。

狗真的有灵性，它知道它不能再活下去了。那天它说什么也不肯走，父亲用绳子拽，用铁链拖，连土地上都是一道道清晰的爪痕，可它还是不肯走。狗被父亲硬生生地拉出了门，而它又坐在了地上，黑色的眼睛像往常一样水蒙蒙的，却有着与往常不同的悲伤与凄怨，喉咙里发出一声声恳求的低吼，就像是孩童的呜咽。而它终究不是人，无力抵抗的它还是离开了这个家。

我没敢问它的结局，可我知道，所有被卖的狗最终都逃不过被端上餐桌的命运。每当我想到他被刀子硬生生割开皮肉时，心就一阵阵发疼。后来在政治书上看到：世间万物除了人，都是没有意识的。我不信。它会笑，会哭，还能听懂我说话，怎么能不知道疼呢？被刀子割开的时候，它会有多疼。

黑夜给了它黑色的眼睛，他给了我们光明，却没看到自己的光明。我还是会想起六岁前那些雷电交加的夜晚，它从自己的窝里蹭地一下跑出来，安安静静地趴在砖瓦房前的陪伴。

生而为人，对不起。它对我们这么好，我们却让它这么疼。

囿

2016 级　郭晓莹

池塘是无尽的汪洋，汪洋是小小的鱼缸。

我的身旁，有个四四方方的框，我说不清它是如何出现的，也许它会一直存在，抑或某天它会消亡。就像被放到方形玻璃瓶里的南瓜，它的内里积攒了一股力量，终于撑破了外面的瓶子，可以自由地生长了。然而它的身上，却依旧带着残破的勒痕和无法忘怀的伤痛。

中学的时候，并不是全无快乐，快乐的事情每天都在上演。譬如听到词不达意的答案，或是同学做出一个颇具深意的动作，都可能引起一阵哄笑。而我也在下面抿着嘴偷乐，跟着他们一起拍手。母亲曾告诉我要经常拍手，击打手上的穴位可以促进血液循环。于是，我重复着拍手的动作，我的手在自由地摆动着，双手却因长时间弯曲而麻钝。突然，在喧闹达到顶点的那个时刻，我的耳朵一阵蜂鸣。所有声音混杂在一起，渐渐远离我的身体。在这阵突如其来的空耳中，我看着他们如此清晰明媚的笑容，那一帧一帧如慢镜头播放的发自内心的喜悦，而我勉强的笑在缓慢地分崩离析。

笑是一个需要消耗大量氧气的运动，我感到此刻屋子的憋闷，打开一扇窗。纯净的蓝天上绣着几只洁白的鸽，我知道它们是楼后一户人家养的。鸽子，莫不是自由的生灵，然而它们只是绕着操场不知疲倦地飞着，我也只能对此叹惋。将自由的身体圈禁于一颗不自由的心中，何尝不是另一种悲哀。

垂目向下，在这个全世界都飞速旋转的上午，年轻人穿着个性的服装在马路上飞奔，中年人西装革履地过他们的"Middle Age"，老年人悠闲地踱着方步。我不止一次在想，这些走在路上的人们，总归要比我这个钉在椅子上的可怜人要自由得多吧！

明明只是一块玻璃，却生生将我们隔离成两个世界，那边是只能听说和想象的理想国，这边是只能挣扎和空想的乌托邦。我站在高处，隐秘地自上而下窥探那个遥远的国度，但我此时只是漂浮于其上的局外人，仍无法觅得另一国度的精髓。我们经常说那句美好止于想象，却压制不住好奇的猫到处乱逛。

我的中学时代，终于以迫切渴望逃离的背景为终结。母亲喜极而泣，说她终于可以把我的一切打包扔给大学了，这让我有些期待，又有些不可言说的恐慌。然而，那些细微的恐慌终于变成了现实。大学的日子，往往在我来不及喘息时，以那样云淡风轻的姿态无声划过。一系列无意义的事件占用着时间，分分钟席卷而来的压力使人长时间陷于焦灼。我毫不意外地发现，那所谓的跨越不过是生活空间的小幅度扩大，我依旧在方圆一公里范围内疲于奔波。

理想与现实的落差，几乎相当于从世界最高悬崖上纵身一跃，深渊敞开怀抱，妄图将我吞噬。我终于认识到，从观望者到实践者，只需要一步的距离。或许是因为度过了那段盲目愤慨的年岁，我开始思索，开始有条不紊地安排每天要做的事情，开始有计划地走出每一步，像管理鱼塘那样对待自己的生活。

我只是一条很小很小的鱼，把我放进大海里，我可能穷极一生寻找海的边界，把我放进鱼塘里，我可能会觉得这是一片无际的汪洋。一生的求索与无望，其痛苦远胜于剥离那个曾经幼稚的自己。

时至今日，我愿向我那如孩童般执拗的十八年，道一声珍重。

无　　题

2016 级　吴心颖

你已经忘记了吧。

但是我还记得的。八岁生日那天，我收到了人生中第一件真正意义上的礼物——你送我一台儿童电子琴。

那时我还算温顺，有很好的表达能力，能把《格林童话》的故事转述得清楚明晰，几首儿歌咿咿呀呀唱得也算动听。

我其实不知道你是谁。我管你叫阿姨。

遥想若干年前，记忆还是一团孔雀绿。自小父亲母亲工作忙，我和他们不那么亲近。亲近的反倒是你，我记得有一段日子我的起居都和你一起。

我那时总爱叫你。我摔倒蹭破了腿皮，夜半被尿憋醒我急红了脸，吃着铝制水杯里的地瓜我不小心磕了门牙……很多琐碎的小事里你都在我身边，你给我讲你家里绿油油的菜地，给我讲山沟沟里的繁星，你帮我赶走不论冬夏总爱围绕着我的蚊虫，我扯着嗓子叫你。

小时候条件不那么好，没有什么零食。家里难得吃鸭的时候，你总攒着鸭皮哄着我乖就给我油炸脆脆的鸭皮。"不能吃多！"你弯着腰瞪圆了眼瞧我，我挺像那么回事地朝你点头，手里汗津津地拽着你的布衫衣角。

你已经忘记了吧。

但我还记得的。当不明所以的我看到那把电子琴的时候，似乎我本就阴晴不定的天空又倏然被寒气攫紧，雨水降下来，那个关于你的、我的城堡开始坍塌，哗啦啦地全是我的鼻涕和眼泪。我一改平常的温顺哭着推搡你，把你买的崭新的电子琴摔到地上。"咿咿哇哇"的哭声断断续续，我喊着"不要不要"，其实是在质问你啊，阿姨你为什么"背叛"我？你不是我最喜欢的最亲近的、对我最好的阿姨吗？为什么你会和那些人一样，这样欺骗我、逼着我做我不喜欢的事？

那时父亲母亲谋划着把我送进钢琴班，我心底十万个不愿意。

孩童总是以为什么便是什么，不接受任何辩驳。你复杂的眼神尴尬地望着我，眼里打转的泪水映照的应该是某种程度的伤悲与无奈吧。那时的我并读不懂，只是固执地怨你，一味地无理取闹，笃信你会像以前一样，为我油炸脆脆的鸭皮哄我开心。哼，谁让你对不起我的。

可是隔天我便找不到你了。记忆里凌乱的风刮得我脸生生地疼，阿婆告诉我说你要回去照顾你自己的孩子了。那把电子琴是你给我的离别礼物。现实的湖水淹过我的头顶，我没有疯狂地寻找，没有哭到干涸的眼。大约我是平静地若无其事地继续了我的生活。我大约地懂得了一些道理。我成了一年级。

呵，你已经忘记了吧。这么多年。

我好多也都不记得了。

那段失真的时光，和你一起的日子，细枝末节已无从追述，它单薄得像一场梦一样。

岁月沉淀成遗迹。

多年后我想起那天，大人们喧闹着平息我的脾气，你在密密麻麻的人影里，周身空寂，无奈又无依。你眼里打转的泪水仿佛映照着整个深蓝色的宇宙，我看着你，我知道那里面映照着你的宽容与慈悲，也映照着我后来的懊悔与思念。

我其实不知道你是谁，我管你叫阿姨。

后来我叫过无数陌生女人这个称呼。礼貌的、规矩的、端庄的、不急不躁的，以一个近似成熟的姿态。

可再没叫过你。急切的、紧张的、不舍的、小心翼翼的，以一个完全幼稚的姿态。我叫你阿姨。

我，再没见过你。

致　D

2014 级（政法学院）　杜昕璇

很快你就十岁了，身高会拔高，体重也可能会增加。但是你一如既往的懵懂、调皮、让人担心。我们已经在一起度过了近十个年头，而我对你的感情越发浓烈。看着你成长，我的胸口时常会有这恼人的空茫，大概只有看完你精彩的人生从开始到落幕的完整过程后，它才能被填满。

此刻我告诉你这些简单的东西已是足够，接下来我们再谈论很久以前就开始困扰我的事情。那是一个夏天，记忆里残留着刺眼阳光扫过脸庞的眩晕感，在一个应该上课的日子，一个应该早起的清晨，妈妈叫你起床的声音穿过厨房，穿过客厅，穿过卧室的门缝，伴随着食物的香味，伴随着风扇的"呼呼"声，或是空调的送风声，传到你的耳畔，然后你伸个懒腰，在倾泻的阳光里慢吞吞地穿衣服，准备起床。——哦，不，这是往常的情况，而那天，厨房里没人，客厅里没人，洗手间里没人，只有卧室里，拉紧的窗帘内，柔软的床上，躺着三具熟睡的肉体，可能还包括他们的灵魂。爸爸妈妈起晚了，而你，起得更晚。你在妈妈频繁地催促声中惊慌地起床洗漱，然而还是来不及了。你沮丧地坐在沙发上，秒针一圈圈飞快地转动，像分针在追杀它，你摆弄衣角的手越来越紧，声音也带上来哭腔："老爸你倒是快点儿啊！"老爸应了两声，从镜子前走开，恋恋不舍地又回头冲镜子抹了几下自己的头发，套上了上衣，大步流星地走过客厅，手指上晃着车钥匙，他招呼你："嘿！儿子，来斯够（let's go）！"你撇撇嘴，站起来睨了他一眼，知道老爸自然是靠不住的，你仿佛已经看到在接下来的路程中他不紧不慢地等上几个红灯，还堵了几分钟车。你的迟到几乎是早已注定的。

十几分钟后，你站在教室的门口，而就在几分钟前，不靠谱的老爸已经拍拍屁股扬长而去了，独留你一人吸了一肚子汽车尾气。你忧郁地站着紧闭的教室门前，门外是阳光倾泻，疏影横斜，门内是书声琅琅，谈笑风生。此时你仿佛哈姆雷特再世：进，还是不进？你头痛欲裂，小小的脑袋瓜似乎还无法做出这么重大的人生抉择。突然，你想起了门后面可能站着你美丽却不怎么温柔的班主任，美丽的东西往往有毒，你又想起了"山下的女人是老虎，见了千万要躲开"的古训，再想到自己作为一个作文"不忍直视"、上学经常迟到的散漫学生，深感班主任真是个磨人的妖精，整日纠缠你这个数学小王子，你断定班主任一有机会就想给你个下马威的性格，绝不会放过你这个迟到的"语文问题生"，傻子才进去自投罗网呢！于是，你放弃了弥补迟到错误的机会，化身为被恶毒皇后迫害的白雪公主，奔向了自由的森林。你猫着腰，小步疾走，一头钻进了操场角落里的乒乓球台下。晨读已经结束，上课铃响了，乒乓球台下隐约能听到老师用麦克风讲课的声音，操场上空无一人，仅有那习习的风，湛蓝的天，私语的鸟；那一排排的杨柳，柔柔地在风里招摇，在金色的阳光里，你甘心做一根野草。你想爬出来，去捉那风，捕那鸟，可是你不敢，操场就在教室的外边，老师偶尔扫过窗外的目光都可能发现你这个于空荡荡的操场上唯一在动的灵长类，于是你只能蹲在球台下逼仄的小空间里，忍着双腿的麻痹，忍着骤临的尿意，忍着难挨的空虚，你蹲着，蹲着，立志蹲成一座丰碑。"丁零——"突然，在你意识涣散之前，下课铃响了！"如听仙乐耳暂明"，你像被注入了一剂强心剂，一个鲤鱼打挺接着白鹤亮翅，从球台底下钻了出来。你在操场上跑啊跳啊，和小伙伴们笑啊闹啊，和往常没什么不同。我简直惊叹于你的智慧——你以不变应万变，在球台下藏了一节课，就可以在下课时趁乱混进教室了，这样哪个老师都逮不着你，更没有人会责难你了！

可是，你没有。你干了一件一般人都干不出来的事：在上课铃响之后，你又钻进了球台下，又继续蹲了一节课……然而，更让人万万没想到的是，中午放学后，你居然像往常一样，去了学校附近的外婆家吃饭，又接着去了学校，在上课铃响之后你又钻进了乒乓球台下……所有人都没有发现什么异常，你的小伙伴可能也没想到你会干出这么"惊世骇俗"的大事，老师以为你又散漫的不上课还不请假，妈妈以为你乖乖地去了学校，外婆以为你吃过饭认真地去教室学习，你几乎就要这样瞒天过海了。然而，纸终究是包不住火的，语文老师虽然不怎么想搭理你，但还是要例行公事地给家长打个电话："喂，家长吗？你家孩子今天怎么没来上课呀……"……你干了不一般的事，下场却和以往没什么不同——一顿胖揍。对于教育你已经心力交瘁的妈妈只能跟我告状，向我痛陈你的累累恶行，然而我也不知做何回答，心中却充满了担忧。

我旧事重提，不是为了教训你、批评你、指责你或是其他，我只是想要和你交流我的担忧，因为以你的性格，一定不忍心看你亲爱的姐姐内心煎熬。你说，你为什么不进去上课呢？因为你不敢，因为你贪玩。这实在是人之常情，可是胆小贪玩的人那么多，其中一大部分可能都会认为逃课的后果比迟到挨批更严重，逃课惩罚的严厉性足以震慑住大多数贪玩的孩子，而你为什么敢逃课却不敢进教室呢？因为语文老师不喜欢你，几乎全天下的语文老师都不喜欢又调皮又讨厌语文的学生。是，爱的确应该是无条件的，可实际上，它又的确不是。就连父母与子女之间，也需要以实际行动赢得尊重，你又怎么能怪老师呢？可进去就是死，不进还有概率活，你数学这么棒，当然会选概率大的了。而不进去的另一个原因可能是孩童隐忍的自尊心。等你长大后，你可能会读到王朔的这样一段话，并深以为然："上学你就是为自尊心学习，你学习不好，老师会当场奚落你，你会很没面子。有些老师就会这一套，打击小孩的自尊心。……你有兴趣学就去学，你没兴趣学你就当普通人。当个普通人不丢人。"可是这是中国，这是一个当普通人很可能会被认为丢人的时代。中国的孩子在最美好的年纪里要上好多的课，我们努力地学习语文数学、物理化学等等，却没有一堂课教我们如何去爱人，如何承担责任，如何尊重自己和别人；我们拼命地学习如何成功冲刺一百米，但是没有人教过我们：当你跌倒时，怎么跌得有尊严；当你看到别人跌倒时，怎么顾全他们的尊严。老师和家长也曾是学生，他们也没学过。小孩子是世界上最智慧的生物，大人们不懂事，你要原谅他们。

大人们总是目光匆匆，对真正应该看的东西常常走马观花，他们看到了你逃课，看到了你贪玩，看到了你狡猾，看到了你的一千八百种坏毛病，而我作为你的大朋友，有幸见到了更多时候的你。我知道你乐于分享，知道你喜欢搂着我的脖子亲昵地贴我的脸颊，知道你看到我不开心的时候会吭吭哧哧半天，憋出一句"没关系……伤心是高兴之母……"……我们把你这样一个少年交给了这样一群大人，我不知道他们会还给我们一个怎样的青年。妈妈总是希望我能言传身教地告诉你成为一个乖孩子、好学生的诀窍，可是我做不到。因为好孩子不是可以教出来的，更不是我这样一个傻学生可以教出来的，而至于究竟应该如何理解好孩子的"好"，却似乎没有人在意。我真崇拜你呀，当年我也这样倔强难驯，却从不敢像你这么随性，我在心里咬牙切齿、嗤之以鼻，却依旧老老实实按部就班地过着我的生活，做一个沉默的愤青；而今我已成为一个呆滞的"被体制化"的大学生，却要来教真正的鲜活的孩子如何当一个好孩子，大人们真是这个世界上最不可理喻的生物。我祝你永远桀骜不驯，永远向往自由，永远不要成为大人。

那作为大人的妈妈为什么要打你呢？不是因为你没去上课，而是因为你撒谎，你没去上课却要装作上了课，你贪玩任性却想逃避惩罚，你没有付出相应的代价却想要不劳而获。这比你被禁锢更让我害怕，我怕你不守规则，而又无力改变规则，就这样在时代的滚滚车轮向前行进中被规则抛弃。

你一定觉得我的担忧自相矛盾又莫名其妙，我也这么觉得。作为一个涉世未深的年轻人，我不知道我想对你说的话有多少的含金量，但我还是说了。

在我小的时候，记得妈妈有过一本关于如何做好父母的书，在那个逮到什么文字就读什么的年纪，我因书中父亲失手打死孩子的事例心惊肉跳，也为年幼神童考上名校啧啧称奇，可时光荏苒，待到今日再回首，我却透过尘封的往事和薄薄的书页窥到了妈妈成人世界里的迷茫和慌张。在人生这个大型养成游戏里，新生儿落地的呱呱哭声是游戏开始的提示音，所有人都走在漆黑曲折的小路上，道阻且长，蜿蜒曲折，不知通向何方。爸爸妈妈是身经百战的前辈，冲锋陷阵，披荆斩棘，勇往直前，为我们开路，无暇过多顾及你我，只能回头冲稍稍走在你前面的我喊一句："嘿！照顾好那只小菜鸟！"我深感自己使命重大，每到转弯处，我都忍不住回头看看你，看看你有没有跌倒，跌倒了有没有哭泣，泪干后有没有重新站起来。可是有些路只能一个人走，我只能凝视着你，隔着长长的距离对你喊话，而不能在你步履蹒跚的时候原路返回，背起你前行，因为人生是个讨厌的游戏，它不能存档，不能重新开始，更不能代替别人完成必须完成的任务。你说过无数小孩儿，也包括我，都曾说过的台词："你凭什么管我？"凭什么呢，我没法回答你，每每都是用呵斥搪塞过去。情不知所起，一往而深，我控制不住转身看你，也抑制不住我几近啰唆的叮咛，因为我纵然涉世未深，但仍对这个世界有好多好多的担忧：我希望你乖乖练琴、读书、学习，却又怕你在应试教育的大洋中沉浮，不见天日，直至迷失自我；我希望你出类拔萃，功成名就，又怕你急功近利，不可自拔；我希望你爱憎分明，锋芒毕露，又怕你性刚才拙，多与世忤；我希望你巧舌如簧，左右逢源，又怕你圆滑世故，忘却初心……你不要笑我婆婆妈妈，也不要感到害怕，就好像木心说的，"生命是时时刻刻不知道如何是好。"

而我，只能默默注视你独自远去，在心底祝你青春比岁月更长。

隔　阂

2013 级（美术学院）　冯旭

与他相处时，我都好像刚被淋过大雨一样，冷冰冰的，多少年了一直持续着这个样子。他是我爸。

大上个礼拜，他突然打了电话过来说在长春卸货，晚上来看看我，这是很突然的。我们之间的相处次数是几个月甚至半年一次，这次的突然到来把这个平凡的晚上变得一如往常的不自在。他打电话问学校的名字和地址，又让当地人接我的电话，两个多小时后，他来了。他穿得灰灰的站在雕塑门对面的站牌喊我，我有一种不想被同学看到的感觉，经过人群，见了他，涩涩地叫了声爸。他还是老样子，只是肚子比以前鼓了点儿，还有就是他没穿平日里的那双黑布鞋。他说带我吃晚饭去，问我想吃什么，最后选了一个比较隐蔽的地方吃烧烤。我们的话不多，唠几句就没了下句，气氛一如往常的涩，多亏临桌有一帮毕业生闹喊着聚会，我们才不显得尴尬，他说他一天没吃饭了，卸了一整天的货。我爸是开大货车的，就是很长很长的那种货车，经常南方北方地跑，挺危险的。这是我一直不想让人知道的事。去年的时候，他车上拉的货被小偷偷走了，老板让他赔五十万，之后家里就拮据了起来。

和他吃饭总是那么迅速，没一会儿便结束了。我见他掀起衣服，露出了我以为是鼓起来的"肚子"，原来那是腰包。他拉开拉锁，里面竟是钱，我心里更涩了，他居然把钱藏在裤子里。那会儿，我心里像被几股绳子拧在了一起一样，我立马转移了注意力。结完账后，实在不知道去哪儿，就只能计划着带他逛逛学校，他问："我穿成这样你们学校让进吗？"我迟钝地说："让。"我知道自己是有些嫌他的，也知道自己是不对的，可偏偏我放不下架子，依然冷冰冰地和他在校园里走，人多的地方我没去。简单的见面就这么结束了，看着他远去的背影，我转过头便哭了。

林同学和大宝贝

2013 级（美术学院）　于学龙

我认识林姑娘是在高中一年级。

她是台湾人，在东北生活了三四年，平时说话台湾腔嗲嗲的，急眼的时候说话一股东北味。高中时候的林同学已经不需要花家里的钱了，她当时是花火的签约写手，每天除了上课，回到寝室还要被编辑催稿。年少无知，所以这种杂志在高中比较畅销。因为她看的杂志从来都是比市面上提前几天的样刊，我经常跟她蹭书看，一来二去关系就变得很铁。

她跟男生关系好，喜欢卖萌装蠢，有才又能赚钱，大大咧咧的，这种性格在女生圈子是不太被待见的，贯穿她整个高中的是跟同寝同班女生的各种矛盾重重。

但日子还得过，大学还得考，她继续写她的酸文。

一直到高三的时候她怀孕了。我知道这件事的时候高考已经结束了，她没高考，人也不见了，那是 2012 年的 6 月份。

2012 年的时候我还是文化课考生，因为考得太差又一直想学设计，在家人的支持下顺水推舟复习了一年。一年的辛苦，基本上把这个林同学忘到脑后去了。

一直到今年年初，她突然加我 QQ，才算又有了联系，我看见了她发的最新动态，说：当务之急是把读书时候的小伙伴找回来。

我问她近况，她说她在厦门，在一家孕婴用品店做销售，我说你还会写酸文骗稿费吗，她说不写了不写了，别提高中那会儿的事了不堪回首。然后发过来一个好糗的表情。

我一下子就不知道应该说些什么了，我以为时间过去的也不久，大家应该还都是老样子。可是当她说"不写了不写了"的时候，她和那个在高中时代会把作文写成连载小说的姑娘就没有任何瓜葛了。

马良说过一段话，他说："人都是突然长大的。有的人会失眠，有的人会喝醉，有的要号哭整晚，有的会去街上独自走一夜，有的要在自己身上划一刀再用烟头烫个疤，还有的必须自甘堕落把自己当块抹布一段时间。"这个过程或长或短，因人而异。所谓阵痛，大抵如此。

长大是真的有一个节点的，你走过去了，脱下的是这一辈子的轻盈和柔软。但是它给了你刀剑和铠甲，在这个最现实的世界里去保护，去承担，

林同学用一次不合时宜的献身和生产，把自己生拉硬扯成了一个没有羽翼但有铠甲的大人。

林同学现在会在朋友圈发她和她儿子的照片，有时候我会很怀念十七八岁眼睛里充满光的她，有时候又很喜欢如今安稳的她。

我在朋友圈里插科打诨地问，孩子他爸呢！

她回我说："大宝贝是我自己一个人生的！哈哈！"

（原载于《羊城晚报·花地副刊》）

我以我心暖民心

——父亲和他的艾滋病乡亲们的故事

2015 级（化学学院）　郑天歌

一个寻常周末的黄昏，一脸擦不尽的泪，一个跪在妻子坟头的陆家男人，一瓶集市上刚买来的药紧握在手中。

药是四个人的量，他要带着他们走，去找他们因艾滋病去世的母亲。不是他狠心，自己走，留下这三个孩子又怎么放心得下，乡里乡亲谁不知道他们的妈妈是得了艾滋病走的。陆家男人辗转反侧，一次又一次望向孩子们。天快亮了，他终究还是行动了，被灌了药的姐姐带着弟弟们疯一般地跑了出去。

最后的药属于那个男人和他的绝望。

接到报警，父亲第一个赶到现场。父亲说他当时就哭了。我从没见父亲哭过。那地上躺着的是何等绝望的尸体，家徒四壁是一种怎样的荒凉？揭开锅盖只有窝窝头，你想象不到在你幸福生活着的时候会有人那么穷，穷得像还活在 20 世纪。而他们的命运从来都被"决定"着的——被你，被我，被那些害怕艾滋病的人们。父亲在医院见到了被及时抢救过来的孩子们，他知道这些孩子，包括那些艾滋病人们需要的，不仅仅是"四免一关怀"。

这里是全国"有名"的艾滋病乡——安徽省利辛县刘家集乡。父亲在这里一干就是八年。冲击国家机关、绑架、敲诈勒索、强奸、拐卖妇女、聚众斗殴、替人索债……艾滋病人们什么都做过，也什么都做了。

长大了一点儿的我，偶然间在家中看到了一张泛黄的报纸。我一眼认出了报纸上的父亲，正坐在艾滋病人们旁边吃饭——和谐的场面，除了父亲疲惫的眼神。文章的标题很醒目——《我以我心暖民心》。从那时起，我才真正了解到父亲的工作，也是在那时，我从父亲口中得知了陆家人的悲痛故事。而这，仅是父亲八年、三千天、七万多个小时日夜工作的小小开端。

要是你让我在那里待上八年……可是父亲做到了，八年如一日，乡亲们一直都在看着。他们从疏离到靠近，从抵制到配合，从不信任到亲如一家。这八年的路，父亲一步一步走了过来，陪伴他的是心中的执着，是他眼中可爱的艾滋病乡亲们。

就在那几年，艾滋病问题备受关注，有央视"道德与法制"栏目记者来采访父亲。父亲说的是"艾滋病人寻衅滋事案件频发背景下，如何有力打击艾滋病人违法犯罪行为"。

节目被毙了，据说是因为与中央精神不符，当时全社会在号召"关爱艾滋病人"。

节目换成了一位刑警大队大队长被艾滋病人咬了一口的英雄事迹，听说他们把县里唯一的特效针给他打了。

父亲依旧和他的乡亲们在刘家集乡，田间地头随处可见他们的身影……

再后来，县里决定要把父亲调回去了。

十里长街送总理我自然是没有见过，乡亲们送父亲调任的时候我也没见到。只是听说，乡亲们太多，把派出所门口堵住了。

"唯公则生明，唯廉则生威，唯恕则情平，唯俭则用足"，这就是那张报纸上写给父亲的话。父亲他自己说："我以我心暖民心。"

陆家姐姐大学要毕业了，姐弟三人的生活也已走上正轨，我知道会有很多家庭像他们一样，像父亲所希望的那样，一直活下去。

一个奇怪的男人

2013 级美术学院　陈姝元

我几岁的时候出现了一个奇怪的男人，初见是因为家人没有时间照顾我，所以，我加入了留守儿童的阵营。

我被安置到了大姑家，自然我就遇见了我姑父，这个奇怪的男人。第一次见面就被吓到了，精壮结实的身材，古铜的散发红色光泽的皮肤，有些骇人的眼神，生着粗黑的眉毛，再加上满布左脸的青黑色胎记，真是任凭哪个小孩子看到都会哭上几夜。不过我倒还好，并且快速地习惯了和他一起生活，虽然在我的记忆里还是被吓得做了好几天噩梦。

起初，我还是一个毛寸"小伙儿"，姑父说女孩子要留起长发才好，然后蓄发的习惯便一直保留到了现在。我和大姑、姑父生活在一个人少山多的小镇子上，没有网络，可是有电视，坐在电视前就成了小镇上人们闲来无事打发时间的方式，而操持这事的就是我的姑父。修有线，连接，调整信号，爬上电线杆维护系统，收有线费，是的，只有他一个人，一个人负责了所有的工作。在雷雨天里跑进收信号的小房子不出来，偶尔在放学的路上，会在天上，哦，不，是在高高的电线杆上发现了不知道在干什么的姑父，要不然就是为了收有线费和邻居吵得面红耳赤的姑父。除了这些，姑父总是静静地坐在一张翻了黄色海绵的老式皮椅上半眯着眼看着他年轻时的DV，屏幕里面的他穿着一身白色练功服，练着空手劈砖，前空翻后空翻，还有各种各样我叫不出名的招式，然后自言自语般地讲他年轻时候的事情，虽然我已记不得是怎样的内容。不然就是看着他的专利书，辞海一样厚的书中有一页的四分之一属于他，什么专利我也记不得了，只记得，他总是语气淡淡地重复着说，没有人买专利，一年还要交几千块的专利保护费。

略懂日语、英语的他，在小镇子上也算个文化人，托他的福我们都能看上凤凰卫视，那是我天天看导致视力下降、视野上升的频道。

那时最深的记忆就是姑父每天都待在一个满是电子元件的小屋子里，焊来焊去不知道在干啥，而且时不时还传来一股刺鼻的味道。小时候感觉有趣极了，但是，长大后的我才发觉这真是一条不归路，在科研路上，真是连温饱都解决不了。巧的是，当时正值赶中国股市牛市，及时入市姑父据说当时赚了三十万不止，但是，对于这笔钱，他没有做什么，也没说什么。还是在发明的路上走着，终于，他的第二个专利问世，那个至少花了他五年时间的玩意儿，怎么说呢，外形滑稽得可以，号称多功能眼罩，能防辐射，当眼罩，口罩，帽子，还有装饰，据说为了研究眼罩上的纱网占用了他大部分时间，但是好像除了寥寥的几封信表示有意购买专利外，就是又让他每年多了几千元的负担。

姑父家还是一贫如洗，至少大姑这边是这样，姑父没拿一分钱供哥哥上大学。现在姑姑离开小镇子来城里开了个小超市，而姑父则带着他的钱，一个人生活在有了网络的小镇子上，但是，我想小屋里应该还时不时传出刺鼻的味道吧？

（原载于《羊城晚报·花地副刊》）

妈妈要背我过河

2013 级　刘蓉

"雨声潺潺，像是住在溪边。"

南方的雨，也不全像诗中那样温婉缠绵。

南方 8 月的雨，像是陷入初恋的小伙子那一腔真情，来得急躁，来得热烈。

"好多人把雨粒比作珍珠，倘若用珍珠编成这般的帘子，哪会有这么重，挑都挑不起来。"我收回了伸出窗外的晾衣竿，仰头看着天空，茫茫的一片。

"我女儿这模样是宝钗的模样，就是人家宝钗，起码拿个挂着香袋的竹竿去挑那雨帘儿，不会拿我的晾衣竿去糟蹋。"

"谁像宝钗了？"转头看见正坐在沙发上剥毛豆的妈妈，她总是这样，刚吃完午饭，就要准备晚饭的食材了。我半羞半恼地起身要回房间，"宝钗可不是什么好角色。"

"我姑娘也不是个省油的灯。"

"那我从小到大烧了您多少油啊，妈妈？"

"我没文化，算不清楚了……别贫了，过来跟我剥毛豆。"

我深深吸了一口气，学了这么多年语文，竟还辩不过妈妈。

"你奶奶，明天生日，一会儿雨停了，我们出去给她选个礼物，然后明天一大早去看她。"

"好啊，什么时候雨停？"

妈妈抬头望了望窗外，四点之前吧。

三点一刻，雨停了。

三点半，我和妈妈穿鞋出门。我穿上她给我买的粉色小凉鞋，她拿出我去丽江时给她买的民族风凉拖，迟疑了一下又放回去，嘴里叨念着："算了，留着天晴的时候穿，弄脏了怪可惜。"

"妈……"

"好了好了，你要说什么我都知道，走吧。"

我看着她。

"看什么看，我更年期！跟你当年青春期闹脾气一样。现在到你忍我了。"

走到楼下，我和妈妈默契地对视。大概是小区院子某个排水通道不畅，雨水积到了第一个台阶的高度，有人用空心的砖头垫着，能勉强通行。

"我的粉色小凉鞋，今天出门前白刷了……"

"给我拿着包，我背你过河。"

"啊？"

"又不是第一次背你。上来吧我背你。"妈妈竟走到我前面，俯下背来，她这是要来真的，要背我过河。

"得了吧，这哪儿是河，你看从砖头上走，鞋边儿都不带沾水的。不然，我背你吧妈妈。"

"你背我？你笨手笨脚的样子，到时候进了医院我还得付医药费。"

"妈！"

"不过你可以走前面给我开路，快走快走！"

我便小心翼翼地踏过水里的砖头，在微漾的水波里，仿佛看见了一幕幕小时妈妈背我抱我，我们依偎在一起的身影，那样亲密。

我和妈妈，就像是这世界上大多数的妈妈和女儿一样，不会经历什么惊心动魄的大风大浪，只会携手走过岁月蹉跎，跨过河水山坡，走到时光那头，共赏一遍凡世间的银河。

第四辑　戏剧

"变心"的丈夫

2017级　彭悦君

第　一　幕

布　　景：佩妮洛普和弗罗瑞特的家中，进门是一个小隔间与客厅相连，客厅左侧是餐桌。弗罗瑞特坐在餐桌旁看一封信。（以下简称佩妮和罗瑞）

佩妮洛普：（从门外进来，摘下手套放在隔间，走到罗瑞身边）那是什么，亲爱的？

弗罗瑞特：一封信。

佩妮洛普：噢，我知道，这上面说了什么？

弗罗瑞特：他们找到她了，呃，挪威的救援队。她，我想我应该和你说过，如果我没记错的话，我想，我应该和你说过我的吉娜的。

佩妮洛普：吉娜？你的亲戚吗？谁？我不记得你有和我说过她。

弗罗瑞特：不，我和你说过的。在我遇见你之前，呃，我和她曾经……毕竟是我十九岁时候的事了。

佩妮洛普：不，我完全没有印象。所以，你们发生了什么？

弗罗瑞特：我和她去……登山，途中，发生了些不好的事，她出了意外。

佩妮洛普：哦，上帝，罗瑞，也许不是，他们也不确定是吗？不然也不会来问你了，毕竟这已经过去很久了。（扶额）我的意思是，他们把她救出来了吗？

弗罗瑞特：哦，应该是不可能的，一定是她，他们在挪威的冰川里找到了她，她的尸体，你知道的，冰川很不稳定，他们不能直接救援，或许是从她的头发和衣服。她一定还保持着原有的模样，而我却是垂垂老矣。

佩妮洛普：（微笑着，握住罗瑞的手）好了，罗瑞，只从衣服和头发，他们也不确定这是真的不是吗？

弗罗瑞特：别生气，佩妮，我只是需要时间去接受，我……

佩妮洛普：（松开手）我没生气，我等会儿要去城里准备我们的周年纪念，你想要和我一起吗？

弗罗瑞特：不了，或许你可以和莉娜一起，你们总是可以有很多话题。

佩妮洛普：罗瑞……我想，现在也许我更应该陪在你身边。

弗罗瑞特：你不需要这么担心我，亲爱的，我很好。（看着佩妮的头发）她有着在阳光下闪烁的金发。

佩妮洛普：……像我一样？

弗罗瑞特：嗯，和你一样有着漂亮的蓝色的双眼，当我们在马丘比丘尼、佩特拉城时，她总会发出柔软而尖细的惊叹。那儿的景色很美，佩妮，我想你也会喜欢那里的。

佩妮洛普：是吗，我自己都不知道（停顿），也许我去过那儿。

弗罗瑞特：她和你很像。

佩妮洛普：人类的基因总是有一些是相同的。罗瑞，你知道吗，那年我的母亲离开了我。

弗罗瑞特：你和我说过的。

佩妮洛普：有吗？也许你记错了，可能是安吉丽娜和你说的。罗瑞，我现在才发现，我们都有些不愉快的经历，在我们互不相识的时候，而在我们相互陪伴的这段日子里，我们从未对对方说过。

弗罗瑞特：从没有吗？我记得我们说过的，也许是你不记得了。

佩妮洛普：不管怎样（微笑），谢谢你愿意告诉我这些。

弗罗瑞特：（侧过身子亲吻佩妮的额头）我们是夫妻。

佩妮洛普：好了，亲爱的，现在我想我可以去城里了，去印些照片，家里一直只有我们两个人，有些太冷清了。（望向罗瑞）

弗罗瑞特：好了，我会好好的在这的。

（佩妮笑笑，走出家门，罗瑞看着佩妮的背影，把信折起）

第　二　幕

时　　间：三天后

布　　景：城镇上的咖啡厅，人并不多，佩妮和海伦娜（以下简称莉娜）坐在靠窗的座位旁。距咖啡厅不远处有一家旅社。

佩妮洛普：莉娜，我不想举办聚会了。（搅动调匙）

海 伦 娜：怎么了，佩妮，出了什么事吗？

佩妮洛普：罗瑞，他这几天很不对劲儿，你也看到了，我本来以为自己不会在意的，但依然。安吉丽娜，她用自己二十多岁的年轻的模样占据了罗瑞的全部，灵魂、思想。那我在他身边还有什么意义呢？和一个满心都是另一个女人的男人共度余生吗？我的生活原本不是这样的，可是我……你简直想象不到，每天晚上罗瑞都在和我讲述他们的过去，他们去这儿去那儿，去登山，去滑雪。可我呢？他甚至从没和我出过这片平原！呵，安吉丽娜。

海 伦 娜：那是因为他害……　佩妮，我们都知道，初恋是美好的，你总是会怀念年轻时候的时光的，你不能因为她就放弃了这场聚会，这场聚会大伙儿已经等了五年。（停顿）亲爱的，相信我，在这场聚会上，你将会得到些不一样的东西。男人在这些日子里总是要比女人敏感些，你会感受到罗瑞对你的爱的。

佩妮洛普： 不，你无法想象安吉丽娜的影响有多大！初恋，我原以为我才是！她似乎从未离去，就在某个阴暗的角落，注视着，一步步蚕食我的生活。是，我的病让这场周年纪念推到了现在，可这并不代表什么。听着，莉娜，在这封信到来之前，我们从未像现在这般如此深入地了解过对方。我无法忍受我了解我丈夫的契机是他的初恋！

海伦娜： 冷静些，佩妮。可能很多事你们曾经说过，只是你忘了呢？你经常会和我们说起你和罗瑞的过去，你们原先是多么令人羡慕的一对啊！自打你生病起就一直记性不大好。你看，你还以为你是罗瑞的初恋呢，你记起来了原先的事吗，还是罗瑞和你说的？

佩妮洛普： 也许吧，可现在这还重要吗？莉娜，倒是你，你今天怎么了，为什么总是在替罗瑞辩解？你变了，难道你不觉得罗瑞这是变心的表现吗，就像乔尼，你忘了当初乔尼出轨你是怎么训斥他的吗？

海伦娜： （将杯子重重地放在桌上）够了，佩妮！你知道自己在说些什么吗？

佩妮洛普： （瘫倒在椅子上，捂脸又放下）我很抱歉，我只是，我不知道为什么我会说出这些话，原谅我吧，莉娜。

海伦娜： （深吸一口气）佩妮，罗瑞和乔尼不一样，这根本不是一回事，你应该相信罗瑞，安吉丽娜只会是你们感情的催化剂，为什么不整理好心态来好好准备你们的周年纪念呢？

佩妮洛普： 莉娜，你说得可真轻巧，（苦笑摇头）是什么让你如此笃定呢？如果乔尼天天向你倾诉他和他将要结婚的前女友曾经是多么幸福，从一个不愿动弹的退休作家变成天天琢磨冰川，只因为他的好吉娜被冻藏在冰川里，而对其他事物毫不关心的"科学怪人"，你还会说这样的话吗？丈夫对妻子和他们的周年纪念漠然忽视，再这样下去，我不敢预想我的生活会变成什么样？难道我要一直抱着"没事的，都会过去的"的美好幻想吗？亲爱的莉娜，告诉我，你会怎么做，她不过是一个死人！

海 伦 娜：我无法相信你怎么会变得如此刻薄！她已经不在了，何必跟一个虚的，死去的人过不去！

佩妮洛普：我（看见了窗外的罗瑞）他来城里做什么？（小声说，走出咖啡厅跟在罗瑞身后）

海 伦 娜：什么，嘿，你又去干什么？佩妮！（莉娜下）

　　　　　（佩妮站在马路旁，看见罗瑞走进旅社又出来）

佩妮洛普：（整理好衣着，走进旅社）你好。

旅社工作人员：您有什么需要吗？想去哪儿？

佩妮洛普：不是，我，呃，我想知道刚刚那个男人来这是为了什么？

旅社工作人员：您是？

佩妮洛普：他是我丈夫，也许是为了给我个惊喜。

旅社工作人员：是刚刚那位咨询这周去挪威的先生吗？可他问的是单人……

　　　　　（佩妮没说话，走出了旅社）

佩妮洛普：（站在马路旁，摸着自己脸上的皱纹）啊，安吉丽娜！

第 三 幕

时　　间：晚上

布　　景：佩妮和罗瑞两个人躺在床上

佩妮洛普：（望着天花板）是因为安吉丽娜吗？

弗罗瑞特：什么？

佩妮洛普：你今天去城里。

弗罗瑞特：啊，我只是想去看看我图书馆的卡是不是还能用，你知道的，我得去图书馆才能借到和冰川有关的书。

佩妮洛普：可是你这几天不正在看吗？好了，罗瑞，你知道我说的是旅社的事，你是不要周年纪念了吗？

弗罗瑞特：佩妮，我没这么想，我这不是没去吗？

佩妮洛普：我都快不认识你了。

弗罗瑞特：哦，佩妮，事情没那么糟。呃，我并不是想要故意隐瞒你，但是，（闭眼又睁开）挪威方面希望我能去认领一些照片。和，一些其他的东西。

佩妮洛普：照片？不是已经寄过来了吗？和上次的信一起。罗瑞，为什么你还是不愿对我说实话？

弗罗瑞特：我说了，还有一些别的东西，这就是事实！

佩妮洛普：哼，希望是这样，可为什么要你去？

弗罗瑞特：他们认为我是吉娜的直系亲属。

佩妮洛普：你在说什么？罗瑞，别开玩笑了，我的丈夫为什么会是另一个女人的直系亲属？

弗罗瑞特：佩妮，听我说，只是他们认为。事实上，我们当时是准备回来结婚的。

佩妮洛普：可你们结婚了吗？罗瑞，为什么不能对我坦诚一些，安吉丽娜的出现为什么会让你对我有这么多的隐瞒？

弗罗瑞特：这和她有什么关系？不过是，不过是当时所有人都以为我们是伴侣。

佩妮洛普：我的上帝，你怎么能这么做？好了，罗瑞，我不想再谈论她了，我要上去洗个澡。

弗罗瑞特：佩妮，我和安吉丽娜并不是……

佩妮洛普：不要再和我提起这个名字！我累了（转身要走）

弗罗瑞特：（抓住佩妮的手）好好睡一觉，佩妮。天亮后我们会有一个新的开始的，好吗？

佩妮洛普：也许吧。（电话铃声响起）

庆典人员：您好，格林夫人，我想向你确定一下后天庆典上需要播放的音乐清单。

弗罗瑞特：（小声）我先去洗澡。

佩妮洛普：好的，有《昨日重现》《美好的一天》，还有，（顿住，看到了压在电视机下的一张照片，看不清具体轮廓）怀孕的女人？（摸向自己的肚子）孩……孩子？

庆典人员：夫人，您说什么？《可爱的孩子》吗？呃，恕我冒昧，夫人，您和您的丈夫不是没有孩子吗？

佩妮洛普：呃，不，不是，是这样，我还没有列出音乐清单，明天我去城里的时候会带去给你的。（挂掉电话，哽咽，捂住嘴）

弗罗瑞特：（走下楼）怎么了？佩妮？

佩妮洛普：没什么，只是，我想，挪威方面是对的，关系好的情侣的确可能是被认为是直系亲属的。

弗罗瑞特：你真的这么想吗？亲爱的，我想我该和你说……

佩妮洛普：好了，罗瑞，去睡吧，我们都累了。（转身上楼）

第 四 幕

布　　景：周年庆典现场，隔几个街道就是照相馆，佩妮洛普坐在照相馆大厅内。

海 伦 娜：罗瑞，你和佩妮最近怎么样？

弗罗瑞特：我不知道，但是我想她应该看见了那张照片。

海 伦 娜：照片？（停住）孩子！她怎么承受得住？不是说了慢慢来，今天再看看要不要告诉她的吗？为什么你不和我商量一下，你并没有告诉我你的计划中有这一步。我们已经给了她很多暗示了，你这样会刺激到她的！

弗罗瑞特：莉娜，你看到了，我们所做的完全没有任何作用，安吉丽娜，她怎么会认为那些时光是我和安吉丽娜一同度过的？

海 伦 娜：可是，我们都已经等了五年了……

弗罗瑞特：我不想再等下去了，五年，我们的生命还有多少个五年。她不记得了约旦佩特拉城，她渐渐地不记得过往。莉娜，我在害怕，终有一日，她会忘记我。

海 伦 娜：噢，不会的，佩妮她，想开些。

弗罗瑞特：谢谢，但是你看，没有任何人能够保证，不是吗？（自嘲地笑笑）我们的一生啊，我不想佩妮也和其他人一样，因为厌恶绝望，所以把一切都抹去。她不该这样度过余生，生活加诸在我们身上的痕迹，总是不该丢弃的。（看向莉娜）更何况，那是不会再出现的佩妮和罗瑞。

海 伦 娜：哦，罗瑞，上帝保佑你们，一切都会好起来的。我真的很为佩妮感到高兴。那么，佩妮？她没和你一起过来吗？

弗罗瑞特：照相馆。（看着前方）

（照相馆内）

佩妮洛普：（攥着手）如果真是安吉丽娜和罗瑞，我该怎么做？也许我不该来这儿的，她毕竟已经不在了，我该和罗瑞好好生活，可是她和我那么像。或许在罗瑞心里，是……我和她像？罗瑞不要了周年纪念，反要去挪威……我们甚至没有孩子！

照相馆员工：夫人，您送来的照片我们已经帮您处理好了。（递过包装袋）

佩 妮 洛 普：好的，谢谢。（接过包装袋，微闭着眼，颤抖着打开）

照相馆员工：夫人，这照片是为了您的周年纪念吗？原来你们有孩子啊，您看，我们还以为……

佩 妮 洛 普：我们有孩子……

照相馆员工：这照片上，您丈夫抱着您笑得这么开心，现在又要办周年纪念，你们可真幸福。您丈夫一定很爱您。

佩 妮 洛 普：是的，（眼眶泛红）他很爱我，一直。

福　　包

2017 级　王　菲

人物

　　陆时锋——下乡知青，于歌男友，康华好哥们儿，知青点点长

　　康　华——下乡知青，白晓鸥的初恋，与秦海鸥结婚并有一个女儿露露

　　杨卫东——下乡知青，喜欢白晓鸥，陆婷婷丈夫

　　洋　洋——于歌和陆时锋的养子，父亲康华，母亲白晓鸥

　　吕家兴——队长

　　秦　父——秦海鸥父亲

　　陆　父——陆时锋父亲

　　于　歌——下乡知青，陆时锋的恋人，白晓鸥的好友，学过医

　　秦海鸥——康华的妻子，露露妈妈，深爱着康华

　　陆婷婷——陆时锋妹妹，杨卫东妻子，深爱杨卫东

　　白晓鸥——于洋的亲妈，于歌的好友，康华的初恋，秦海鸥的姐姐

　　于　母——于歌母亲，学校退休教师

　　康　母——康华母亲

　　秦　母——秦海鸥母亲

陆　母——陆时锋母亲

第一幕：意外的车祸

（手术室的灯在不停地闪烁，于洋仍在抢救，于歌、陆时锋等在手术室外）

于　歌：（双手掩面，眼泪不停地往下掉）你说于洋这孩子怎么这么不听话啊，他才多大，就去骑摩托车。

陆时锋：（轻拍着于歌）放心吧，洋洋会没事的。

（康华闻讯赶来）

康　华：怎么回事啊，洋洋？

陆时锋：早上洋洋说要出去找同学玩儿，谁知道就跑到你家去借摩托车了，然后在路上和杨卫东的车撞上了，等我们得到消息人就在抢救了。

康　华：王八蛋，我找他去。但凡洋洋出点儿事，我要他偿命。

陆时锋：（拽住康华）别冲动，洋洋现在还在抢救，具体情况还不清楚，万一要输血的话你的血型和他相配，你在这里等着，有什么事我去。

（陆时锋下，护士出来）

于歌、康华（同时起）医生，怎么样啦？

护　士：患者内脏大出血，正在抢救，血库的血不够了，哪位是患者家属请跟我来验血。

于　歌：（指了指康华）他是孩子父亲。

护　士：好，请跟我来。（康华跟护士去验血）

（化验室）

康　华：（伸出胳膊抽血）护士，别验了快救人吧，我是他亲爸爸，他身体里流着我的血。

护　士：那也不行，输血可是大事，有任何差错那是会死人的，知道吗？

康　华：那好吧，麻烦您快一点儿，孩子等着救命呢。（康华按着抽血点在

窗口处来回踱步，时不时催催护士）

护　士：康华，结果出来了，你和于洋的血型不符，不能输血。

康　华：不可能，一定是你们搞错了，我是孩子的爸爸，要不你们再验一次。

　　　　（说着又撸起了袖子）

护　士：走吧，这种事怎么会错呢，孩子的爸爸也不一定和孩子血型相同。别打扰我们工作了，下一位。

　　　　（康华失落而去，拐角处走出来一个人走向验血窗口，他听说了司机汇报的情况赶来医院，刚好碰到康华验血，听到了他们的对话，沉思了片刻。）

杨卫东：（撸起袖子）护士给我验一下吧。（护士给杨卫东抽血化验）

护　士：杨卫东，结果出来了，你的血型符合，来输血吧。

护　士：真是太巧了，刚刚孩子爸爸来验血都不符合。

杨卫东：爸爸也会和自己的孩子血型不符吗？

护　士：这种情况也是会有的，孩子可能也会和自己的妈妈血型相符。

杨卫东：（暗想：晓鸥是 A 型血，我是 B 型血，康华和洋洋血型不符？）那如果和妈妈血型也不一样呢？

护　士：那怎么可能呢，除非孩子不是亲生的。

杨卫东：不是亲生的吗？（一个念头突然闪现）不可能的，怎么会那么巧。不行，我要查清楚。（护士去送血，杨卫东偷偷取走了一些洋洋的血样，走进了隔壁的化验室，于歌从手术室赶来，杨卫东消失在拐角处。）

于　歌：护士，于洋的配型结果怎么样了？（康华久久没有回来，于歌有些不安跑来询问。）

护　士：你来得正好，正要告诉你呢，于洋的血供上了。

于　歌：真的吗？太好了，那康华呢，抽了血也不知道怎么样了？

护　士：是输血的那个吗？输完没多久就走了。

于　歌：好，谢谢啊。

　　　　（于歌心神不宁地回到了手术室门口，陆时锋寻找杨卫东未果又回到医院。）

陆时锋： 于歌，洋洋怎么样啦？血供上了吗？

于　歌： 血供上了，康华不知道去哪儿了。

陆时锋： 康华可能是有什么事先离开了吧？

于　歌： 什么事啊，洋洋还在手术呢，哎。

　　　　（杨卫东出了医院，前往康华家。）

杨卫东： 康华，有空儿吗？我们聊——（聊字还没说完，康华一个拳头将杨卫东打倒在地）

康　华： 混蛋，你还敢来？洋洋要是有什么事，我要你偿命！（第二个拳头就要落下）

杨卫东：（急忙道）康华，出了这样的事谁也不愿意啊，你放心，洋洋的医药费我一定会承担的，我会对他负责任的。

康　华：（拳头收起，提着领子把杨卫东抓了起来）谁要你的臭钱，告诉你的司机开车给我小心点儿。

杨卫东：（抹了一把嘴角的血）今天，我来是想和你说说洋洋和晓鸥的事。

康　华： 我和你没什么好说的，你滚吧。

杨卫东： 我是认真的，康华你确定洋洋是你的孩子吗？

康　华：（又挥下一拳）当然，不是我的是谁的？

杨卫东： 我和晓鸥也在一起过。

康　华： 我打死你，你还敢污蔑晓鸥，晓鸥她那么纯洁！

杨卫东： 是真的，那是一个下雨天，我干活刚好路过破庙就进去避雨，哪知道就看到你鬼鬼祟祟地出来。我好奇破庙里有什么，于是就进去了，结果发现晓鸥在里面，我立马就明白了。我威胁晓鸥说要去告发你们，让你一辈子都回不了城，晓鸥害怕了，她求我，于是我们那次就在一起了。

康　华：（满眼血红）你个王八蛋，你怎么敢、怎么敢威胁她？我打死你！（秦海鸥、康露、康母买菜回来。）

秦海鸥：（扑过去抱住康华）康华别打了，再打会打死他的。

康　露：（眼泪都吓出来了）爸爸，别打了。

康　母：儿子，怎么回事，怎么和孩子姑父打起来了？（杨卫东张了张嘴，
　　　　最终还是什么都没说）小杨，没事吧？

杨卫东：阿姨，我没事，我先回去了。（一瘸一拐地走了）

康　华：（紧了紧拳头，又放下了）妈，于洋出车祸了，是杨卫东的司机撞的，
　　　　我一时没忍住就打了他。

康母、秦海鸥：什么出车祸，严重吗？

康　华：还在抢救。

康　母：什么，我得去看看我大孙子去。（康母丢下菜，急急忙忙地跑了，
　　　　康露和秦海鸥也要追去被康华暂时拦下）

康　华：妈，您慢点儿，露露把菜拿进去，然后看看你奶奶去，我有话和你妈说。
　　　　（露露应声回屋了，又出门去追奶奶了）

康　华：（面色凝重，隐有崩溃迹象）海鸥，（康华说不下去了，掩面哭了起来）

秦海鸥：（慌乱抱住康华）康华，你怎么了别吓我啊，到底怎么了？你说话呀。

康　华：我混蛋啊我，我不知道晓鸥为了我牺牲了这么多，你说她一个女孩
　　　　子当时得多害怕呀？晓鸥，她为了保护我牺牲了自己给杨卫东，我
　　　　对不起晓鸥。（又忍不住哭了起来）

秦海鸥：（心下微酸）杨卫东这个人渣，竟然敢这样欺负姐姐，我一定要告
　　　　诉爸爸，让爸爸收拾他。康华，你先进去休息一会儿，调整一下情绪，
　　　　晚点儿再去看看洋洋，都还等着呢。

　　　　（露露追上奶奶，二人同时抵达医院，同时于母也到达了医院）

康　母：（看到走廊上的于歌，一把抓住）我孙子呢，我孙子怎么样了？你
　　　　们是怎么看孩子的，怎么让他出车祸了呢？等洋洋好了我一定要把
　　　　他接走！（于歌看了看康母，擦了擦泪水，刚准备开口，一旁母亲
　　　　先说话了）

于　母：康妈妈你别着急，先放开孩子，听孩子慢慢说，于歌也不愿意看到

孩子这样啊，她也难过啊！

陆时锋：阿姨，你松手，洋洋已经脱离危险了，说到底这事还得怪您。

康　母：（依旧紧紧抓着于歌）怪我？明明是你们没照顾好孩子，还怪在老太太我头上！

陆时锋：您知道洋洋是怎么出事的吗？他是骑摩托车速度太快刹不住车和他人的车撞上的，他还那么小，你怎么能把摩托车借给他呢？

康　母：（慢慢松开于歌）我看他骑得挺好的，还在我面前骑了一圈，挺熟练的啊，怎么就出事了呢？我的大孙子啊，我要去看看他。

于　歌：阿姨，洋洋现在还不能探视，医生说了已经脱离危险了，没什么事，他还小，没到骑摩托车的年纪，您以后可千万别借给他了。

康　母：不会的，不会有下次了，于歌你放心吧。

康　露：于妈妈，什么时候能去看看洋洋哥哥啊？

于　歌：露露乖啊，哥哥的手术很成功，等他醒过来，就可以去看他了。

　　　　（于母、康母，年纪大了，陆时锋安排康露先送他们回家休息，自己与于歌先回家给于洋拿一些日用品，杨卫东再次出现）

杨卫东：结果还没出来，希望不是我猜的那样，我欠你们娘俩的太多了。（思绪渐渐飘远，记忆中那个白衣女孩儿似乎又出现在眼前）

第二幕：往事回忆

　　　　（时间停留在 1976 年的夏天，不得不说那是一个动荡的时代，一个盛满无奈与悲伤的年代，也正是在这样一个年代有这样的一群鲜活的青年）

　　　　（炎炎烈日下，一群青年人在田地里劳作，一个穿白衣的少女晕倒，于歌等人冲过去包围着她）

于　歌：（摇晃着她，并掐着她的人中）晓鸥，你怎么了快醒醒啊。（于歌腾出一只手探了探她的脉搏，倏地变了脸色，看了看周围的知青和

老队长，旋即又恢复正常）

吕家兴：于歌，白晓鸥她咋回事？

于　歌：（犹豫片刻）老队长，没事就是天太热了，晓鸥中暑了，我带她回去休息一下。

吕家兴：到底是姑娘家家的，娇贵得很，好吧，你领她去休息，大伙儿都散了吧。

　　　　（于歌带着晓鸥回了知青点，晓鸥已经醒转）

于　歌：晓鸥，你怀孕了，已经三个月了，孩子的父亲是？

白晓鸥：真的吗？三个月了（嘴角微微勾起，康华去当兵探亲离开已经两个多月了），这是康华的孩子。

于　歌：晓鸥，你接下来打算怎么办？孩子肯定瞒不住的，你们现在这种情况队里也不能允许你们结婚啊！

白晓鸥：于歌，这是我和康华的孩子，我想要生下他，你帮帮我好不好？求求你了。

于　歌：这不是一件小事，我也不知道该怎么办啊，这样吧，我把时锋找来，我们一起商量对策。

白晓鸥：于歌，先不要找时锋，他现在是知青点点长，前途大好，他知道这件事会连累他的前途的，这件事你知我知，要是让老队长知道了，我可能就再也回不了城了，（突然跪下）于歌求求你了。

于　歌：晓鸥，你别这样，快起来，让我再想想。（扶起白晓鸥）

白晓鸥：于歌，你是答应了吗？我和孩子还有康华都会感谢你的。

于　歌：办法也不是没有的，（下定决心）就是得委屈你一阵子，这样我就和老队长说，你得了肺结核需要隔离，然后我陪你住到破庙里去。

白晓鸥：这能行吗？老队长能同意吗？

于　歌：我先和他去说说，你在这里休息。

　　　　（于歌赶到老队长办公室，陆时锋和杨卫东也在）

吕家兴：于歌，你咋来了？白晓鸥咋样？

于　歌：老队长，晓鸥情况不太好，可能是肺结核，需要隔离。

吕家兴：啥，咋又是肺结核？那不行，我得赶紧上报。（杨卫东眉头紧蹙，担心白晓鸥）

于　歌：老队长，现在晓鸥情况不明，这又是肺结核高发期，公社医院都满了，这样吧，我学过医，咱们先把晓鸥隔离起来，我来照顾她。

陆时锋：那你不会传染吧？不行，还是送医院吧。

于　歌：没事的，我有把握，待会儿你和卫东去把晓鸥抬到破庙去，剩下的事我来办。

吕家兴：那就先按你说的办，有情况一定要通知队里。

于　歌：好的，老队长您就放心吧。

　　（陆时锋和杨卫东将白晓鸥抬到了破庙）

陆时锋：于歌，照顾好自己，有啥事儿一定要找我，别给传染了。

于　歌：你就放心吧，我能行的，你们也赶紧回去吧。

　　（杨卫东与陆时锋离开，杨卫东回头不舍地看了一眼，心里充满了疑惑却不知为何，陆时锋与杨卫东每天来挑水，杨卫东几次想看晓鸥都被以害怕传染为由拒绝）

　　（白晓鸥给康华写信告知他孩子的事，康华回信说自己会尽快回来，和晓鸥结婚，晓鸥等了一天又一天，孩子要生了康华依然没有回来，这天夜里晓鸥要生了，情况很危急）

王大娘：于歌啊，这不行啊，晓鸥这是大出血啊，我接生这么多年还从来没有遇到过这种情况呢，这下该怎么办啊？

于　歌：大娘，您一定要想想办法救救晓鸥啊。

王大娘：事到如今，大娘我也没办法了，大人孩子只能保一个，赶紧想想保哪一个吧？（白晓鸥清醒了一会儿）

白晓鸥：保孩子，大娘求求您，一定要保住孩子。

于　歌：晓鸥，你怎么这么傻呢，孩子，孩子以后还会有的。

白晓鸥：不，于歌，一定要保孩子，保住我和康华的第一个孩子，他是一个生命啊！（晓鸥从枕头下掏出一个福包，福包颜色有些陈旧，是个旧物了，递给于歌）这是我一出生就带着的，保平安的，你把它给我的孩子带上，告诉他，妈妈爱他。（晓鸥有些昏昏沉沉似要睡去，却又紧皱着眉头拼出仅剩的力气）

王大娘：用点儿力啊，孩子的头出来了，使劲儿啊！

于　歌：晓鸥，生了，是个男孩儿，晓鸥你醒醒啊！

白晓鸥：（费力地睁开眼）真的吗？快抱来我看看。

于　歌：快看看，这孩子可真俊。

白晓鸥：我的儿子。（累晕了过去）

于　歌：晓鸥，快醒醒啊，你别吓我啊！（探了探晓鸥的鼻息）还好还好，大娘，晓鸥晕过去了。

王大娘：这孩子竟然硬挺过来了，不容易啊。坐月子的时候一定要照顾好她，不然容易落下病根，有什么缺的就来找大娘啊。

于　歌：好嘞，谢谢大娘了。（大娘下）

　　　　（于歌和晓鸥小心照顾着孩子，等着康华归来。）

　　　　（地　点：破庙）

吕家兴：于歌，你出来。

于　歌：老队长，您怎么来了？

吕家兴：有人说破庙里晚上总传出孩子的哭声，咋回事？是不是有孩子？

于　歌：怎么会呢？谁听错了吧？

吕家兴：杨卫东，你来说。

杨卫东：我几次从这路过，就听见有孩子哭的声音。

于　歌：怎么会有孩子呢？你听错了，是猫叫，猫正在发春呢！

杨卫东：我明明就听见是孩子的声音。（"喵！"一只猫从草丛里钻出来）

于　歌：老队长你看，我就说是猫吧。

吕家兴：下次查清楚再来汇报。（抽着旱烟走远了）

杨卫东：老队长，我、我真的听见了。（跑去追老队长，时不时回头）

于　歌：（长舒一口气，拍拍胸口）终于走了，吓死我了。

白晓鸥：于歌，怎么办？老队长怀疑了，孩子怎么办？康华是不是不要我了？

于　歌：晓鸥，你别哭啊，不会的，康华怎么会不要你和孩子了呢？

白晓鸥：你别骗我了，他要是心里有我和孩子，怎么会不回来呢？

于　歌：晓鸥，康华肯定是有什么事耽搁了，他一定会回来的。你现在还坐月子呢，要照顾好孩子，等他回来。

于　歌：杨卫东，你天天在这儿鬼鬼祟祟干什么呢？

杨卫东：（从墙角站起来）我来看看晓鸥，她病怎么样了？我要进去看看她。

于　歌：（双臂打开拦在门外）不行，晓鸥得的是传染病，不能探视。

杨卫东：那你怎么没事，你在这儿陪她待了这么久。

于　歌：我学过医，我知道怎么预防。

杨卫东：我身体好着呢，抵抗力好，不怕传染，你就让我去看看晓鸥吧。

于　歌：那也不行，万一传染了呢？

杨卫东：我不管，我就要进去看晓鸥。你拦着我，是不是有什么见不得人的事怕被我知道？

于　歌：你胡说，你再这样我就告诉队长，说你骚扰女同志，给你记处分，看你还怎么回城。

杨卫东：（停下脚）行，于歌，算你狠，别被我发现你们的事，不然你别想回城了。

于　歌：总算走了，这个杨卫东怎么这么难缠。

白晓鸥：（哄着怀里的孩子，心下想到）于歌，你已经帮了我和孩子太多了，我不能再连累你了。康华，你既已负我，就别怪我无情了。

白晓鸥：于歌，我想吃鸡蛋了，你能帮我做个荷包蛋吗？

于　歌：好，想吃什么再告诉我，我去大娘家拿鸡蛋去。

白晓鸥：（看着于歌离开）再见于歌，下辈子我们再做好姐妹。（拿起桌上的油灯）

于　歌：（在王大娘家取鸡蛋）真是太感谢您了大娘，要不是您，晓鸥还不知道该怎么办呢？

王大娘： 这孩子，瞧你说的，见外了不是，你在村里给大娘看了多少次病啊，该是大娘谢谢你啊，好孩子。

于　歌： 大娘，这都是应该的。（看见破庙里有火光）不好了，着火啦，晓鸥和孩子还在里面呢！（快步跑开）

王大娘： 好好地怎么会着火呢？

于　歌： 晓鸥，晓鸥你在哪儿？（"哇，哇"孩子的哭声吸引了于歌，于歌发现了床上的洋洋，晓鸥趴在床边昏了过去）晓鸥醒醒，我先带洋洋出去，马上就来救你。大娘，你先带着洋洋离开，着火了老队长一定会来的，发现孩子就糟了，我还要进去救晓鸥。

王大娘： 放心吧，我会照顾好他的，救人要紧。

于　歌： （扶起床边的晓鸥）晓鸥醒醒，我来了。

白晓鸥： 你别管我，你快走啊。（破庙的一根大横梁断了，晓鸥推开了于歌）走吧，照顾好洋洋。（大火吞噬了破庙）

于　歌： （跪在了破庙前）晓鸥，我会好好照顾洋洋的。

吕家兴： （带着一帮人前来救火，火扑灭了，晓鸥的遗骨被抬出）于歌，怎么回事儿，怎么会起火呢？

于　歌： 对不起老队长，是我没看好晓鸥，没能救下晓鸥。

陆时锋： 于歌，快起来，也不能全怪你啊，这样的事我们谁也不愿意看到啊。

杨卫东： 不怪她怪谁，是她非要把晓鸥带到破庙来治病的，结果病没治好，晓鸥还没了。

陆时锋： 杨卫东，说什么呢你，于歌她也是好心。

杨卫东： 谁知道她安的什么"好"心？

陆时锋： 你！……

吕家兴： 行了，都少说两句，火灾的事我会查清楚的。于歌、时锋你们跟我来。（队部）

吕家兴： 于歌，着火的时候你在哪儿？

于　歌： 我去给晓鸥找吃的了，晓鸥这几天胃口不好，我就想着给她做点儿好的，就去借了几个鸡蛋，可是鸡蛋还没来得及给她做，她就……您看，鸡蛋还在这呢。

吕家兴：（看了一眼鸡蛋，相信了于歌的话）那你们说，白晓鸥的事该咋办？

陆时锋：依我看，我们就把晓鸥埋在咱村子里，她家是外地的，老父亲病重了，母亲赶不过来。

吕家兴：那就先这么办。（知青点众人火化了白晓鸥，于歌送走了晓鸥，赶到王大娘家接走了孩子，于歌抱着孩子又去了队部）

于　歌：老队长，你快来看啊，我捡了个宝贝。

吕家兴：啥宝贝？我看看。

于　歌：您看，是个孩子，看看还在笑呢。

吕家兴：哪来的孩子？

于　歌：我捡的，就在村子旁边的小树林里。

吕家兴：真的吗？不会吧，咱们村的生孩子，我都是有数的，我们村可是计划生育模范村。

于　歌：会不会是别的村的孩子超生了，扔在咱们村的？

吕家兴：是谁呀，要这么害我，我计划生育的红旗怎么办啊，不行不行，哪儿捡的送回哪儿去，这个锅我可不能背。

于　歌：别呀，老队长，您看看这孩子多可爱呀，要不这样，我先养着，等找到他亲生父母了再给送回去，您看成吗？

吕家兴：你一个大姑娘家家的，没结婚带这个孩子怎么行，要不这样，先放在我家，让你婶子先照顾着。

于　歌：别呀，老队长，婶子一天多忙啊，又是家里又是地里的，没事儿，我自己照顾着，等找到他亲生父母，放心吧。

吕家兴：那先这么办，可先说好，找到他亲生父母一定要送回去。（于歌抱着孩子回到了知青点，细心地养着孩子，世上没有不透风的墙，很快大家就都知道了于歌未婚却先带回了一个孩子。未婚却有孩子在那个年代是多么可怕啊，流言满天飞，于歌在村中倍受冷遇，男友

陆时锋不忍其遭人冷眼，前来劝说于歌送走孩子）

　　　（女知青点）

于　　歌：（抱着孩子）时锋你找我啊？来看看孩子。

陆时锋：（不看孩子，微微推开）你知道现在大家都怎么说你吗？你知道他
　　　们的话有多难听吗？咱们趁早把孩子送走行吗？

于　　歌：时锋，怎么能这样呢？你知道吗这孩子其实是……

陆时锋：是什么？你说啊！

于　　歌：（怔住）是，是我捡来的，你看他还这么小，这么可爱，我舍不得
　　　送走他。我先养着，等他的亲生父母来找他。

陆时锋：都这么久了，要找早找来了，分明是不想要了。

于　　歌：时锋，你怎么能这么说呢，孩子还小，可能就是一时弄丢了。

陆时锋：于歌，这孩子你送不送走？马上就要有机会回城了，老队长本来推
　　　荐了我、杨卫东还有你。可是公社说你未婚带个孩子，作风有问题，
　　　要求换人，你好好想想，我先回去了。

于　　歌：时锋！（于歌抓住了时锋的袖子，时锋挥开她，头也不回地走了）晓鸥，
　　　你说我该怎么办？时锋他不能理解我，你教教我吧，是我做错了吗？
　　　（"哇"，洋洋哭了）洋洋乖啊，不哭，妈妈的宝贝，妈妈爱你，睡吧，
　　　睡醒了爸爸就回来了。

　　　（于歌迟迟没有送走孩子，名额被顶替，她和陆时锋也没有再见面，
　　　陆时锋回城）

于　　歌：再见，时锋，对不起。

　　　（康华服役期满，转业回了村子，他要来带晓鸥和孩子离开，康华
　　　进了村子直奔知青点）

康　　华：晓鸥，晓鸥我回来了。（满屋子找不见人，于歌这时抱着孩子回来了）
　　　于歌，晓鸥呢，大伙儿怎么都不见了？

于　　歌：（眼眶泛红，哽咽）你不是不回来了吗？你还回来干什么？你知不
　　　知道晓鸥到死都还等着你回来，可是到她死也没等到你。

康　华：（接过孩子，看着和晓鸥相似的眉眼，红了眼）于歌，你说什么，你骗我的对不对？晓鸥她只是生我气了，躲起来了？于歌，你带我去找她好不好，我知道我对不起晓鸥，我回来晚了，快带我去找晓鸥，我要和她解释清楚。

于　歌：晓鸥她真的死了，就葬在后山上。

康　华：（疯了似的跑向后山，慢慢跪在了地上，看着晓鸥的墓，有什么冲出了眼眶）晓鸥，对不起，是我回来晚了，我本来想着出完那趟任务就回来，可是中途出现一些意外，时间又延长了。那地方太偏僻，邮寄不出来信，我没能及时联系上你们。（康华抬手狠狠地抽了自己一耳光）我就是个混蛋。（一个铁铮铮的汉子，在晓鸥的墓前哭得像个孩子）

于　歌：（孩子似乎也是受到了感染，哇哇地哭了起来）宝宝乖，不哭啊，爸爸回来了！（看着康华这样子，有些于心不忍）康华，你起来吧，孩子还等着你呢。

康　华：（看了一眼晓鸥的墓，又看了看啼哭不止的孩子，慢慢地站起了身）晓鸥，你放心，我一定会好好把孩子养大的。（从于歌手中接过孩子，二人一起下山）

康　华：于歌，知青点的同志们呢？

于　歌：（沉默）差不多都回城去了。

康　华：（看了一眼怀里的孩子，明白了些什么）于歌你放心，回城的事，我肯定帮你，要不是你，我和晓鸥的孩子怕是就保不住了。

于　歌：你回来了，我也就放心了，总算没有辜负晓鸥等你一场。（康华先回了城，他要去找老同学秦海鸥的爸爸帮忙）

（地　点：秦海鸥家）

（康华提着礼物上前敲门）

秦海鸥：（打开门，惊喜地）康华，你怎么来了，快进来坐，爸、妈，康华来了。

秦　父：康华来了啊，快坐。

康　华：好，谢谢叔叔

秦　父：你这次转业回来工作安排了吗?

康　华：安排了，叔叔，进厂里去当工人。

秦　父：好啊，这样就有了铁饭碗了啊，来喝水，小鸥来陪康华坐一会儿，
　　　　我去厨房帮帮你妈妈。

秦海鸥：放心吧爸爸，我会好好招待康华的，是吧，康华?

康　华：晓鸥? （康华猛地一震）

秦海鸥：对啊，这是我的小名，我爸爸喜欢海鸥所以就给我取了这个名字，
　　　　除了亲戚还没有人这么叫过我呢。（秦海鸥脸上飞上了两片红霞）

康　华：哦，是这样啊，那个晓，海鸥我……

秦海鸥：你什么呀? 有什么事你就说吧，我和我爸说，他准会答应的。

康　华：是这样的，我有一个朋友带着一个孩子，是她捡来的孩子，她不忍
　　　　心送走，回城的事也耽误了，所以想请叔叔帮帮忙，帮她办个回城
　　　　手续。

秦海鸥：就这个事啊? 我还以为是什么大事呢，早说啊，等着我找我爸去。
　　　　爸……（秦海鸥奔着厨房去了）

秦　父：这个事?

秦　母：那个女孩儿不会是康华的对象吧，孩子是康华的孩子吧?

秦海鸥：妈，说什么呢，康华可老实了。原来上学的时候好多女孩子喜欢他
　　　　都被他拒绝了，他才不会乱来的。

秦　父：我就问你一句，那个孩子和你有没有关系?

康　华：（咬了咬牙）没什么关系，那是于歌捡来的孩子，养出感情来了，
　　　　舍不得扔，回城的事也就耽误了。

秦　母：那你是看上人家姑娘了? 这么费力地要帮她回城。

康　华：不是的，只是我们从小就认识，是朋友，看她一个人怪辛苦的想帮帮她。

秦海鸥：（眼神亮了起来）你们真的没有别的关系吗?

康　华：没有，我们就是朋友。

秦海鸥：（抱住爸爸的袖子）爸爸，你就帮帮他嘛，他也是好心啊。（说完又蹭了蹭爸爸）

秦　父：（拍了拍女儿的脑袋）你呀，好吧，那我就帮他一次。

秦海鸥、康华：谢谢爸爸（叔叔）

秦　父：好了，既然来了，就留下吃顿饭吧。

（晚饭期间，康华陪秦父喝了不少的酒，秦海鸥主动请缨送康华回家，秦海鸥一路扶着康华回家）

（地　点：康华家）

康　华：（喝多了酒，眼前人影模糊）晓鸥，晓鸥，你来了（康华笑着，像个毛头小伙子）

秦海鸥：小鸥，是在叫我吗？我就知道康华心里是有我的。（秦海鸥扶着康华往床边休息，扶着他躺下，准备去给他倒水醒醒酒）

康　华：（一把抓住秦海鸥）晓鸥，别走。（秦海鸥猝不及防倒在康华身上）别离开我。（秦海鸥半推半就地顺从了康华）

（清晨，康华悠悠转醒，揉了揉脑袋，突然看到了身边的秦海鸥）

康　华：（惊讶地坐起）你怎么在这里？

秦海鸥：（笑得有些娇羞）昨晚的事情，你都忘了吗？你还一遍遍地叫着我的名字。

康　华：海鸥，对不起，我，我喝多了。

秦海鸥：你什么意思，难道是我上赶着和你在一起的？（抱着被子，呜呜地哭了起来）

康　华：你别哭呀，我会对你负责的（秦海鸥还是哭个不停），我会娶你的。

秦海鸥：（止住了哭泣）真的吗？那我就回去告诉我爸妈，咱们尽快结婚。（下了床，穿好衣服利落地走了，康华坐在床边久久地沉思）

（秦海鸥回家，向父母宣布她已经和康华在一起了，他们准备结婚，秦父秦母爱女心切也就同意了，于歌的回城手续已经办好）

第三幕：回城，认亲

（有了秦父的帮助，于歌顺利回城，抱着孩子回了家）

（地　点：于歌家）

于　歌：妈，我回来了。（抱着孩子冲到于母面前）

于　母：好孩子，你终于回来了。（说着眼泪就要掉落）

于　歌：妈，我这不是回来了嘛，洋洋来，叫姥姥。（洋洋乖巧地叫了一声）

于　母：唉，好，乖孩子，进屋，姥姥给你拿糖吃。（牵着于洋，二人一起
　　　　进了屋，安置好于洋，母女二人单独来到房间）你跟妈说实话，这
　　　　孩子是哪来的，不会是你的孩子吧？

于　歌：妈，你想哪儿去了？我说了，您别生气啊！

于　母：你说吧，妈不生气。

于　歌：那我就说了，这个孩子其实是康华的，孩子的妈妈在生他没多久就
　　　　去世了，临终前托我照顾他。现在康华回来了，我本来打算把孩子
　　　　给他的，可是他又刚结婚，要先缓一段时间，就托我先把孩子带回
　　　　来了。

于　母：唉，你就是心太好，行吧，那就先放在咱家养着。

康　华：于歌，真的是太感谢你了，一直照顾着孩子，我会找机会和海鸥说说，
　　　　把孩子带回去的。

于　歌：能行吗？海鸥会接受孩子吗？你要好好跟海鸥说说。

康　华：放心吧，她会接受的

于　歌：但愿吧，海鸥会好好对孩子的。

　　　　（第二天，康华又去找了于歌）

康　华：于歌，海鸥她怀孕了，现在不太稳定，洋洋的事情可能要推一推。

于　歌：康华，我知道你夹在两边也为难，洋洋还小，先放在我这里吧，突
　　　　然换个环境，他也不习惯。

康　华：于歌，我……

于　歌：行了，别说了，快回去吧，洋洋我会照顾好的。

（于歌 一直都有一个考大学的梦想，回城以后，每晚都在熬夜复习，终于到了报名这一天）

（地　　点：报名处）

（于歌交上报名表）

工作人员：你还没结婚？

于　歌：是的，我单身。

工作人员：那你怎么带着个孩子，像你这样的情况是不能报名的，回去吧。

于　歌：大姐，您通融通融吧，这孩子是我收养的。

工作人员：那你有收养证明吗？你也不符合收养条件啊，回去吧，后面还有很多人排队呢。

于　歌：大姐……

工作人员：走吧，快走吧。（于歌含着泪走出了办公室，大学梦就这样碎了，于歌失魂落魄地走回了家，却在家门口碰见一个熟人）

于　歌：（有些不敢认）时锋，你怎么在这里？

陆时锋：（挠挠头）前几天来看阿姨，炉子坏了，今天来给阿姨换个新炉子。

于　歌：你经常来这里？

于　母：可不是，时锋自从回城以后，隔三岔五就往我这儿跑。总是忙这儿忙那儿的，他说你不在，他就替你照顾我，一起等你回来。

于　歌：时锋，我……

陆时锋：（走近于歌，慢慢抱住了她）好了，别说了，康华都告诉我了，其实在我走的时候，看到你在山上送我离开，我就后悔了，我应该和你在一起的，你没回来的时候，我每天都在等你。（二人默默相拥）

（地　　点：陆家）

陆时锋：爸妈，我要结婚了。

陆　母：真的呀，儿子，这么快，哪家的姑娘怎么不带回家来看看？

陆时锋：妈，于歌，你见过的。

陆　母：什么,我不同意,她还带着个孩子,你们以后结婚了,生育指标怎么办?

陆时锋：那不是有我爸嘛,让我爸找人帮帮忙去要一个。

陆　父：(摆摆手)别,我可要不来,这事我跟你妈不同意。

陆时锋：得,我跟您二位说实话吧,我今天来就是通知您二老一声,不是征求你们的同意。(带上门离开)

陆　母：你看看,这孩子。

（陆时锋、于歌准备结婚,秦海鸥生下了一个女儿）

康　华：海鸥,对不起,我开始骗了你,洋洋是我的孩子。

秦海鸥：你当时怎么说的,说什么孩子是于歌捡来的,当时我妈就怀疑,可是我还是选择了相信你,可是你呢?太让我失望了,亏我还一直觉得于歌是个好姑娘,我要去找她去,说清楚,让大家看看她的真面目。

康　华：海鸥,你冷静一点儿,孩子不是我和于歌的,洋洋的妈妈生洋洋没多久就去世了,也是她在临终前拜托于歌照顾洋洋。

康　母：(哄着孩子)吵什么吵,把我孙女都吵醒了。

秦海鸥：妈,恭喜你,你终于有孙子了。

康　母：说什么呢?海鸥你又怀上了?这是好事啊,你们吵什么?康华,你也是,要多让着点儿海鸥啊。海鸥,来,快坐下。

康　华：妈,实话跟您说了吧,洋洋是我的孩子。

康　母：这都是什么事啊,我怎么糊涂了呢?

康　华：那个孩子是我和另一个女知青白晓鸥的孩子,晓鸥在生洋洋没多久就去世了。当时情况特殊,就没告诉你们孩子的事。

康　母：你这孩子,还不快去把我大孙子接回来,你还让他在外人家里住着,我可怜的大孙子哟。

秦海鸥：情况特殊?你是怕讲出实话,你的宝贝儿子回不了城吧。(从康母怀里抢过露露)露露,我们走,让你爸爸和他的好儿子过吧,这里也不欢迎咱们。

康　华：海鸥,你听我说……(海鸥离开)

康　母：儿子，我们快去把我大孙子接回来，我就说嘛，当时见着那孩子我就好奇怎么和你有几分像呢。海鸥，她想明白了会回来的。

　　　　（地　点：于歌家）

康　母：洋洋，来，到奶奶这儿来。（洋洋怯生生地躲开了）这孩子，我是你亲奶奶啊！

于　歌：洋洋，叫奶奶。（洋洋低低地叫了声奶奶）

康　母：好，大孙子真乖，走，跟奶奶回家，奶奶给你做好吃的。

洋　洋：不，我要和妈妈在一起。

康　母：洋洋，你跟奶奶回家，她不是你的亲妈妈，（拉过康华）这才是你亲爸爸啊。

洋　洋：你胡说，坏奶奶。

康　华：妈，你怎么能当着孩子的面这么说呢？孩子还小啊，于歌，你们别介意啊。

康　母：于歌，阿姨感谢你这么长时间对洋洋的照顾，既然回来了，洋洋是我们康家的孙子，我们就带回去了，你也要结婚了，会有自己的孩子的。

洋　洋：不，我不跟你们回去，你们坏！（号啕大哭）

于　歌：（抱起洋洋）洋洋乖啊，妈妈在呢，阿姨您看洋洋现在还小，一时还不能适应，等过几天我给您送回去行吗？

康　华：妈，于歌说的对啊，咱们先回去吧，过几天再来接洋洋。（康母依依不舍地离开了）

　　　　（康华上门接秦海鸥回家，她得知洋洋的生母离世，以及于歌对洋洋的良苦用心，动了恻隐之心，康华好一番劝慰将人带回来了。）

　　　　（地　点：于歌家）

　　　　（与康母约定的日子到了，于歌早早地为洋洋穿上了新衣服，几天的劝说，洋洋终于答应去康华爸爸家里住几天）

康　母：（从于歌手里接过孩子）辛苦你了于歌，我替康华谢谢你，我们走了。

（还没走出院门，洋洋开始号啕大哭，一直回头要妈妈）

于　歌：（早已泪流满面）洋洋。（拔腿就要追出去，陆时锋拉住了她）

陆时锋：（紧紧地抱着泣不成声的于歌）于歌，总要去面对的，洋洋也要回
　　　　到亲生父亲身边。

　　　　（于洋送走，陆父陆母松口，答应于歌和时锋的婚事，没过多久，
　　　　于歌怀孕了。）

康　华：洋洋来过吗？

于　歌：没有啊，怎么了？

康　华：洋洋不见了。

于　歌：怎么会不见了呢？

秦海鸥：都怪我，今天在家的时候他和露露抢玩具，露露这两天身体也不太好，
　　　　我就训了洋洋几句，让他让着点儿妹妹，他还和我犟，我就动手打
　　　　了他几下。

于　歌：什么，你还动手打他，当初把洋洋交给你们是希望你能好好对他，
　　　　没想到你们这样对他，洋洋找到了我一定要把他接回来。不行，我
　　　　要去找洋洋。

陆时锋：（拉住于歌）你别急，你现在也不方便，你在家里等着，我们出去找，
　　　　有消息了通知你。

于　歌：我怎么坐得住，我要出去找洋洋。（人已经跑出院门）

陆时锋：等等我，我陪你去。（康华、秦海鸥也出门去找洋洋）

　　　　（地　点：秦母家）

秦　母：来孩子，进来吧。（拉着洋洋进了屋）

秦　父：这是哪来的孩子？

秦　母：我买菜回来的时候看到的，就躲在花坛边上哭，我看天也黑了，就
　　　　先把他带回来了，明天再带到那儿看看他父母会不会找来。

秦　父：那也只能先这样了。

秦　母：那行，孩子在花坛里蹭得脏兮兮的，我先去给孩子洗洗，好让他早

点儿休息。（秦母放了一大盆热水，准备给洋洋洗澡，洋洋脖子上的福包露出来了，秦母一怔，盆子翻了，发出了巨大的声响。）

秦　父：（匆匆赶来卫生间）怎么了，这么大年纪还毛毛躁躁的。

秦　母：老头子，你快来看，这孩子脖子上的福包。

秦　父：（愣在了那里）这是……

秦　母：这是我们当年送走晓鸥的时候给她戴上的，你看这里还有一个小小的"鸥"字，就是我们女儿的。（秦母激动地抱住了洋洋）

秦　母：孩子，告诉奶奶，你妈妈在哪儿呢？

洋　洋：新家里的阿姨不好，她打我，我想要去找妈妈，可是我迷路了。奶奶，你能帮我找妈妈吗？

秦　母：宝宝乖，告诉奶奶你妈妈叫什么？奶奶带你去找妈妈。

洋　洋：我妈妈叫于歌。

秦　母：于歌？你是……

秦　父：先给孩子洗洗吧，让孩子早点儿睡。（秦母安置了洋洋，越看越发觉得洋洋和自己女儿像极了）

秦　母：他就是于歌带回来的那个孩子，那岂不是说我们的女儿已经、已经去世了，我可怜的女儿！

秦　父：（轻轻地拍着秦母）好了，别哭了，是咱们对不起孩子，当年送走孩子也实属无奈啊！咱们全家就要下放，你还坐着月子，海鸥身体又不好，农场条件太苦了，你们娘仨会受不住的，送走晓鸥才能保住你们母女啊。冥冥之中注定我们要遇到这个孩子，女儿也是希望我们好好对待这个孩子。

秦　母：我们要好好照顾孩子长大，我们欠女儿的太多了。（第二天清晨，秦父秦母带着洋洋去了康华家）

康　母：哟，我的大孙子可算回来了，亲家母这是怎么回事儿，是你们把我大孙子带走了？

秦　母：亲家母，你误会了，是我昨天买菜回家的时候遇到这孩子了，孩子

说妈妈叫于歌，可我们也不知道于歌住哪儿，所以带到这儿来，想问问康华，把孩子送回去。（康华与秦海鸥前后回来）

秦　母：康华，你回来得正好，于歌在哪儿呢？孩子找到了，一直嚷着要找妈妈呢。

康　华：洋洋找到了？（慢慢放松下来）

康　母：这孩子，孩子找到了怎么还不高兴呢？

康　华：妈，于歌找洋洋出事了，流产了，以后可能都不会有孩子了！（眼眶发红）我想把洋洋送回去。

康　母：那我的大孙子该怎么办？我想洋洋了怎么办？

康　华：妈，咱们住的近，你想去看洋洋，随时都可以，于歌也会欢迎的。她为洋洋付出了太多了，现在又出了这样的事。咱们得讲良心，把洋洋送回去吧。

康　母：我舍不得，我的大孙子。

康　华：洋洋是您的大孙子，这一点不会变的。（康母终于答应等于歌出院就把洋洋送回去）

　　　　（地　点：于歌家）

　　　　（康华送洋洋回于歌家，秦父秦母、康母、秦海鸥陪同）

洋　洋：妈妈，妈妈。（洋洋扑进于歌的怀里）

于　歌：洋洋，来让妈妈看看，长高了不少。

康　华：于歌，洋洋就交给你了，你照顾我们放心。

康　母：于歌，我以后要是想看孙子了，你不会不欢迎吧？

于　歌：不会的阿姨，您永远都是洋洋的奶奶。

秦　母：晓鸥的事情我们都听说了，谢谢你一直陪着我们的女儿。

于　歌：阿姨，您说晓鸥是您的女儿？

秦　母：是啊，当年计划生育多严啊，海鸥小的时候身体不好，我们就狠狠心送走了晓鸥，这孩子命苦啊！

于　歌：阿姨，我想晓鸥在天之灵不会怪您的，您也是迫于无奈啊，晓鸥生前和我说过，养父母对她就像亲生的一样，没有吃太多的苦。

秦　父：终归是我们对不起晓鸥，康华、晓鸥当年的事，我们就不怪你了，希望你今后善待海鸥、洋洋和露露。

康　华：爸，您放心吧，我会的。

秦　父：海鸥，爸爸一直也没有和你说过你姐姐的事，不想你有心理压力。如今知道了，也不要多想，当初是爸爸妈妈的决定，与你无关，以后要像照顾露露一样照顾洋洋。

秦海鸥：我知道，爸爸，我会好好对洋洋的。

陆时锋：各位叔叔阿姨，康华，海鸥，妈，以后洋洋就是我们两家的孩子，我们一起陪着他长大。（十几年过去了，洋洋也长大了，他一直都自豪着自己有两个爸爸妈妈。杨卫东与康华他们自回城后几年未见，他去上了大学，由此结识了陆婷婷。二人很快相爱，结婚。）

第四幕：尾声

（杨卫东思绪转回，准备下楼，刚转身遇到了康华和秦海鸥）

杨卫东：康华，我……

康　华：你别说了，赶紧滚吧，不要出现在洋洋面前。

杨卫东：我只是想看看洋洋还有什么需要的，就算是作为一个姑父来看看他，更何况……

康　华：何况什么？你少在这里假惺惺。

秦海鸥：康华，这种人就别和他多说了，走吧，我们去看看洋洋。（杨卫东离开医院）

（地　点：某家餐厅）

（人　物：康华，秦海鸥，于歌，陆时锋，杨卫东，陆婷婷。）

杨卫东：今天把大家一起约出来是有事情想和大家说，洋洋抢救时候的血是我输的，康华却不符合。我就拿着洋洋的血样和我的去做了亲子鉴定，这是结果。

康　华：这不可能，这不会是真的。你别说了，你有亲子鉴定又怎么了？洋洋是我的孩子。

杨卫东：康华，你不要骗自己了，要相信科学。

康　华：你凭什么？就凭一张破纸？于歌为了洋洋付出了那么多，她被耽误了回城，碎了大学梦，甚至不能拥有自己的孩子，你现在突然出来说洋洋是你的孩子，你又该怎么和孩子解释，解释你龌龊的行径？

于　歌：晓鸥怎么会和你……，这报告不是真的，我们不会信的。

杨卫东：对不起，当年是我强迫晓鸥的，是我混蛋。

于　歌：难怪晓鸥那晚回来整个人就跟丢了魂儿一样，一句话也不说，你个混蛋你！

陆时锋：于歌，别冲动，为这种人不值得。交给我和康华就好了。（一拳挥向杨卫东的脸）没想到你这么龌龊，本以为你只是爱占点儿小便宜，没想到你……

陆婷婷：哥，你别打了，当年的事他都和我说了。这些年他也不好过啊，他已经在改变了。

陆时锋：（收住拳头）你听听，婷婷到现在都还在替你说话，你对得起她吗？

杨卫东：今天，把大家约出来是谈谈洋洋的事，首先这件事是我对不起晓鸥，对不起洋洋，也对不起婷婷！我和婷婷准备去深圳了，我申请外调了，洋洋就托付给你们了。

于　歌：你说什么？你走了，洋洋的事该怎么办？

杨卫东：当年的事是我混账，我知道这些年你们都为洋洋付出了很多，洋洋有你们照顾，我很放心。康华说的对，我只会成为洋洋的污点，所以我决定离开了。

康　华：当然放心，洋洋这些年好着呢。

秦海鸥：康华，听他说完。

陆时锋：婷婷，你们想好了吗？

陆婷婷：哥，想好了，当年的事过去了就过去了，只要他现在对我好就行。关于洋洋的事，我尊重他的意见，你跟嫂子这些年的辛苦，我们也都是看在眼里的，爸妈那边就拜托你了，哥。

陆时锋：想好了就行，爸妈这边有我呢，放心吧，哥哥希望你幸福。杨卫东，照顾好我妹妹，不然我不会放过你的。

杨卫东：我会的，（拉开皮包，拿出存款折）这是我和婷婷商量好的，留给洋洋的一点儿心意。

康　华：拿回去，谁要你的钱，我们养得起洋洋。

杨卫东：（看向于歌）这是我的一点儿心意，就收下吧。

于　歌：好吧，我就替洋洋收下了，我会告诉他这是他姑父给他的鼓励。

杨卫东：谢谢你，于歌。（众人散，一同去医院探望洋洋，洋洋恢复的很好，没多久洋洋出院了）

　　　　（地　点：火车站）

　　　　（杨卫东与陆婷婷准备离开了，火车就要开了）

陆　母：婷婷、卫东要照顾好自己啊，多写信回来，有空儿了多回来看看。（陆母拉着婷婷不舍得松开，一只手抹着泪）

陆　父：好了，火车要开了，让孩子走吧，逢年过节孩子还是会回来的。（背过身，悄悄红了眼眶，洋洋匆匆赶来）

洋　洋：姑姑、姑父，我来晚了，祝你们一路平安。

陆婷婷：再见，洋洋。（杨卫东已经进了车厢）

杨卫东：（挥挥手）再见，儿子（最后两个字只是轻喃，火车开了，手中的报告被撕成了碎片）

洋　洋：（看见姑父和他挥手）追着火车跑，大喊着姑父，再见！（火车越来越远，白色的纸花在风中翩翩起舞，又慢慢落在轨道的石缝中，一切又归于平静）

文 理 分 科

2017 级　罗　幸

人物

周燃：高一面临分科的学生

周染：周燃堂妹，同班同学

其他：周燃父母、周燃小姑、堂姑、同学甲乙丙、同学李想、周燃奶奶、

班主任、刘老师等

第 一 幕

第一场：教室

同 学 甲：喂，你们知道吗，这周我们可以有假期了。

同 学 乙：得了吧，又不逢年过节的哪来的假期，马上要期末考试了，学校

有那么仁慈吗？

同 学 丙：就是，老王能同意吗？就算老王同意了，隔壁老黑能同意？

同 学 甲：这你们就不懂了吧，高二要会考占考场，我们当然给他们腾地方了，

还有啊……

同 学 丙：老师来了。

班 主 任：静一静！静一静！你看看你，从前面跑到后面去说话，那么喜欢后面，把你座位给你调过去，你看行不行？

同 学 丙：不用麻烦了，前面挺好的。

全 　 班：哈哈哈哈……

班 主 任：好了，安静，笑什么笑，整个楼层就你们热闹，本以为你们是因为期末临近背书复习呢，结果啊，看看你们，浮躁！还重点班呢，看你们期末能考出什么成绩来过年。好了，言归正传，我来通知几个事啊，第一件事就是关于明天放假，大后天高二要会考，

全 　 班：耶！

班 主 任：安静！一说到放假就兴奋成这样，有必要吗？是放假没错，但是呢？

全 　 班：咦？

班 主 任：但是**刘老师**和我商量了一下，说快期末考试了，怕你们放四天假分心，于是改为一天，来的时候去图文艺术楼补课，里面学校专门为我们开辟了两间教室。

全 　 班：唉，又是老黑，对啊，怎么他每次都出来搞鬼，就是！

班 主 任：安静！真是不严肃一点儿，你们就当我不存在啊，补课是一定的，重点班就要比别人多学一点儿，我们老师都不嫌累，你们一个个号什么号。还有第二件事，我们要文理分科了，你们是最后一届要文理分科的学生，希望你们能好好想清楚，想学文的在假期里让你们父母给我打个电话，希望你们能对自己负责。班长，月考成绩单在这儿，下课后把它贴后面，你们自己看看自己的成绩还浮不浮躁了。好，现在上课。

（下课后）

同 学 甲：唉，果然周染又是第一，文理兼修，学霸就是学霸。

同 学 乙：啊，我进步了三名，太棒了，回家好交代了，哎哟，小张不错啊，

又考了前十。

同 学 甲：哪里哪里，承让承让。

同 学 乙：夸你两句还上天了，欸，你看周燃又考了班级倒数第二，除了第一次，大概这就是"Bad things always happen in threes."

同 学 甲：确实哦，而且每次都在年级的八十名开外。

同 学 丙：嗯，的确，英语老师不常说吗？（装英语老师的口气），周燃啊，你和周染差距咋那么大呢，你成绩怎么那么稳定啊，英语就不能多考几分吗？

同 学 乙：也不知道中考的时候他是怎么进这个班的。

同 学 甲：别说了。

同 学 乙：怎么了，哦，周燃，我们不是那个意思，我，我们……

周　　燃：没事。

周　　染：我回来了，咦，你怎么了，周燃。

周　　燃：没什么，周染，我是不是特别笨啊，怎么学都学不好，永远都是倒数。

周　　染：没有，周燃，你很聪明的。

周　　燃：哼，你不用安慰我，对了，干吗去了？

周　　染：嗯，办公室，好了快上课了，中午我们去趟田径场。

周　　燃：嗯，好。

第二场：田径场

周　　染：你心情不好，是因为月考吗？

周　　燃：不是。

周　　染：那是什么？

周　　燃：不想说。

周　　染：咱俩从小一起长大，还有什么事不能让我知道的吗？

周　　燃：你知道以前我有个绰号是老二吗？唉，那个时候我总是考第二，在你后面总是想超过你，却也总是超不过你，别人都说我是万年老二，结果现在我果然还是第二，只不过成倒数的了，老二，哼，太讽刺了，周染，我是不是很笨啊，你为什么那么聪明呢，果然这都是天生的吗？我就是配角，炮灰，只能给你当绿叶，现在的我过了期末连重点班都待不了。

周　　染：老二，啊，不，周燃，周燃，你听我说，周燃！给我站住，不是所有人生来就是主角，是因为他们找到了属于自己的舞台，而周燃你的舞台找到了吗？在你的舞台上你就是主角。周燃你的数学成绩久居年级单科第一，你怎么不看到自己的闪光点呢？

周　　燃：我，我……

周　　染：还有，周燃，你的文章哪篇写得差过，自从病好了之后你有正视过自己吗？

周　　燃：可那有什么用，你知道的，在我们这种县级重点高中，只有重点班的同学才能上好一本，小班是前几名，普通班几乎没可能，周染，你体会过差生的痛吗？

周　　染：谁说的，你又是听小张说的吧，怎么他说什么你都信啊！还有，差生？你扪心自问，你真的是差生吗？或者，你真的了解自己吗？

周　　燃：嗯？

周　　染：你自己好好想想吧，周燃，我决定选文，你呢？　（下）

周　　燃：选文？

　　　　　（周燃在田径场跑了两圈回教室）

周　　燃：老师好。

班 主 任：嗯，好，周燃啊，你这次怎么又考成这样，你这样过了年之后可是不能留在重点班的啊。

周　　燃：嗯。

班 主 任：周燃，你这样的学习态度有问题啊。你知道有多少老师反映你的问题，或者说有哪个老师不反映你的问题？你啊，看看你现在的成绩，上点儿心吧！嗯，想好学什么了吗？

周　　燃：还在想，想回家问问爸妈。

班 主 任：嗯，周燃，你是一个好孩子，在理科上下点儿功夫比什么都强，你的数学成绩很好很不错，过几天，我想让你参加一个数学竞赛，只要你获奖，我就向王主任申请让你留在理科重点班。

周　　燃：选理？老师，让我想想，那老师我先回去了。

班 主 任：行，你去吧。好好考虑一下。

第三场：教室

周　　染：回来了，喏，这是刚发下来的卷子下午要交。

周　　燃：好，你没生气吧？

周　　染：我生什么气？嗯，想好了吗，你要选什么？

周　　燃：好了，做题吧，不要说话了，小心班主任逮到你。

周　　染：哦，好吧，还保密。

（下午第一节课化学）

化学老师：大家把月考试卷拿出来，嗯，在讲题之前我找两个同学上来默写几个方程式，周燃、李想，好，其他同学在本子上写，第一个钠在氧气中燃烧，然后是碳酸氢钠与氢氧化钠反应；接着氢氧化钠中通入少量的二氧化碳气体；下一个碳酸氢钠加少量氢氧化钙；最后一个浓盐酸加高锰酸钾。检查一下看有没有配平，好好看一下，这是最简单的方程式。

周　　燃：（独白）怎么办，怎么办，这个怎么配平？

化学老师：好了，下来吧。

周　　燃：（独白）差一点儿就配平了。

化学老师：好了，周燃，下来吧再配你也配不平，啊，大家看看啊，这些方程式我让你们背，你们不听，看看你们能写出来，能写对吗？那么简单还是会有人出错说明什么，马上期末考试了，你们这种态度怎么考试？

李　　想：哼，反正我学文，到时候不学化学。

化学老师：李想，你嘟囔什么呢？

李　　想：没有。

化学老师：不要想着学文科的不学化学，到时候分班还是看你的综合成绩，文科重点班只有一个。好了，下面看题……

周　　染：喂，你看，

周　　燃：这谁啊，你又画化学老太啊。

周　　染：形象吧？

周　　燃：确实灵魂画手。

　　　　　（下课）

周　　染：周燃！

周　　燃：小点儿声，有没有点儿女生样子。

周　　染：嘻，燃燃，帮个忙呗。

周　　燃：谁让你这么叫的，没大没小。

周　　染：你妈不就这么叫你吗？而且你妈从小把你当女孩儿养，就差没把你打扮成女孩子了。

周　　燃：那你妈还把你当男孩儿养呢，怎么说话呢，再说我不帮你了。

周　　染：好好好，我不说了，下节课是历史课，老师上课提问记得给我打电话啊，看在上节课我帮你画化学老太出气的份儿上。

周　　燃：嗯，你又没有背，你都干啥了？

周　　染：帮不帮嘛？

周　　燃：行行行，真不知道你是怎么考那么好的，人比人气死人啊！

周　　染：本人天赋异禀！但实在不想背书上的大段文字。

周　　燃：那你还选文？

周　　染：因为我喜欢文学，不想让理化生腐蚀我的文学梦，听起来是不是很高大上？

周　　燃：是。

历史老师： 我抽查一下背书情况，周染，背一下科举的意义。

周　染： 还好还好，咳，打破了世家大族特权垄断，利于社会公平公正，提高了行政效率，嗯，促进了社会稳定。

历史老师： 还有呢？

周　染： 还有，嗯……

周　燃： 保证人才来源，扩大统治基础。

周　染： 还有扩大统治基础。

历史老师： 同桌！二府三司分别指什么？

周　燃： 嗯，二府，枢密院，政事堂，三司，度支，户部，盐铁

历史老师： 嗯，你们两个都坐下吧，下一个李想。

周　染： 吓死我了。

（晚自习）

生物老师： 今天晚上学校把时间分给了我，有问题就问，没有就自己看看，背背书，复习复习，周染出来一下。

周　燃： 细胞壁，细胞膜，细胞核，细胞……

李　想： 喂，周燃，学文、学理啊？

周　燃： 起开，背书呢，还想不想考好了！

李　想： 别装了，老师都走了，就咱俩这成绩半斤八两，你就告诉我吧。

周　燃： 细胞壁，细胞膜，细胞核，细胞……

李　想： 切，没劲儿。

（十几分钟后）

周　燃： （独白）我学什么呢？英语，唉，一直不行，理化生不好，政史地将就，数学和语文还行，难道我真的没有找到自己的舞台吗？

周　染： 你在干什么呢？

周　燃： 没干什么，背书啊。

周　染： 得了吧，我走的时候你就在背细胞现在还是，情有独钟啊？

周　燃： 唉，刚才李想问我选什么科，我就，唉，毕竟我们是最后一届文

理分科了。

李　想：我听到有人叫我的名字，怎么了？

周　染：去去去，哪儿都有你。

李　想：喂，大神，你选什么呀？

周　染：我选 L，I，文，哈哈。

李　想：大神，你理科那么好，干吗选文和我们抢饭碗？

周　燃：哎哎，细胞是生物体基本的结构和功能单位。

周　染：你看这道题是这样的……

李　想：嗯，嗯。

周　燃：我也选文科。

李　想：不是吧，都来抢，好吧好吧，让我暗自神伤一会儿。

周　燃：得了吧，我，你还怕什么？半斤八两！

李　想：你数学好啊，文科数学很拉分的。

周　燃：拉分？啊，水，书湿了，快给我纸！

李　想：看来老天都想让你选文。

周　燃：你可闭嘴吧，赶紧帮我擦擦。

　　　　（第二天早上）

周　燃：吹了一夜，书终于干了。

周　染：想好了吗？真的选文。

周　燃：嗯，其实昨天有赌气的意思，你说得对，我的性格确实有些女性
　　　　化的优柔寡断，不过昨天晚上我还是想了一宿，觉得我还是选文科，
　　　　那里是我的舞台。

周　染：你真想好了？不要因为昨天下午的那些事或某些人而选择。

周　燃：没有，我想好了，选文，可能这也算是一种反抗吧，谢谢你周染，
　　　　只是挺对不起老班的。

周　染：好了，读书吧。

　　　　（下午放学）

班 主 任：先不要动，我说几句你们再走，记得留的作业要写完，还有和家
　　　　　长商量一下学文学理，学文的给我打电话，还有明天晚上记得返校，
　　　　　去图文艺术楼补课。注意安全，走吧。

全　　班：耶！

第　二　幕

第一场：家里

周　　燃：妈，我回来了。

周　　妈：燃燃回来了，先去写作业吧，一会儿饭就好了。

周　　燃：妈，奶奶呢？

周　　妈：哦，你爸带着你奶奶去看病了，你奶奶的老毛病又犯了。

周　　燃：我爸回来了？

周　　妈：啊，有事吗？

周　　燃：没，没有，那个妈，我先去写作业了。

周　　妈：行，饭好了叫你。

周　　燃：我爸怎么突然就回来了呢？

　　　　　（半小时后）

周　　妈：燃燃，出来吧，你爸和你奶奶回来了，吃饭吧。

周　　燃：好，做完这道题，好了，爸，奶奶，你们回来了。

奶　　奶：燃燃看起来怎么瘦了，在学校吃得不好啊，是不是学习太累了？

周　　燃：没有，我还觉得胖了呢，奶奶，你好点儿了吗？

奶　　奶：老毛病了，都是你爸，非拉着我去什么医院，没病都瞧出病了。

周　　燃：去看看总是好的。

周　　妈：是啊，去看看心里也舒服点儿，来来吃饭了。

周　　爸：这些天学习怎么样，吃力吗？

周　　燃：还好吧，就那样差不多。

周　　爸：那样是哪样，差不多是差多少呢？

周　　燃：就是和以前一样。

周　　爸：你是不是又考试了，考得怎么样？

周　　燃：嗯，和以前差不多，三十九和一百。

周　　爸：什么！你怎么回事？

奶　　奶：吼什么，有什么吃完饭再说，来燃燃吃鸡腿。

周　　爸：妈！

奶　　奶：怎么，你也想吃？

周　　爸：不是，妈，你，

周　　妈：好了好了，吃饭。

　　　　　（饭后）

周　　爸：周燃你成绩怎么回事？

周　　燃：我不知道。

周　　爸：一句不知道你就能糊弄过去，你平常上课什么状态你不知道吗？
　　　　　当初你和周染不相上下，现在呢？

周　　燃：我，

奶　　奶：行了，一千多号人，燃燃能考一百不错了。

周　　爸：妈，你不懂，唉，妈你把药吃了，医生说要注意多休息，您先去
　　　　　休息吧，我不会打他的，您放心。

周　　燃：爸，我要选文科。

周　　爸：嗯，什么？

周　　妈：文科，周燃，你怎么会选文科？

周　　燃：我想好了，我要选文科。

周　　爸：想清楚再说！

周　　燃：想清楚了你不是说我成绩不好吗，确实我成绩不好，年级前八十
　　　　　名才有资格留在重点班，显然我不在这里面。

周　爸：你是因为这，那好办，我去找你们班主任，我跟他说。

周　燃：不是，爸，我觉得文科更适合我。

周　妈：不是，燃燃，你还小，哪懂什么适合不适合，选文科你以后的出路想过吗？上大学时供你选择的专业可没有理科多。

周　燃：我们学校并不是什么很好的学校，文理科只有重点班的学生才有机会上好大学，我不想在普通班混日子。

周　爸：我说了，我回去找你们班主任，你数学那么好，理科能差到哪儿去。

周　燃：可是爸，我物理不会。

周　爸：真的不会？我看你是铁了心学文找借口！

周　妈：文科分数线高啊，你姑当年……

周　燃：可是这几年文科分数线低啊。

周　爸：你懂什么，你看看你堂姑，小姑，当初他们分科的时候，你堂姑选了理科虽然复习了，但还是考了个好大学，毕业多好找工作，你小姑选文，结果高考落榜了，因为，唉，没有复习，现在工作成天换，又挣得了多少钱？

周　燃：学文科怎么了？姑姑是姑姑，我是我，而且学文科就算我缺课也不会像现在这样跟不上，因病休息了一周就吊车尾了。

周　爸：说白了，你就是懒，懒得用功懒得学！

周　燃：我没有，你不要总是这样，从小到大我什么都听你的，但这次我要选文！（下）

周　爸：你看他，都是你惯的。

周　妈：什么叫我惯的，他选文是我让他选的吗？

周　爸：和你的性格如出一辙，暴躁，固执，易怒，像个女孩子。

周　妈：和我一样？什么叫和我一样！你十几年来和他待的时间有多少？你在外打工一年回家几次？你每次和他谈话都板着脸，他怕你，事事听你的，你呢？他欠你的？

周　爸：怕我？听我的？如果真听我的，为什么选文？

周　妈：说他暴躁，你不也一样，我不想和你吵。他选文科我也没有想到，这孩子怎么会想选文呢？

周　爸：你还没听明白吗？就是懒，不用功，投机取巧！

周　妈：哼，他在你眼里就这么一无是处，我觉得他选文未必因此，但选文确实是有些限制的。

周　爸：不是这样是哪样？不行，还是要和他谈谈，必须给我选理，我们家必须出一个大学生，不然那一家不得笑话死我们，我当初不行，小莉也不行，但我儿子必须上大学！万一一年没中的话，理科复读还有希望。

小　姑：哥，嫂子，妈怎么样了？

周　妈：小莉来了，刚下班啊？

二　姑：嗯，哥，你今天带妈去检查怎么说？

周　爸：医生说，没啥毛病，开了药，说多注意休息就好了，妈现在在屋里。

小　姑：也是，妈年纪都这么大了，就不要种菜了，赶明儿把地承包出去，别让她干了。

周　爸：嗯。

小　姑：刚才我听到什么文科理科，怎么小燃要分科了吗？

周　妈：嗯，不知道这孩子哪根筋搭错了，非要学文科，文科有什么好？

小　姑：咳，是，有什么好，这孩子也算是我看着长大的，我去瞧瞧吧。

周　妈：好吧。

小　姑：小燃，把门打开好吗？

周　燃：姑，你来了。

小　姑：说吧，你给我发短信让我来干什么？

周　燃：奶奶病了，我想，

小　姑：你奶奶病了我能不知道，本来我打算明天休班来的，你非要我现在来，说重点！

周　燃：我们要文理分科，我爸不同意我选文科。

小　　姑：你为什么想选文，不怕后悔吗？

周　　燃：那姑你是为什么？

小　　姑：我，我当时就是不想学理，数学成绩不好，我觉得我喜欢文学，哼，好像太不实际了，其实我想要自由一点儿，比来比去没意思。

周　　燃：姑，你羡慕过堂姑吗？

小　　姑：没有。

周　　燃：那姑，你后悔过吗？

小　　姑：我不后悔。

周　　燃：那你就确定我会后悔吗？

小　　姑：你是个有主意的，但你真的想好了吗，男生不比女生，还是要好好想想的。

周　　燃：嗯，我知道文科就业比较困难，但是我喜欢，我不能保证说我学文科一定能学好，但是我学理科一定学不好，我在文科里面数学还是有优势的，我觉得文科学得好不比理科差。

小　　姑：所以，你是想去文科挑几个软柿子捏捏了？

周　　燃：不是，还有我不想成为我爸实现梦想的工具，或者打压别人，只为出口气的工具，我有我的人生，我的想法，我喜欢文科。

小　　姑：所以你让我去找你爸求情，帮你选文科？

周　　燃：是的姑姑，你最懂我了。

小　　姑：行。

周　　妈：怎么样，燃燃怎么说？

小　　姑：嗯，哥，那家人有那么重要吗？我们已经好多年没有说过话了，就算他女儿考上了重点大学又怎样，当初不欢而散，妈还气出病，现在你为了一口气就要把小燃给搭上吗？

周　　爸：当初，他仗着奶奶喜欢老幺非要分家抢地盘，并且还拿他女儿笑话你，说我们家这两个孩子学习都没他家好，我不想小燃比不上小染。

小　　姑：哥，你还放不下吗？我当时和堂姐一起学习，说是堂姐，其实也就比我大几个月，当初妈也是为了那口气总让我超过她。可是我的性格你了解啊，我和小燃一向讨厌和别人比，我和堂姐的关系很紧张。后来她选理我选文很少有联系，最后我们都落榜了，但她复读了，我因为家里穷，妈说分家是因为奶奶偏心把好东西都给了二叔，要不然我一定能复读并超过堂姐，其实我知道当时穷也有一部分原因是爸不上进，最后我去打工了。妈一直对此事耿耿于怀，现在她的病有一部分就是年轻时受气受的，怎么，让那家人影响我们不够，现在还要搭上小燃吗？

周　　爸：小莉，我，

小　　姑：你让我说完，现在小燃和小染是同学，他们小时候你不让他们一起玩，为了让小燃赶超小染，你不惜让小燃转校留级，并且要求小燃什么都要比小染优秀。可是哥，你问过小燃要什么吗？

周　　爸：可是那一家人……

小　　姑：他们什么样我们都清楚，但为什么要把上辈人的思想强加在孩子身上呢？小燃也很累啊。

周　　爸：我没有……

小　　姑：你就听他一次吧，小燃不是小孩子了，他有自己的主意。好了，我去看看妈。

周　　爸：行，行，行，我做什么都会害了他！现在我说什么你们都不会听，（对着周燃的房间）好，明天我就给老师打电话，以后你不要后悔。真是，我欠你的。

第二场：第二天上午

周　　爸：喂，张老师，我是周燃家长。

班主任：你好！

周　　爸：那个张老师，周燃说他想选文科。

班主任：哦，文科，什么？你们怎么能让他选文科呢？

周　　爸：他原来不是缺了一周课，后来就跟不上了，他那理科成绩也不是很好。

班 主 任：这是可以补救的，补一补就好了啊。

周　　爸：孩子心意已决，我们不好强迫。

班 主 任：那好吧，我知道了。

周　　爸：那好，老师再见。

班 主 任：好。唉,怎么会突然选文科呢? 不行，今天下午他来了必须好好问问，还有周染，今年怎么这么多选文的呢?

刘 老 师：怎么了? 张老师。

班 主 任：老刘啊，你们班有选文的吗?

刘 老 师：有，好几个呢，你们呢?

班 主 任：也有好多，周染，李想，周燃等。

班 主 任：是啊，你说这届孩子都想什么呢? 这样他们以后连后悔的机会都没有，还有那周燃，我都给他说好了，结果，唉。

刘 老 师：是啊，现在的孩子都不知道是咋想的。

班 主 任：不行，今天下午，他们来的时候一定好好和他们谈谈。

刘 老 师：唉，老张其实孩子们是越劝他越来劲儿，跟你对着干。

班 主 任：没办法，学校给的要求。

刘 老 师：唉，吃饭了吗? 一起吧。

班 主 任：好，走吧。

第 三 幕

第一场：艺术楼教室

周　　燃：开学好啊。

李　　想：呦，周燃心情不错啊，有什么好事吗?

周　　燃：我爸同意我学文了，当然开心了。

周　　染：早啊。

李　　想：都下午了，还早。周染你不会没睡醒吧？

周　　染：嗯，没有啊，李想，作业写完了吗？

李　　想：算你狠。周染，我走了。

周　　燃：周染，你怎么了，你昨晚没睡好吗？眼睛都肿了。

周　　染：没有，不是，唉，哥，我选文真的对吗？

周　　燃：哥？好像小学毕业你就没有这么叫我了，听起来怪怪的，还是叫
　　　　　周燃吧。你怎么了？

周　　染：我爸不让我选文科，我和他们吵起来了。

周　　燃：小染，你难道是因为这才想改变自己的选择吗？

周　　染：可是他们吵起来太吓人了，我害怕，还有其实我爸有点儿松口的
　　　　　迹象了，但老师打了个电话，他又改主意了。

周　　燃：你有再试图向你爸解释过吗？说过你的理想吗？

周　　染：周燃，我们选文科真的对吗？

周　　燃：小染，你说你喜欢文学，你选文科不就是因为这吗？怎么现在反
　　　　　悔了？

周　　染：我不是反悔，而是我爸的话让我有点儿动摇，我要对我的未来负责。

周　　燃：我觉得，小染，遵从本心吧，你也有你的舞台。

周　　染：好，周燃，谢谢你。

周　　燃：有什么，你当初劝我，现在你是当局者迷，我来拉你出迷境而已。

班 主 任：静一下啊，选文的同学出来一下，我记一下名字。嗯，都出来了，
　　　　　好，先回去吧，周染跟我来一下。

李　　想：老师叫周染出去干吗？

周　　燃：还能干吗，无非就是说一些选文的弊端，让她好好考虑一下。

李　　想：也是，毕竟第一谁都想争取。

周　　燃：好了好了，回去学习吧。

周　　染：周燃，班主任叫你。

周　　燃：该来的躲不过。

第二场：老师办公室

周　　燃：老师。

班 主 任：你要选文科？

周　　燃：嗯。

班 主 任：那天我不是告诉你了吗，好好考虑，那数学竞赛，

周　　燃：老师，你放心数学竞赛我会参加的。

班 主 任：不是参不参加的问题，是你为什么不选理？你数学那么好。

周　　燃：不是，老师，我理科不行。

班 主 任：我看了你的成绩，拖后腿的不是理科是英语吧，你理科并不算差。

周　　燃：我物理学不会。

班 主 任：我看不是你学不会，是你没好好学，你物理曾考过一百分，但缺
　　　　　课一周后精神不佳了，你物理老师不止一次表示你上课睡觉。

周　　燃：我……

班 主 任：你的成绩我了解，你理化生总和虽然不高，但也不是没有补救的
　　　　　机会，而你的政史地。虽然好一点儿，但也不是很突出。

周　　燃：我觉得文科更适合我的性格。

班 主 任：懒是吗？呵，周燃，你知道你们是最后一届要分科的学生吗？

周　　燃：我知道。

班 主 任：那你知道，说句不好听的，假如，我是说假如你高考的时候失利
　　　　　了你怎么办，如果你选理科，那么理化生的组合对你而言是有利的。
　　　　　可是如果你选文科，政史地看似容易却不易拿分，而且复习考得
　　　　　不一定比第一年好。并且，你没看网上那些言论政史地组合是所
　　　　　有组合中最难选择大学的，到时候你一复习生如何和那些应届生
　　　　　比。

周　　燃：这不一样，老师。年级传言说你当初高考数学是满分，是吗？

班 主 任：是。

周　　燃：老师你当初选了理科是吗？

班 主 任：不要岔开话题，就说你自己，扯那么多干吗？

周　　燃：好，那就说我，一直以来都是我爸让我做什么我就做什么，小时候，我在我们那一所小学上学，非常开心。但我爸非让我和周染一个学校，给我换学校留级，在新的学校里我除了周染我谁都不认识，而且被那些一年级同学叫我留级生，我在学校很不开心。后来我爸让我竞选班长，我不敢，他就给老师送礼，哼。再后来上初中，我本想选实验中学、离家近。但因为某些原因我爸非让我选一中，我去了一中，我知道我爸一直想让我学理，可是我不想再做工具了。

班 主 任：你就是因为这才不学理的？

周　　燃：不全是，可能有一小部分是因为这吧，但是，重要的是，老师，我几斤几两我自己心里还是有数的，我不知道学文以后我会怎么样，高考我会怎么样，但学理我知道，枯燥的理科生活我不喜欢，我不会说生活不只有眼前的苟且还有诗和远方，在高中阶段，这是不现实的，毕竟，文科并不比理科轻松，但是文科却是最适合我的一种选择，人总会趋利避害的。

班 主 任：你真的想好了？

周　　燃：嗯。

班 主 任：那我就把你名字写上去了，但过几天如果想改就来找我，还是可以改的。

周　　燃：好，谢谢老师，不过我想是不会改的。对了老师，数学竞赛我还是会参加的。

班 主 任：行了，回去吧。

周　　燃：老师再见。

班 主 任：嗯，走吧，唉，这孩子。

周　染：回来了，怎么样？

周　燃：怎么样，还能怎么样，我动之以情，晓之以理，最后班主任被我深深打动，同意我学文。

周　染：看把你给嘚瑟的，比中奖了还兴奋。

周　燃：那必须的，这可是我第一次反抗成功，有一种翻身农奴把歌唱的感觉。

周　染：行了，过头了啊。

周　燃：好好，现在就让我投入文科的怀抱好好学习，天天向上！